路上的风景

沈光金◎著

安徽师范大学出版社
ANHUI NORMAL UNIVERSITY PRESS
·芜湖·

图书在版编目(CIP)数据

路上的风景 / 沈光金著. -- 芜湖 : 安徽师范大学出版社, 2024. 11(2025.8 重印). -- ISBN 978-7-5676-6849-2

Ⅰ. I267.4

中国国家版本馆CIP数据核字第2024NA9874号

路上的风景　　　　沈光金◎著

LU SHANG DE FENGJING

责任编辑: 胡志恒　　　责任校对: 李克非　王雨嫣

装帧设计: 王晴晴　　　责任印制: 桑国磊

出版发行: 安徽师范大学出版社

芜湖市北京中路2号安徽师范大学赭山校区　　邮政编码:241000

网　　址: http://www.ahnupress.com

发 行 部: 0553-3883578　5910327　5910310(传真)

印　　刷: 苏州市古得堡数码印刷有限公司

版　　次: 2024年11月第1版

印　　次: 2025年8月第2次印刷

规　　格: 700 mm × 1000 mm　1/16

印　　张: 20.75

字　　数: 354千字

书　　号: 978-7-5676-6849-2

定　　价: 58.00元

文学，往事的回声

——《路上的风景》自序

沈光金

有言道，形而上者谓之道，形而下者谓之器。人在有限的生命中触碰到无限。那承前启后，继往开来，就是通过阅读文化经典来实现的。

马相伯先生说："读书随处净土，闭门即深山。"马相伯何许人也，复旦大学创始人，育弟子蔡元培、于右任、邵力子等。如此说来，读书净的是心境，闭门修的是品格。

学者杨绛说："读书的意义大概就是用生活所感去读书，用读书所得去生活。"我倒是并不赞同，至少不完全赞同。你可以俗气地"柴米油盐"，同时优雅地"之乎者也"。柴米油盐护佑你的生命前行，而之乎者也拓展你的境界。至于年龄嘛，永远不是一个人读书的障碍。

四十年前，我陆续读了很多后来被热捧或者受争议的文学作品，后来获得茅奖、鲁奖的作品我也几乎都读过。我比较偏爱《尘埃落定》，也许阿来的那个世界于我是陌生的，所以更有吸引力。这些作品都是我在文学期刊上读到的，譬如，《十月》《当代》《收获》。这也许是我后来更加喜欢读期刊的原因。

中国传统的读书人常常立誓，不为良相，当为良医，不能匡扶社稷、济世拯民，也应悬壶问疾、治病救人，都是一种读书的大格调和高境界，古今一脉相承。但对我而言，读书的目的就是认知，通过认识万事万物获得知识，而获得知识是修身的基本。

我信奉“开卷有益”的说法，有人说，部分书是垃圾，但我说，绝大部分书是甘草，这是我对“开卷有益”最形象的阐释。

中国人有言，读万卷书，行万里路。我喜欢读书，也喜欢行路。沉下心来读书，迈开腿来旅行，是我今生的两大爱好。于我而言，就是永远在路上，永远有风景。

游而文记，是自谓或者他谓作家的习惯。当下“旅游热”，简而言之便是“到此一游”，黄蜂似的游人铺天盖地畅游在国内国外的名胜古迹之中，成群结队地沉浸在天南海北的秀山丽水之间。那份惬意，那种自豪，如果你不置身于他们之中，是不能体会的。

我总是选择在旅游的淡季出行，你不必裹挟在赶集似的人群中，前呼后拥地在攒动的人头之间引颈张望。

国内出游，我绝不跟团。除了语言交流有困难的地域，最好的出游方式就是背起行囊自己走。而今，水、陆、空于出游极其方便，这是行；住，更不用犯愁，只要不是“旺季”，“七天假日”“格林豪泰”“汉庭”“锦江之星”这样的全国连锁店绝不会拒你在店外，更何况网上预订方便至极；唯有吃，比较麻烦，麻烦在于地域的饮食材料不合你的胃，西北牛羊肉之普遍，牛羊肉未必不好吃，譬如银川鼓楼“全聚德”的羊肉泡馍不但好吃，而且羊肉分量很足。

国外出游，不跟团当然也不是不行，现在很多旅游目的地都是免签证的，譬如俄罗斯。出国自由行，我以为最大的问题是语言交流。欧洲，包括东欧和西欧，使用语言比较复杂，单一个瑞士，德语、法语、意大利语三种语言都在使用。即使你能熟练地使用英语，也未必能通行欧洲，因为你意欲交流的对象不一定懂英语。我很幸运，在巴黎奥斯曼大街附近问路就碰上一个会英语的女孩。其次就是住，其昂贵的旅馆费足以让你望而却步。

在甘肃阳关，十一前的游人不多，骄阳晒得沙砾发烫，脚下的沙原仿佛一望无际的沙流，柔软，前脚踩出的深坑瞬间成了一个浅窝。什么叫跋涉，只有在沙漠中亲历，才能体会“跋涉”的含义，艰辛而寂寞，有一种无助的孤独感。荒漠中的“阳关”确实没有什么可看的，一个孤零零的黄土堆，被历史的风雨剥蚀得斑斑驳驳，如果不是王维留下一首《渭城曲》，如果不是古丝绸之路至要的关隘，肯定没有多少人会把游兴落在荒漠中的“阳关”。离开了历史的层累，抛开了人文的承载，阳关就是荒丘一座，黄土一堆。

游记非但要记，更主要的是要加入对历史和人文积淀的感悟。商业化的导游与文学化的游记，应该有从构思到表达、从目的到结果的天壤之别。游记自古有之，好的作家并不对记游嗤之以鼻，传世的好游记并不少。陆游有一旅途日记《入蜀记》想必很多人都看过，记录了从山阴至夔州的沿途见闻和感悟，陆游评古论今，夹叙夹议，卓见迭出，寄慨遥深。余秋雨的散文，我以为，虽不能说落陆游之旧窠，但并没有突古人之原囿，譬如余先生的《阳关雪》，似乎散而不聚神，感而过深发，我就有些读不大懂了。余先生类似游记的散文我几乎全读过，从内容到结构，从叙述到议论，谦虚说是不懂，自大说是不赞同。

明末地理学家徐霞客积三十四年旅行日记，记录了天台山、雁荡山、黄山、庐山等名山，有《浙游日记》《江右游日记》《楚游日记》《粤西游日记》《黔游日记》《滇游日记》等，计有60余万字，终成《徐霞客游记》。不否认徐霞客是地理学家，与文学家不同，除了记游之外，地理学记载和研究占了极大的篇幅，但《徐霞客游记》除了地理学价值之外，文学价值也是不能低估的。文学家记游中“议”的对象是人文与历史，而《徐霞客游记》中“议”的是自然发现的价值。如果在今天，没有哪种杂志会拒徐霞客的游记于大门之外。

行走，是用脚在思考，除了行走的路上留下或浅或深的脚印之外，就是在你的记叙的文字里，留给自己和别人的思考与疑问会或隐晦或明朗地表达出来，读者的点头或者嗤之以鼻都会给你启示，而这种启示也许是你重新认识世界、深刻理解世界的提醒，甚至警觉。旅游留下的不仅是固化笑容的照片，沿途的风景、民俗、饮食、服饰等也都是游记的内容，游记成了个人历史的记载、个人情绪的记录、个人文字的记述。

个体记忆并不等同于集体记忆，但是，集体记忆是对个体记忆的选择和认同。在布达佩斯的“渔人堡”，看见一个外国游人从石阶上摔了下来，躺在救援的担架上，成为我旅游记忆中不能忘却的一幕。虽然这一幕不会成为渔人堡集体记忆的内容，但这种偶然事件变得不偶然的时候，我的“偶见”会添加到对渔人堡的集体记忆中，成为“渔人堡”旅游中的告诫，甚至是完善旅游设施的理由。所以个体记忆也可以作为行走的记录项，无论是不是会被集体记忆认同，甚至选择。

游记应该成为文学写作的重要内容，古今文学大家留下了很多流传至今、脍炙人口的游记名篇。

譬如，王维的《山中与裴秀才迪书》，元结的《右溪记》，白居易的《庐山草堂记》，王禹偁的《黄冈竹楼记》，欧阳修的《醉翁亭记》，王安石的《游褒禅山记》，苏轼的《记承天寺夜游》和《石钟山记》，苏辙的《武昌九曲亭记》和《黄州快哉亭记》，晁补之的《新城游北山记》，范成大的《峨眉山行纪》，柳宗元的《小石潭记》，等等。游记可以说是古代散文的重要组成部分。

无论是现代作家，还是当代作家，都有散文式的游记存世，其中不乏大家，如胡适、郭沫若、茅盾、许钦文、李广田、臧克家、吴组缃、徐迟、余光中、夏丏尊等。

游记眼中是景，景的联想便是情，即所谓情景交融。但是，没有人规定，游记应该怎样写。游而记，便是游记的准则。但是，我更喜欢游记的“散”，散，就是散文的散，而我的这些游记散文，说是随笔，也是很合适的。

2024年于闲文斋

目　　录

横看成岭侧成峰　远近高低各不同

雪消门外千山绿　花发江边二月晴

桃花一簇开无主　春光懒困倚微风

人生到处知何似　应似飞鸿踏雪泥

不薄今人爱古人　清词丽句必为邻

横看成岭侧成峰
远近高低各不同

此生可读万卷书

一 读书是人一生的求知路

在我求学的那个年代，至少我，没有感觉到读书辛苦，几乎没有承受像现在孩子读书那么多、那么大的压力。做教师的父亲对我的读书几乎放任自流，无论是课内书还是课外书，都是如此。我记得，他自己也总是捧着一本书，我便也承袭了读书的习惯，喜欢课余读点“之乎者也”，看点杂记话本，这一习惯沿袭至今。父亲在世读书既不厚古，也不薄今；既读《史记》，又读《随笔》。留给我的书包罗雅俗古今，既有赵蕤的《反经》，又有王琦的《李贺诗歌集注》。不用细想，他的读书与我的差别就在于，他的读几乎没有出“门”，国“门”之外的书他几乎不读，而我是兼收并纳，除了读外国文学译著之外，直到现在，我还时不时把原版的《双城记》《苔丝》拿出来翻翻。虽然父亲未读过一本国外的文学著作，无论是原文还是译著，可并不妨碍他用半讥讽半严肃的口气纠正我的英文发音。

幼年读书，仿佛自觉又不自觉地把自己放进了一个“铸型容器”，虽然年龄和知识的增长，还是逐渐地铸成了一个定型。直到我进大学，我的阅读习惯和内容才开始溢出“容器”的规型，这不能不说是好事。

我上大学之前，看了很多当时被称为经典的长篇小说，《林海雪原》《青春之歌》《创业史》《红旗谱》《三家巷》……说实话，基本是囫囵吞枣。很不喜欢《青春之歌》，特别喜欢《红旗谱》，对滹沱河畔波澜壮阔场面的描写，特别是朱老忠横刀护钟的那些段落，读得让人热血沸腾。

我的大学有一座六层楼的图书馆，每层一半是藏书，一半供自修。医学图书占了两层，专业杂志一层，文史哲占了一层，最上一层就不是我们学生可以涉足的了。馆长是一个架着厚重眼镜的生物化学教授，精瘦，其貌虽不扬，我至今不忘。后来我多次问自己，为什么对一个老头一直记忆犹新，而老先生也就给我们上过一次大课。我十多年之后考研究生的时候，生物化学这门课几乎得了满分，可见一个你敬重的先生对你的读书乃至于学业有多么重要。

我进出图书馆很频繁，从来没有见过有那么多可看的书，尤其是四楼，那么多我感兴趣的与医学“无关”的闲书。第五层也是我的最爱，上千种杂志整整齐齐摆放在斜架上。我自习却在三楼，虽然我更喜欢四楼，但是，如果在四楼自习，也许会忍不住地去读文学，去习历史。理智提醒我，那样，恐怕我毕不了业。

我一面是专业考试成绩平平（除生物化学和外语之外），一面是文史哲的阅读兴趣猛增，很多国外名著都是在第四层的阅览室里读完的，读托尔斯泰，读莎士比亚，读狄更斯……读《人间喜剧》，读《基督山伯爵》……我依然没有脱离少年时读书的弊病，信马由缰而又不图甚解。我有点控制不住而广泛涉猎，不问轻重地阅读。我经常问自己，这是不是一种大愚蠢，小聪明？后来我才悟到，这样的读书未必不好，多读书，可以长慧、明理、求知，通俗一点说，就是了解未知世界。

五年一瞬，混混沌沌毕业了，被一纸公文派遣到了一个小县城。城郊有个图书馆，也不时地去转转，几年间的借书还书，也没有多大得益。几年之后，单位有了图书室，而且文学的书籍偏多。“认识”作家杨镰就在这几年间，对新疆的历史和文化的兴趣，是始于读他的那本将近四十万字的长篇小说《千古之谜》。倍受争议的《晚霞消失的时候》也是在那期间读的，非常喜欢这本书，不是一般的喜欢。在这个历史悠远而又颇具文化底蕴的小县城，我重新拾起诗词，收获不大，所谓收获不大，就是泛泛地复习了一下唐诗宋词，其中一本王力的《诗词格律概要》此后成了我的手边书，几乎一直放在我的案头。

20世纪80年代上半叶，我陆续读了很多后来被热捧或者受争议的文学作品，《班主任》《白鹿原》《尘埃落定》《今夜有暴风雪》等，后来获得茅奖、鲁奖的作品我几乎都读过。我比较偏爱《尘埃落定》，也许阿来的那个世界于我是陌生的，所以更有吸引力。这些作品都是我在文学期刊上读到的，譬如，《十月》《当代》《收获》。这也许是我后来更加喜欢读期刊的原因。

我的阅读兴趣转移到期刊始于20世纪80年代中期。读《译林》始于1985年，持续了十五六年，《译林》有一点偏弊，长篇小说几乎都是美国的。对《译林》中的文章浏览居多，有的只是过一下题目。这期间无论是阅读数量还是宽度，都是低潮期。原因是多方面的，工作消耗了很多时间和精力，很多时间耗在公差的路上，虽然每次出差都会带上一本书，那已经不是读书，而是消磨时间。

沉下心来读期刊始于21世纪初，读《随笔》，读《文学自由谈》，读《美文》，读《散文》，偶尔读点《古典文学知识》之类的期刊。近几年读《文学报》。我的感觉，《随笔》和《文学自由谈》的格调大相径庭，前者庄重而雅致，后者通俗，都值得一读。《美文》之文美则美矣，不是大家文章进不了这门槛，譬如余秋雨、刘琼、阿来，而余秋雨是《美文》的常客，虽然我喜欢余式散文，但他的文章也不是每篇都是“美文”。《散文》更是如此，我看中的文章不多。

二　读书是一种私人个性化的事

中国传统的读书人常常立誓，不为良相，当为良医，不能匡扶社稷、济世拯民，也应悬壶问疾、治病救人，都是一种读书的大格调和高境界，古今一脉相承。但对我，读书的目的就是认知，通过认识万事万物获得知识，而获得知识是修身的基本。

启蒙求学之时，从未有过当良相良医的念头。所以，读书于我而言，轻松至极，即便是为挣个“饭碗”的求学读书，也无须那样费劲劳神。都说“十年寒窗苦”，可我在校读了十七年的书，苦，没觉得，反而是一路过来，闲书与课本齐读，读得非常快乐，用当今谐变的一个词来形容，叫“悦读”。但是，我还是说，只要是读求“功名”书，难免枯燥，譬如我吧，解剖学啊，生理学啊，我读起来就觉得相当的枯燥无趣，味同嚼蜡。

我信奉“开卷有益”的说法，有人说，部分书是垃圾，但我说，绝大部分书是甘草，这是我对“开卷有益”最形象的阐释。

我基本不买书，尤其是文学小说、文艺理论之类，前者没有收藏的价值，看一遍，甚至看一半就扔了，留着非但没用还占地方，与其终了弃之如敝屣，还不如开始就不买，于此，我是有前车之鉴的。后者我看不懂，不懂不能装懂，有问，你不会学吗？我答，我读书我快乐，为何把读书搞得苦巴巴的，苦思冥想而又不得其要。

从读书的轨迹看，我的阅读逐渐“杂食”，我说过，“杂食”也许更有营养。杂志就满足了知识在质和量上的杂。很多善读闲书的人都喜欢看杂志，尤其是博览型的杂志。光明日报就出版了一本《博览群书》的杂志，涉及文学、音乐、经济、人物等。选择你感兴趣的篇章读起来就兴趣盎然，就有搁不下的感觉。早几年的《博览群书》上有一篇《三名家笔下的泰山》，介绍了徐志摩、李广田和吴组缃笔下的泰山，细读起来，有点复习的感觉。开书橱找出散文集《那山》，果不其然，徐志摩的《泰山日出》、李广田的《扇子崖》和吴组缃的《泰山风光》都收录其中，《三名家笔下的泰山》仿佛是对原文的解读，与读原文相得益彰。

虽然杂和博有差别，但想博，必须杂，无杂便无博，也许你不认可，但我就是这样读书的，筛杂留博，随读随丢，该留的留；随读随忘，该弃的弃。因为，人的记忆是有限的，所以，你必须选择性记忆你读过的“东西”。真的，我没那好脑子去记那么多。

因为脑子不够用，工具书就显得特别重要。读书最离不开的就是工具书，我从不刻意去记随手可查的资料。所谓工具书，于我而言，一类是狭义上的工具书，譬如《古汉语常用字字典》《古代汉语》等；一类是文献书，譬如《中国通史》《四朝闻见录》《中华国宝名器图鉴》等；还有就是年谱一类书，譬如《陆游年谱》《苏轼词编年校注》等。这类书就是记忆的延伸，很有用。

读书，是个人的事，读什么书，也是个人的事。至于什么书有营养，那就要看各人的需要了。我读书，是为了在工作之余，增加点知识，寻找点快乐，离开上班的岗位之后，更是如此。

我读经典，为消闲，而快乐是消闲的派生。有时候，读着读着，初始的目的就偏了，当年读《白鹿原》就是读故事，末了，当成历史来读了，也许，把《白鹿原》当历史看就是陈忠实写作的初衷。我读川端康成之后说过这样的话：“像《伊豆的舞女》这样的绝世之作，只能是川端的。文学中的伊豆，就连井上靖也要让川端三分，至少我这样认为。”读完《雪国》之后，甚至有一种想去伊豆的冲动，但最终还是没去成北海道，却意外地去了奈良。

我喜欢边读书边记下点什么，不是书的内容，而是自己琐碎的、点滴的感觉和联想，也不在本子上，而是在手边的废纸上，甚至报纸边空上，过一阵没用了，就扔掉了。也许，这些片段而杂乱的文字就是我读书的收益。

我买书，散文集、杂文集居多，尤其是以后可能不会再版的。华侨出版社2009年出了游记性的散文集《那山》《那水》两册。其中文学名家作品倒是其次，像梁思成、吴冠中这些非纯文学人的作品非常值得一读，既别开生面，又可供写作借鉴。同时间，华侨出版社还出了两本散文集《历史这堵墙》和《音乐这扇门》，常读常新，受益匪浅。莫言的《会唱歌的墙》，宗白华的《中国古代的音乐寓言和音乐思想》就是在《音乐这扇门》中读到的。虽然，这两套书价格不菲，也还是毫不犹豫地买下了。我向采访我的记者推荐了《历史这堵墙》之后，她买到的已经是影印本了。对购书的价值判断取决于你的知识深度、兴趣广度和机缘巧遇，好的机会一掠而过，等你回过神来，已经没有了。再则，闲书是最有阅读价值和思考价值的，例如，青岛出版社的《闲话》文丛，史料杂而广，很有阅读欣赏价值，当你看到《没有彼岸的漂泊——四个德国总督在中国》这样的文章之后，你肯定会掩卷品咂而又回味无穷。

五十岁之前，功利（职称晋升，学位什么的）读书和消闲读书还是并重的。五十岁之后，我在家就再也不看专业书了，一切专业的事（审稿件，审课题，写教材）都在上班时做完。家中书橱没有一本是专业书，自言，在家“除了专业书之外，什么书都看”。

“读万卷书，行万里路”，八个大字，一目了然。杜甫、刘彝、董其昌、顾炎武都说过类似的话，我不管这些名人说这话的深层意思，我就是简单地理解这字面的意思。现在行万里路不难，去慕尼黑一个来回就两万多公里，但是，读万卷书实在难，理论上，此生可读万卷书，实际上，难，难上加难。

借用一位学者的话说，读书，延长和加宽人的寿命。书是你最可靠的朋友，你若不离她，她不会抛弃你。

三 眼到更需心到方为读书

眼与心俱到，方能谓之为“读”，所以，读书是要用心的。

虽然，别把读书当学问做，但是，读书也是可以做点学问的。眼到，是阅，可以一目十行，大可不必字斟句酌。而“读”就不一样了，尚需心到，说白一点，就是认真地辨识和理解。

一直没去查济，可对查济不陌生，我熟识的三位大作家都有美文描写过、品咂过“查济”，谈正衡的《黄昏吹笛雨萧萧，人语驿边桥》，柳拂桥的《千古青弋江：查济》和朱希和的《品味查济》，都仔细拜读过。去年从查济回来，就拟了一个文题“查济：视角4+1”。读了三个人的“查济”之后，又读了刘琼的《通往查济的路上》。加起来便是四个人了。那个“+1”便是我自己。

虽说“一千个读者眼里有一千个哈姆雷特”，同一个查济，四位先生的注视角度不同，给我留下不同的感觉。

柳先生用自己感觉，对查济的徽派建筑做了翔实的记叙，语言和视角很独到，柳先生说“月色与马头墙是绝配。因为在山里，黛绿的颜色为主打，多少是有些黯淡的，可是因为月光的映照，就有了层次，也动了思乡的念头”，我在桃花潭的那个晚上，印证了他描述的精准。又说：“山村人家是静默的，水声在夜里看不见了来去，可响得厉害。”“好风景不是单纯用来看的，有时候得听，更需要用心听。心不在焉，等于没去。”我觉得读书也是如此，不但眼到，尚须心到。

不记得谁说过，“正衡的散文可谓洋洋洒洒、才气横溢，锦心绣口，涉笔成章”。评价很准确。谈先生的文风同样体现在那篇《黄昏吹笛雨萧萧，人语驿边桥》中对查济的叙述和铺张中。他说：“空洞的足音，激发和暴露生命的感悟。在查济，在这颓废诗词一样的古典意象里，我延伸着曲曲折折的断想。”谈先生说：“远离喧嚣，洗去风尘，古村也就显得格外内敛而文秀。翘角飞檐，门庭深深，镂空的门窗，精致的雕刻，都似在细细地诉说着昔日的繁华。南来北往的游客慕名而来，但古朴的查济依然保持着它特有的真实与安逸。”“不管是古镇还是古村，最让人迷恋的，是这种一脉传承下来留在骨子里的人文气质”。我特别有感受，宏村、西递整日里的喧嚣，已经没有谈先生所说的“内敛而文秀”，已经失去了古镇的真实，而谈先生笔下查济的古朴幽静以及沧桑深远，贯穿全篇，尤其这句“走得很近、离得很远”很是触动人心，而外乡人“很难落地生根将自己真正融入”。这便是他的查济。

朱希和先生去查济是“想突出重围，寻一僻静去处，呼吸山野的清新空气，找回一种纯粹的自然情调和本真的人文情怀”。朱先生说：“这是一个无月的夜晚，我躺在‘文德阁’的床榻上无法入眠。山村很静，静得只能听到窗下小溪淙淙的水声。周遭一片黢黑，古民居酣眠在远古的梦里。”朱先生对景而抒情，你可以随着他的缓慢而悠闲的脚步，在千年的石板路上，在民居、溪流、残垣、鸡犬声中徜徉流连。朱先生觉得：“查济拒绝繁华，厌弃喧闹，查济就是查济，我真想隐居在查济。”这是朱先生的查济。

刘琼的《通往查济的路上》比较博大，全篇一万多字。是以查济为原点，辐射上下，恣意纵横，把徽州写了个遍：朱熹和徽州学堂，桃花潭和战火，渔梁和棠樾，汤显祖和李白……刘琼这一段耐人寻味：“徽州人对于生为徽州人，有着异乎寻常的自觉，他们对徽州是‘与有荣焉’，只念‘生死相共’。”说几进几出安徽的婺源“近一百年来不断地发起‘返徽’运动，便是例证”。刘琼，安徽芜湖人，我读这篇文章时，她是《人民日报》文艺部的副主任。

我在《查济：视角4+1》中感叹道，昔日的安静和恬静已经被喧嚣和嘈杂所淹没，查济正在走宏村走过的老路，也许不可避免，现实很无奈，更加可惜。

所谓评论作品，就是做点学问。评论大抵是客观和主观并存，实在的哈姆雷特和读者的哈姆雷特相距也许很近，也许很远。所以夏目漱石说的“我为了不受将来的侮辱，所以要拒绝今天的尊敬”，就非常耐人寻味。作家和他的作品在读者的心目中，不需要追捧，也不需要打压。读书之后的感想，也就是“我说说我的看法”。无须蜜语，也无须毒舌。

作协推荐了李凤群先生的三部作品，我只看了《大望》，我在读《大望》之前，先读了方维保的《困境假设下的老年凝视、乡土镜像与人性症候》，曹雨河的《罪与罚的追问探求》和高海平的《用荒诞演绎现实》三篇评论。在读完《大望》之后，觉得方维保的评介最贴近作品的本意。过度的解读也是一种诟病，后两篇都过分地纠缠于解读四位老人对曾经“罪孽”的自我悔悟和“救赎”。我觉得，《大望》对四位老人“罪孽”的判定是苛求的，在荒诞的年代，首先要救赎的是荒诞的社会。荒诞年代的罪孽，没有一个人是可以幸免的。从这个角度讲，《大望》回避了一些值得正视的东西，人性，有时候是为社会左右的。记不得谁说过，优秀的作品，永远没有结局，更多的是唤起内心对无答案的人生命题进行一种思考和反省。《大望》的优秀也许就在于能启发思考和引起反省。

我读书，基本上不计较结果，只注重过程，看路上的风景，引发对未知世界的好奇和追究。我读书，不太迷信大家，譬如《围城》吧，从语言上看，与钱先生令人肃然起敬的大学问，似乎有点差距。

当下的读书人，不读古典诗词，我认为是读书的缺项。也许你说，不读诗词就不能读书写作啦？是也不是。但我还是坚持认为，读诗词，对认知历史、涵养文学，甚至修身立世都是有益的。我说这话，并不是从“我喜欢”出发的。

我读王维的“劝君更尽一杯酒，西出阳关无故人”，无以为依地遥想渭城的客栈，客栈前的柳色；天马行空地遐想安西，安西府的阳关。直到我沿着渭城至安西一路走过，我差不多读懂了这首诗，我仿佛听见了王维的吟唱，听见了古筝的弹拨，理解了王维“诗中有画，画中有诗”的境界，“渭城朝雨浥轻尘，客舍青青柳色新”，就是诗化的水墨丹青，既是诗，又是画。

孔子曰，不学诗，无以言。我是不是可以这样理解，不读诗，你我之间就没有什么可聊的了。读诗，可以培养和增加人生情趣，简化和美化写作语言。

读李白的“君不见高堂明镜悲白发，朝如青丝暮成雪”，可以学到语言的比兴技巧；读苏东坡的“谁道人生无再少？门前流水尚能西！休将白发唱黄鸡”，可以学到永不言败的乐观精神。

芜湖，可供读书的公共地方不少，但是在其中读书的人确实不多。新建的赤铸书院，掩映在绿树翠叶中，避喧让闹，宽敞明亮。偷闲一天半日，置身其间，抛开俗物凡事，放心书中，也是一种幸福。深陷在厚书薄刊中，不说汲取营养，至少是一种放松和愉悦吧。

学点诗词，读点闲书

手头刚刚拿到一本书，名曰《跟着诗词去旅行》，一看书名，就知道是一本休闲的书。我赞成它在《诗意的远足》题记中的一句话："一个人的气质里，藏着他读过的诗，走过的路。"

书的作者是郝娟菡，听名字就知道是个优雅的女性。南京师范大学文学硕士，长期业余撰稿，自然就酷爱读书，人文社科、历史地理、都市生活，涉猎的无所不包，同时爱摄影、爱旅游、爱美食，几乎就是一个无所不爱的在天地间漫游的人。

《跟着诗词去旅行》是"图说天下·国家地理系列"丛书中的一本，巧了，我手上还有一本《今生要去的100个风情小镇》，也是这套丛书中的一本。《跟着诗词去旅行》写了33个城镇，我去了23个。这两本书都是图文并茂，读起来相得益彰，仔细比较一下，只有乌镇、南浔和阳朔是两者皆有的题条。从文学的角度看，我更喜欢《跟着诗词去旅行》，相比之下，其语言更加优美，行文更富诗意，影像更加悦目，但书的整体面目不是很精美，至少我觉得，可以做得更好。

喜爱文学的人，开口马尔克斯，闭口托尔斯泰，似乎不读《百年孤独》《战争与和平》就不是文学人。你不是"红学家"，更不是政治家，你非要一遍一遍地读《红楼梦》干吗？读点闲书吧，悦心养神，随读随放，伴清茶一杯，佐淡酒一盅，读着读着，睡意袭来，小眯片刻，醒了再读，是很惬意的。

文学是小众的，还是大众的？是读者至上，还是专家至上？也许都是，也许都不是。你的眼睛只盯着《收获》《当代》《十月》《清明》等，可这些杂志上的小说，尤其是长篇，有几个读者从头至尾地看完了？刊载在《十月》上的长篇《好人宋没用》，我读了三次，都没读完，我算是爱读书的，况且如此，遑论一般读者。

一

在《跟着诗词去旅行》的“成都”篇章中，篇首的“诗导”（这是我生造的词）是杜甫的《春夜喜雨》，就是那首脍炙人口的“好雨知时节”的五律，末句“花重锦官城”中的“锦官城”就是成都。我以为，杜甫的另一首诗《蜀相》也能作为“诗导”，“丞相祠堂何处寻，锦官城外柏森森”，特喜欢那颔联“三顾频烦天下计，两朝开济老臣心”，寥寥十四个字，写尽了诸葛亮的一生。

郝娟菡这样写成都：“浣花溪畔，鲜花拥枝，千朵万朵，竟化作了霓裳万缕。草堂深处，绿柳艳阳，万条千丝，全绣作了当春细雨；随杜甫的眸光而潜入夜，无声地润物。抬望眼，见的不独是‘江船火独明’，还有那阑珊处的锦里，榕树下的宽窄巷，伫立在霜天下的武侯祠，还有那潺潺淙淙的黄龙溪，幽绝天下的青城山，波涌千端的都江堰……一夜春雨后，晓看红湿，锦官花重，翠柏清溪，绯色的轻云卷着烟岚，蓉城绝美，不外如是。”

《春夜喜雨》和《蜀相》都是杜甫在成都的诗作，不管你怎么看杜甫在草堂的日子，反正我觉得，他在草堂过得挺舒适的。有老友剑南节度使严武的照顾和庇荫，杜甫在草堂自然就没有什么后顾之忧了。严武去世后，除了诗祭，时隔一个月，就像李白《峨眉山月歌》中所说“思君不见下渝州”，杜甫过渝州，落脚云安养病。云安在重庆东北，就是现在的云阳县。

《太平寰宇记》说，周王迁岐，“一年而所居成聚，二年成邑，三年成都”，成都一名从此而来。成都汉时设有专门管织锦的官员，因此，成都又名“锦官城”。天府之国，蓉城之乡，也乃成都。

成都的杜甫草堂、武侯祠、青城山和都江堰，全都留下我徜徉的足迹。成都是个慢节奏的城市，慢到从早到晚，茶馆里都是推杯换盏的啜饮闲人，不绝于耳的摆阵的“龙门”，字正腔圆的四川话听起来像唱歌。那份悠闲，那样惬意，那种习惯，是嵌进骨子里的印记，是外来的人效仿不来的，就像苏州人的语腔，你是学不来的。

去成都没看川剧，不能不说是个大憾事。成都不但有川剧，还有杜甫、诸葛亮；大熊猫，川郁金；青城山，都江堰；蜀绣，变脸。成都，乃至四川，最出名的怕就是“火锅”了，一盆麻辣，走遍天下，我看过英国作家扶霞·邓洛普所著《川菜》一书中“火锅”和“麻婆豆腐”两节，扶霞·邓洛普在中国学习过川菜，诗样的写作和精致的烹调完美地表达在《川菜》这本书中。

我鹦鹉学舌地说，“尝到了川菜就尝到了生活”，成都的菜，集川菜之大成。

二

“渭城朝雨浥轻尘，客舍青青柳色新。劝君更尽一杯酒，西出阳关无故人。”这首王维的《送元二使安西》不知道被多少人诵读了多少遍，脍炙人口，是永不衰落的经典，是《跟着诗词去旅行》中“敦煌”这一章的“诗导”。

安西，顾名思义就是长安之西，唐代的安西都护府统辖龟兹（现在的库车）、焉耆（现在的焉耆）、于阗（现在的和田）、疏勒（现在的喀什）四个军镇。元二去戍边，从咸阳出发，走的必是阳关至龟兹的路，穿过罗布泊（相信，那时的罗布泊没有现在这样荒凉和恐怖），往西到位于博斯腾湖附近的焉耆，再往西过轮台到库车，再往西，便是喀什，而在这三地之南是和田（于阗）。那就是说，唐代的安西都护府辖地是在天山以南。

在“敦煌”一章的起始，郝娟菡说“千年梦易碎，玉门关上君泪冷，别时人皆散，寂寞沙洲空牵念。驼铃踩着千年的步点，由远而近，又由近而远，响断了玉门关，惊散了沙洲烟”。

在甘肃西部与新疆接壤的沙漠，你很自然地想起一个词，那就是“苍凉”，一望无垠的沙漠，仿佛没有尽头，湛蓝的天空是一幅幕布，衬映着连绵起伏的沙山荒漠。等到夕阳西下，驼队沿着山的斜坡，悠闲地迈着驼蹄，驼背上的游人一摇一晃地和着驼行的节奏，恰似一幅剪纸画。我坐在沙滩上，两臂支撑着后仰的身体，眯着眼，凝着神，陶醉在渐远渐弱的驼铃声中，望着眼前的长河落日，寻找千年前的大漠孤烟。

阳关和玉门关都是丝绸之路的关隘，早在西汉就置关。两关几乎在一个经度上，阳关在南，玉门关在北，去安西，两关必过一关。也许元二真是经阳关入安西，也许是诗词平仄的要求，用“阳关”泛指关隘。我在阳关、玉门关和嘉峪关这一带转悠了五六天，避喧让闹地遐想，呼叫的晚风仿佛是戍边战士的呐喊，殷红的残阳宛如阵前壮士的鲜血。

唐代诗人王之涣有一首《凉州词》：“黄河远上白云间，一片孤城万仞山，羌笛何须怨杨柳，春风不度玉门关。”凉州，即今天的甘肃武威。诗人王昌龄在《从军行》中吟道：“青海长云暗雪山，孤城遥望玉门关。黄沙百战穿金甲，不破楼兰终不还。”楼兰在罗布泊的腹地，因为孔雀河20世纪70年代干涸，以后的楼兰不复稠密的人烟。陆游诗云：“僵卧孤村不自哀，尚思为国戍轮台。”轮台在哪里？在天山南麓的龟兹到库车的途中，就是岑参说的“一川碎石大如斗”的那个轮台。陆游诗出，“戍轮台”便成了“戍边”文学表达。

从青、陇、宁三省（区）回来之后，结伴的“驴友”不约而同地认为，甘肃之行是最富震撼、最有诗意、最具浪漫的旅程。置身大漠戈壁的高天厚土，面对黄沙飞扬的苍茫大地，不由得会产生一种发自内心的敬畏感，由衷地俯下身来，揖天拜地。莫高窟的佛祖就站在你的身后，庇佑着你，边塞诗人不朽的“黄沙百战”震撼你的心灵，让你怀想。

风起沙鸣，宛如鸣咽，古来征战几人回的壮士英灵永远镇守在这片英雄的土地上。书中写道：“鸣沙山夜夜悲歌……那冲天的厮杀呐喊，那不绝的战火硝烟，在鸣沙山成了一首催人泪下的史诗，而离人的泪，滴成了这眼月牙泉。”读着这段文字，我有点懊恼，过分地赞誉了作者，换作我，我会这样写，鸣沙山夜夜悲歌……那冲天的厮杀呐喊，那不绝的战火硝烟，在戈壁大漠成了一首壮美的史诗，而征人的泪水，汇成了这湾永不干涸的月牙泉，给后人留连、回忆和怀想。

三

在“洛阳”，郝娟菡用了唐代诗人张籍的《秋思》作为“诗导”，“洛阳城里见秋风，欲作家书意万重。复恐匆匆说不尽，行人临发又开封。”司马光有诗云，“欲问古今兴废事，请君只看洛阳城”，形象地勾勒了洛阳的历史地位和时代责任。

“当翠绿的春辗转成淡黄的秋，云乍起，叶零落，一蓑苍茫向晚，金谷园畔，张籍一袭青衣踽踽在洛阳的雨中。匆匆的脚步丈量了古城的寥落，匆匆的笔端，书写道不尽的相思。”我有点不明白了，张籍为何匆匆？既步履匆匆又笔端匆匆。

宝历二年（公元826年）张籍和王建一道客居洛阳，也就一年时间吧。两人同访了灵都观，拜谒了李道士。灵都观是唐玄宗为胞妹玉真公主建的，当年的李白和王维都是为玉真公主所荐而得玄宗赏识入仕的，可公主已经仙升20多年了，李道士可没这么大道行。

张籍和王建都有秋思之作，王建的那首“中庭地白树栖鸦，冷露无声湿桂花。今夜月明人尽望，不知秋思落谁家”的知名度是很高的，似乎更胜张籍一筹。

我去洛阳的五月初，牡丹的盛已经是强弩之末。于我而言，醉翁之意不在酒，除了龙门石窟、白马寺、天子驾六博物馆之外，值得寻访和拜谒的就是龙门香山，白居易的墓地所在地。

唐朝的诗歌，在我国诗歌史乃至文学史上，都是不可超越的巅峰，而在有一群杰出诗人的顶峰上，站着白居易。读过唐诗的人，鲜有没读过他的《长恨歌》《卖炭翁》的。白居易死后，葬在洛阳香山，香山在龙门石窟旁。

白居易晚年定居在龙门，于846年卒，终年75岁。龙门与邙山一壑之隔，却葬在香山，而不是邙山。在龙门，白居易常常与元稹、如满、刘禹锡等僧俗好友唱饮，诗句中有很多是怀念江南的，尤其是他任职过的杭州，最脍炙人口的莫过于《忆江南》，诗中有句云“江南忆，最忆是杭州”。

在龙门，我默诵李白的诗句：“黄河三尺鲤，本在孟津居。点额不成龙，归来伴凡鱼。”李白，这条孟津居的鲤鱼，是跃过了龙门，还是没跃过去？“天子呼来不上船”的李白也会“云想衣裳花想容”地拍马屁。李白是一尾鱼，还是一条龙？

四

读书，是为了消磨时间，还是寻找快乐？也许都有，离开挣钱吃饭的岗位之后，更是如此。但作为作家，读书是一种积累，那是没有异议的。从一个读书人向写作人转身，是不是往高处走，这个高处，是世俗的，还是脱俗的，我一直百思不得其解，我这样的人去思考如此深奥的哲学命题，也许永远不会有答案。读多了就写，写多了就著，著多了而名传，这是一条惯性之路？止步于读，偶尔写点读书笔记，从未有“作家”的非分之想，是真读书人，还是不求上进？那写，进而著，是不是就是往高处走？抑或是俗人、庸人之举？

我最近看了一些电视节目，很得益。在《我的艺术清单》系列中，我最喜欢朱迅采访冯骥才那段，冯骥才是作家？是，但我说冯骥才是杂家，集作家、收藏家、民俗家、画家……于一身。采访通过两者的话语交流，故地重游，间或冯先生夹叙夹议，展现了冯先生从读书到写作，进而将思想和行为伸向各个艺术领域，成为一代大家的过程，也展示冯先生的风范和魅力。

冯骥才早年在吴玉如门下学习古诗词，学习诗词是一门基本功，是文学修养的基本功，冯先生的成功是否得益于古诗词？我想，诗词一定是有助于冯先生的成功的。成功的或者正在成功的作家学点、懂点古诗词是绝对有助于写作的。

读书，是个人的事，读什么书，也是个人的事。什么是书的营养，那看各人需要。就我个人而言，我是分辨不出哪些书是垃圾的，我以为，大部分书是“甘草”。

不妨读点闲书，不妨学点诗词，我说的闲书是广义的，偶尔购得两本名曰《闲话》的闲书，我举个其中文题，你就会知道这本闲书中的“闲趣”，《唐僧 —— 体制内的宠儿》《做罗丹的情人，幸还是不幸》，读来兴趣盎然，读来会心一笑，读来掩卷品咂。我说的诗词也是广义的，汉赋唐诗，宋词元曲都是，“君不见高堂明镜悲白发，朝如青丝暮成雪”，这是李白的感慨；“谁道人生无再少？门前流水尚能西！休将白发唱黄鸡”，这是苏东坡的感慨。都是说人生，却是别样境界。

都说要读经典，读经典目的何在？兴趣消闲，还是承袭效仿。我读经典的兴趣消闲在其中的故事，跌宕起伏，一波未平一波又起，当年我在《当代》上读《白鹿原》就是读故事，读欧亨利的短篇小说（原版）就是为了学英语，从来没想过要用来效仿去写作。

我一边“熟读唐诗三百首”而“休将白发唱黄鸡”；一边“远游无处不销魂”而“细雨骑驴入剑门”，宅家读书和外出旅行就是我的“诗和远方”；一本闲书一杯清茶，就是我的日常生活。

青山不老——李白在当涂

青山，在距当涂县城东南20公里处。山势蜿蜒起伏，峰峦遥接连绵，岩壑灵秀，林木葱郁，此去青山，正值春深，满眼山翠树碧。李白墓就在青山南麓脚下。

公元762年，62岁的李白在当涂养病。四月底，抱病的李白去横望山看望旧友吴筠，冥冥之中，似乎有一种诀别的意思。是“余尝学道穷冥筌”与“道”的辞别，还是“将欲辞君挂帆去”与“游”去辞行，李白自己都说不清楚。

横望山，道教名山，亦名隐居山，跨当涂、江宁、溧水三县。吴筠此时正隐居在横望山。齐梁道家陶弘景曾炼丹修道于此，虽梁武帝礼聘不至，却每每应咨朝廷大事，时人称为“山中宰相”。吴筠隐居、修道在此，是期冀成为代宗的陶弘景，还是真的为遁世而隐，只有吴筠自己清楚了。吴筠死于公元778年，已经是李白西去16年之后，吴筠一直在横望山，但没有史载吴筠道别李白，是道家的出世脱尘，还是超凡的无动于衷，不得而知。但是，李白对吴筠还是很有感情的，“欲知怅别心易苦，向暮春风杨柳丝”便是例证。没有吴筠，哪有李白天宝元年供奉翰林的殊荣，至少李白自己是这样看的。

李白的墓，在离当涂县城咫尺之遥的青山。李白死后，李阳冰葬李白于县南十里之龙山东麓。唐元和十二年（公元817年），范传正会同当涂县令诸葛纵，将李白墓由龙山迁葬青山，并亲撰《唐左拾遗翰林学士李公新墓碑》碑文。

“传正共生唐代，甲子相悬，常于先大夫文字中，见与公有浔阳夜宴诗，则知与公有通家之旧。”喝一次酒，就推演为“通家之旧”，范传正下笔还是有所保留的，说“通家之旧”，而不是“通家之好”。范传正的一句“通家之旧”，不管是确有其事，还是攀附盛名，结果是李白得以了却生前的愿望，最后在青山安息。李白有愿，青山有幸。

“竟遭腐胁疾，醉魄归八极”，皮日休说得很肯定，李白死于腐胁疾，无论后来的李白之死演绎出怎样的浪漫色彩，都是世人的美好愿望。晚年的李白贫病交加，59岁的李白在流放途中遇赦，算是九死一生，那愉悦的心情溢于言表，“轻舟已过万重山”既是舟楫飞下的写照，更是百感交集的流露。贫，对李白而言，倒是没有太大的威胁，凭李白的诗名，赐金还山的荣誉，酒肉相邀那还是常有的事。只是这病，唯天可救，人力难挽，李白毕竟不是仙，不是仙，那一死就是免不了的。

20多年前曾去过一次青山，没什么辅助建筑，只一丘土冢，一碑石刻，仅此而已。此次同去的一位世界卫生组织的热带病专家，酒量不小，酒兴也豪，对中国的李白和白酒都有着浓厚的兴趣和爱好。听说芜湖离“李白”不远，就追着要“见”李白，正巧去当涂出差，就顺道来见一见这位享誉中外的诗人。

“我想，李白也许是中国无人可及的诗人了”，这位专家是用英文说的。

我沉默半天，蹦出来的念头就是，跟这位专家说中国的古代诗人，有点太难为他，也有点太难为我。

我只是随便地应了一句：“不，至少在唐代，还有与之并驾齐驱的诗人杜甫。”我看见他满眼的疑问，便接上一句“你不知道？杜甫也是唐代伟大的诗人”，我用英语重复了一遍。老美听了，双肩一耸，两手一摊，那意思我倒是懂了，就是“不知道”。

虽然我只是随便一说，却是潜意识的表露，不过表露的对象不适合而已。我一直以为，杜甫的诗歌成就并不亚于李白，就唐代诗人而言，除了李白，我还喜欢杜甫，平心而论，唐代诗人中，随便挑一个都是大腕，但是，总体水平能与李白、杜甫齐肩的还真不多。

南齐诗人谢朓在任宣城太守的时候，曾筑室于当涂青山山南。还真巧，就在李白被“逐出”长安之际（天宝十二载），敕改青山为谢公山，因此，青山又称谢家青山。东晋大司马桓温墓在青山北麓，青山又曾称桓墓青山，李白入葬青山，青山也便顺理成章地称为李家青山。青山有幸为众多的名家所占，青山也就因此而不老。

来祭拜李白墓的历代诗人，从李白同代的白居易、贾岛、杜荀鹤，到清代的刘大櫆、姚鼐，数不胜数。说64岁的贾岛千里迢迢，寻踪祭贤，客死当涂，葬于此地，那是传说，是好事者所伪托，完全不可信。贾岛墓在四川安岳，但我在青山还真见到过贾岛的墓碑，静静地躺在一处园林的墙脚下。贾岛和李白的诗风迥异，一个豪放，一个内敛。贾岛千里迢迢来青山“看望”李白尚且可以理解，非要和李白作伴，那是好事者的生拉硬拽，说捏造也是不为过的。对李白、对贾岛都是非礼的唐突。青山再好，那也只是李白的寝山，有“一生低首谢宣城”的谢朓相伴足矣。

南宋有一位大名人遭贬谪，蛰居青山“疗伤”，效谢朓为榜，与李白为伴。

现在的李白墓区，与20年前的一土丘一碑石的简陋已经不能同日而语了。太白墓园林布局虽错落有致，却没有太大的特色，唯绿化很见用心，花草树木葱茏在楼阁亭榭周围，青碧在曲径回廊的两侧。碑廊就太一般了，很多碑刻不甚精致，浅雕模糊不清，也许拓印的次数太多了。

李白在当涂写过《姑孰十咏》，姑孰，当涂的旧称。10首吟咏当涂山川风物的诗。唐“十咏亭”在县城东，后毁于20世纪，1986年在青山李白陵墓区重建了“十咏亭”。亭中照壁上刻有李白“姑孰十咏”诗，为书法家黄叶村手书。前后题额“十咏亭”三字分别由书法家刘夜峰、黄叶村所题。《十咏亭重建记》为书法家王业霖撰文并书。

晚年的李白对姑孰的感情很深，大概身体的原因，已经不能远游，对姑孰周围的山川风物情之所至，咏之有复，一而再，再而三，唯恐遗之有漏。闲步在姑溪河畔，问“何处浣纱人”，叹“红颜未相识”；泛舟丹阳湖，见“少女棹轻舟”，听“歌声逐流水”；谢公宅、桓公井、慈姥竹、凌歊台，天门山都在李白的视野之中，唱咏之列。

《姑孰十咏》被认为是李白的晚年之作。从内容上看，恐非短时之为，时间跨度很大，似乎是天宝后期及上元、宝应年间的诗作。

苏轼《东坡志林》卷二有这样一段话，“过姑孰堂下，读李白《十咏》，疑其语浅陋……白集中无此”。很多后人也认为，《姑孰十咏》是李赤所作，说李赤心疾甚重，妄称李白。此说有道理，就说《天门山》这首吧，李白出川东游大概是三十岁不到，《望天门山》作于开元十四年（公元1726年)，“天门中断楚江开，碧水东流至此回。两岸青山相对出，孤帆一片日边来”。《姑孰十咏》之《天门山》中“迥出江上山，双峰自相对”，“参差远天际”，“落日舟去遥”。意境虽然相似，诗风却相去甚远，晚年的李白似乎没有必要再咏天门山，所以，苏轼说《十咏》“语浅陋”不是没有道理的。

是也罢，非也罢，《姑孰十咏》已经是当涂乃至青山的名片，一杆炽情的大旗，干吗非要拔掉呢？白也好，赤也好，姑孰溪、丹阳湖、谢公宅、桓公井、慈姥竹、凌歊台肯定是姑孰的，这就够了。李白这人还是很宽容的，二十多岁的白衣后生魏万初遇李白相当不谦虚，说“君抱碧海珠，我怀蓝田玉”，李白并不介意，还将自己的诗稿托付魏万辑集。也许李白对李赤只说上一句“不错啊，也有才”。

南宋初，陆游只是一过而已，但留下一首气势恢宏、感慨颇多的《吊李翰林墓》。

隆兴二年（公元1164年），陆游在建康做通判，年初“从前辈任尽言游”（于北山《陆游年谱》），此后，陆游入蜀。建康离青山太近了，也许就是本年，陆游去了青山，拜谒了李白墓。“饮似长鲸快吸川，思如渴骥勇奔泉”，说的是李白过人的才华。“客从县令初何有，醉忤将军亦偶然”，“客从县令”，当指李白客居李阳冰的寓下的窘态，唯“醉忤将军”比较难解，是指李白醉言忤逆高力士，还是自己因为“北进”忤逆张浚，陆游本人在北进恢复上比较执着，也可能与张浚意见不甚合而出忤言。“骏马名姬如昨日，断碑乔木不知年”，出句当指李白的生荣，对句定指死后的冷落。“浮生今古同归此，回首桓公亦故阡”，桓温、谢朓、李白死后都埋骨青山，“今古归此”。

曾巩任太平州（今当涂）司法参军期间，曾多次游青山谒李白墓。曾巩时代的李白青山墓几乎就是荒冢一丘，与李白生前诗名的显赫和圣宠的荣耀简直就是天壤之别。“世间遗草三千首，林下荒坟二百年”，三千首和二百年，鲜明的对比。“信矣辉光争日月，依然精爽动山川”，李白虽去，却与日月争辉，与山川同在。“曾无近属持门户，空有乡人拂几筵”，青山墓前没有李白的后人守制，两百余年过去了，即便有后人，也是踪迹难寻了，也就是青山乡人照看一下。“顾我自惭才力薄。欲将何物吊前贤”，曾巩“自惭”的是“才力”而非“财力”，连曾巩在李白的面前都是不敢妄言“才”，可见李白在宋代，声名还是不减当年的，曾巩在李白墓前的肃然起敬溢于言表。

杨万里，绍兴二十四年（公元1154年）进士，有一首《望谢家青山太白墓》，杨万里是否去过青山，不得而知，但至少这次没去。也许就是乾道、淳熙年间奉调辗转而途中遥望青山。“阿胱青山自一村，州民岁岁与招魂。六朝陵墓今安在，只有诗仙月下坟。”诗不难懂，但透露了一个信息，“六朝陵墓”，六朝指的是金陵，《望谢家青山太白墓》显然是在过金陵时候写的。杨万里是“为郡不知歌舞乐，忧民赢得鬓毛斑”，出名的清廉之官，不会绕道青山，所以是“望”而不是“吊”。

至于白居易说“可怜荒垄穷泉骨，曾有惊天动地文”，吊的是采石的李白衣冠冢，“荒垄穷泉骨”一点都不奇怪的。

离得我们最近的与青山相关的名士当算南宋绍兴二十四年的状元张孝祥了。张孝祥与镜湖的渊源，是芜湖人的骄傲，“捐田百亩”而成“陶塘”几乎是家喻户晓的。如今的张孝祥塑像斜倚在镜湖边，目光凝重，神情忧郁，似乎把对南宋未了的忧患情怀带到了今天。“百亩陶塘翠柳中，鸠兹幸守状元公。才逢衰世徒驰骛，战遇书生乏取功。半卧凝眸难北顾，无疑尽瘁念南躬。六州有泪虽如雨，若画江山赖戍戎。”常说，国富民强，当说，国强民富。

张孝祥文曰：“某有田在谢家青山下，屋十余间，下俯江流，今归真不复出矣。元晦异时或欲览江、淮山川之盛，乘兴东游，则仆可以奉从容于梁山、博望、慈湖、采石之间也。”元晦即朱熹，张孝祥同时代的理学家。

张孝祥在出任静江知府途中有一首诗《鸡笼福地在历阳将至丰城望一山宛然感之赋诗》，诗曰：“黄茅白苇径才通，忽见晴岚扫翠空。从吏只今俱蜑户，仙山何许是鸡笼？逢人渐觉交游少，问路仍行盗贼中。自是粗才合粗使，瘴乡那得便途穷。”鸡笼，即当涂鸡笼山，张孝祥在出知静江前，就是隆兴二年（公元1164年）罢官之后，闲居在青山。张孝祥在《棠阴阁记》中说“余居青山之别业”，可见张孝祥对青山的感情和留恋。除了芜湖之外，青山，是张孝祥宦途坎坷和起落的疗伤之地。“自是粗才合粗使，瘴乡那得便途穷”，宋代西南之荒凉和闭塞，是令人望而生畏的，瘴乡之“瘴”，用现代医学术语讲，就是热带病，譬如疟疾。牢骚归牢骚，张孝祥在静江的任上政绩显赫，勤政爱民。静江就是今天的桂林，桂林有许多张孝祥诗词碑刻的遗迹，游人无几，也许张孝祥当年的留恋处，也是我今天的流连处吧。

采石，攀附着李白投江的传说而声名鹊起，可冢，也就一衣冠墓而已；但青山不同，李白尸骨和神魂都安息在此，更何况前有谢玄晖，后有张孝祥，诗山绵延了1600年的历史，是历代诗人骚客朝圣之地，理应也是游客光顾的热门之地。

张孝祥迁葬在江浦的老山，虽离青山不远，也不会经常来拜祭李白，更何况和儿子张同之同居老山，回青山的机会更加少。至于谢朓，因泄露始安王萧遥光谋夺帝位，而被诬死于狱中，死，是否有葬身之地也就不得而知。我想，谢朓倒可能与李白、张孝祥诗词唱和，相处甚睦，这时候的李白不会寂寞，会很开心的。

青山，谢朓和李白都在此隐居过，遗留的谢家祠堂和李白墓就在张孝祥旧居的两侧。张家旧居粉墙黛瓦，依山而建，三进院落，屋十余间，竹篱围墙，前院的不远处就是江流，离丹阳湖、姑孰河也不远，农舍散布在张家旧居的周围，青山秀水，安居宜人。朝阳未起，林木间氤氲雾岚，枝头上雀鸣鸟叫，张孝祥常常立在竹篱边，看荷锄的农人、浣衣的农妇、牵牛的牧童在院落前面的田埂阡陌间出没。

被贬黜的张孝祥似乎也安定下来了，碰到艳阳高照的好天，会捧着一本宋刻的李白诗集坐在前院，读又似非读，偶尔地和在篱门前嬉戏的农家儿童逗上几句。

张孝祥趁在青山闲居的日子，整理自己的旧稿，十之七八不在了，诗词歌赋、文辞颂记，加上一些应景的文稿，先集在一起吧，待日后再作修辞润色、删繁增编。此地是于湖，就叫《于湖文集》吧。张孝祥一时兴来，挥笔几句：“于湖，于湖，只眼细，只眼粗。细眼观天地，粗眼看凡夫。”张孝祥自忖：“天地须细观，方能纵横八极，兴亡沉浮尽收眼底；凡人当粗看，才能容忍万千，功名利禄俗人常情。大节不能不顾，小错无须纠结。我想世间事逃不开细观粗看的。”

张孝祥放下笔，走到竹篱前，遥看东、西梁山，暗自问了一句，李白去了哪？

敬亭永昌——李白在宣城

天宝十二载（公元753年），李白由梁园南下，第一次到了宣城。说来李白这个人生性很豁达，虽然放还，也没有多少颓败的情绪，李白始终认为自己是一只大鹏，即便是“歇脚”，也是为了下一次的振翅高飞。此时的李白虽然诗名遍朝野，但已经五十三岁了。

五十三岁的李白在梁园接受了从弟、宣城长史李昭多次“邀我敬亭山”来到了宣城。李白到宣城后，受到时任宣城太守宇文先生和当地文人墨客的欢迎和追崇。长安旧友、酒中八仙之一的崔成辅此时也在宣城，于是，对酒醉高楼、闲散着扁舟便是这一干诗友墨客流连所在。李白第一次来宣城的心情非常好，而宣城在他的心目中也是“江城如画里，山晚望晴空。两水夹明镜，双桥落彩虹”。李白在宣城过得很快乐，有一种“欲上青天揽明月”的豪情和冲动，“歌舞共讴吟，欢笑相拜贺”，整日里乐陶陶的。此时他的家在南陵，南陵属宣城郡，所以李白有“我家敬亭下，辄继谢公作”的自豪。初到宣城，没有任何“独坐敬亭山”的孤寂和“众鸟高飞尽”的伤感，更加没有“相看两不厌”的自怜。753年的李白在敬亭山被一帮墨客文人追捧着，烘云托月，飘然若仙，何来独坐敬亭山的孤独和凄凉。

天宝三载（公元744年）的赐金放还至今差不多快十年了，近十年的云游，足迹遍及鲁、豫、苏、皖，有时候也在冀、蓟走走，除了云游，还能做什么？离开长安，李白的脚步就再也没有踏进京阙一步，虽然长安有他牵挂的人和事，有他曾经的荣和辱，远离却不曾淡忘。

天宝元年（公元742年），玄宗执政已经三十年了，李白四十二岁。四十二岁的李白依旧是功名无望，近阙无门，只能春在东鲁，夏登泰山，旋即从山东携宗氏去了浙江会稽，与道士吴筠同隐于剡中，那是秋天。

早在开元十八年（公元730年），李白由南阳去长安求取功名，蜀中才子以诗名和酒豪结识了“酒中八仙”的王公贵族、雅士文人，以及玄宗的妹妹李持盈（玉真公主），一个很具分量的大人物。

就在那年的秋天，玄宗诏吴筠入京，旋即召李白入京。李白入京是吴筠推荐的，李持盈也应该在皇帝面前说了不少好话。李白第一次奉召入京，异常兴奋，自诩不是“蓬蒿人”的李白在南陵辞别了家人，没有任何耽搁，马不停蹄地一路前行。李白在长安的金銮殿见到了李隆基，同样地，李隆基也见到了吴筠、李持盈、贺知章眼中的李白。四十二岁的李白，依旧是相貌堂堂，一表人才；酒兴豪豪，斗饮诗百篇。可在李隆基的眼中，还是一副穷相，既然来了，好歹给个位置吧，李隆基一想，就供奉翰林吧。

翰林院从唐朝起开始设立，先是艺能人士的供职机构。到了玄宗，翰林便分为两种，一种是翰林学士，是皇帝起草诏书的秘书班子；一种是翰林供奉，用现在的话说，就是供皇帝消闲的文艺沙龙中的文人雅士，李白在李隆基的眼中，就是这种角色，因为且不说自己的妹妹，就是吴筠这一班人的面子也是不好驳的。

李白陪李隆基喝酒，喝酒的时候杨玉环也在，杨玉环在，不全是陪着喝酒，是为歌舞。歌舞的时候，李龟年也在，天宝二年（公元743年）的李龟年风华正茂，擅歌善鼓，李隆基歌舞作乐的时候是离不开李龟年的，更何况现在有了李白，李白和李龟年词、曲、歌三者珠联璧合。

“一枝红艳露凝香，云雨巫山枉断肠。借问汉宫谁得似？可怜飞燕倚新妆。”李白酒酣之下的《清平调》，杨玉环高兴，李隆基高兴？未必。李白绝无弦外之音，但李隆基大概不这么想，我是那亡国之君刘骜？李隆基原本流畅的情绪顿时蹇涩了许多。人得意可以，但别忘形，忘形必遭祸。

次年，诏许还山，赐金放归。李白被客气地逐出朝阙，作俑者张垍，玄宗的女婿，谗言者肯定少不了高力士。张垍有点疑神疑鬼，生怕李翰林替代了张翰林，谗言说与老丈人，那定是一说一准，更何况玄宗本来对翰林李白就不以为意。

自从天宝三载（公元744年）离开京城之后，李白的足迹基本上是往东南，在洛阳遇见了杜甫，在汴州遇见了高适，三个人乘兴同游了大梁、宋中，就是现在开封、商丘一带。天宝四载（公元745年）的秋天，在鲁郡，就是现在兖州，又遇见了杜甫，同游江东，从扬州，再去越中，冬天折回苏州。与杜甫别后，盘桓于扬州、安宜（宝应）、淮安，岁末又去了扬州。此后，周游，抑或奔波，于河北、河南、山东、江苏、安徽一带。

从天宝十二载（公元753年）李白第一次去宣城到上元二年（公元761年），李白一直在宣城附近转悠，就是说，李白离世前一直没有真正地远离宣城。是什么原因让李白对宣城如此留恋？李白第一次到宣城，逗留了整个秋天，冬天去了金陵，然后去了广陵，邂逅了魏万。

魏万此刻还是一个白衣，没有功名，也就二十多岁吧，是李白的“粉丝”，慕李白诗名，从河南来寻访李白，最终在金陵见到了仰慕已久的李白。“自嵩历兖，游梁入吴”，行三千余里，心不可谓不虔。初遇李白的魏万有《金陵酬李翰林谪仙子》一诗赠李白，说“君抱碧海珠，我怀蓝田玉。各称希代宝，万里遥相烛”。这魏万有点儿托大，居然一见面就欲与李白并驾齐驱，好在李白并不介意，谁没有年轻过，谁没有狂妄过，后生可畏啊。

李白也赋长绝《送王屋山人魏万还王屋》回赠，对魏万十分称许，引为同道，说魏万将来“必著大名于天下”。文人之间的惺惺相惜是常有的事，但我仍然不明白，李白何以将自己的全部诗文稿交于初次见面的魏万，就这么放心？更富有戏剧性的结局就是，魏万为李白编撰成《李翰林集》，而成为李白生前唯一为李白编撰诗文集的人。这也许是李白一生中最富有传奇色彩的交往了。李白一生的诗朋文友不少，达官贵人也不少，谁也不托，却偏偏托于魏万，一个本来与李白八竿子打不着的人，“邂逅”也许就是天赐的机缘。

李白舍不得宣城，舍不得敬亭山。与魏万别后，转身回到宣城，天宝十三载（公元754年）一直在宣城、秋浦（池州）、南陵一带转悠，往南去了黄山，折转又回到宣城。“我自入秋浦，三年北信疏。……有客自梁苑，手携五色鱼。开鱼得锦字，归问我何如？”老婆宗氏屡次传书催归，那还是回去一趟吧，天宝十四载（公元755年）的上半年，李白乘船溯江而上去了寻阳，然后北折去梁园探家。

这年秋天，李白准备只身去长安。此去长安，最不想见的人就是李隆基，最想见的人是李持盈，而酒中八仙呢，贺知章已经作古，而两位王爷呢，时过境迁，也未见得待见这位落魄的故人，崔成辅还在宣城，那就没有什么人一定要见了，只有李持盈，相荐有恩、投机同道的玉真公主李持盈。

李白自从赐金还山之后就未见过李持盈了，十年后的李持盈会是个什么样子？“孤灯不明思欲绝，卷帷望月空长叹”，李持盈，你还在长安吗？

李持盈已经不在长安了，李持盈屡请出家为道，李隆基就是不准，既不准出家，就云游吧。李持盈说去王屋山，李隆基一想，王屋山不远，去就去吧。殊不知，李持盈一出长安，便杳如黄鹤。李持盈去了哪里？李持盈没有在王屋山逗留，一路东南，去了梁园，然后又一路东南，去了皖南，去了宣城的敬亭山，与随后去宣城的李白似乎“心有灵犀一点通”，大概都是奔着南朝的谢朓去的，“兹山亘百里，合沓与云齐”，隐居、修炼、习道都合适。

李持盈去宣城，只是想找一安生之地，修炼得道，了却余生，这一年李持盈将近六十岁，已经步入老年了。

天宝十二载（公元753年）秋天的一个早上，李持盈已经结束了卯时的早课，正准备去半山腰的竹林，看见了李白，看见了风采依旧的李白。李白正众星捧月似的从道观门口过，李白甚至在道观的门口仰面扫了一眼额匾，隐约听见问“匾额何人所题”，李持盈闪进内室。崔成辅一句“上山吧，回头再来”，李白“嗯”了一声，也就走了。

李持盈不想见李白，见又如何？李持盈在山间的一块石头上坐了下来。“旁观者清”是个永恒不变的真理，长安貌似平静，实则暗流涌动，杨国舅想以哥舒翰制安禄山，那是饮鸩止渴。李白会去道观里吗？去了又能怎样？没人知道我是李持盈，李持盈在这世界上已经消失了。

这年冬天，李白也消失了。李白去了金陵，去了扬州，转眼，李白又回来了，李持盈在想，这李白的脾气一点没改，还是坐不住，待不久，喜欢满世界地转悠。

李白并不知道李持盈就在敬亭山出家，并不知道那天上山与皇上的这位御妹因为崔成辅的一句“上山吧，回头再来”而失之交臂。

李白急匆匆地从梁园出发，朝王屋山去，然后准备折北去长安。李白并不知道安禄山造反，洛阳已经快陷落叛军之手了。无奈，“我亦东奔向吴国”地“窜身南国避胡尘”，折回寻阳，沿水路顺流而下回到了宣城，回到了敬亭山，回到了“一生低首谢宣城”的敬亭山。

李白哪里知道，就在天宝十五载（公元756年）的六月，哥舒翰在灵宝吃了败仗，随即投降了安禄山。潼关失守，叛军长驱直入长安，李隆基携杨家兄妹西逃，杨贵妃永远留在了马嵬坡，马嵬坡因此遗名历史。旋即太子李亨继位，李隆基不情愿地做了太上皇。

按郭沫若先生的说法，那背叛父命的不是李璘，而是李亨，原因就是李亨擅自在灵宝称帝，李璘奉父命讨贼是玄宗的“制置”，何为叛？但李亨不这么看，李璘手握重兵，有分庭抗礼的资本，兄弟阋墙在所难免了。五十六岁的李白很关心平叛的形势，“张良未逐赤松去，桥边黄石知我心”，国难当头，那意思很明白，还是想做济世的张良。这一年，李白忙得很，在宣城、当涂、溧阳、余杭、金陵、秋浦、寻阳辗转往复。至德元年（公元756年）岁末，李白在寻阳附近的庐山，拗不过韦子春三请四邀而入李璘帐下，不，也许李白就等待这一天。可惜这一“失足”便成了千古恨，李璘兵败，李白锒铛入狱，定罪流放夜郎。

五十八岁的李白从寻阳溯江而上，因为唐军收复西京，肃宗大赦天下，却没有李白的份。“北阙圣人歌太康，南冠君子窜遐荒。汉酺闻奏钧天乐，愿得风吹到夜郎。”唐代谋反是杀头的罪，没死就算万幸了。这一年，李白颠簸在流放的路上，虽然流放，却还是很自由的。受宰相张镐赠罗衣两件，并有答诗，并在江夏小作逗留。在沔州见尚书郎张渭，还同游郎官湖。十月，李亨册封李豫为太子而大赦天下，这次又没李白的份。李白虽然知道“独弃长沙国，三年未许回”，却还是幻想着“何时入宣室，更问洛阳才”，李白还真是糊涂得可以，都到这个地步了，还说自己是贾谊，常说不撞南墙不回头，李白是撞了南墙也不回头。

李白在白帝城附近接到赦免诏书时，已经是乾元二年（公元759年）的六月，似乎不是上年十月大赦的迟到，而是李亨的特赦。李白欣喜若狂，也许老泪纵横，“朝辞白帝彩云间，千里江陵一日还。两岸猿声啼不住，轻舟已过万重山”。奉节到荆州差不多就是一千里，归心似箭，刻不容滞，轻舟激流，一日千里。

六十一岁的李白又回到了宣城，可敬亭山口善酿的纪叟已经下饮黄泉，“夜台无晓日，沽酒与何人？”只有和我李白对酌，才是畅快之饮啊。没有纪叟的敬亭山，李白孤寂了许多；没有纪叟的独饮，李白觉得酒之寡味；没有朋友的对饮，月能解饮之意吗？去历阳，与王县令一饮酩酊，举杯同醉，“举酒挑朔雪，从君不相饶”，你喝多少，我就喝多少，多痛快啊。

李持盈依旧在翠云庵修道，常常看见跌跌撞撞的李白从庵前经过，甚至有一次坐在庵前的阶石上，扭头仰面注视着“翠云庵”的匾额，微微一笑。然后站起来，理理长衫的后摆，依旧是跌跌撞撞地向昭亭寺蹇步而行。李持盈很酸楚，再也看不见长安初见李白时那三十岁的模样，那种低吟高唱的潇洒，那种目空一切的飞扬。

李白依然隔三岔五地上山，李持盈静静地坐在山腰竹林里，远远地望着李白蹒蹒跚跚地上山，李白喜欢歇坐在山间的“石几”上，伸腿捶腰，四下张望。李持盈甚至看见李白注视这边的目光，一身灰青道袍，一柄寒光长剑。你还记得金枝玉叶的玉真公主？你还记得长安论剑说道的李家持盈？李持盈看见李白起身向昭亭寺那边走去。李持盈转过身，停下剑，目送着李白上山。

敬亭山，除了神交的谢朓之外，还有什么可以留恋的呢？李持盈，你在哪里？崔成辅说你早就离开了长安，不知所向。一路寻来，金陵不在，寻阳不在；黄山不在，横望山不在；秋浦不在，宣城不在；莫非你在王屋？胡虏肆虐的虎狼之地啊。

李白抬头手搭凉棚地望着苍翠的顶峰，缓缓地舒了口气，然后轻轻地摇了摇头，转身寻了块平整的青石，撩起长衫的后摆，坐了下去。山下的城郭隐约地在山岚中缥缈，山上的树林遮天蔽日，阳光从枝叶的缝隙中射下来，在李白的身上、地上留下变幻莫测的阴影。李白站起来，在眼前这块还算平缓的土地上踱了几步，大声地吟“众鸟高飞尽，孤云独去闲。相看两不厌，只有敬亭山”。李白反复吟着“只有敬亭山”，片刻，李白一甩衫袖，头也不回地下山去了。

身后的树林里，有双眼睛随着李白一起上山，相看两不厌，何止敬亭山！

下了敬亭山的李白去了当涂，去了横望山，冥冥之中诀别了故友吴筠。十一月，六十二岁的李白辞别了人间，留下了诗稿。

“大鹏飞兮振八裔，中天摧兮力不济。余风激兮万世，游扶桑兮挂左袂。后人得之传此，仲尼亡兮谁为出涕。”世无孔子，谁能为我的摧折而哭泣？

也就在这一年，七十一岁的李持盈在敬亭山羽化，永远躺在了敬亭山间。

屈原之“屈”

梁启超说屈原是“中国文学家老祖宗”，那就是说，中国的文学，就是从屈原那开始的。梁先生的话可信又不可信，譬如《诗经》中最早的作品大约成于西周初期，根据《尚书》上所说，《豳风·鸱鸮》为周公旦所作。如果承认《诗经》是文学的话，那屈原“中国文学老祖宗”的地位坐得就不那么稳了。《诗经》中最晚的作品《陈风·株林》成于春秋中叶。《豳风·鸱鸮》到《陈风·株林》，跨度长达600年，即使从春秋中叶算起，也是早于屈原的诗歌时代。

屈原，原姓芈，名平，字原，是楚武王熊通之子屈瑕的后代，当然就有王室血统。初得楚怀王的信任而任左徒、三闾大夫，常参与国事定夺、法律制定，颇具生杀大权，在楚国的地位很是显赫的。

所谓合纵连横，那就是今天你我联合对他，明天是我他联合对你，也许后天就是你他联合对我了。而屈原矢志强国的楚国，在当时并不是最强的。

一个看似偶然的机会，使得楚国成了七国中人口最多、军队最强的国家。公元前323年，打着送魏公子高返回魏国的旗号，大司马昭阳带兵攻入魏国，在襄陵大破魏国军队，夺取了魏国的八座城池，纳入楚国的统治之下。凭着“暗度陈仓”的“阴招”，楚怀王奠定了楚国霸主的地位。

世曰，屈原生性耿直，洁身自好，按现在的话说，就是个性很强，有点宁折不弯的意思。屈原施政，不愿与上官大夫靳尚同流，不肯与楚怀王的儿子子兰、宠妃郑袖合污，据说，靳尚的这个“铁三角”受了秦国使者张仪的贿赂，阻止楚怀王接受屈原的施政意见，进而疏远了屈原。公元前304年，屈原反对楚怀王与秦国订立黄棘之盟，被楚怀王逐出郢都，开始了流放生涯。

公元前307年，秦武王意外死亡。在燕国做人质的武王异母弟稷继位，即秦昭襄王，因为秦昭襄王的年龄太小，昭襄王的母亲监国，就是垂帘听政的意思。尊为宣太后的芈八子，是楚威王的幼公主，是秦惠王的宠妃。在她的促成下，秦、楚两国关系出现和解迹象。楚怀王二十四年（公元前305年），秦、楚两国互为婚姻，秦迎妇于楚，楚迎妇于秦，结为昆弟之国。次年，怀王与昭襄王在楚国黄棘（今河南省新野县东北）会晤，签订《黄棘之盟》。应该说，从楚国的利益出发，楚怀王的考虑没有什么可指责的，化敌为友、敌无恒敌这个道理还是说得过去的，更何况秦、楚原本就是亲戚，屈原反对签订《黄棘之盟》自然有屈原的道理，只是这道理对楚国而言是否有利，如果无利，那屈原反对得就没有道理。假如，屈原赞同《黄棘之盟》，又以聪慧才干借《黄棘之盟》促楚国之崛起，那后果会如何了？

电视剧《芈月传》基本上重现屈原投江前的史实。芈月就是秦昭襄王的母亲，也是楚威王之女、楚怀王的庶妹。楚威王死后，芈月作为嫡公主芈姝的陪嫁媵侍远嫁秦国。芈姝成了秦国的王后，芈月成了王妃。秦王嬴驷死后。芈月和儿子嬴稷被送到燕国做人质。秦武王嬴荡死后，在魏冉的周旋下，芈月的儿子嬴稷登基为王，即秦昭襄王。才有了后来的《黄棘之盟》，才有了后来屈原的反对。

屈原从政，那是日后文学辉煌的铺垫，屈原被放逐，那是才华释放的闸口。文学，才不会辱没屈原绝世无双的英才，才不会委屈屈原先辈祖宗的地位。屈原的“屈”，恰恰就屈在那“美政”上，常言道“水至清则无鱼”，曲进和忍让，常常是前进的阶梯。屈原不会，所以只能觉得委屈，觉得憋气，只能一沉汨罗了之。

“沧浪之水清兮，可以濯吾缨；沧浪之水浊兮，可以濯吾足！”屈原应该还是会变通的，而变通不一定就是“屈”。

生命的绝唱

在李清照的作品中，我最爱读她的《金石录后序》，两千来个字，铺张有序，一气呵成。《金石录后序》是先生晚年的作品，除了追述恬梦般的幸福，也记载了噩梦般的灾难。《金石录后序》不仅记述了家亡的悲伤，也咀嚼着国破的痛苦。“南渡”之后，先生沦为难民，生活越发艰辛，身世越加悲惨，更不说顾及金石字画了。易安先生如一叶浮萍，漂泊在凄凉和困苦之中。

如果以靖康之变的“南渡”为分界，先生的前半生是多愁善感伴风花雪月，后半生颠沛流离加凄风苦雨。“风花雪月”表现了对生活的满足和无忧，“多愁善感”诉说着对爱情的执着和珍惜；“颠沛流离”痛说着亡国的仓皇和离乱，“凄风苦雨”哭诉着家破的痛楚和无奈。在先生的辗转的轨迹里，在传世的诗文中，还可以看见另外一个李清照，一只心存壮志、举翅欲飞的大鹏，一个对国家存亡、民族中兴时刻牵挂的赤子。

诗言志，词言情，易安先生存世的五十余首词，绝大部分是抒情之作，都是能唱的“乐府词”，按先生的“规矩”，她的词绝不是“句读不葺之诗尔”。但是，我以为，先生的词也言志，“天接云涛连晓雾”的《渔家傲》就言志，《渔家傲》抒发了先生被压抑的政治抱负和热情，对自由的渴望和光明的向往，豪迈气概和浪漫精神体现出先生“词风”的另一面，是“生当作人杰，死亦为鬼雄”的潜质所在。

“九万里风鹏正举，风休住，蓬舟吹取三山去。”何等的豪放，何等的壮勇，词也言志。“志”和“情”是分不开的，无情何言志，有志定有情，正因为“志”和“情”与人、与世是分不开的，所以寓含在“诗”和“词”形式内的“志”和“情”也是不能确切地分出彼此的。譬如，易安先生有七绝：“春残何事苦思乡？病里梳头恨发长。梁燕语多终日在，蔷薇风细一帘香。”却不是咏志的。

易安先生晚年的一些散文和诗作的忧国忧民情结更重，既忧伤多难的国家，又痛恨苟且的朝廷。“两汉本继绍，新室如赘疣。所以嵇中散，至死薄殷周”，表明了对金人扶持汉奸张邦昌（伪楚）和刘豫（伪齐）的傀儡政权的鄙视和讥讽，表现了先生高尚的民族气节和爱国精神。《夏日绝句》咏唱了宁死不肯忍辱偷生的亮节，谴责了赵构偏安江南、妥协苟生的行径。“南渡衣冠少王导，北来消息欠刘琨。”感叹和讽刺了南宋群臣的无能和软骨。“五十年功如电扫，华清花柳咸阳草。五坊供奉斗鸡儿，酒肉堆中不知老。……勤政殿前走胡马，珠翠踏尽香尘埃。……传置荔枝多马死……夏商有鉴当深戒，简册汗青今具在。”言古讽今，说前事不远，故哀史可鉴。可惜了女杰，可惜了诗人，可惜了不能为须眉，可惜了不能为李纲、岳飞。

有趣的是，易安先生的“言志”绝不用“词”，而必用“诗”，坚持“词别是一家”，绝不像东坡“词”那样，只可关西大汉，手拨铜铁琵琶，高声“大江东去”。诗人的执着和守制可见一斑，这“守制”就是坚持“诗庄词媚”，至死不弃，这“执着”也就可爱极了。

世人皆推崇易安先生的词，以我所见，一篇《金石录后序》就盖过了她的词，先生的“骨”见于她的“文”，虽然留下的“文”并不多，而我所能见到、读到的更加少，除了《金石录后序》外，还有《词论》《打马图经序》《打马赋》和《投内翰綦公崇礼启》。特别是《投内翰綦公崇礼启》，是因洗脱“玉壶颁金”的冤屈而致綦崇礼的感谢信，言辞恳切，亲疏得体，感恩而不卑微，细说而不累赘。更是“达人共悉，童子皆知”，层层说理，娓娓道来，真好文章也。

散文家、诗家、词家李清照。伊人爱国，须眉可让；斯人壮志，天地可鉴。爱人，“才下眉头，又上心头”，是刻刻萦怀；怀国，“只有情怀，不似旧家时”，悲物是人非。

陆游说过："易安居士能书、能画、又能词，而尤长于文藻。迄今学士每读《金石录后序》，顿觉心神开爽，何物老妪，生此宁馨。大奇！大奇!"我当说"何物先贤，生此不二之才，伟哉伟哉"。我独爱《金石录后序》是尊易安先贤，是步放翁后尘。

湮没在历史的长河中

芜湖镜湖乃一方闲适之地，绕碧水漫步，乘柳烟凭栏，登“观澜”远眺，凝“于湖”遐想，都是很愉心悦神的消磨，都是很远嚣离喧的出世。安静乃人生不易得的境界，如果到了眼前无尘、心中无烦的境界，那便是修炼到家了，却是常人做不到的。常在镜湖边上闲逛，又不喜欢扎堆，所以，很喜欢独坐一隅，看远山近水，苍绿参差，偶尔地捧一本书，随便翻几页，读几句，虽然心不在焉，也还是有收益的。

镜湖，与名人张孝祥有不解之缘，斜躺在镜湖东北角的于湖先生，写意多于写实，两目凝视西北，颔下长髯，面上清癯。我常常踱步在先生的周围，我就不明白，先生何以38岁的盛年而辞世，不能不说“壮志未酬”身先死。

在同辈的先贤中，陆游历高、孝、光、宁宗四朝，以85岁高龄在“王师北定中原日，家祭无忘告乃翁”的期盼之中终了一生。与张孝祥同年同榜的进士中，有3人很有名，虞允文活了64岁，生平中有精彩的“采石之战”，说扭转了南宋的乾坤是不过分的，很为人称道的；杨万里，终身清廉，“为郡不知歌舞乐，忧民赢得鬓毛斑”说的就是他，因为与韩侂胄“道不同”，宁宗令“归居故里”，愤而疾卒，活了79岁；范成大，孝宗乾道六年（公元1170年），以代理资政殿大学士、左太中大夫身份出使金，据理而不畏强暴，从容而不辱使命，后以67岁病逝。相比之下，可以说孝祥先生是“英年早逝”，留下了一大堆未酬的壮志和未了的心愿。也许冥冥之中，上苍着意让孝祥先生身归故里，魂萦镜湖，与镜湖朝夕相处，与芜湖风雨共济。如果，我说如果，孝祥先生活得更长一些，为参知政事，为宰相，为南宋一代重臣也未可知。

镜湖，旧称陶塘，说陶塘之所以取名“陶塘”，来自“东篱”“南山”的陶渊明那儿肯定是有道理的。而镜湖的另一别称“留春园”也是有来历的。隆兴二年（公元1164年），张孝祥“时以言者由中书舍人改除敷文阁待制”，有点儿归隐之心，便有了这首《蝶恋花·怀于湖》：“恰到杏花红一树，捻指来时，结子青无数。漠漠春阴缠柳絮，一天风雨将春去。春到家山须小住，芍药樱桃，更是寻芳处。绕院碧莲三百亩，留春伴我春应许。”春到家山，赭麓苍翠，柳拂留春，院绕碧莲，陶塘自然也就得名“留春园”了。

归去来堂傍镜湖而矗其南岸，春晖秋光，朝云暮霞，人熙声喧，琴悠棋闲。也许张孝祥正在归去来堂上捻须含笑，望家乡子民乐陶陶，凭朱阁扶栏思悠悠。乱世虽有贤臣，不能挽国之危难，热血纵然洒尽，只可红半壁河山。归去来，归去来，“当年事，殆天数”，无限悲哀。归去来，归去来，“腰间箭，匣中剑”，社稷赖谁?

绍兴十一年（公元1141年），张孝祥的父亲张祁偕伯兄张郧避金兵而渡江，听了芜湖县令宋好古的建议，“寓居芜湖升仙桥西，久之。宅后有池，公遍莳荷芰，旁植花柳，结茅觞咏其间，初不计其为流寓所也”。也许这就是陶塘的雏形，该是张祁所置，即便是公拨私产，也是芜湖县令首肯或者划拨。按现在的话说，升仙桥西的荷塘柳岸是在张祁的名下，那时张孝祥十岁左右吧，在芜湖读书修业。

《宋直秘阁淮南转运判官张公传》上有这样一段话，“时绍兴庚辰（公元1160年，作者注）…… 归芜湖，始筑第宅，扁其堂曰归去来堂，有诗以记之”。《宣城张氏信谱传》记载，“转运公尝面池筑室为读书处，池中多蛙，公以砚掷之，声遂永息，人咸异之”。“禁蛙池”典出于此。转运公当指张祁，而“公以砚掷之”的“公”指张孝祥，因为《信谱传》始云“公讳孝祥”。而张祁任过“淮南转运判官”，所以“转运公”是指张祁也无误的。这面池的“读书所”便是归去来堂。早在张孝祥十岁的时候，归去来堂已经是张祁结庐闲居芜湖的宅邸了。

张孝祥捐田百亩而为陶塘，似乎无人怀疑，因为有县志为证，至于陶塘是否为水利而为，尚无确切的史料予以佐证，姑妄听之。我对“张孝祥捐田”的说法总觉得可信度不大。绍兴十一年（公元1141年）之前，张家在芜湖并无田产、地产，迁芜湖之后，置田地或者划拨（如果芜湖县令有这个权力的话）是在张祁执掌家族事务时的事，张孝祥当时十岁吧。寓居芜湖升仙桥西的宅后有池，张祁遍种荷菱，莳花植柳，结庐建屋，饮酒吟诗，自得其乐于其间，并不认为是一时的寓居之处。种荷菱必是水面，莳花柳该是堤岸，那陶塘就不是田，充其量也就是一片沼泽，鹭鸟高低出没，鱼虾上下潜现，“捐田百亩”至少有一部分就是这一片荷菱花柳栖息的沼泽湿地，我们无从知道或者追寻是否还有另一处“百亩”可捐。

捐，就是无偿地让出，捐，是所有人的权利。张氏在芜湖的田地是张祁置业的，所以捐，只能是张祁，而不是张孝祥。张祁死于乾道六年（公元1170年），就是张孝祥死后的第二年，因此，就不存在由张孝祥处置遗留的祖产了，即便是捐田，也是张祁的事。

绍兴二十九年（公元1159年），殿中侍御史汪澈上章弹劾张孝祥，其中就有这样的话：“孝祥继母才以父官封孺人，孝祥辄乞用己官职躐封恭人，父亡即随子官，着令也，孝祥盖有无父之心焉。”若孝祥僭越父张祁而捐家产，必得以父亲名义捐出，而不会以自己的名义捐赠。孝祥继母受封，虽然孝祥当时的官职比张祁大，要求“用己官躐封”是有道理的，仍然受汪澈的弹劾“盖有无父之心”，更何况捐田这一“扬名”的义举，更不会有“无父之心”。

《芜湖县志》记载：“镜湖，在赭山南，即陶塘。宋张孝祥捐田百亩，汇而成湖。环种杨柳芙蕖，为邑中风景最佳处。”我未能有幸见记载的《芜湖县志》版于何年何月，记载的“捐田”在何年何月。史，可信又不可信，关键要结合历史背景和人文背景去看待和分析。譬如《宋直秘阁淮南转运判官张公传》云“公以子祥寝显，不复千里”就与事实不符，到了绍兴三十二年（公元1162年），张祁还复起知江州，就不是“不复千里”。张祁知江州之前的一次罢官，其中的一条罪名就是“媚事汤思退”，而张祁自荐于汤思退也是事实。连陆游也言“张晋彦才气过人，然急于进取”。可见史家曲笔或者溢美也是常见之事。

张孝祥说赭山是“家山”，可见对芜湖是热爱，孝祥进仕之前，基本上是在芜湖读书，许多时光是在归去来堂度过的，就是说，张孝祥在有能力建归去来堂之前，归去来堂已经傍岸临湖多年了。每在镜湖边散步，每在归去来堂后闲坐，那首《蝶恋花·怀于湖》总是涌上心头，尤其那句“留春伴我春应许”。百亩陶塘，文化的镜湖；千年于湖，历史的永恒。

宋代在中国历史上绵延了三百多年，北宋、南宋分别差不多各占了宋代的一半，北宋、南宋的转折点就是靖康之变。

历史学家吴钩说，宋代是一个站在近代门槛上的王朝。日本和欧美的汉学家认为，唐是中世纪的黄昏，而宋是“现代的拂晓时辰”。所以用“积贫积弱”来说宋，是有点不公平的。以内藤湖南为代表的汉学家认为，宋代是十足的“东方文艺复兴时代”，而薮内清说“北宋时代是中国历史上具有划时代意义的时代，可以和欧洲的文艺复兴时期以至近代相比”。很少有人觉察到其中遣词的差别，宋和北宋不是一个概念，另一位美籍华人历史学家唐德刚表达为“北宋的朝政”，而不是以“宋代”蔽之。

从理论上讲，史家笔下无冷暖，但是，史家，譬如司马迁，是否也以自己的好恶，让笔下的人及事偏离他原本的轨迹，让后人读而困惑左右呢?“记载”并不仅限于史学家，还有“人”的自述和“好事者”的野史。因此，关于“史”的差异甚至矛盾也就在所难免了。要想弄清一个人的来龙去脉、前世今生很难，不是一般的难，更何况是一个古人。我们有理由、有感情地理解，小说家笔下的历史人物无论是可爱的或是可憎的、是客观的或是主观的，都是作家的一份心思揉进了一份感情里，一份感情又揉进一段历史中。

历史的瞬间——“旧”的底线

我经常徜徉在屯溪的老街上，所谓“老”，我也不知道这老街究竟“老”到什么年代？宋、元、明、清，也许都有，也许都没有，那种“纯”种的宋、元、明、清的物件，可能指不出来了，你可能会说，基本上保留了明朝的风格和式样。现存的古建筑，明、清时的最多，而宋时的少，很少有人提及元。而元不乏大建筑家，元大都的设计者就是一个叫刘秉忠的汉人。元大都，就是现在北京城的雏形，到了明、清，北京城大了，富丽了，也还是那个大都。

现在芜湖东门这一带已经瓦砾一堆，沸沸扬扬的旧城改造说的就是东门这一带。现在已经很难定义“旧城”的内涵，牵强一点说，改造前的那个城就是“旧城”，但是，这“旧”也不是“成色”一般，好比家中的旧衣服，有的是“八〇后”的，有的是“九〇后”，甚至是“〇〇后”，更新的“旧”也许是昨天买的。这旧城中的“旧”，年年交错，旧旧参差，和那旧衣服的道理差不多。说句玩笑话，1958年的褂子，1960年补了一肘，这褂子就不能说完全是1958年的了，和那旧房子的修修补补是一个道理，最后面目全非。我在砻坊路依稀看见明清建筑的模样，却是PVC的窗户，钢筋铁门，连那黛瓦也换成红瓦了。

城的物载主体是居舍，形载主体是格局，而人载主体是社会。“改造”与“恢复”是两码事，这修旧如旧是恢复，而改造包括恢复在内，而不是恢复全部，如果我们以为可以回到“拆”之前的模样，仍然还是一个可以吊古怀故、寄托幽思的旧模样，那就大错特错了。譬如，东内街的城隍庙在我的记忆中，不是憋屈在街前的一个狭小的门脸，而是连同它后面的、后来成了皖南大戏院、再后来变成“美丽华”的一大片。我们说改造，未必能够“恢复”到“一大片”的旧貌。“旧城”的旧貌也许像硬币的两面，都对，都不对。对，就是时间横断的一瞬是这样，不对，在“一瞬”的之前或者之后，不是这样。“硬币的两面”还表现在千差万别的记忆或者记载中。因此，这“如旧”的面貌究竟取哪一断面呢，取何人的记忆呢？难，还是不难，说到底，就是旧到何时，旧到何貌啊。

“旧”的底线是非常模糊的，在旧建筑中寻找“旧”到何种程度，在有限的记载中搜寻“旧”是何种模样，是符合历史记载，还是符合百姓的记忆？我在《去商业化之后花街还剩下什么？》一文中曾这样表达：“旧城改造，修旧如旧，自然是件好事。如旧，如旧到何时？新中国成立初，民国时，清末……”譬如花街吧，本来就是一街的商铺，北段以竹器为主，南段以日用品为主，是芜湖人20世纪50年代购物的主要场所，但是并无特色。建筑有徽居风格，却并不是徽派建筑的移植。我看江南建筑外形的基本特征与徽居大致相似，但是徽居的外形与格局本身就在变化，譬如，南屏的“抱一书”，徽商李宗煝建，已经有了苏州园林的小巧和精致，有点像我在周庄看到的民居了。

芜湖是徽商行商的中转地或者终点。因此，徽商把包括建筑在内的新安文化带到了芜湖，东门紧临青弋江，青弋江是徽商登陆芜湖的门户，因此东门一带因徽商的登陆中转，或者徽商的定居行商而徽居风格商铺和民居兴起，屋椽相续，巷陌纵横，集街成市。这两边的商铺、民居建于何时，损于何时，修于何时？是难以说得清楚了。毁损于水火天灾、匪盗人祸，晚清的战火就是其中最甚的患祸。

1853年的洪秀全军一路北上、东移，而后定都南京。清军与太平军的鏖战，从武汉到上海广大地域展开了拉锯，安徽是“受灾”最严重的地区之一。“天下农民米谷，商贾资本，皆天父所有，全应解归圣库”。作为徽商的盐业重心扬州、木业中心南京已经为太平军盘踞，而茶业、典当业也日渐萧条。徽商囊金返乡，携资南回，恐遭劫数，人财两空。芜湖毗南京、扬州，估计也是商停贾止，百业萧条，加上战火肆虐，损坏、破败，无力修缮，到了20世纪初，东城是个什么模样，是可想而知了。

徽州本土，也成了两军对垒的战场，现在的祁门敦仁里洪家大屋是当年曾国藩驻节祁门的总督衙门，太平军攻占后留下的题字、口号依稀可见。曾国藩回忆这些战事说，无日不在惊涛骇浪之中，无日不战，整个砦镇被烧成灰烬。徽州、徽商早已经是外虚中空了，那些遗留在各地的商铺、民居可能早已易主，或者本土化了。如此，居、铺、集、市还要原样地保持或者“修旧如旧”地保持徽居风格，那几乎是不可能的事了。

有时候，我特意去东城转转，每次经过署衙前门的旧址，看到破败了半个世纪以上的周瑜点将台，那情绪不免一点一点地泛酸，一声长叹“俱往矣”。距此不远，“民间”的城隍庙就缩屈在东内街里。而原本气势可称恢宏、建筑可称精美的城隍庙，先用作芜湖专员公署大礼堂（汪应泽《芜湖城隍庙的文化魅力》），皖南大戏院续之，“美丽华”又转身。现在说“旧城改造”，城隍庙可能不会恢复原样了，哪怕是最近的清代嘉庆年间的模样。会不会建一座中外合璧、古今交融的城隍庙，那也未可知。

矗立在小九华南侧的一片建筑，说是徽派风格，当然不错，说是现代建筑，也不错。将来的花街，也许就是这样形式和格局的商铺和民居，交错成市，分割成街，成为俗话说的“卖东西”和“买东西”的地方，文化内涵、历史传承……该如何书写，要把似断非断的前后修得看来毫无疤痕、读来毫无疙瘩的“史”，可能会让修史者颇费一点脑子，但是绝对不乏其人。

芜湖的花街不像乌镇那样有自己独特而且行销的三白酒、姑嫂饼、晒红烟；更没有什么品牌，不像乌镇那样有三珍斋、公生糟坊、林家铺子。即便改造的花街成为购买的闹市，已经没有了老花街的内涵，我还是说，去商业化后的花街还剩下什么？至多，来旅游的人会听到这样一句导游词：“现在，各位所在的地方，以前叫作花街，明清时期是很繁华的地方。”

场景与独白

如血的残阳勾勒出嵇康最后的背影，宛如一张剪纸，《广陵散》在嵇康的指下流淌，那种专注仿佛不是去赴死。我肯定，那是一个秋天，一个枝枯叶败的深秋。

嵇康应该死在秋天，秋风虽然萧瑟，但未必秋雨连绵。无雨的秋便多了一分爽洁，少了一分凄凉；多了一分壮美，而少了一分颓残。但秋是寂寞的，嵇康之寂寞犹如这秋，寂寞得无人可以理解，也就无人可被理解。寂寞的嵇康在肃杀的秋风中赴死，给寂寞的秋天增添了悲壮却是孤独的色彩。刑场上那微红残绿的枫叶，仿佛是在等待嵇康的血去染。面对人生最后的时刻，嵇康依然是“未尝见其有喜愠之色”（孙盛《魏氏春秋》），生死置外，《广陵散》才是此刻的唯一。也许赴死就是嵇康的愿望，死就是彻底的不合作。司马昭和嵇康都心知肚明。

嵇康死得从容犹如秋来临得从容，如果不是三千多太学生的请愿，嵇康就死得太平静了，死得太寂寞了，除了相伴的吕安。太学生高估了嵇康，也高看了司马昭，司马昭没有你们想象的那样惜才和大度，那三千学生害了嵇康，把嵇康送上一条绝路，也把司马昭逼上一条绝路。绝路，便是无可回头的路，虽然嵇康并不见得视死如归，但很从容，从容是嵇康一贯的做派，那不是选择，那是本性使然。

秋日夕阳的绚烂给嵇康孑然的形影笼上耀眼的光环，环顾了一下四周，看见了钟会，嵇康这会儿没说“何所闻而来？何所见而去”，但钟会却真的是“闻所闻而来，见所见而去”。对手的诀别，在嵇康看来，仿佛是揖手离去；而在钟会看来，对手是如此的不堪一击。杀你的不是司马昭，而是你自己。嵇康并无冷暖地看着钟会，钟会依旧“肥马绸缎”，嵇康看出钟会流露出那一瞬间的恻隐之色，一瞬间之后，嵇康从钟会的脸上读出含而不露的快意。四目相视，鄙视也许是互相的，但嵇康绝无后悔之意，而钟会也绝无惋惜之悔。

嵇康没看见山涛，嵇康相信，巨源不会带着嵇绍来见证这样血腥的场面，嵇康也不愿儿子一辈子记住这仇恨。巨源是个温和而善良的人，“绝交”，世人并不知，嵇康与山涛的“交”是不会“绝”的。“绝交”那是有话要说的由头，嵇康知道，山涛更加明白。

人啊，像是一个圆，人与人的相交，仿佛是两个圆的相叠，相叠得越多，相知越深，你我相叠多少，我不知道。但我现在知道，天下人，即便相叠再多，即便是兄弟，也有道不同、志不合的，就像吕安和吕巽。嵇康，你就是一个糊涂蛋，吕安，吕巽，能一样吗？吕巽禽兽不如，你还“兄弟如手足，女人如衣服”地劝吕安撤诉，吕安还就听了你的，这倒好，吕巽倒打一耙。吕安遭祸那是必然，殃及你嵇康也不意外，司马昭早就想收拾你了。你不同流，超凡脱俗地去和阮籍喝酒清谈也就罢了，你去招惹那司马昭的宠臣钟会干什么。

山巨源不在乎你那“绝交”，说绝交又能如何？你我能绝得了“交”吗？你那“绝交书”不过是让世人看看，你嵇康在世如何行事的。不愿做官，淡泊处世；沉湎清谈，远离俗世，那是隐士。既隐，何必又那样固执地分清辨浊，你那“清浊”之理于司马氏之世全然不着边。

先朝之臣，贵为皇亲，司马氏篡位曹魏，不肯就范那是气节。曹魏于你而言，那是亲情骨肉；司马氏于你而言，那是乱臣贼子。可时过境迁，司马氏执权已是定势，于己可以不顾，然后人何必无辜受累。况且我荐你为官，也为天下苍生计。你做官，总比蝇营狗苟者要好吧。你有你的原则，我有我的道理。

司马氏是不肯纳我上书之言而赦免于你的。人，虽然不能没有自己，但古往今来毁于清高和矫情的能人贤士真不鲜见。可清高又能如何？江河依旧万古流。真名士当为天下百姓着想，唉，罢了，罢了，你万世流芳，我一念恶人。你放心还是不放心嵇绍，都没有第二条路可走了，但我决不让嵇绍走你的老路，嵇绍既托付给我，我便不能辜负于你，这就是让你放心的道理所在。

我钟会与你嵇康何仇之有？我倒是非常佩服你的才华，清谈之玄在于各领彼此的心思，“闻所闻而来，见所见而去”不过是答你那“何所闻而来？何所见而去”而已，并无恶意。其中的内涵也许只有我们两个人懂得，我敢断言，后世人定会曲解你我的意思。他们不懂清谈，不懂玄机，何以能解你我的机锋所在？

司马氏继了曹魏的天下，曹魏继了刘汉的天下，若说是乱臣贼子，曹魏不也是吗？你是曹魏的后人，不职于司马氏，那是天经地义，无可厚非，我非常理解。如若你趋势而动，我反倒有点看轻你了。

你我原本不识，是慕名寻去。本欲向你请教《四本论》。只见先生大树下锻炼，扬锤不辍，旁若无人，只好不果而欲归。不期，先生头也不抬，只闻尔声，曰：“何所闻而来？何所见而去？”果不其然，先生精妙，清谈的玄机精在意会，我便应声答道：“闻所闻而来，见所见而去。”既然先生不欲与我为伍，我也就不强求了。先生似乎觉得，道不同不相为谋。钟家与司马家的渊源深长，司马家既坐了江山，钟家岂有不助而逆的道理？你我以学问立身，以玄理为长，如何不能撇开政见而学问相长？即便不容，也不必势如水火，文人各扬其长、各护其短那是俗人的习气，你我虽是文人，但终究还是俗人。但俗，不是恶，你我各为其主那是忠，至忠那是优秀的品质。交恶而欲置人于死地，那不是我钟会的禀赋，你若为我也是如此吧。

此刻，我无言相向于你，残阳如血，末路将近。司马氏既不容你，那道理你是很明白的。

你肯定不会以为我落井下石，但后人不会这么想。而后人怎么想，不是我钟会能左右的，估计千年之后，你是君子，而我是小人。

我不忍看你上路，我先走了，好在有山涛，你有山涛这样忠厚的至交，是你嵇康的福分。

我看见你了，交恶而起杀心，我想你钟会不会，你也没那么大的权力。我知道，不是你不容我，而是司马氏不容我。但是，有一点司马氏肯定错了，我嵇康没有那么大的号召力去起天下而倒司马氏复曹魏，逝者如斯夫，历史是不会倒着走的。

是你不忍还是不屑看我断头洒血，可惜了，玄论你少了一个对手，清谈你少了一个对象，那是很可惜的。我看过你的《四本论》，高论中我赞成的有，不赞成的也有。你耐不住性子，你若“闻所闻而来，见所见而去”之后再留片刻，我便停锻息锤，邀坐高谈，对席阔论。我本无拒人之心，你倒起了嫌隙，也许曹魏和司马氏的仇恨铸就了你我之间的隔阂，没办法，也只能顺其自然了。真应了那句“你走你的阳关道，我走我的独木桥”，阳关道和独木桥都是有人走的，自觉的和不自觉的都有。

不要说什么罪不至死，不要说什么殃及池鱼，世上人即便至亲之人也是可以反目的，吕巽恶行，我劝吕安宽容，却不料吕巽恶人先告状，吕巽禽兽不如，我好歹不辨，枉交一场。

“来吧”，《广陵散》戛然而止，嵇康把琴向空中抛去，扭头看了吕安一眼，回头看了看夕阳西下地平线上的晚霞，对久候的大刀平静地说了一声。

鲜红的血抛洒向天，定格在金黄的天幕上，仿佛是朵朵绽放的花。

从“饿饭”说开来

我自诩“好吃”，却并不是那种饕餮之徒，非但食的量有限，而且并不特别挑剔食的质。如果面对丰盛得几乎奢侈的碟碟盆盆，眼花缭乱，即不知何处下箸，三五筷子便味如嚼蜡。真不如在家三四菜一汤，或择一静谧的饭馆，四菜一汤，两三好友，聊、吃两不耽误，多好。

去寒山寺的途中，一行六人寻得一家饭馆中餐。三个老公卸下背包候着，三个老婆直奔柜台，齐刷刷回头问“吃什么”，回答齐整整的“随便”。我们同学常结伴出去玩，宿呐，一人代劳即可，吃呐，各挑自己喜欢的，而且，从不互买单，除非你偶尔忘了带钱，但回家还钱是分厘不差的。三人不约而同要了两菜一汤，嗯？还不相同。吃饭，艺术的表达在，一方面“走乡随俗”，一方面“各择其好”。苏州的菜很好吃，看似色浓但却味甜，也许外地人来得多了，菜并不太甜，而是咸甜相宜、色香俱佳。偶尔互相地把筷子伸到别人菜碟里，夹上一点，旨在比较一下味道。

说“风卷残云”似乎过分了一点，一上午的闲逛，虽然悠悠哉哉，但还是很累的，自然也是很饿的。五个人都撂下筷子，唯老冀还在“打扫战场”，用一片青菜的叶子“驱赶”着盘子里的“残汤剩羹”，那盛菜的盘子待老冀放下的时候，已经干净得如同刷过的一样。我们已经习惯了老冀的这种“做派”，也就静静地候着。我偶一抬眼，倚门而立的两个女服务员，望着老冀的“慢条斯理”，嘴圈成了“〇”字形，一见那惊诧的眉宇，微笑的嘴角，就知道分明在说，现在还有这样的食客，这样节俭的食客，老冀恰恰就是这样的人，我也是，至少我不浪费、不奢侈，虽然我不是太节俭。

老冀和我说过这样一件事，去上海探亲，偶尔也去一个说起来像样子的饭店去吃顿。一个老外一边看报纸，一边撕着面包往嘴里填，末了，用一块面包把盘子里的残汤“吻”得干干净净，起身走路，没有觉得丝毫的不妥。老冀很是敬佩这个老外（可能不是所有的老外）的作为，因为很合老冀的口味和做法。老冀和一干同学在我家吃饭的时候，常常就是这样“打扫战场”的。而我家老郑也是按人下菜的，绝不肯也不会多做，但是会“因好下菜”的，譬如，老冀喜欢“红炖蹄髈”，还须是“淡菜炖蹄髈”，世人皆曰“俗”，甚至嗤之以鼻“现在谁还吃那个”。六七个人刚好一顿，所剩无几，即使菜脚，也还是我们晚餐面条的佐菜。

当客人心满意足或者意犹未尽地离开婚宴的酒席时，虽然剔着牙缝，却未必打着饱嗝。一桌的“满怀委屈”的剩珍余馐即将被送进垃圾堆，有的几乎还是未曾下箸的。有些人也许已经忘了曾经饥肠辘辘的岁月，也许真是应了那句“好了伤疤忘了痛”的告诫箴言。

人对幸福的感觉远不如痛苦的感觉来得刻骨铭心，痛苦留下的是伤痕，是曾经流血的伤口。而幸福是抚摸，抚摸让你飘飘然、昏昏然，所以，世人“身在福中不知福”是屡见不鲜的。“饿”的感觉是不能传世的，更何况现在的人……一路伴行，岂能知饿的滋味，减肥还来不及呢。就连我们深知饿饭之苦的一代，也是山珍接着海味、餐鱼连着顿肉的，言过其实？不，一点也不。

我那才六岁的侄孙，常常用一种明知故问的口气，似乎漫不经心地对着她的妈妈说上一句“我们多久没去饭馆吃饭了吧”，其实，也就个把星期没去。时代确实不同了，“饱”和“好”却是两码事，满足于一日三餐，满足于烧饼油条，满足于老鸡炖汤，也许还停留在“老土”那种满足的观念上。

中国是个礼仪之邦，待客唯恐简慢，总认为“简”就是“慢”，小时候，常听家人送客嘴里叨上一句“慢待了”，不留饭，清茶一杯，谓之怠慢。岂知，有时候客套一番的“就在我这儿吃吧”，也不过是虚晃一枪而已，其时，家无饱粮，餐无佐菜，何以留客，好在主客都心知肚明，拱手相别为两不妨的上上之策。

不知从何时起，“打包”已经不被讥笑为“小气”了，确实，我花钱买的何以不好意思带走？所谓“吃剩的还要”我以为是谬论一番，而“吃剩”的表现也是不一样的，一个包子咬了一口，那大半个是吃剩的；十个包子吃了五个，那其余的五个也是吃剩的。如果你连那咬了一口的包子也带走，我觉得，都是天经地义的，更别说那其余的五个了。十余年前，医科院的一位同行请我在河南饭店吃饭，很丰盛，末了的“剩”肴，她的几位作陪的研究生“打包”带回。也在十年前吧，因为论文定稿去上海，审稿的同行请我在研究所隔壁的饭店吃了一碗面条，你还别说，“面条”听起来简单，可面条里的“零碎”以及整体的味道真好，同行将另点的一盘“未了”的烤鸭“打包”带回，未见到他有丝毫的犹豫和解释，我的这位同行既有面子（做过官）也有里子（不缺钱）。

我曾经感叹过，什么最累？吃饭最累。我出差最怕的就是吃饭，只要我单独出差，我谢绝一切陪吃，只要一碗面条，而如愿的时候很少，印象中只有过一次，也许主人有更重要的应酬吧。我吃过的最长的一次“宴”延续了四个多小时，是在福建。“吃”的学问太大了，其中的酸辣和苦甜，“请”和“被请”的“心思各别”，非亲历不能体会，真的是“妙处难与君说”，只能意会，不能言传。

我特别喜欢自助餐，随心随意，没有固定的程式，没有真诚或虚假的开场白，没有喧嚣而繁琐的应酬话，不会因为稍不留神，少了哪一位的“敬酒”而无端生就一时甚至长久的误会。我在自助餐上，只选择口味，而不计“贵贱”，我喜欢黄油涂面包，计价需要5块钱一份；也喜欢酱制的“洋姜”，这是我在亳州吃到的最美味、最原始的酱菜，大约每片也就1毛钱吧。

南方人讲究米饭、讲究菜肴，讲究精细和丰富，对北方的面食总认为粗糙、单调，其实不然。河南，盛产小麦，那面食做得丰富多样，一百来种面食几乎无从选择，惊得我是目瞪口呆，望“面”生敬，其中多数是夹着、包着、铺着、伴着菜肴的，色香味俱佳，一点不输于南方的饭菜。如果不是自助餐，能有这样的丰盛和多彩吗？

我很欣赏国外早已习以为常、国内正在悄然兴起的冷餐会，不豪奢却很正规，吃喝随意，交流随时。韩国的冷餐会还是有座可坐的，而欧美的冷餐会几乎全是站着，随意走动。一次宴会上，一个老外端着盘子只是偶尔吃一口，和我一气聊了二十分钟，真难为他了，我这“洋泾浜”的英语亏他能够忍受。但是，很喜欢这样自由自在地聊天和吃饭。为什么要一本正经地围在圆桌旁边，满脸堆笑，似乎听着什么也听不清的“说道”，除非你与邻桌窃窃私语，这样又犯了中国人吃饭的大忌，还以为你俩有什么私密的事呢，说不定你们刚刚认识。

我晚上一碗荤肴素菜搭配的焖面，就着一口米粥，真不错，简单却符合养生之道。

张孝祥之死

乾道五年（公元1169年），三十七岁的张孝祥似乎厌倦了官场的沉浮、宦海的起落，在荆南的任上决辞致仕，回到了故乡芜湖赋闲，拿着孝宗给的退职生活补助，徜徉山光水色，闲适吟诗填词，偶尔款友待朋。虽然官不在身，孝宗的“笼头”依旧套着，显谟阁直学士。显谟阁，也就是宋神宗档案馆，张孝祥致仕后身份就是这个档案馆的研究员，说不定哪天还得回潮逐浪。三十七岁致仕太早了，连他的好友张栻都不理解，国家正是用人之际，当以“致君泽民”，死而后已。张孝祥还是退了，退得虽不突然，却有点急不可耐。

是年盛暑，虞允文由巴蜀回临安任枢密使，公务在身而不及在芜湖逗留，张孝祥在舟中款待了好友。六月酷暑，推杯换盏，酣酒催发伤感，唏嘘夹带愁绪，感慨着国事艰难，人事沧桑，中兴渺茫。张孝祥寄一腔希望于即将上任的国家最高军事长官，那意思分明是，运筹帷幄坐镇临安，铁马金戈北定中原，就靠你虞允文了。我相信，对酌中的虞允文一定苦口婆心地劝促张孝祥复出，张孝祥究竟作何回答，已经无从知晓了。

老友相逢，同榜对酌，为兄的虞允文能对张孝祥说些什么呢？国事维艰，战和两难，初任枢密院执掌官的虞允文肯定希图有所作为，而刚刚致仕的张孝祥也许还没从“决辞”的阴影中走出来，暂时还没有“须君为我请长缨”的意思。虞允文来去匆匆，不及去远眺赭山晴岚，去驻步“留春”夏荷，去展眉归去来堂……一切都等下次吧。

绍兴三十一年（公元1161年）底，虞允文在采石打了一次大胜战，阻击了金军的渡江，鼓舞了宋军的士气。完颜亮又死于内讧，金军也就暂时无力直下江南灭宋。其时，张孝祥正在赋闲，闻大捷欣喜而“帐殿称觞送喜频，德音借与万方春”，“北风朝荡犬羊尘”的好消息，正月祭祖应该“拟上梁园奉贡珍”。张孝祥对胜战的影响过于乐观，以为“王师直到白沟河”“绝漠残胡竞倒戈”，就会“翠跸春行天动色，牙樯宵济海无波”。也只遗憾“小儒不得参戎事”，只能“剩赋新诗续雅歌”。“我欲乘风去，击楫誓中流”，似乎可以看见张孝祥欣喜若狂的样子，以为一鼓作气，中原收复指日可待。胜战鼓舞了大宋，同样鼓舞了张孝祥，谁去为张孝祥“请长缨”呢？

隆兴二年（公元1164年）的建康，一曲《六州歌头》震撼了张浚，张孝祥在绍兴三十二年（公元1162年）复出知抚州，之后的再入中书，是张浚为张孝祥“请长缨”的。

虞允文会吗？如果致仕后的张孝祥愿意复出，虞允文一定会在孝宗面前为张孝祥“请长缨”的。虞允文，张孝祥的同榜进士，一介文人，也是不谙军事的，却有胆有识地指挥了采石之战。张浚之后，孝宗便没有了出色的军事帅才，虞允文此去临安就是接任枢密使，执掌朝廷军事，采石之战肯定是孝宗和当朝的宰执们选择虞允文的重要原因。张孝祥因为赋闲而“小儒不得参戎事”，只是没有机会一展军事才华罢了。军事，说到底，还是智慧和意志的较量，虞允文行，张孝祥也一定行。

张孝祥想起了汪澈，高宗的殿中侍御史；王伯庠，孝宗的殿中侍御史。前者劾词振振，言过其实；后者劾词空空，有事无实。汪澈看似诚却畏祸，王伯庠实是奸极邪恶。尹穑更是党同伐异，罗织罪名，置张孝祥于死地，尹穑，也是殿中侍御史。殿中侍御史，言官，“监督”百官之官，品不高，但是很有权力的，一旦哪位御史盯上了你，十有八九被劾而罢官。

宋代的御史，与宰相（包括中书省）和枢密院三足鼎立，互相牵制，按说是好事。但在高宗、孝宗的多事之秋，却未见得利于政体的稳定，利于战事的进退，加上皇上的优柔，战、和的“公、婆”各执其理，就百事难以决断了。优柔必寡断，寡断必造成“公、婆”对峙，于国不是一件好事。两次“中书”的张孝祥夹在战、和之间很难受，主和派说张孝祥出入张浚的门下；主战派说张孝祥与汤思退有师生之谊。汪澈说张孝祥“假以岁时，植党连群，其为邦家之虞，当不在卢杞之下”，张孝祥百口莫辩，中镝落马于第一次中书任上。尹穑就说张孝祥“出入张浚、汤思退之门，反复不靖”，二罢中书。张孝祥不得不思之再三，虑之犹慎，谦之逾恭，究竟错在哪里？结在何处？十五年前的科场风波犹在眼前。

绍兴二十四年（公元1154年），科举殿试，张孝祥“词翰俱美”，龙颜大悦，“疑为谪仙”，亲擢第一。二十三岁的张孝祥一定是玉树临风，风流倜傥，加上年少及第，更加踌躇满志。“我欲乘风去，击楫誓中流”，虽然咏于第一次落马中书之后，未必不是张孝祥始终萦系于胸的鸿鹄之志。木秀于林，风必摧之，我相信，除了秦桧、曹泳一流之外，可能会有无数双眼睛盯着张孝祥，羡慕的、嫉妒的、怨恨的……羡慕的也许蕴含着醋意，妒忌的可能谋划着下石，怨恨的肯定酝酿着阴谋，张孝祥纵有一万个检点和谦恭，也不敌一支浸满毒液的箭矢。更何况张孝祥是个不拘形迹、口无遮拦、直不假言的人，“小辫子”满头都是，而“莫须有”是有前车之鉴的。

初出茅庐的张孝祥，新及第之后急切上书为岳飞辩诬，“岳飞忠勇，天下共闻，一朝被谤，不旬日而亡，则敌国庆幸而将士解体，非国家之福也”。希望高宗“复其爵，厚恤其家，表其忠义”，“俾忠魂瞑目于九原，公道昭明于天下”。话一点没错，秉直之言，其势昂昂，其理昭昭，颇具“初生牛犊不畏虎”的豪情。可牛犊就是牛犊，虎就是虎，虎吃牛犊那是天地至理。张孝祥浑然不知祸将至焉。

新科状元被派到绍兴去做一个八品官，算是对张孝祥上疏为“岳飞辩诬”的回答。绍兴二十五年（公元1155年）十月，张孝祥的父亲张祁以“谋反”罪入狱，“陷亲庭于狴犴”，连张孝祥也承认是自己连累的父亲。幸而次年秦桧病死，就没人再追究下去了，张祁出狱免灾。在经历“亲庭狴犴”之后，张孝祥大概初尝了官场的险恶，秉笔直书、衷心直言的苦果。

宋代宰相权力很大，有时候，连皇上也无奈他何。熙宁间，对西夏用兵失利，神宗要杀失职的转运使。转运使就是负责粮草供给的，张孝祥的父亲张祁就做过转运使。承旨督办的是宰相蔡确，拒绝杀人。理由是“祖宗以来，未尝杀士人，臣等不欲自陛下始”，神宗说，不杀可以，“刺配远恶州郡”，参知政事（相当于副宰相）章惇很干脆地说“如此，即不如杀之”。神宗仰面长叹“快意事更做不得一件”，章惇执拗而又明确地回答“快意事，不做也好”。

秦桧两执相权，几乎就是一手遮天，就连已经40岁的王之望还上书秦桧，请其收己为门徒，可见秦桧在朝中权力和势力之大。秦桧的死给张孝祥的仕途带来了转机，而张祁呐，似乎因祸得福，去淮南做转运判官了。

赵匡胤在兵戎世家中是一个异类，赵匡胤不怕文人，却怕武人，自己来了一次“黄袍加身”，他的老上司郭威连“黄袍”都没有，扯下“黄旗”就是。所以，赵家皇帝基本上不杀文人，对武人就不是那么客气了，岳飞就是一例，因为“黄袍加身”是要有兵权做后盾的。

张孝祥虽有罢官之虞，却无杀身之祸。赵宋的祖上定了一条规矩，就是“不得杀士大夫及上书言事人”，因此，宋的言官、御史是比较“肆无忌惮”的。张孝祥的两罢中书、罢静江府尹都是御史的“功劳”，然弹劾者与被劾者都无生死之虞，这是宋朝士人的大幸。

南宋史上有两次著名的“请斩”。一次是胡铨请斩秦桧，绍兴八年，胡铨反对议和，上书直逼高宗，“夫天下者，祖宗之天下也，陛下所居之位，祖宗之位也；奈何以祖宗之天下为金人之天下，以祖宗之位为金人藩臣之位乎”，请斩王伦、秦桧、孙近，说“请诛秦桧以谢天下，请竿王伦之首以谢桧，斩臣以谢陛下”。结果一个也没斩，祖宗规矩是不能违的。

第二次在隆兴和议签约前，金人自清河口侵楚州，连下楚、濠数城，消息传来，群情激奋，历数汤思退放弃抵抗的罪责，孝宗不得已，罢汤相职，令永州居住。张观、宋鼎、葛用中仍然不依不饶，联七十名太学生伏阙上书，指汤思退、尹穑、王之望怀奸误国，请斩三人以谢天下，汤思退走到信州，闻讯惊悸而死，尹穑、王之望也随之罢职。结果也是一个没斩，只是汤思退惊恐万状，死于非命。

中书之位上的张孝祥，抑或封疆大吏的张孝祥，都是有思想、有作为、有成就的贤臣能吏。在中枢，竭尽心机，勤勉尽职，上了一系列的利国利民的奏疏，可高宗、孝宗敷衍的多，而宰执，自有一套，各行其是。中书是无权左右宰相的，张孝祥的处心积虑的建议也许只能束之高阁。在地方，体恤民苦，兢业民生，所谓“老于州县者所不逮”就是对张孝祥处置地方行政最好的褒奖。“两般种田一般苦，一处祈晴一祈雨……只今万钱籴一斛，浙西排门煮稀粥”，“但得湖南今岁熟，我亦腰镰归故山”，“今朝一雨秋事了，便可高咏丰年诗”，就是张孝祥悯民忧农的生动写照。临江孤身平叛，阖城晏然；平江抑豪锄奸，赈济饥民；两浙水灾成患，乞免积欠；赈江东两淮水灾，开围田、浚港渎；静江边陲轻徭薄赋，修养民生，“赋少畲田熟，徭归驿路开”；在潭州，“为政易简，时济之以威，湖南遂以无事”；在荆南，修边备，筑荆堤，建万仓，荐人才……无论居庙堂之高，还是处江湖之远，都是忠君事分国忧、体民苦恤众生的。

张孝祥二罢中书，带着满腔郁愤和委屈回到芜湖。战事、国事因为隆兴和议而暂得苟且，仿佛四海升平，笙歌安乐。张孝祥在罢闲，可一点也不得安闲，“闻说收兵后，讴吟杂雅歌”，对国事，对孝宗，真的有点无可奈何了。“边书静，烽烟息。通轺传，销锋镝。仰太平天子，坐收长策”，割地赔款，苟且偷安，“暖风熏得游人醉，直把杭州作汴州”，“中兴”的长策在哪里？孝宗且做了太平天子，书画琴棋，优雅闲适；歌舞弹唱，繁管急弦。“无忧无虑”的孝宗想起了张孝祥，想起了状元张孝祥还在赋闲。

宛敏灏先生讲，隆兴和议以后，张孝祥“开始考虑自己的何去何从”。我以为，隆兴和议之后张孝祥依旧没有沮丧到主动隐退的程度，仍然在静观朝政的变化，等待复出的机会。但是，等来的不是“赐履之荣”，就有点“决意投簪”了。“赐履”就是做京官，“投簪”就是弃官辞职。辞状中的“忽去忽来，固未免揶揄之鬼；乍贤乍奸，独奈何萋斐之人”，忽去忽来，乍贤乍奸，搞得我是无所适从，有点借题牢骚、问路伏笔了。此时，退隐之意已经萌生，“曾经沧海难为水，除却巫山不是云”，张孝祥也许有一点这样的意思。孝宗可能不这样看，选一能臣镇守边陲，自己岂不能高枕无忧了。

知静江，许是张孝祥人生悟觉、官场进退的一个转折点。“自是粗才合粗使，瘴乡那得便途穷”，“自是粗才”言外之意揶揄，状元可不是什么“粗才”，“瘴乡”倒是很客观，一穷乡僻壤自是“穷途”。广西，地处西南边陲，瘴疫横行之地，疟疾就是“瘴”病之一。张孝祥在静江，也还是尽心为民、尽职为官的，并没有任何懈怠的情绪和行为。张孝祥的可贵之处，在于“在其位谋其政”的责任感。乾道二年（公元1166年），王伯庠一句“专事游宴”，皇上一诏“诏静江府张孝祥……放罢”而东归。过浯溪而谒“大唐中兴颂”碑，留有“北望神皋双泪落，只今何人老文学”，触景生情，借史喻今，“问元、颜去后，水流花谢，当年事，凭谁记?”临安花好月圆，赵宋吴波澄碧，谁还记得当年事，谁还会去“老文学”。一路泛洞庭，祭屈原；过赤壁，谒东坡。九月回到芜湖，在历阳和芜湖逍遥地，却是忧郁地过着闲日子。

次年知潭州，辞免。奏状中有一番言不由衷的话，对孝宗不无讽刺，“昨者广西，罪戾盈积，劾章既上，谓当投窜”，广西何罪？没说，你皇上没深究，没“投窜”，也算是法外开恩了。父母素弱多病，弟幼尚需宁养，望皇上许我“于江、淮间易一小郡”就职，于亲，于国，于圣上，都有利。一句话，就是不想去潭州了。这次的辞状长而肯、坚而绝，《辞免》全文400个字，是张孝祥所有辞状中最长的。无奈依旧不准，父母张祁和时氏、弟孝直、从弟孝仲、儿子同之，随张孝祥一路车马劳顿，走了两个多月方到达潭州。与前任刘珙交接费时月余，真正上班已经是八月了。值得一提的是，潭州上任不久的张孝祥在书信中告诉朱熹“已专介请祠”，算是荆南屡次请辞的铺垫，这样，荆南的“决辞”不再显得突兀，顺理而成章了。

徙知荆南已经是乾道四年（公元1168年）的七月，八月上任，到次年三月致仕，在荆南不足八个月。徙知荆南辞状100个字，简洁明确，强调“屡丐免归”，“怵惕之诚，莫遑朝夕”，有点急切，我这“免归”是真心，不是托词，不是撂挑子，你另选能臣，我乞望请辞。八个月，请辞奏状六七次，加上徙知荆南辞状，几乎就是每月一次请辞。甚至，你不准，我就挂印回家。

从一首《柳梢青》可以看出张孝祥隐退遁世的暗疾，“碧云风月无多，莫被名缰利锁。白玉为车，黄金作印，不恋休呵。争如对酒当歌，人是人非恁么？年少甘罗，老成吕望，必竟如何？”是失意的揶揄还是自觉的认识，可能都有。也许“识破嚣尘，作个逍遥物外人”更好。

终于，尚书省奉旨下诏，张孝祥“依前朝议大夫，升显谟阁直学士致仕”。三月东归，四月再过洞庭，“湖海倦游客，江汉有归舟”，张孝祥对官场宦海的厌倦可见一斑。

“请说归休好，从今自在闲”，“短长无不可，且得是闲身”，“湖海扁舟去，江淮到处家”，喜悦之情溢于言表，解脱之感如弃重负。越是如此，越发溢出喜悦之外的苦涩，越发凸显弃重背后的失望。也许忧郁夹杂着沮丧，淡然掩藏着怨怒，无奈透露着绝望。三十八岁决辞，决辞后又表现得如此喜悦和解脱，那背后肯定有苦衷，今人也许永远不知道张孝祥内心的隐秘。张放和内敛是两种截然相反的情绪，极端的走向说明张孝祥再度涉足官场的可能性不大了。哀莫大于心死，也许张孝祥心已经死了，哀国家残缺，哀圣上不争，哀北靖无望，哀报国无门。

刘珙去枢密院任职，是在接任张孝祥荆南知州之后。刘珙回临安做枢密使，张孝祥已在芜湖赋闲。“旧阁新开元帅府，闲官且领太平宫。归家尽洗如椽笔，准拟燕然勒骏功”，很能表现张孝祥赋闲之后的心绪。

张孝祥与虞允文在舟中对酌感慨，道别再三，约定下次再来，千万千万。虞允文一揖拜别张孝祥，舟行江上，渐去渐远，一片孤帆，消失苍茫之中。

然而，却没有下次了，张孝祥的生命猝然而止于与虞允文的对酌之后。奇怪的是，张孝祥卒后，未见虞允文点滴文字记载，按道理而言，不该。

陆游在《朝议大夫张公墓志铭》中说“世患无才，才大辄弃”，“若时张公，表表国器。入掾枢庭，谤谗亟至”，“犹或忌之，竟以谗踬”，陆游与张孝祥官场一路同行，想必这“铭”是很客观的。

史记，张孝祥死于中暑，我以为，实则死于郁病交结、心力交瘁。郁，不必再赘述了。张孝祥嗜酒，“既因酒成病，那识酒真味”，“此酒不可止，一饮病三日”，“但使客常满，客醉我亦醉”。饮酒到了“一饮病三日”程度，可见酒量之大；与朋友一起喝酒，到了“将军骂不敬，次公醒而狂”，可见酒兴之大。张孝祥说“戒酒”，友人说你这是“遣客计”，只好“客醉我亦醉”了。酒伤肝，祸及胰、胆。郭沫若说，李白死于“腐胁疾”，缘于酗酒。所谓的“腐胁疾”，我以为就是急性胰、胆炎性综合征，酗酒是很主要的原因，猝死的可能性很大。暑热是一个原因，我以为不是主要的。酒精对心脏危害极大，也导致肝、胆、胰的慢性炎症急性发作，死亡率极高。我推测，张孝祥死于酒后的心肌衰竭，和/或胆、胰的坏死性炎症。张孝祥在给朱熹的信中说，“某自到官即请去，凡六七，最后乞致仕，乞寻医，且不欲俟报弃官而归”，说明张孝祥有病而屡次请求辞职，求医治病，甚至到了要弃官挂印的程度，说明张孝祥病得很重。

神仙和散文

喜欢读散文，也喜欢时不时地写点散文，读了韩石山先生的《散文，神仙也写不好》（《文学自由谈》2018年第3期）和陈寿昌先生的《就算不是神仙，也能写好散文》（《文学自由谈》2018年第4期）之后，简直不知道散文如何去写。韩、陈两位先生都是中国文坛的大腕，在一般操持笔墨自诩文人者的心中，是神仙级的人物，韩先生是山西的土地神，而陈先生是山西的过客仙。

自我喜欢文学开始，就认识了“山药蛋”。读过赵树理、马烽、孙谦、西戎一批“山药蛋”派作家的作品，乡土民俗的叙述，晋语方言的表达，读起来很有味道，以为那就是山西文学。一读《山西的文脉》（《文学自由谈》2018年第1期）觉得韩石山先生说得有道理，在韩石山先生心中，“一想到自己是个‘山药蛋’，我都想扇自己一个耳巴子”。耳巴子，肯定是当地语言，意思就是“耳光”“嘴巴子”的意思。可见，用“山药蛋”代表山西的文脉，那是贬，一言以蔽之，就是一个“土”。

韩先生说，“这么多年，我们一直在自己糟蹋自己”，开始，我以为韩先生不过是调侃，越往后看，越觉得韩先生对“山药蛋”绝不认同，是真生气了。真的，山西不仅有山药蛋，还有很多高雅的文化和高雅的文人。譬如说王念祖吧，山西浑源人，与鲁迅同年生人，王念祖中科举而为举人，而鲁迅却不得，确比鲁先生高出一筹。韩先生说“山西学子，功名上一点也不后于他人”是事实。韩先生还列举了几位山西的文化名人，不是吴晗的同班同学，便是钱钟书的同班同学，更有姚奠中教授是章太炎的学生，鲁迅的同门师兄。“这些文化人，他们身上可有一丁点山药蛋的气息？”韩先生理出了一条用人物串联起来的山西文脉：鲁迅—周文—丁玲—马烽，恰巧的是，韩先生是紧挨着马烽之后的大家，而马烽是“山药蛋”的代表人物，所以韩先生一进山西文坛，便是一个山药蛋，那是很自然的。我认识一个从山西侯马回家乡芜湖的作家，回乡之后依旧从文，似乎并没有谁说他是山药蛋。

按韩先生自己说的，“我之所以写这篇文章，一半是出于公义”，那就是为山西的文脉正名，绝非什么“山药蛋”；“一半出于私情”为马烽、西戎两位大作家的晚年“并不怎么顺遂”而不平。除了韩先生所提及的鲁迅之外，周文、丁玲直至马烽，似乎都“不怎么顺遂”，韩先生的不平也是为他们的，也是为山西文学之路的“不怎么顺遂”的。

对山西文学的臧否，也许只有“槛内人”方可指点山河。但是，韩先生《山西的文脉》确是一篇好的散文，观点明朗，条理清晰，行文流畅，绝无一般散文的小家子气，散文写到这般境界，与韩先生《散文，神仙也写不好》中的说法有点相悖。韩先生肯定不是神仙，那还是陈先生说得对，“就算不是神仙，也能写好散文”。

韩先生说：“写不好散文，最主要的一个原因，是想承载的东西太多。”也是啊，就是神仙也还是哪路管哪路的事，譬如，灶王爷就不管炼丹，炼丹那是太上老君的事。但韩先生说，散文“古代也没几个写得好的”，这话说得有点过。陈先生说韩先生对散文的“标准过于苛刻了”，可见，韩、陈两位先生对“好散文”概念的认定似乎不在一个层面上。最近的《文学报》上有一篇《文学批评需要共识视野》可为两位先生推荐一读，如果韩、陈两位先生所认定的“散文”不在一个“共识视野”，那神仙不神仙的讨论也就没什么意思了。

1963年人民教育出版社出版了一套《古代散文选》，上中下三册，由隋树森、张中行等人选编。我收藏的一套上、下两册不知所终，留下的中册收录了唐、宋散文62篇。唐、宋的好散文何止62篇，就是这62篇，与韩先生所说“从汉唐到明清，两千年间……好的散文，怕连十篇也说不上”相差甚远。韩先生好散文标准是“有灵气又有感情，我能看上的”，难怪陈先生说“韩先生的标准过于苛刻了”，如果说“有灵气又有感情”还有些客观色彩，那“我能看上的”那基本上就是主观的见仁见智了。按韩先生的列举，也就《登徒子好色赋》（宋玉）、《报任安书》（司马迁）、

《祭十二郎文》（韩愈）、《项脊轩志》（归有光）四篇，而沈复的《浮生六记》是韩先生“也算上”的，那就是勉强，不甚够格。在韩先生的眼中，再没有了，因为“别的，能够达到这么高层次的，这有些想不起来了”，韩先生不敢把话说绝，哪天想起来，哪天再加上去。

韩先生说，散文是一种实用文体，不是文学作品，“近世以来，才把他归到文学作品里了”，说“文学性最显著的一个特征，是虚构和夸张”，按这个意思说，就是散文不应该有虚构和夸张。事物一夸张，必然有虚构成分。那“东家之子，增之一分则太长，减之一分则太短，着粉则太白，施朱则太赤”是不是夸张，那宋玉的《登徒子好色赋》算不算散文？

陈先生也承认，散文从其他文体中划分出来，只是新文学产生以后的事。我非常赞同陈先生的说法，“散文又包括随笔、小品、短评、杂感、游记等等”。陈先生所列举的《谏逐客书》等十数篇都是古代的好散文，用一句话说就是，古代的好散文不胜枚举，绝不像韩先生说的就那几篇。对于“好”的评价，仁者见仁、智者见智那是无可厚非的，但是，两千余年的散文中没几篇“好”的，没几个能让韩先生“看得上的”，难免让人生疑，是“散文虚无主义”作祟，还是“标准过于苛刻”横亘，不敢妄议。不知道韩先生如何评价晚年“不怎么顺遂”的周文、丁玲、马烽这些文学大家的散文，是不是能看得上？

李清照的《金石录后序》，我读了多少遍，已经无法记得了，好散文是百读不厌。李清照既不缺“灵气”，文章又不乏“感情”，我相信，韩先生肯定读过，只是不知道什么原因没被韩先生“看上”，也就算不得好散文了，至少在韩先生那儿是这样。李白的《与韩荆州书》，韩愈的《柳子厚墓志铭》，苏轼的《赤壁赋》，范仲淹的《岳阳楼记》，欧阳修的《醉翁亭记》，等等，在我这儿，都是一等一的好散文。所以，陈先生说得有理，韩先生的好散文“标准过于苛刻了”。

韩先生说，“文学性最显著的一个特征，是虚构和夸张”，要说虚构，那《岳阳楼记》就是个虚构的典范，寥寥几十个字说明“属予作文以记之”之后，便文不对题地借题发挥，醉翁之意不在酒地感慨，完全行虚文而离“楼记”，按韩先生文学性标准，散文《岳阳楼记》具备“文学性”是显而易见的。但是，又不合陈先生所说，“古代文学家把韵文、骈文以外的文学作品统一叫做散文”，《岳阳楼记》中“若夫淫雨霏霏”“至若春和景明”所领的两段，用的是骈文句法，那《岳阳楼记》算不算散文呢？

而纳入《古代散文选》的《滕王阁序》整篇都是骈文句法，算不算散文？看来，文体不是古代散文的特征，陈先生的古代散文归类也未必可以效法。

《赤壁赋》脍炙人口至今，似乎没有多少人计较黄州赤壁是不是那个三国的古战场。苏轼“虚构”了火烧赤壁的黄州，行文也多有骈文句法，可《赤壁赋》历来都被视作散文，真正的文不对题，虽“赋”名，却散文。但很少有人认同韩先生的“此老有才气，会铺张，但少感情，算不得好文章”的看法，《赤壁赋》一直是习文的范本，欣赏的佳作，似乎只要一沾古代散文的边，《赤壁赋》必在其中。

明、清的散文卷帙浩繁，佳作和大家也甚多。其中像李贽、袁宏道、王守仁、姚鼐都是风格独特、成就极高的散文家。特别喜欢袁宏道的山水游记，譬如，《晚游六桥待月记》《灵隐》，文章随意抒情，语句清新而活泼，“西湖最盛，为春为月。一日之盛，为朝烟，为夕岚”，把散文写得有诗的美感，也算拓宽了散文的境界。古代的山水游记散文也是美不胜收的，最早的可能是慧远，庐山东林寺住持，《庐山诸道人游石门诗序》我在《古代游记选注》中读到。柳宗元、秦观、陆游、苏轼、范成大、袁宏道、张岱、姚鼐、徐霞客等都给后人留下了山水游记的名篇。

说到山水游记式的散文，避不开余秋雨先生。一部《文化苦旅》开创了另类散文的先河，在余先生那儿，或者说在余先生的游记散文那儿，游记只是一个载体，借漂泊旅程，越千年历史，发内心感悟，余式羁旅散文的公式基本如此。与余先生之前的散文家杨朔、刘白羽、秦牧、峻青等人相比，无论是写作风格，还是写作内容，颇有差别。我想，这就是余先生和他的散文风靡十数年的原因吧。

陈寿昌先生“写出好的散文”两个条件，其一是“宽松的话语环境”，在“杨朔们”那儿基本没有，除了歌颂，还是歌颂，连一点感叹，或者感慨的成分都没有。而余秋雨先生适逢其时，在“宽松”的话语环境下，任意上下，恣“语”纵横，多了一点思考和感悟，而且能够释放出来，这就是余秋雨与杨朔们写作环境的差别。

陈先生所说的第二个条件是“作者要有个性和良知”，成熟的作家不缺个性，譬如，余先生就有他自己个性的叙事方法和写作程式，独到的沉淀历史和筛选史实的视角，以及感悟和感叹的余式风格，在当时，算是一个有个性的作家。而“良知”，按陈先生所说，就是“不跟风，不从俗，不媚人，不昧着良心说话”，不错，这些都是“良知”的内涵，但是，即便是一个有“良知”的作家也未必能写好散文，如果把“良知”算作能写出好散文的条件，那写出好散文一定还有第三、第四个条件，譬如写作技巧啊，文学修养啊。良知，和好散文之间没有必然的联系，不存在确定的逻辑关系。举个极端的例子，谁都不能否认周作人散文，可谁都不能肯定周作人的良心。对余秋雨，时下有许多微词，而余先生的散文搁在今天看，仍然有一些好的篇目，不能说余先生的“良知”有问题，但肯定不具备陈先生所说的那样完美的“良知”。

《美文》杂志在封面上明确无误地注明“大散文半月刊”，我经常看，好文章确实不少，余秋雨先生也是那儿的常客。通观作者介绍，虽非全是大家，却都是名家，所谓“名”便是“头衔”，就连杂志社的社长也是徐德龙院士，一个跟散文八竿子都打不着的名人。实际上，《美文》的文真不需要借院士的名，我在《美文》上能读下去的好散文很多，确实不负“美文”之名。

韩先生说：“写文章，写那些大的事件，谁写都差不了多少，好和坏，全在于细微处。而记日记，多是写生活琐事，时间长了，笔头子上的功夫就有了。”而陈先生说，“只要有宽松的环境，只要作者有自己的独立思想……虽然这世上没有神仙，也照样能有好的散文出现”。韩先生说的是散文写作的基本功和技巧；而陈先生说的是散文的思想和允许思想释放的环境，就是把这两者结合起来，那就算不是神仙，也能写好散文？其实，并不尽然。

《美文》上有一篇《通往查济的路上》，作者是刘琼。一看作者介绍，是我的老乡，头衔是“《人民日报》文艺理论评论室主任”“艺术学博士”和“高级编辑”。“通往查济的路上”的风景和人文，我非常熟悉，加上作者优美的笔调、流畅的笔意、深邃的思考，读起来酣畅淋漓，是一种享受。读完之后，掩卷默然，我的一篇《泾川行吟》也是写泾川一路风景和人文，可哪家杂志也没有接受。一番比较之后，虽然《泾川行吟》思想的厚度和深度不够，笔调和笔意不美不畅。但是，按韩、陈两位先生的神仙或者不是神仙的教导扪心自问，我总觉得还缺点什么，那缺什么？

天津出了一本杂志，就叫《散文》，它的英文名是*Essay*，广州出了一本杂志叫《随笔》，它的英文名也叫*Essay*，那《美文》的英文名也应该是*Essay*。英文的语意是这样的“狭窄”，何以能出弗兰西斯·培根、狄更斯、托马斯·哈代这些大家？反过来说，中文的语意太丰富了，你必须细究，虽然《随笔》是散文，但又不是散文，《散文》是散文，却包含着随笔。这绕来绕去，自己都给绕糊涂了。

川端康成，东方的优雅和魅力

2023年6月14日，是日本作家、诺贝尔文学奖得主川端康成诞生124周年。《伊豆的舞女》也许就是中国人印象中的川端康成，《伊豆的舞女》被六次搬上银幕，我记得田中绢代和山口百惠都演过那个伊豆的舞女，相比之下，我还是喜欢田中绢代，也许是先入为主吧。

1986年的诺贝尔奖不是授予《伊豆的舞女》，而是授予《雪国》《千只鹤》《古都》这三部作品的。川端说，“美在于发现，在于邂逅，是机缘”，《伊豆的舞女》所表达的美就是发现、邂逅和机缘的结果，没有伊豆，就没有川端，或者反过来说，没有川端，就没有闻名于世的伊豆。

伊豆在富士山南的大洋里，一个秀美半岛，用陈德文教授（日本爱知文教大学）话说“像狗颈上挂的一个铃铛”，是日本南国山色海景画廊。川端出生在大阪，可把伊豆当作自己的故乡，无独有偶，把伊豆当成故乡的还有与川端齐名的井上靖。伊豆在川端和井上靖笔下都很美，但是，我更喜欢川端笔下的伊豆，美得忧伤，那种美是自然与倾诉、与情绪混合的忧伤，看上去非常的平淡，平淡得有点不加修饰的平铺直叙。

一如瓦尔登湖，伊豆也是世界文人的麦加，但是，像《伊豆的舞女》这样绝世之作，只能是川端的。文学中的伊豆，就连井上靖也要让川端三分，至少我这样认为。巴金、严文井、冰心……都造访过伊豆，老舍在1965年来过，连老舍自己也不承想，一年多之后，老舍自沉在太平湖。

岩田光子说，“整个的川端文学可用两个词来概括——‘温馨’和‘爱抚’”，温馨是感觉的表达，而爱抚是感情的流露，犹如斜倚在伊豆的温泉中，任温暖的涌流抚摸着你的身心。在《雪国》中，在《伊豆的舞女》中，在《千只鹤》中，在《古都》中……你都可以感觉到东方人爱情、友情中的温馨和抚摸，含蓄和优雅。

我非常欣赏川端康成把情和景交融在一起，也许你以为这似乎是评论中的套话，其实不然。在《伊豆的舞女》中，伊豆的自然美和舞女的人性美，交织在一起，使你无时无刻不在领略伊豆的美丽和感受她的魅力。川端自己也说，“整个的伊豆半岛是一座大花园，一个大游乐场。就是说，伊豆半岛到处都具有大自然的馈赠，都富有魅力的变化”（川端康成《我的伊豆》）。自然与文学的相互交融，也许使得文学的感染力能够发挥到极致；自然和文学的相互辉映，又使大自然的魅力有了更耐咀嚼的味道。

在《伊豆的舞女》问世之前，川端已经是一个成名的作家，而在《伊豆的舞女》出世之后，川端更是。

《伊豆的舞女》第一次搬上银幕是在1933年，就是田中绢代演的那个舞女。而《雪国》的写作始于是年，发表是在1935年，直到1937年，川端仍然在修改《雪国》。川端特别喜欢围棋，甚至痴迷，与围棋界的名人也交往甚密，譬如吴清源，而每有大赛必亲往，与围棋大师吴清源推心置腹地交谈，甚至与秀哉名人对弈，以围棋、象棋和麻将，与本因坊名人交往，并写了大量的围棋观战记。《千只鹤》连载是1949年的事了，而1959年对川端来说是例外，没有发表一篇小说，《古都》发表于1961年。1972年的4月16日夜，在逗子市的玛丽娜公寓，川端含煤气管自杀身亡。

川端一生留下了100余部长篇、中篇和短篇小说，此外还有许多散文、随笔、讲演、评论、诗歌、书信和日记等。川端的作品很大一部分是写社会下层的人物，特别是下层妇女（如舞女、艺妓、女艺人、女侍者等）的悲惨遭遇，表现她们对生活、爱情和艺术的追求，譬如《伊豆的舞女》《温泉旅馆》《花的圆舞曲》和《雪国》。

诺贝尔文学奖评选委员会主席安德斯·奥斯特林致授奖辞说：“川端先生明显地受到欧洲近代现实主义的影响，但是，川端先生也明确地显示出这种倾向：他忠实地立足于日本的古典文学，维护并继承了纯粹的日本传统的文学模式。在川端先生的叙事技巧里，可以发现一种具有纤细韵味的诗意。”给川端的诺贝尔奖状的题词是这样说的：“这份奖状，旨在表彰您以卓越的感受性，并用您的小说技巧，表现了日本人心灵的精髓。”

我非常喜欢川端的“融合物我”，一方面是物、我的自然分离，一方面是物、我的相互契入，我说的就是这种“情景交融”，两者的可分又不可分，伊豆就是舞女，而舞女也就是伊豆，川端康成，独一无二的川端。

看《伊豆的舞女》，看山口百惠，让我想起一部中国电影《庐山恋》，拍得很有点《伊豆的舞女》的风格和味道。1980年的《庐山恋》风靡全国，一个政治希望附在庐山的青山翠岭的风光中，嵌合得还算是有章有法，在泯灭人性的大浩劫之后，也算是还人性之原本。可就是不如《伊豆的舞女》那样的自然，那样的委婉，那样的感动人，那样的平民化。《庐山恋》给你的绝不是那种深刻的感动，只是一种浅薄的喜悦。幸福的、团圆的结局也许只是某种需要，一旦既定的需要指挥了文学和由文学衍生的艺术，那结果就是不言而喻了，艺术不是政治课本。

基本上与《庐山恋》同时期的日本影片《追捕》，也是风靡一时，万人空巷看《追捕》，饰演“真由美”的中野良子也随之家喻户晓，妇孺皆知。但是，我觉得远远不如《远山的呼唤》和《幸福的黄手绢》，我更喜欢其中人性善良的真实，平民生活的真实。导演山田洋次也如川端一样，风格看似浅淡，但深刻而耐寻味，所以，我更喜欢高仓健和倍赏千惠子的配合，一个冷峻却善良，一个柔韧而贤淑，两个人表演也刚柔相济，连眼神都是那样的默契，炉火纯青的演技与剧情配合得天衣无缝，让人叫绝。倍赏千惠子绝对不能算是漂亮，尤其与中野良子相比。但是，我相当地佩服“平民面孔”的倍赏千惠子，我几乎认定，没有人可以替代她，至少在这两部影片中。

川端康成有一句名言“自杀而无遗书，是最好不过的了。无言的死，就是无限的活”，一切尽在不言之中，那就是无限的话，留给后人的，川端有无限的话，而后人关于川端，也有无限的话要说。

日本的文化，有一部分是很优雅的，譬如川端的文字，山田洋次的影片，即使是喝茶，也优雅和升华为了“道”，书法也潇洒和规化为了“道”。川端很优雅，文章写得很优雅，围棋下得也很优雅，与名人的交往也很优雅，虽然“谈笑有鸿儒”，但绝不“往来无白丁”，他笔下的社会下层人物栩栩如生，呼之欲出，与他的交往和观察是分不开的。

回到传统，川端是个榜样，“美，一旦在这个世界上表现出来就不会泯灭”，这是川端的话，川端的文学遗产的美是不会泯灭的。而川端的另外一句话，“风雅，就是发现存在的美，感觉已经发现的美”，是说给美学听的，而“人是不断消失在过去的日子里的”是说给哲学听的，而“一朵花比一百朵花更美丽”也许是说给……

作为川端文爱好者，谨以此文纪念川端康成124周年诞辰。

音乐感觉的漫步

指挥家李心草说了这样一件事，他在维也纳留学的时候，去看在金色大厅维也纳爱乐乐团的排练。旁边坐着一个四十余岁的男子，带着两个孩子，一个十来岁，一个六七岁，也来看排练。当乐队即将开始演奏的时候，男子拿出三本演奏的总谱，分别递给了两个孩子。李心草很是奇怪，问曰，孩子是学声乐还是学器乐的，男人忙不迭地解释，不是，只是为了他们从小有对音乐的感受。我想，维也纳这样的父母可能不在少数，中国有多少父母，仅仅为了让孩子从小感受音乐而领着孩子去听场音乐会?

都说素质教育，“素质”这个词是很空泛的。撇开素质的定义不去说它，我以为，素质就是生命华彩的基础、生活丰富的体现，素质的多样使你的生活趣味怡然，素质的深化使你的生命过程流畅。优良的素质让你的生活不会慌张无序，使你工作不会捉襟见肘，你的生活和工作永远是从容不迫，你在事与人之间游刃有余，你在情与理之间融会贯通。虽然音乐这种素质不是人生纠结中或挫折中百试不爽的良药，但是会让你受用无穷、快乐一生的。音乐也许使你许多纠结缓和，甚至化解，使你在挫折面前振作以至于发奋，哦，原来大地是可以这样的宽广的，天穹是可以这样澄碧的。

刘索拉在《试试音乐，试试文学》中说，“音乐是情人”，“即使白天的事务性工作使你变得婆婆妈妈、骂骂咧咧，但你一见到情人，你张嘴说什么它做出的反应都是鼓励”，“把你所有的怨言变成高雅的炮弹发射出去，炸平所有你看着就有气的堡垒”。说音乐能够抚平纠结、催人奋进的不止我一个，说音乐是情人该是年轻人的口气，我说音乐就是不离不弃的伴侣，也许更加合适和贴切，更加温暖和亲切。

音乐好比山水，乐山仁而乐水智，乐音乐者应该是仁智皆备了。山、水虽然各有神貌，各有韵味，但是，感受音乐好比研读山水，都是愉悦无限的，那愉悦贯穿在感觉和感受的过程中，犹如乐山在于相依而不在于征服，乐水在于相伴而不在驾驭，平等对待山水，而不居高临下，乐便在其中了，那种征服和驾驭是人类傲慢和独尊心态的极端表露。听音乐也是如此，享受过程，而不必强求读懂；欣赏旋律，也无需解析内容。有时候，乐是无内容的，或者说是泛内容的，《二泉映月》，如果你总把它和阿炳的身世、命运连在一起，那缓慢、低沉的旋律便是悲愤的唱咏。如果皓月当空，一湖碎银闪烁，闲步湖边，二泉清流欢畅，那缓慢、幽静的旋律就是闲适的诗吟。一方面，音乐生命的外在表现是多元的，你可以感受一首乐曲的多面；另一方面，音乐总体也是多元的，柴可夫斯基的《悲怆》是一个风格，相异于他的《天鹅湖》，即使在《天鹅湖》里，那《西班牙舞曲》和《拿波里舞曲》又是相异的。音乐生命的多彩犹如人生命的多彩，因为音乐是人创造的，注定了音乐必然多彩。

从技术层面听音乐和从感觉层面听音乐还是有差别的，如果能够技术和感觉结合起来，那是再好不过的，犹如我们在十楼上看风景挺好，如果上到二十楼或者顶层看，不是更好吗？“欲穷千里目，更上一层楼”，也许就是这个道理。

苏轼诗云“若言琴上有琴声，放在匣中何不鸣？若言声在指头上，何不于君指上听”，说明一个最浅显的道理，主客观的结合方才是美妙音乐，光有“琴”不行，光有“指”不成，两者结合，还要配合，才会有声、色具备。音乐，那是有思想的、有生命的“活物”，如何“活”，那就要看你的感受了，而如何领会她表达的内在的思想，体验她永恒的生命魅力，一方面需要演奏者的技巧在思想层面的表达，另一方面需要聆听者的领悟和理解。听人说过这样的话，两根弦束缚一张弓，四根弦驰骋一张弓，二胡没法和小提琴比，非但音域太窄，音色单调，表达能力也差。未必吧，一把二胡，一曲《二泉映月》，就连大师级的小泽征尔也会听得怆然涕下，我看小提琴过于明亮的音色刻画不出幽静的、略带忧伤的二泉，以及阴柔月色背后阿炳的凄苦和悲凉。

诗和曲，一脉相通，就如同文学和音乐是艺术的孪生兄妹一样，刚柔兼能，豪敛并达。感染力用文字和音符表达，视、听感觉在大脑综合成感受、思想，愉悦地、开朗地、感性地生活着。我一直认为，太过理性的生活很累的，音乐和文学，曲和诗，就具备这样的力量，使你的生活充满感性，虽然感性有时候肤浅，但是太深刻地理解生活，太理性地对待生命，生活会变得“瘦骨嶙峋”，而音乐能使生活“丰腴滋润”。

“生当作人杰，死亦为鬼雄”，女人的诗也可以是这样的雄赳赳的；“染云为柳叶，剪水作梨花”，男人的诗也能这般纤柔柔的，这就是诗的魅力所在。而另一面的李清照是“知否知否，应试绿肥红瘦”，是“才下眉头，却上心头”。诗家情绪的多样性表达在作品的风格各异上，你可以“横看成岭侧成峰”，全在于你的理解和领悟。刘天华的《良宵》是一首典型的中国乐曲，五声音阶，一张弓在两根弦之间滑动、跳跃，柔弱地、轻慢地移弓动弦，仿佛月光恬静如水，夜色幽然如梦，和《蓝色多瑙河》的那种悠远、轻快、甜美感觉完全不一样。《蓝色多瑙河》的基调是欢快的，而《良宵》的基调是幽静的。虽然，音乐的听是主观的，但是，乐曲还是有基本的倾向性的表达内容和方向，这种情绪和意向是通过技术手段达到的，也是客观的。譬如，《红旗颂》你可以说“崇高”两个字，而《马刀舞》你可以说“雄壮”两个字，都是通过各自调式、旋律、节奏来表达的。所以，借助感觉，加一点技术，我相信，你会更加喜欢音乐，更加喜欢听音乐，更加喜欢欣赏音乐的。

我很喜欢中国的民歌，有一句名言“只有是民族的，才是世界的”(大意是这样)。这让我想起了小提琴协奏曲《梁山伯与祝英台》，越剧在中国被称为流传最广的地方剧种了，而梁山伯与祝英台的故事更加是家喻户晓、妇孺皆知了吧，所以《梁祝》才有这样的生命力。你会问，为什么不能用二胡演奏呢，我以为，这就是技术层面的问题了，因为起初的曲子就不是按二胡的“技术参数”创作的，但是，也有用二胡来演奏其中“主旋律”的，也很好听。你听过二胡协奏曲《三门峡畅想曲》吗，那便是按二胡的阈值、音色、技巧等“技术参数”来创作的，也是相当成功的，你不妨找来听听，体验一下民乐器乐的交响协奏曲，并不亚于小提琴的协奏曲。

口琴善于表达忧郁、伤感，你听过的“小三和弦”，那种口琴演奏的就是这样的风格。我第一次听口琴演奏的陕北民歌《兰花花》，那种轻度的忧伤、有点压抑，似乎有点如诉如泣的味道，一个最显著的特点就是

"跑调"，总是觉得有些音低了半度。后来才知道，这就是常说的"蓝调"，"蓝调"的最大特点就是"跑调"，非此，不能表达那种忧伤和压抑的情绪，《兰花花》的口琴演奏就是成功的中国蓝调。

与往事对话

一

我住在城东大砻坊的时候，家离青弋江咫尺之遥，每天清晨，在青弋江的南岸散步。喜欢沿着河边走，看垂钓人的喜悦和失望，看扳虾网的提起和落下，一直未拆的益新面粉厂的斑驳旧楼，也许哪一天会成为涅槃的凤凰。运沙的驳船迟笨地顺流而下，渐渐升起的朝阳在河面上闪烁着变幻无穷的碎英，赤红丹朱。驳船推起的水浪冲刷着河堤，船远浪退，河水恢复了原来的静谧。

大砻坊河段的防洪墙像是一堵涂鸦墙，字、画均有，雅、俗兼存，我经常从西向东地浏览一遍。今天的悲欢离合，明天的阴晴圆缺，上演着永无止境的爱情喜剧和悲剧，字里行间、雅图俗画，淋漓尽致，清晰而不含糊。这些随性发挥、随兴勾涂的字画多数是砻坊路上卫校的学生留下的，因为有些话和有些画是有专业内容的，虽然不够精致，但也足以暴露涂鸦者的行藏。晚间的亲昵，课余的散步，墙就是情绪宣泄的载体。墙上的宣泄总是有增无减，看多了，也就付之一笑走过去了。

“血吸虫病，瘟神”，后面三个惊叹号。是谁留下的呢？粗口，也是一种情绪，对血吸虫病恨之入骨，得病的是自己，还是家人？往南不远是地区医院，也许是住院病人或者家属愤而书之。职业的原因，在“狗日的”

前面停留了许久。然后沿着青弋江堤岸，俯下身在已经水泥固化的斜坡寻觅半天，断定，南岸不可能有钉螺滋生了。

钉螺，是血吸虫的中间宿主，而且是唯一的。宿主，说白了，就是寄居、生长的地方；唯一，就是只“宿”钉螺，别的螺，血吸虫是视而不见、遇而不入的。

隔天，我沿河堤往西，一直走到青弋江汇入长江那个地方，芜湖人叫它宝塔根。然后沿着长江的右岸往上游走，不远就是“桂花桥”。“桂花桥”曾经是钉螺的滋生地，市区就医的大多数血吸虫病人，如果稍微仔细地追寻一下病史，多半都有在桂花桥附近戏水、游泳的经历。

在“桂花桥”的江堤下面踯躅半天，甚至蹲在江水润湿的泥地上、草丛中寻觅着，曾几何时密布的钉螺已经找不到了，也许是我这老眼昏花的，没看见。

站在桂花桥的江堤上，可以隐约地看见“碧桂园”，碧桂园偎在长江的江湾里，就是常说的“内江”，以前一直被叫作“大龙窝”，成片的芦苇，连绵的荒草，江水涨落，干湿相间，是钉螺最理想的滋生地。密度有多大，这么跟你说吧，你可在一块十平方米的滩地，轻松地“扫”到5斤螺，如果每只螺平均1克，你是可以想得出，那钉螺密度有多大。

那个地方原先是属于繁昌的中沟公社，我熟悉，很富庶的一个地方，蒌蒿满地芦芽短，鱼虾满船青蟹肥，水牛滩涂散布，粽叶芦苇飘香。蒌蒿、芦芽、鱼虾、青蟹、水牛、粽叶，哪一样不是生钱的副业，可哪一样不是感染血吸虫的危险因素，不知道吗？知道，知道又能怎样，生活永远是第一位的。

二

万千往事，如在昨天，30余年前的现在，我在繁昌，做血吸虫病防治的专科医生，其时，从学校出来已经是第七个年头。

滕秀云腆着个大肚子，缓慢而艰难地走进门诊，我示意她坐下来，滕秀云没说话，愣了一下，然后还是缓慢地、艰难地坐了下来。

滕秀云的肚子像一口反扣着的锅，黝黑发亮的皮肤上“青筋”毕露，转诊的公社医院初诊结论是“晚期血吸虫病，肝硬化腹水”。我很不放心的就是病原诊断，因为，能导致腹胀如鼓的病太多了。一看病历，粪检是我们专科医院做的，那是没什么可怀疑的了。滕秀云在护士和家人的搀扶下住进了病室。滕秀云一直没有说话，也许她已经没有气力来说话了，她只是望着我，那眼神我至今记得，虽然失神，但却未必是绝望，因为，医生永远是病人的希望。

我让护士准备一套三腔管，特别检查了气囊是否漏气，如果气囊漏气而致抢救失败，那……我在滕秀云的病床前对夜班医生交代了滕秀云病情，除了提醒可能致命的上消化道出血之外，其他的什么也没说，余下的治疗明天再说也来得及。

滕秀云死了，死于那天晚上大出血，第一次在厕所，待家人唤来护士背进病房，不到一小时之后，再次大出血，根本来不及插管，滕秀云默默地去了。我是在第二天晨会交接班的时候听说的，我顿时感到一阵莫名的伤感，我之所以说“默默”，是因为滕秀云从进医院到我下班，没说一句话，叙述和答话都是她家人说的。

51岁的滕秀云是繁昌的一个普通农民，是全国百万计晚期病人的一个，而在中国，还有许多罹患血吸虫病的病人。我虽然是医生，却不是华佗，可即便是华佗又能如何？殊不知，华佗，也无奈小虫何。

三

1958年的6月，我刚刚过了12岁的生日，即将进入初中，也算是品端学优的学生。热爱文学，酷爱诗词，一个暑假在阅读中匆匆而过。教语文的父亲对儿子的暑假不说好，也不说不好，只是又给了一本新买的《唐诗三百首》，32开本的通俗读物。父亲潜在的语意是好好读书，儿子朦胧的意识是父亲鼓励我做一个文学家。父子俩前瞻性的想法整个一个南辕北辙。他的《唐诗三百首》只是为了让我用诗词修身，他不会预料到，我也从未想要去做郎中，一个无奈小虫何的华佗。

1958年的6月，毛泽东主席写下了《送瘟神二首》：

读六月三十日《人民日报》，余江县消灭了血吸虫。浮想联翩，夜不能寐。微风拂煦，旭日临窗，遥望南天，欣然命笔。

绿水青山枉自多，华佗无奈小虫何。千村薜荔人遗矢，万户萧疏鬼唱歌。坐地日行八万里，巡天遥看一千河。牛郎欲问瘟神事，一样悲欢逐逝波。

春风杨柳万千条，六亿神州尽舜尧。红雨随心翻作浪，青山着意化为桥。天连五岭银锄落，地动三河铁臂摇。借问瘟君欲何往，纸船明烛照天烧。

我过了很久才读到这两首七律。全诗读起来是很流畅，没有古诗词生涩的典故和难释的词语，全诗的内涵极为丰富，诗外的史学意义、人文精神，让两首七律读起来更加意隽永、味无穷，好诗总是这样。

“一定要消灭血吸虫病”是领袖在杭州说的，前面还有一句“一定要帮助人们解除痛苦”，自此，全国流行区都建起了血吸虫病防治所、站。“一定”只是作为一个终极目标，是战略性的。6月30日《人民日报》很客观地说，余江县基本消灭了血吸虫，十二省、市灭疫大有希望。“大有希望”也就是说，朝这个方向奋斗，持之以恒，坚持不懈，“消灭”就会变成现实。

血吸虫病防治简单一点说，就是治病人、灭钉螺，但直到我卸肩去责之时，也没能够“消灭”或者“根绝”，其中的因果、甘苦、成败，是很难用叙事的散文、写实的传记，甚至虚构的小说、电影道得明、说得清的。电影《枯木逢春》便是一个典型实例，大团圆式的结尾固然是那个时代的文艺作品的必然，可乐观替代不了现实，滕秀云不是例外。但有一点可以肯定，防和治，在很大程度上，解除了人民疾病的痛苦。作为现代华佗，还是可以说，倾尽己力，足慰己心。

毛泽东主席非常谦逊地说：“我写了两首宣传诗，略等于近来的招贴画，聊为一臂之助。就血吸虫所毁灭我们的生命而言，远强于过去打过我们的任何一个或几个帝国主义。八国联军，抗日战争，就毁人一点来说，都不及血吸虫。除开历史上死掉的人以外，现在尚有一千万人患疫，一万万人受疫的威胁。是可忍，孰不可忍？然而今之华佗们在早几年大多数信心不足，近一二年干劲渐高，因而有了希望。主要是党抓起来了，群众大规模发动起来了。党组织，科学家，人民群众，三者结合起来，瘟神就只好走路了。”（中共中央文献研究室：《毛泽东诗词集》，中央文献出版社1996年版，第234—235页）

四

血吸虫，作为自然界的一种生物物种，其生活史有点复杂。化繁为简地说，就牵涉两个物种，人（或其他哺乳动物）和钉螺（唯一中间宿主），钉螺养育了攻击性的幼虫，成千上万地浮游在水中，遇人（牲）侵入，寄生于静脉，成熟产卵，卵分两路，其一入肝，久之而成肝硬化，其二破肠壁混入粪便，入水化幼虫再入钉螺。

毛泽东主席的话“强于过去打过我们的任何一个或者几个帝国主义”是有根据的。一万万人，是当时中国总人口的六分之一，就是说六个人之中就有一个人生活在血吸虫病的阴影和威胁之中，你也会有同样的感觉：“是可忍，孰不可忍？”

1949年的4—5月，中国人民解放军集结在东起江阴、西至武汉的千里长江边，由于沿岸许多地方流行血吸虫病，致使数以万计的指战员受到感染。1949年的9—10月，寄生虫学家吴征鉴在上海青浦调查9兵团27军的血吸虫病感染情况，住朱家角的179人中125人检出血吸虫卵，北方籍的战士中尤为严重，而下水游泳是感染的主要途径。1962年的6月，1300名驻扎陕西的解放军调至福建，这些战士对血吸虫完全没有免疫力，南下途经岳阳，在洞庭湖水域感染血吸虫，累积病例1153例，只有147人幸免于病。我无意将数千字的公开资料一字不落地照抄一遍，所以，摘其要，选其实而改写，但绝无虚构成分。

战争的胜败更多地关乎兵力多寡、武器优劣、战略是否合理、战术是否得当，很少有人考虑到疾病的作用。“瘟疫”，譬如血吸虫病，不但决定战争的走向，甚至改写历史，但史学家并不乐意去记录战争胜败中瘟疫的作用。拿破仑在征服埃及的战争中，败于纳尔逊的舰队，而不是埃及血吸虫病，但医学家们也许不这么看，至少，拿破仑士兵的感染对那场战争是有一个负面的作用。

二战期间，美军在菲律宾莱特岛登陆后，遭日本血吸虫病侵袭丧失战斗能力，是有案可查的。说重大传染病流行可以改变历史，可能危言耸听，但它的作用是绝对不可以小视的。

华佗死于公元208年，这一年，曹操兵败赤壁，可曹操兵败并不败在军事上，而是败于“瘟疫”，何以见得，有史为证。陈寿著《三国志》说，“公至赤壁，与备战，不利。于是大疫，吏士多死者，乃引军还。”曹操赤壁兵败是因为军队流行瘟疫，失去了战斗力，退出江陵。

华佗无奈小虫何，就算曹操不杀华佗，也不能改变战争的走向。文学虚构的赤壁之战，那是演绎的小说，歌颂或贬抑那是罗贯中的主观立场。李友松先生认为，陈寿说的“瘟疫”是重度流行于两湖地区的血吸虫病，我赞成此说，十余年前与李先生讨论过，不是我现时的人云亦云。

曹操给孙权的信中说，“赤壁之役，值有疾病，孤烧船自退，横使周瑜虚获此名”。陈寿的话与曹操的话相互验证，“疾病”，也就是血吸虫病，是曹操赤壁之败的原因，疾病，成了魏、蜀、吴之间的胜败的变数，说改变了历史的走向也是不为过的。

五

也许没有人类的时候，血吸虫就存在，这样的推断只是基于理论上的推测，以及古物种绵延至今的实例，譬如，鳄鱼和鲎（马蹄蟹）存世至少一亿年了。远的不说，1972年，湖南长沙马王堆出土的汉墓女尸肠道内发现血吸虫卵，女尸是长沙丞相利苍的妻子辛追，官宦的妻子是无须田野耕作、家务洗涤的，连她也受感染，可见当时当地的血吸虫病的肆虐有多严重，湖南至今一直是重流行区域。1979年，湖北凤凰山出土的西汉的男尸的肠道、肠壁以及肝组织都发现血吸虫卵，肝组织病理检查结果显示纤维化，也就是通常说的血吸虫病性肝硬化。男尸是江陵县令，也是官宦，依然逃不脱血吸虫病的危害，最终的结局也和滕秀云一样。

两千年，对一个生物物种绵延来说，那只是一瞬间，经过亿万年自然淘汰依然生存的物种，一定是个优势物种。无节制、无目标、无量化地“灭螺”，收到的效果往往是“事百功一”。人首先应该规范自己的行为，而不是去主宰自然的“行为”，自然，不仅是曰之为风物的风霜雨雪，还有谓之为生物的爬虫走兽。人既不能左右风物，也不能掌控生物，人，应该顺其自然，避害就利，方是为人之道。

人，在自然中应该遵纪守法，约束自己的狂妄自大。人类为了自身的利益，灭了螺，也灭了鱼虾鳖蟹，而后，钉螺以成百上千倍速度去繁衍增殖，而那些鱼虾鳖蟹不定哪一天哪一种就再也见不到了。曾经在龙窝并不鲜见的鲥鱼，今天几乎完全绝迹了。不能说鲥鱼的绝迹与灭螺必然相关，但至少可以说，灭螺药是鲥鱼灭绝的凶手之一。

人和螺都是血吸虫病的受害者，说到底，虫卵是人带给钉螺的，所以，人的责任更大。但是，人很无奈，要生活，就要水，健康教育专家说，避免接触疫水，何处是疫水？也许原本不是疫水，来了一个病人，在水边拉了一泡屎，或者来了一头病牛，拉了一坨粪，那水就成了疫水，不怪钉螺，人才是感染的源头，用通俗的话说，就是自己害自己。更何况还有防不胜防的病老鼠、病兔子……

最简单、最有效的预防途径就是不下水，可是，插秧、耕田、收稻、割苇草、打粽叶、采蒌蒿、捕鱼虾……哪一样不需要下水？即便是疫水，也还是要下的，因为生活需要，因为生产需要。在经济落后、物资匮乏、生产原始的年代，不下水那是绝对不可能的，所以感染也是不可避免的，感染是为生活所付出的代价。

六

2019年，芜湖市区已经第五个年头没有病原学检查阳性的患者了，包括龙窝湖在内的市区没有查到阳性钉螺了，钉螺已经没有感染性了，就是说，你下水也不会感染血吸虫病。用业内的行话说，血吸虫病传播已经被控制了。人和钉螺之间的相安无事就意味着，人、螺就此揖别，各过各的日子，多好啊。

漫步在十里江湾，浩渺的江水不舍昼夜向北逝去，江水拍打着江堤，晨雾中朦胧的江桥身影横江，滨江不再是荒滩一片，钉螺散布，血吸虫没有存身之地了，“借问瘟君欲何往，纸船明烛照天烧”的日子不远了。按血吸虫病防治的行话说，已经达到“传播控制”，明年将达到“阻断传播”，也许行话的说法更科学，却没有“消灭”二字来得更直观、更形象，也更舒畅。

就在我即将“解甲归田”的前两年，一个时、运都是必然的机会来了，有幸成为卫生部专项的“晚期血吸虫病救治方案”的先期起草、后期执行的专家组成员。查了一下工作日记，准确的时间是2004年的11月初，地点是在北京的福州会馆。

启程的火车上，我想到了滕秀云，那年突然大出血死去的滕秀云，如果搁在现在，也许能……繁昌不行，可以转到省直的大医院来啊。滕秀云没有遇到好时机。

作为专家，严格地筛查病人是我的责任，作为医生，宽泛地收治疑似是我的感情，科学是科学，感情是感情，如果一个医生只讲冰冷的条框，没有温暖的心肝，绝无资格做一个好人，好人是好医生的根本。冥冥之中，滕秀云就在不远的地方期盼地望着我。几十年后的今天，我有机会、有权力这样做，我就不能不做，不能不尽量做，不能辜负了“滕秀云”们。

迄今为止，“华佗”依然是无奈小虫何。但是，改革开放让中国有了翻天覆地的变化，昔日衣食住行的生活，牛马手脚的生产，都不可与今天同日而语了。钉螺虽有栖身之处，“瘟神”再无繁衍可能，结局必然就是“纸船明烛照天烧”。

大砻坊涂鸦墙上“血吸虫病，瘟神”将成为历史的痕迹，不知道这句“经典”还在不在那墙上？

春风杨柳，绿水青山，俱往矣，数风流人物，还看今朝。

说明：文中第四节所叙史实见于李友松著：《我国血吸虫病若干史料与考证》，见《中国血吸虫病防治历程与展望》人民卫生出版社2006年版，第19页。

字外的功夫

我在老年大学学写行草，说到行草，自然就离不开王羲之了，自然就离不开《兰亭序》了。这位东晋的大书法家的字，说实话，拆开来看，并不是每个字都是无可挑剔的，从美学角度出发，还是有可以商榷的地方。但是，通篇看，你不能动一个地方，几乎可以说尽善尽美，无可挑剔。据说，唐太宗将王羲之《兰亭序》的真迹带到棺材里去了，孝顺的李治并无犹豫地，却又恋恋不舍地满足了老子的愿望，留下这个“本”、那个“本”的仿品，留下了也许永远破解不了的千古之谜，虽然李治也爱《兰亭序》。

我读过《兰亭序》的许多版本，欧阳询啊、冯承素啊、虞世南啊、褚遂良啊，都是按真迹摹的，却是形神各异，怪不得太宗看不上这些摹本，非要将真迹带走，留下这些形似神不似的摹本。按说，欧阳询、冯承素、虞世南、褚遂良都是一流的书法家，可摹不是写啊。据说，王羲之本人事后也重写了几遍，没有一件超过他微醉忘形时的挥洒，作罢作罢。《兰亭序》也许真的是前无古人，后无来者。

授课的先生是毓敏，微胖并不矮，微黑而不黝，五十左右吧，些许的谢顶，穿着也很随便，是一个极其随和的人。如果不在“写字”的课堂上，不是在讲台前声、书具备，很难将他与书法老师联系起来，人啊，是不可以貌相的。

毓敏先生这个班每学期开学时都是人满为患，在一片“二毛相间”的老头老太之间，还有几个相当年轻的学生，如果认真追究起来，他们入学的年龄就非常可疑，可拜师学艺嘛，也不是什么坏事，也许就是慕毓敏先生的名来的。

可一两堂课下来，情况有点儿不妙，三两缺席逐渐地变成了六七未到，倘若落雨，更是八九不来，孙先生很宽容，从不介意，一如往常地讲，一丝不苟地写。而台下呐，与台上的步调总有不一致的，台上在讲，台下在写，全然不顾台上说东晋、说王羲之、说玄奘、说《圣教序》，甚至说丝绸之路……而我呐，最喜欢就是这些说道，很聚精会神地听，心无旁骛，别无二意。

字，或者叫书，不是速成可就的，我以为，没有十年的“写划”和“描摹”，别谈什么字，别谈什么书法。书，一进入“法”，便是笔之有理，书之有道。别以为描了一笔《兰亭序》或是《圣教序》，就功成名就而“家”了，也许你照“虎”画的是“猫”，形不似而神更不似。我去绍兴，沈园、兰亭、鲁迅纪念馆里，书有《兰亭序》的扇子入眼皆是，遍处招摇，更有当场书写，那“拷贝”的速度之快证明书写者功夫娴熟，笔画和结构几乎都是烂熟于心的，可那不是书法，不是艺术，那是生意，是买卖。形神略备的赚得十文八文，形神甚远的也能卖得一文两文。游客买去也就是“到此一游”的意思，讨价还价的缘由在扇子的大小和好坏，字的形态和神韵那是另说的。

课前，我看我的书，并不介意别人在做什么。前座的老太一直在抱怨“我是来学写字的，又不是来学历史的”，粗略一想言之有理，细一琢磨，似乎很不合中国人的“功夫在诗外”的艺术道理。我呐，和那老太正好相反，课上不写一个字，但绝不漏掉毓敏先生吐出的每一句话，绝不漠视毓敏先生板书的每一个字。而前座的老太亏了，原本可以在家里从容不迫地揣摩，定心静气地描摹，如今移到课堂上了，而课堂上毓敏先生的“讲”却一句未进，自顾自地描摹王羲之的“永和九年”，真应了中国人常说的一句“买椟还珠”，这课算是白上了。

书法，这门艺术是很独特的，虽一管毫，却有提按之技法，虽一锭墨，却有浓淡之痕迹。形韵缘技各异，神态因人无双，笔墨因心歧，挥洒随意出。有时候，我写字给行家一阅，未及细看而蔑之“文人字”，屡试不爽，可见，字的形神是随人潜质、映人气质的，常说“字如其人”是有道理的。

启功先生以为，书法未必需要“幼功”，这就是老年大学开设“书法”课、班的道理，和老年大学不能开设“杂技班”是同一个道理的相反相成。但是，我以为未必每个人都适合去学、练、写毛笔字，如果你把写字当成一门消闲，自然与字的好坏、临摹的优劣、前景的有无没有多大关系。书法不仅需要把定的恒心，还需要天生的悟性。书法和天下事并无两样，犹如好医生总是凤毛麟角，好的书法家也是寥若晨星的。摹一笔而三顾其帖，书一划而三顿其笔，殊不知顾、顿断了字的气，毁了字的韵，走了字的神，那字还能好吗？譬如那抱怨的老太，一身花红柳绿，描眉抹唇，就连指甲上的描画也不忽略，殷红的指甲格外显眼，那气质仿佛是演员，而不是淡妆素衣、安然脱俗地挥毫，也许去唱“天上掉下个林妹妹”更合适。

临摹是手段，而“写出自己的风格”（启功《论书随笔》）方是写字的真谛，无我便无字，无我便无书，临帖当然是个不可或缺的基本功，无古人便无今人。但是，帖临得再好而无我也就是个匠人，去绍兴摆个摊卖字倒是挺合适的。我喜欢柳公权，喜欢王羲之，喜欢米芾，喜欢柳公权的规矩，喜欢王羲之的飘逸，喜欢米芾的大气，唯先有规矩，方能化规矩为飘逸，演飘逸为大气，混而不杂，骨中含柳，形中显王，而神中蕴米，那字还能不好吗？只可惜，我天生无书之天赋，又无其他爱好，只能以此消磨光阴。我也知道，即便写它十年八年，也就是摹得像一点而已，字最后也可能就落个“四不像”的下场。如若有一天，得一句评语“这是某某的字”，此生也就足了。

陆游在辞世的前一年，写了一首诗给他的儿子，传授写诗的经验，时年84岁。《示子遹》全诗收录在《剑南诗稿》中，说它是一份文学遗嘱更加合适。“我初学诗日，但欲工藻绘；中年始少悟，渐若窥宏大。怪奇亦间出，如石漱湍濑。数仞李杜墙，常恨欠领会。元白才倚门，温李真自郐。正令笔扛鼎，亦未造三昧。诗为六艺一，岂用资狡狯？汝果欲学诗，工夫在诗外。”这诗的精华就是“工夫在诗外”。书，和其他艺术形式一样，靠的是才智和天分、学养和操守，唯悟性是偏性的，只有对书法有独特的悟性，方能成“家”。笔随心，固然不错，而这心需开窍，这开窍就是悟性。“工夫在诗外”就是包括书法在内的所有艺术成功的箴言。

2010年，嘉德秋拍，傅山（傅青主）草书《为毓青词丈作诗》手卷，五千万拍出。我上学的时候，就知道这个傅青主，是个大医家。殊不知傅青主这位山西大儒除医学之外，还精于书法、诗赋、金石、绘画、经史、音韵、佛道，有“学海”之誉，梁启超谓之“其学大河以北莫能及者”。

《傅先生山传》这样说这位明末清初的大学问家，“书法宗王右军，得其神似。推为当代第一。时人宝贵，得片纸争相购”，可见，字，或者叫书法，那不是用毛笔写字就叫书法的。

傅山主张字“宁拙勿巧，宁丑勿媚，宁支离勿轻滑，宁直率勿安排，足以回临池既倒之狂澜矣”。今人书法看起来无改其宗，实际上，大巧若拙能有几人，字如其人，也还是有点儿道理的，正如傅山所说“心手之不可欺也”。

我喜欢毓敏先生的学问，虽然他的学问大部分也为我所知，但是我相信，他的学问是不会在课堂上一展无余的，还有许多我不知道的。毓敏先生边说边将宣纸“钉”在黑板上，将斗笔拿出来，浸水、掭笔，顿了顿，似乎对“讲”意犹未尽，放下毛笔，抄起粉笔，写了一段前人书法的道理，流畅的行草，无一简体，既娟秀，又遒劲。转身抄笔，复掭笔，举臂转腕，未几，宣纸上“流觞曲水”四个大字，摹得形神兼传，韵味兼备，绝了。

傅山先生对赵孟頫很是看不起的，认为赵孟頫几近匪类，对董其昌称赵孟頫“五百年中所无”也很不屑。一个是变节文人，一个是恶行乡绅，前者愧国，后者愧民，我也不摹他们的字，以免“杂腕”。

雪消门外千山绿
花发江边二月晴

朝圣者的足迹和心路——延安漫步

从枣园往宝塔山方向走，经杨家岭、过了王家坪便可以看见“宝塔”。身置延河大桥上，你的右手是清凉山，左手是凤凰山，对面是宝塔山，脚下就是延河。清凉山隔河与凤凰山、宝塔山三足鼎立，遥遥相望。

很早在一本《朗诵诗选》上读过贺敬之的《回延安》，诗人对延安真挚而炽热的感情、对黄土重笃而深情的眷恋令每一个诵读者感动不已，每一遍的阅读都成为对诗人“心”的体会和“情”的理解。“手抓黄土我不放，紧紧儿贴在心窝上。几回回梦里回延安，双手搂定宝塔山。”诗人16岁到延安，受教于“鲁迅艺术学院文学系”，成名于歌剧《白毛女》。延安的经历决定诗人一生的命运，延安的成就锁定了诗人一辈子的功禄。对延安的感激之情溢于言表、发于心田是再自然不过的了。小米养育了诗人，延水浇灌了情感，宝塔照耀了前程，革命造就了儒将（参加青沧战役而立功受奖）。经久不衰的《白毛女》，经年长盛的贺敬之，几乎都是新中国文化的一面旗帜，读过他的《放声歌唱》《三门峡歌》《十月颂歌》《西去列车的窗口》等作品，知道贺敬之作为诗人并不是徒有虚名的。

虽然是走马看花，也还是沿着革命之路一步步走过。枣园，曾改名为“延园”，在延安市的尽头，园内完好保存着窑洞、瓦房和小礼堂。中共中央书记处1944年至1947年3月由杨家岭迁到这里。毛泽东和众所熟知的建国元勋都在这里住过。窑洞大致上保持了原貌，铺设基本上陈列着旧物，原貌足见革命者的艰苦，而旧物反映维系者的用心。我特别注意了一张照片，那是原西北公学院的学员白茜、李高丰、刘苏、张庭一在延安的合影，他们遵循《在延安文艺座谈会上的讲话》（以下简称《讲话》）精神，编创了秧歌剧《动员起来》。1992年纪念《讲话》发表50周年之际，四个人相约回到延安，就在这张照片前，又表演了当年的秧歌剧《动员起来》。他们对延安的热切和向往，对延安的情深和意厚，与贺敬之一样的“表里俱澄澈”。枣园西山脚下的这土平台，就是毛泽东为张思德召开追悼大会的地方，《为人民服务》成为共产党人的精神准则，张思德成了全国人民追崇的楷模。

没有贺敬之、白茜的在延安成长的经历，也就没有那种“回延安”的期盼，我只有向往，只有崇敬，只有虔诚，因为延安是中国共产主义者的“圣地”。延安是所有“红色之旅”中最神圣的一站，当延安成为各行各业“教育基地”的时候，当延安的张思德、白求恩和“南泥湾”需要发扬光大的时候，去过延安，没去过延安的人有多少还在为延安事业而奋斗呢？位卑俸少没人去，治病救人先拿钱，觥筹交错，推杯换盏，猪吃的剩宴比起人吃的还要多（不过也不浪费，人还是要吃猪的），张思德在哪里？白求恩在哪里？南泥湾在哪里？

当我从一双粗糙而遍布皲裂的手上接过一碗油茶麻花，满脸皱纹的老汉操着陕北话的“两块雾（五）”接过我的钱，我突然觉得，到延安不仅看“革命的窑洞”，还要看老区人的“脸”，看老区的风貌，看老区的变化，说实在的，延安作为陕西的地级市，作为对中国革命有特殊贡献的圣地，她的“颜容”应该更美，她的“生活”应该更好。

九点以后的枣园到处摇动着各色的三角旗，那一群群操着南腔北调大呼小叫的游人，那你中有我、我中有你的重身叠影的拍照，比赶集还要齐整和热闹。此时，我望着“到此一游”的人群，忽然发现，导游旗下的队伍几乎全是帅男靓女，几乎没有一个人专心于听解说，要么举着“佳能”“尼康”或者“富士”，要么轮换昂首勾肩。此时，我离开枣园，步行前去杨家岭。

在杨家岭，我见到了陕北民间艺人朱贺平，“延安第一腰鼓王”的朱贺平。站在一个上坡的路口，身着陕北民间服装，头上扎着“羊肚肚手巾”，聊谈之间，显得憨厚而朴实，兴之所至，一曲《信天游》高亢而又嘹亮，跳跃而热情的安塞腰鼓引得许多游人驻足和鼓掌。此时，我想起了阿宝，一个同样“发迹”于陕北的民间艺人，一个用近似“摇滚”演绎《山丹丹开花红艳艳》的歌手，一个只有陕北“腔”而没了陕北“味”的

"蜕变"的歌手，话筒在左右手之间不断地转接，脑袋在左右肩上不断地晃动，明亮但却并不清澈的眼光左右不停地抛洒，全然没了朱贺平那样坦然、自如，老朱那略显浑浊的眼睛给你的尽是热情的光和情。这就是"老"和"少"陕北情的差别，这就是贺敬之、白茜与普通游人的差别，这差别就是对陕北、对延安感情的差别，这差别源于对陕北、对延安的认识和理解。

匆匆看了纪念馆和王家坪，也没记住多少解说词。没多少路，就看见了"宝塔"。虽然宝塔巍巍依然，但延河滚滚不再。因为天阴欲雨，宝塔朦朦胧胧，从延水桥上俯视延河，几近干枯的河水仿佛成了溪流。延水桥上人来车往，熙熙攘攘，延水桥附近是延安最繁华的地段，也是游人最多的地方。

无数次地看过《白毛女》，京剧的，歌剧的，电影的；唱过秧歌剧《夫妻识字》、读过叙事诗《王贵与李香香》。看着杨家岭墙上的当年鲁艺在街头演出《兄妹开荒》时的剧照，不胜感慨……

贺敬之，一个从延安走出来的诗人，他在1956年大声呼喊：延安，你的精神灿烂辉煌！一旦失去了你啊，那就仿佛没有了灵魂，怎能向美好的未来展翅飞翔？

我仰慕你，延安，我仰慕你，贺敬之，虽然我只是一个无名的朝圣者，但朝圣者的心是虔诚的。

听　壶　口——黄河滩上

半新不旧的中巴在黄土高原蜿蜒的公路上颠簸，从延安去壶口的公路就是陕北那连绵不断的峁、塬，所谓峁、塬就是山梁，连绵的山梁蜿蜒成曲折却并不太崎岖的公路，山梁的两侧是深深的沟壑。皖南的路在山腰间盘旋，而陕北的路在山头上绕行。山路将中巴颠上簸下，车过南泥湾，一车的人就没有几个清醒的，要么鼾声断续，要么昏昏欲睡，全没了从延安出来时的那种期盼和兴奋，一片沉寂，连汽车的鸣笛也少了。

车过宜川，行驶平稳了许多，车上的人逐渐苏醒。沿着黄河的西岸向南，隐约听见黄河的流淌声，苏醒的人们兴奋起来，指点窗外的黄河，几个小时奔波的疲劳荡然无存，壶口就在眼前。

壶口是黄河流经晋陕大峡谷时形成的一个天然瀑布。《书·禹贡》曰："盖河漩涡，如一壶然。""壶口"因此得名。据《水经注》记载："禹治水，壶口始。"传说壶口是禹治水凿石导河之处。"源出昆仑衍大流，玉关九转一壶收"，真可谓"天下黄河一壶收"。

我收住脚步，并不急于直奔壶口，我端着相机，也并不急于拍照，而是止步于壶口上游，凝视滚滚流淌、开阔平缓的黄河。我从来没有这样近距离地、这样仔细地看过黄河。十月的黄河，水量并不十分丰沛，"泥河"滚滚也只是连绵不断，没有浊浪滔天，没有奔腾呼叫，然而那气势、那韵律，那悲壮的美丽，那无际的苍凉，一起袭来，涌上你的心头。黄河挟带着华夏五千年的历史，一路奔腾不息，领秦引唐，穿宋越明，沧桑变化，文明演进，黄河都一路伴行，一路护卫。 慢慢地走向壶口，踏着高低不平的岩蹬漫步在高低参差的河床上，河床虽然经过岁月的冲刷和泥水的浸蚀，依然是有棱有角，不改那瘦骨嶙峋的容颜。入河滩，对“壶口”，面颊便被“壶口”挟“风”带“雨”撞击着，那“风、雨”之中裹挟着沙粒迎面而来，你感觉到了“壶口”的力量，眼前蒸腾着雾和烟，浊浪腾起的烟和飞瀑溅起的雾。那北来一泻黄河，急急南下，开阔400米的奔腾而来的黄水涌向50米的漏斗状的“壶口”，顷刻间，浊浪腾空而起，如万马奔腾，排山倒海，撞击着，呼啸着，追飞着，争先恐后涌入“壶口”，跌落深渊，蒸云迷雾，“万丈”向天，水与水、水与浪、水与石撕咬着、搏斗着、拥挤着。精疲力倦而“落荒”水只能迂道而行，漫入壶口两侧平缓的河床继续向前，帘幕似的挂在“龙漕”的两壁，泄流而归入“遄急”，坠渊而汇于“直泻”，浩浩荡荡向南而去。

“一碗黄水半碗沙”，沙就在飘洒的水雾中，就在飞腾的水滴中，你甚至可以感受到沙粒抽打你的脸、你的手、你的衣。浪花撞击着矶石，黄土散发着芬芳，你可以感到黄河的温暖和亲切，也许“亲吻”你面颊的黄沙就是秦皇斫石的风化，也许你脚踩的岩蹬就是唐宗御巡的落脚。置身在这样的自然中，扑面而来的是“风雨”，流淌过去的就是“历史”，黄河在这里既顺势得一泻千里，又回首得惊天动地，这就是壶口。

“黄河之水天上来”，到了壶口，你才有这样的感叹和领悟，所谓“鬼斧神工”就是“天成”，当你面对壶口，你不会有任何赞美的语言，因为听壶口的咆哮，看壶口的狂放，那俗世语言的内涵是那样的苍白和浅薄，那“天成”壶口的意蕴是那样的丰富而深刻，你只有一个念头，那就是敬畏，甚至膜拜到融入，不知还有自己。

我立在壶口迎面的大石矶上，“细雨”携风夹沙鼓起我的风衣，遄流涌上了脚面，雨雾弥漫在头顶，全身湿而不潮，虽然十月的风略带一点寒意，却是从未有过的惬意，耳边听不见一点儿尘世间的“凡”响，那“浊流”冲刷你的“浊气”，那雷霆万钧的碰撞仿佛天地的对话，那奔浪泻涛的迅疾宛如狮虎的出猎，眼前的黄河恰如一条黄龙“奔流到海不复回”。那升腾的彩虹就在你的头顶，那色彩，那形状，那变幻，重像叠影，瞬息万变，飘忽游移，五彩缤纷，宛如一道道架在黄河两岸的彩桥，又仿佛是一条条通天的大道，瞬时，又消失得无影无踪。

黄河滩上的中年汉子和他的婆姨远远地“瞭”着我们的沉醉，汉子那黧黑的脸上似乎泛着自豪的笑意，那黑俊的婆姨一袭大襟褂子，褂子是大红的，褂子上的大花是黄绿相间的，头上扎的头巾也是大红的。我朝黄河汉子走了过去。

“陕北的婆姨都是这样打扮？”

“过去都这样，现在谁还这样，那不成唱戏的啦。”

“你那‘羊肚肚手巾’咋没‘三道道蓝’？”

“歌里有（咪）。”

“会唱不？”

汉子也不说会还是不会，直接地扯起嗓子吼了起来。

“羊（咯）肚肚（的那）手巾（吆）三道道（的吆）蓝，（嗯吆）咱们拉不上话话（嗯吆）招一招（的那）手”，汉子朝河滩上的游客招手，四围的人聚了过来，汉子继续他那声情并茂的“吼叫”，“……瞭不见（的那）人，（嗯吆）我泪（个）蛋蛋抛在（嗯吆）沙蒿蒿林。”尤其那最后一句，凄凉委婉，那汉子的婆姨似乎也受了感染，“毛眼眼”凝情地望着自己的汉子，仿佛第一次听到这样深情的“吼叫”，也许是回忆起他对她的“第一次吼叫”。虽然那汉子带有浓重鼻音的“吼叫”让我怎么也听不懂其中的一段词，但是，我从来没有听过这样深情的唱，这样委婉的诉，那重复的、越来越低的、越来越轻的“我泪（个）蛋蛋抛在（嗯吆）沙蒿蒿林”几乎就是叹息和哀怨，四周没有一点儿人声，随着渐渐远去的“叹息和哀怨”，就只见那汉子的嘴在动。许久，唱的人和听的人都沉浸在“歌”的情绪中，似乎汉子的“泪蛋蛋”一碰便“抛在沙蒿蒿林”。游人热烈的掌声倒使得那汉子不好意思起来。

“谁骑驴拍照？”

“我”“我”“我”……汉子和他的婆姨又做起了生意，“三道道蓝”成了汉子生意的最生动、最见效的广告词。

坐在壶口下游两百米干涸河床的岩蹬上，赭褐色的岩床斑驳瘦削，那坑洼不平的岩石河床陡然被奔泻流淌的黄河水“切削”出一条“龙漕”，那龙漕边两壁的危石仿佛是急速奔走时趺趺跄跄收步而悬空于龙漕边，便亿万年厮守和俯视着滚滚而去的“黄龙”，黄河在此变成了宽不过十几米的深沟狭壑。上游不及从壶口泄下的河水便从两面悬岩缝隙从容地落入“龙漕”，形成大大小小的瀑布，龙漕的石壁前便挂着一帘帘“水幕”，撞击着石壁，溅起、泛起白色的浪花。

我想起了李白、王之涣、冼星海、光未然，想起了“九州飞溅瑶池液，一醉炎黄万古春”“九曲黄河万里沙，浪淘风簸自天涯”“风在吼，马在叫”……

没有黄河，便没有华夏的生和衍；没有壶口，便没有黄河的气和神。壶口，黄河的脉动；壶口，黄河的魂鉴。

皇天后土话开封

灯笼式的路灯挂在窗外，笼壁上赫然的“宋”字格外显眼。入夜，躺在旅馆里，仿佛歇息在开封府的驿站里。

灯笼上的“宋”字是黑色的，和包龙图“色”承一脉，而灯笼外壁是白色的，黑白分明。我从小就听过这样的唱词“包龙图打坐在开封府”，开封府尹，也就相当于现在的北京市市长。包拯握权于京畿重地，执法于北宋皇都，清廉若白不贪墨，执法如山不徇私，自然深得仁宗赵祯的宠信了。包拯，与开封先后的府尹欧阳修、范仲淹、苏轼、司马光、蔡襄……相比，我觉得，府治上略胜一筹，文采上，似乎略输一筹。

在起意写《匣中剑》之初，就打算去开封，因为开封是北宋的都城，《匣中剑》虽然写的是南宋的事，但北宋南宋都是赵家的天下，也是一脉相承的。今天说起北宋的灭亡，总不离徽宗赵佶的无能，其实我看有点绝对。北宋是个辉煌的朝代，吴钩先生说，宋是“一个站在近代门槛上的王朝”，而不是一个窝囊的王朝，日本和欧美的汉学家认为，唐代是中世纪的黄昏，而宋朝则是“现代拂晓时辰”（吴钩：《一个站在近代门槛上的王朝》，《随笔》2014年第4期第52页）。

一只被虎狼群围住的羔羊，最终免不了尸骨无存。在周边女贞、契丹、党项等的围攻下，宋王朝很无奈，也很悲哀，灭亡那是迟早的事。宋王朝由盛急转而至衰的大事就是引起靖康之变的宋金联合灭辽，宋金联合的结果就是北宋亡国了。

对开封的感觉，很认同余秋雨先生用“贵族”这个词去比喻，余先生说，开封“像一位已不显赫的贵族，眉宇间仍然器宇非凡”，余先生说得比较客气，也委婉。我说，开封像一位没落的贵族，每一处似乎都在说“想当年”，就连公交车站的站牌也显赫着“贵族”奢华。从龙亭御河桥向南延伸的路叫“宋都御街”，描红涂绿的楼宇张扬着昔日皇家风采，城北的“铁塔”和城南的“繁塔”依然毫不褪色地闪烁着北宋的光辉。但开封古建筑“赝品”太多，清明上河园、中国翰园、开封府衙、包公祠、天波杨府、大相国寺，甚至宋家天子皇宫帝苑的龙亭公园，除了它们可能是在遗址上重建的之外，实在没什么可以作为历史的遗物来瞻仰和回味的，用“没落的贵族”一词去比喻开封，确实有点伤感。

开封是夏朝、战国魏以及五代后梁、后晋、后汉和后周的都城，金人在灭北宋之后，也将都城迁至开封，后来金朝也定都在此，因此，开封是八朝古都。但开封人只认同宋，而且诩之为“大宋”，也许是开封人的汉族血统和大国意识的沿袭和传承在起作用。可话又说回来，在八朝中，值得回顾和骄傲的也就是宋，总不能认“金”为祖吧，而金的都城又并不是开封，而是汴梁。如今的这块土地依旧叫“开封”，理所当然，开封人自然是炫“宋”为荣了。

河南，是华夏文明的发源地，而宋朝，是华夏文明的极致。我们撇开元朝不说，到了明、清，许多在宋尤其是开封繁盛的文明形式反倒消失了，是文明的进步还是退步，也许各持各的说法，各有各的理。

开封的灌汤包许是今天遍布全国小笼汤包的始祖。按辈分算，开封灌汤包是芜湖小笼汤包的祖宗。可如今的开封灌汤包，实在不敢恭维，我不否认，有感情因素作祟，但味蕾的感觉那是骗不了自己的。虽然，江南来的食客吃不惯此汤包，但并不妨碍来开封的食客逢餐必点，无论是在街边小店，还是大楼酒家，似乎没有例外的，汤包是开封人的钟爱。

我一边品尝（只是品尝）开封的灌汤包，一边扫视着周围的饕餮食客，“青出于蓝而胜于蓝”，至少我是这样认为的，如今的开封并不觉得你江南的汤包是“青”，依旧守着“蓝”。

春末的开封白天很热，似乎比南方更早进入了夏天。可一到傍晚，凉下来了，倒是很宜人的。“驿站”外不远的龙庭公园黑灯瞎火的，全没了白天的喧哗和热闹，也许赵佶趁夜阑人静，静心地在勾画一幅花鸟，也许赵佶正扶栏沉思，盘算着与金人的联合灭辽。我也凭窗遐思，这原本应该是夜如白昼的闹市，瓦舍喧嚣，酒肆、茶坊、食店、摊铺接踵；勾栏遍布，杂剧、讲史、魔术、杂技竞场，“不以风雨寒暑，诸棚看人，日日如是”，“汴京富丽天下无”即是。

花开洛阳最牡丹

等赶到洛阳的时候，牡丹已经是凋零半数，花残四五，真如同贾宝玉对林黛玉的忏言“我来迟了”。可洛阳牡丹不是林黛玉，因为洛阳的牡丹明年还会开，还会“动京城”，不像林妹妹，去了便永远去了。可转念一想，明年或者往后的哪一年的花开时节还会再来吗？不敢说绝对不来，但是，按我对牡丹的态度，至少不会为她再来一回。于是，洛阳牡丹于我，便真的像黛玉于宝玉，永远地去了，而留在我记忆中的是凋残的败象，萎靡的残朵。同去的人怨己责伴，惋花惜朵，跺脚再三，但就洛阳牡丹而言，我算是来过了。

牡丹，在中国不稀奇，哪儿都有。可洛阳的牡丹就像桂林山水，是甲天下的。刘禹锡的《赏牡丹》说：“庭前芍药妖无格，池上芙蕖净少情。唯有牡丹真国色，花开时节动京城。”芍药过妖，荷花太冷，唯有牡丹才是国之真色，都之真颜，谓之国花，至少刘禹锡是这样认为的。于是，后人也便名正言顺地拥之为国花了。

洛阳因牡丹而闻名于世，“千年帝都，牡丹花城”是洛阳独有的誉称。牡丹何时与洛阳联系得这样紧密，我想，必始于唐代，文明元年，睿宗即位，就在当年，武则天迁都长安至洛阳，神都也就是大周的都城，而不是唐的都城。传说与神话的交杂，洛阳的牡丹声名大噪。对国花之牡丹赞誉不息，首先当是刘禹锡，欧阳修的《洛阳牡丹记》便是佐证。

欧阳修在《洛阳牡丹记》中说“天下真花独牡丹”，似乎是对牡丹的褒誉，殊不知你通读全篇《洛阳牡丹记》便知道牡丹的历史地位和哄抬始末。古文今译难免潜隐感情色彩，原文照搬更为恰当。“牡丹初不载文字，唯以药载《本草》。然于花中不为高第，大抵丹、延已西及褒斜道中尤多，与荆棘无异，土人皆取以为薪。自唐则天已后，洛阳牡丹始盛，然未闻有以名著者。如沈、宋、元、白之流，皆善咏花草，计有若今之异者，彼必形于篇咏，而寂无传焉……今越花不及洛阳甚远，是洛花自古未有若今之盛也。”

王溥却不以为然，说“枣花至小能成实，桑叶惟柔解吐丝。堪笑牡丹如斗大，不成一事只空枝”（《咏牡丹》）。王溥历任周、宋两代四朝的宰相，是绝对的务实派的人物，相对于刘禹锡之类的诗人而言，少了很多浪漫的追逐。“不成一事只空枝”就是王溥眼中和心中的牡丹，“大如斗”又能如何？是对人浮事泛的有感而发，还是对轻实重名的有责而逆，可能都有。宰相是诗人又不是诗人，风花雪月，伤情悲愫，那不是国家重臣的吟诗之道。牡丹在王溥的笔下一文不值。

武周之前的牡丹在花中没有多高的地位，与荆棘没有多少差别，采入药，砍作薪，是常事。牡丹在武周之后兴盛，而且越衍越盛，当有人为因素在内，流行和提倡就是牡丹声名愈盛最好的催化剂。

洛阳，说是牡丹城一点不为过，没有哪个公园没有牡丹，更有甚者，洛阳有牡丹园，一园唯牡丹，别无他香色，“桃李花开人不窥，花时须是牡丹时”（宋・邵雍），牡丹独占春色，洛阳就是如此。洛阳牡丹大如碗，蓬如球，比比皆是。殷红如桃，白洁如李，赭颜如菊，黄蜡如梅，五光十色，叶丰朵硕，令你目不暇接。虽然到洛阳时，牡丹已经是“大势已去”，但迟芳依然怒放。洛阳牡丹甲天下，的确不是浪得虚名，而是实至名归。

如果像传说中一样，牡丹是被武则天贬去洛阳的，那武则天定是不喜欢洛阳的。事实上，武则天改李唐为武周，改都至洛阳，证明武则天是钟情洛阳、宠爱牡丹的。否则，何以不贬牡丹去蛮荒之地，而从长安“贬”去洛阳，咫尺之遥，于情于理都说不通。传说是不可深究的，既要保持牡丹孤傲不逊的风骨，又要确立洛阳牡丹天姿国色的形象，煞费苦心而捉襟见肘。武则天一把火烧了牡丹，宛如凤凰涅槃，成就了焦骨牡丹“洛阳红”的大名。武则天是爱牡丹，还是恨牡丹？自然是爱多恨少，如果恨，武则天去了洛阳，何不彻底毁了牡丹？武则天成就了牡丹的洛阳和洛阳的牡丹，桀骜不驯的牡丹遇见了君临天下的武则天，恨而爱，畏而敬，和谐地依偎在洛阳，而同在洛阳的武则天和牡丹，都闻名天下，人中皇、花中王。

刘禹锡成名的时候，牡丹已经盛名于世，对家乡的热爱，也迁爱于牡丹，即所谓爱屋及乌，牡丹和洛阳在刘禹锡的心中几乎就是等同的。与刘禹锡齐名的白居易，也出生在河南（新郑），后人并称之“刘白”，都出生在公元772年，梦得死于842年，而乐天死于846年，都有咏牡丹的诗作传于世。譬如，“有此倾城好颜色，天教晚发赛诸花”，“绝代只西子，众芳惟牡丹”，都爱牡丹，都爱家乡。

时近五月，洛阳的牡丹已经进入是年生命的尾声，可络绎不绝的人群从四面八方赶来，抢在牡丹谢幕之前，一睹芳颜风姿，揖别国色天香。其实，来洛阳何必纠缠于牡丹，洛阳可留恋的景致多了去了，龙门石窟、白马寺、天子驾六遗址、洛阳博物馆等。如果你这样想，你就对洛阳有兴趣，你就有行而果的收获。

拜谒白居易墓

在开封按图索骥寻河南博物馆，馆是找到了，可一年前就弃旧而图新了。留守的半老老头一摘老花眼镜，望望我们外地来的风尘一行，说了句不好找，也不近，只好作罢。

旧馆的马路对面是一条河，暮春时节，河清水澈，波平浪静，凉风习习，便扶着石堤的栏杆，远观近视，休憩片刻。都说河南缺水，望着眼前的这条水量丰沛的河，至少可以认定，开封不缺水。问一老者，此河名甚？答曰汴水。

读了几十年“汴水流，泗水流。流到瓜洲古渡头。吴山点点愁”，今天第一次站在汴水边，仿佛看见捻须蹙眉的白居易与樊素的别离。万点思绪涌上心头，千般遐想无语倚栏，唯“万点思绪”方对得起白乐天，唯“无语倚栏”方说得清点点愁。

白居易生命的后二十年几乎都在洛阳度过的，在洛阳去世，也葬在洛阳。循着白先生的足迹，去了洛阳。洛阳是唐的东都，在武则天的年代，似乎比长安更加繁华，更加飞扬，更加皇恩润泽，更加人声鼎沸，因为牡丹，还是因为武则天，也许都不是。

白先生说：“洛都四野，山水之胜，龙门首焉。”如果从始于北魏的孝文帝开凿算起，龙门享誉世界的石窟至今有1500余年的寿龄了。白先生是河南新郑人，死后没有魂归故里，却身葬洛阳，因为洛阳，尤其是龙门，是白先生的钟爱之地，也许就是这个原因，死后葬在龙门东山的琵琶峰上，在现在的白园内。

白先生在杭州筑堤，在苏州开河，垂史苏杭，留名汗青。可步近老年的白先生就是不肯离开洛阳，从829年因病做太子宾客分司东都回洛阳履道里故居起，就一直没有离开过洛阳。830年任河南尹，在洛阳；835年，被任为同州刺史，辞不赴任，改太子少傅分司东都，仍留在洛阳；842年以刑部尚书致仕，在洛阳；846年75岁去世，赠尚书右仆射，葬于龙门，还在洛阳。

龙门桥横跨在由南往北的伊河上，桥的东头就是白园，白先生的长眠之地。依琵琶峰的山势，松风亭、白亭、翠樾亭、道时书屋、乐天堂，这些错落上下的亭阁颇具李唐时期的古风遗韵。园中路转峰回，木秀林荫，泉清水碧。山腰有亭“听伊”，伊者，伊河也，或者伊者，他谁也。听伊水潺淙，听吟哦铿锵，听敲棋啜茶，听狂雨肆雪，听摇竹落花……晚年的白先生与如满、元稹、刘禹锡等僧俗好友流连听伊，遥对石窟，秋对蛩唱阴对酒，晴对朗月春对花。

白园现在几乎就是一个龙门景区休憩的地方。从白园茶室步石级而上往左，上琵琶峰，白先生的墓冢就在峰顶高岗上，四围翠柏苍松，圆形的墓丘青砖矮墙，直径丈余，圆形墓顶之上芳草繁茂，宛如被盖。墓前石碑三块，其中一块上刻“唐少傅白公墓”楷字阴刻。墓冢依山傍水，简洁朴素，墓冢后下峰处有一石坊，石坊显见是后来人修造的。

由墓道向左下，至峰腰有九曲回廊，仔细看了白先生《琵琶行》全文石刻。复上之墓冢，在墓右欣赏了巨石卧碑上的《醉吟先生传》碑刻，得知碑重24吨，吃惊不小。在通往墓冢的甬道右侧读了白先生的《赋得古原草送别》，没看清书家谁人。

“生在苏杭，葬在北邙”，苏杭是生的福地，而北邙是死的宝地。北邙在洛阳北，距白先生晚年的居处履道里并不算远，按理，死后葬在北邙是顺理成章的事。有说，白先生在官场多年，日益认识到官场的黑暗。到了晚年，诗人仕途灰暗，所以也不希望后代再步自己的后尘，并留下让后代绝仕途的遗嘱。见琵琶峰前面陡峭，是块临水绝地，故意舍弃北邙的风水宝地，选墓址于琵琶峰断自家的官气。

白先生生前官至侍郎、刺史、刑部尚书，不是阙内重臣，就是封疆大吏，官场对白先生不算黑暗，如果白先生真的认清官场黑暗，应该早就像陶渊明那样“采菊东篱下，悠然见南山”了。白先生官场的日子过得还是有滋有味的。为元稹写墓志铭，得润笔六七十万钱，白居易全数布施给了白园隔壁的香山寺。白先生晚年得了“风疾”，就是半身麻痹，朝廷政治再开明，也不可能再对一个残疾的老人赖之以肱骨了，所以白先生的仕途谈不上灰暗。只是冤狱横生的“甘露之变”中好友杨虞卿直谏被贬，整个地颠覆了白先生的仕途观念。

北邙山止于伊水，琵琶峰可以看作北邙山的延绵，葬于琵琶峰或者北邙山似乎没什么两样。白先生是否有遗嘱，不得而知。不过，独占一峰而流芳百世，白先生身后还是很风光的，就是葬在北邙又能怎样?

白先生的后人做官的确实不多，难道是未葬北邙山的结果？不敢妄断。不过，身与龙门石窟万古，魂在香山佛寺安存，也算是人生一大幸事，白先生大概是很满足的。

晋祠掠影

晋祠在我的心中至少向往了五十年。20世纪60年代有一本杂志《旅行家》，我特别喜欢，从旧书摊上偶得一两本，一本也就五分钱。我经常权衡这“五分钱”是去买一本《旅行家》，还是去看一场电影，好在旧书摊上并不是总有《旅行家》，所以并不影响我看电影的嗜好。而对“晋祠”的纠结就源于此，情、感于《旅行家》的大小名胜，一睹“容颜”的夙愿先后基本上都已了了，我之所以说“基本上”，就是因为一个心驰神往几十年的“晋祠”还未如愿，直至因从西安的归途中，决心在太原逗留而了愿。

晋祠在太原的西南，距太原也就二十来公里吧，乘公交巴士也就一小时。晋祠背依悬瓮山，而悬瓮山是晋水的源头。

也许太早，我进晋祠的大门不到八点，况且昨夜陡然降温，清晨寒风凛冽，园子里挣钱的导游倒比游客多。来得正是时候，我最怕的就是“赶集”式的游，希望是“散步”式的逛，此前的境况，正合我意。

山清静而水冷澈，人寥落而园空旷。正是深秋，一片肃杀，晶莹厚霜在黄绿的琉璃瓦上泛着苍白的光，初阳的一点温暖融化在刺骨的寒风中。但是，沐浴在朝阳之中的晋祠，色彩斑斓，熠熠生辉。晋祠几十座古建筑错落有致，聚散有序，园中有园，院中有院，幽雅隐藏在红墙碧瓦之中，沧桑沉积在周柏唐槐之上，晋祠大概有1500岁了吧。

说晋祠始建于北魏前、为了纪念周武王次子叔虞而建是有确切根据的。周武王的次子叔虞封于唐，叔虞之子燮继位后，因晋水而改唐为晋国，晋就是现在的山西。“晋王祠”是叔虞后人为祭祀叔虞所建，原址就在悬瓮山麓、晋水源头。此后，在南北朝和唐都有所扩建。

中国古代的建筑群有一个亘古不变的规律，就是在中轴线的两侧对称分布，四平八稳，最典型的就是北京的紫禁城了。而晋祠的主体建筑群也是如此的，从大门入，自水镜台起，经会仙桥、金人台、对越坊、献殿、钟鼓楼、鱼沼飞梁到圣母殿。这是晋祠的主体，供奉的是唐叔虞的母亲、周武王的王后邑姜。北部从文昌宫起，有东岳祠、关帝庙、三清祠、唐叔祠、朝阳洞、待风轩、三台阁、读书台和吕祖阁，一列崇楼高阁，这一建筑群落随地势自然错落排列。南部从胜瀛楼起，有白鹤亭、三圣祠、真趣亭、难老泉亭、水母楼和公输子祠，这一组楼台临峙，泉流潺绕，雕梁画栋，有江南园林风韵，是心有灵犀，还是相互借鉴？我以为晋祠的建筑风格是北方（譬如北京）、江南（譬如苏州）建筑的始祖。晋祠建筑群虽然“四平八稳”，却还是富有变化的，自然景观与建筑景观的相间混生，式样和谐而不刻板，韵律统一却不呆滞，实在是中国建筑的经典作品。晋祠的浮屠院有一座舍利生生塔，初建于隋，重修于宋，再重建于清乾隆年间，为七级八角，高30余米，琉璃勾栏，为晋祠的最高点，未能登塔，远观而已。

圣母殿、献殿以及两者之间的鱼沼飞梁是晋祠建筑的中心。圣母殿前一排柱上的木雕蟠龙，盘柱而上，作欲飞状，龙头高昂，栩栩如生。圣母殿初建于北宋的天圣年间，就是十一世纪二三十年代吧，徽宗崇宁年间重建，说是与难老泉和侍女像并称为“晋祠三绝”。

鱼沼飞梁位于圣母殿前，是一座很特别的建筑，四面有台阶，有石栏，中心平面是个十字形桥梁，也就是两座桥的纵横相交，《水经注》中即有记载。现在的“飞梁”是北宋的建筑产物，是国内桥梁中绝无仅有的孤品，十分的精美和别致。折射了北宋早期优雅的文化品位、高超的建筑艺术、独创的审美情趣及与之相称的国力。

中国古代谓水塘“圆形为池，方形为沼”，也就是一个区分概念而已，譬如，皖南宏村的“月沼”就不是规整的方形，也就是个意思吧。圣母殿前的“鱼沼飞梁”就是略显方形的水面上架起十字形的桥梁，再配以一些辅助的石阶、扶栏，“梁”结构上规整、外形上优美，做工也很精细，而“沼”是一片清澈、灵动的水面。十字形的飞梁凌驾于鱼沼之上，由三十四根八角石柱支撑着。梁思成说“此式石柱桥，在古画中偶见，实物仅此一例”。

飞梁的左右是两个亭，南是水母楼，北是朝阳洞。圣母殿与周围的唐叔祠、关帝庙、东岳祠、文昌宫等构成了一组错而不乱、混而不杂的建筑群。

晋祠的“三绝”众说纷纭，我以为，鱼沼飞梁堪称一绝。宋代彩塑是“众说纷纭”中最没有异议的一绝，在圣母像的两侧大约四十余尊侍从彩像对称地分列，最生动的当数那三十三尊侍女像。圣母屈膝盘坐，凤冠蟒袍，霞帔珠璎，端庄秀美，尊贵而且奢华。四十余尊侍从像，所奉各异，劳役各种，文印翰墨、洒扫梳妆、饮食起居乃至于奏乐歌舞，圣母尽将人间的享受无一漏忘。侍女身材丰满、苗条迥然，面孔圆润、清秀相异，神态幽怨、天真各别，自然逼真而又性格鲜明，与真人高度相仿，甚至略高一些，说“栩栩如生”那是用滥了的形容。你来晋祠，一定会为这些宋代的艺术珍品赞叹不已，感慨不已。还有一绝，我以为“难老泉”当之无愧。难老泉昼夜不停地从难老泉亭下流出，难老泉亭于五世纪中叶（北齐）建造，八角尖顶，“难老”源自《诗经》。泉水晶莹透明，甘洌清凉，李白曾有“晋祠流水如碧玉”和“微波龙鳞莎草绿”的诗句。我手捧一掬，在手温凉，入口甘甜。难老泉灌溉了万亩稻田，难怪范仲淹有诗云：“千家溉禾稻，满目江乡田。……皆如晋祠下，生民无旱年。”

我看晋祠的建筑，每每都与北京的皇城建筑相比。真正具有规模的皇城的建设始于元，元大都主要设计者是一个汉人刘秉忠，与辛弃疾同时代吧。13世纪60年代，忽必烈接受刘秉忠等人建议，南下建都，定的就是始称中都、后称大都的北京。我想，刘秉忠有可能研究过进而借鉴晋祠建筑的格局、式样乃至细节。我看，北京的许多建筑几乎就是晋祠建筑的翻版。

水镜台在圣母殿的最前端，始建于明，是个戏台。前为单檐卷棚顶，除前面的舞台外，其余三面有走廊相连。现在颐和园内有原样照搬的一座。你看，直到清晚期，晋祠仍然是京城建筑的效仿模本。

清人有一副吟咏晋祠的联“水秀山明无墨无笔图画，鸟语花笑有声有色文章”，概括得凝练，写意得生动。

周武王去世后，成王即位。年幼的成王与更加年幼的弟弟虞在一起嬉戏，把一片树叶当成玉圭，说分封虞去唐国，旁边的周公就请成王择日封典，成王说自己是在开玩笑，周公回复曰天子无戏言，于是虞就被封于唐，史称唐叔虞。周公便是“周公吐哺，天下归心”的那个周公。虞子姬燮继位，改唐为晋，供奉虞的祠堂就是现在的晋祠。

历代的帝王将相，文人雅士为晋祠留下的碑碣有300座之多。唐太宗李世民御书《晋祠之铭并序》碑，当是其中最宝贵的。公元646年，太宗东征高丽归来，率群臣游晋祠，念当年发迹、夺取江山前的神祠和叔虞，感慨万千，亲撰铭文，刻石立碑，留下了这块千古名碑，碑文叙述了他晚年政治思想。书法飞逸不拘，骨格挥洒雄浑，笔力遒劲脱俗，刻工以洗练的刀法，使原书法的文笔更加神采飞扬。后人以为，是继王羲之《兰亭序》后举世无双的行书大作。流连再三，揣摩“再四”，确有王羲之的形和韵。

太原，“唐”的发祥地，公元617年，李渊在太原起兵而建唐，成就了近三个世纪的霸业。

丝绸之路上的黑戈壁

作家杨镰于2016年3月31日在新疆遭遇车祸遇难，享年70岁。我读过他很多的作品，《千古之谜》、《黑戈壁》、《青春只有一次》、《走向地平线》（获1983年《当代》中篇小说奖）、《最后的罗布人》（获1998年《当代》报告文学奖）。杨镰的作品还有《寻找失落的西域文明》《新疆探险史图说》《荒漠独行》《云游塔里木》《生死西行》等。杨镰的目光始终对准新疆，他所有的作品几乎都是叙述和解读新疆的。

《千古之谜》是一部45万字的长篇小说，书写考古队在塔克拉玛干大沙漠寻觅幽灵城楼兰的艰难和曲折，其中就描述了黑戈壁荒漠的悲壮，隔世的恐怖。小说故事曲折，情节跌宕，读起来非常引人入胜。我至今保存着《千古之谜》和《走向地平线》两本小说。

其实，黑戈壁不仅在新疆，譬如甘肃，也有分布。因为没去南疆的荒漠地区，譬如若羌，就没见到连绵的黑戈壁滩，只在克拉玛依见到似乎是黑戈壁的身影，而在甘肃，在敦煌的丹霞魔鬼城见到了一望无际的黑戈壁，见到了在《千古之谜》中描述的那个黑戈壁。因为，敦煌的丹霞地貌只是在罗布泊的边缘，现在又是旅游的景点，所以，你感觉不到那种荒凉的恐怖、孤独的绝望。黄昏的落日渐沉在奇形怪状的“丹霞”的后面，“丹霞”顿时变得狰狞可怕，据说，罗盘在魔鬼城也会失灵，晚风渐起，魔鬼呜咽，不可怕？

黑戈壁在作家叶舟的《敦煌本纪》里肯定也会描述，虽然还没有来得及去读他的《敦煌本纪》，这样大部头的著作不是一两天就能读完的，也不是匆匆读过就能理解的，我要抽一个完整的时间，以一个平稳的心态去读它。虽然叶舟的《敦煌本纪》与本届茅奖失之交臂，我还是有兴趣读它。

实际上，到了敦煌，就进入了罗布泊的边界。罗布泊，一个神秘和恐怖的地域概念，著名的瑞典探险家斯文·赫定说罗布泊是“进得去出不来”的地方，绝不是危言耸听。斯文·赫定在罗布泊就有过九死一生的经历，只身幸免于难使得“进得去出不来”更有分量，更增加了罗布泊恐怖色彩，罗布泊被称为“死亡之海”一点也不虚言。

总喜欢说“沙漠戈壁”，实际上，沙漠和戈壁还是不一样的。我的理解，“戈壁”是“壁”，壁是砾质、石质；而“沙漠”是“沙”，沙是荒原、沙地，而两者都是荒漠、半荒漠的土地。脚下的这片无边无际的荒原是沙、砾俱存，蹲下去看，宛如薄片的沙砾棱角锋利，乌黑发亮，仿佛涂了一层黑漆。我在作家杨镰的作品《黑戈壁》中见过，就是所谓“黑戈壁”。在罗布泊的边缘，就是敦煌的雅丹地区，是黑戈壁起始的地方，再往西往北，就是黑戈壁的腹地。如果你置身于一片黑得发亮的砾石之中，四围空旷无人，连一点生命的气息都闻不到，你是怎样一种感觉？黑戈壁的荒凉、神秘，那种恐怖和无助，没人想去体会一次，至少我是。导游催促上车的声音响起来了，我踩着慌张而急促的步子回到大巴上，从窗口回望了一下那些奇形怪状的“戈壁雕塑”，脑子里“黑戈壁”的神秘和恐怖久久不能散去。

罗布泊因地处古丝绸之路关隘而著称，玉门关和阳关是罗布泊的东边起点。从敦煌出西北百公里是玉门关，再往西近百公里就是敦煌雅丹所在，从玉门关往南是阳关。敦煌雅丹占地将近400平方公里，试想一下，你在这么大迷宫里走失，就算雅丹是个正方形，你有能力和体力出得来吗？雅丹，就是个魔鬼城，远远地看看魔鬼可以，你大可不必与之较量，一决高下，我想，过高地估计自己也是一种愚蠢。愚蠢，是要付出代价的，最贵的代价，莫过于付出生命。

当略显匆匆的脚步真实地站在期盼已久的阳关前，看见那样敦厚的一个大土堆，我没有感觉到失望，尤其是看见那“阳关故址”立碑，如释重负地吐出“这就是阳关”一句设问似的感叹，简单而复杂的郁积随着还没有平复的呼吸吐出来，环绕在阳关土墩的周围，我似乎听得到阳关释重似的问候：“你终于来了。”是的，我来了，虽然我不远千里地拜谒姗姗来迟，但是我虔诚万般的朝圣却让我和阳关都如愿以终偿。对阳关而言，世人到来的迟与早，轻慢或虔诚，我相信，阳关都并不介意。阳关一直是孤寂地、骄傲地从繁华到凋落，从显赫到冷落，两千年的改朝换代，两千年的风侵雨蚀，阳关依然故我，屹立不朽。

踩在阳关前滚烫的沙砾上，仰面古老却残损的阳关，望着那岿然不动的黄土厚墩，热流涌涌，思绪滚滚。汉代所建的阳关在唐代仍然是北御匈奴的重要的关隘。阴山东西连绵地横亘在阳关和玉门关两关之北，是抵御匈奴南犯的天然屏障，阳关就是西、北通往关内的必经隘口。

没有好好领略甘南的地貌和风光，想再去一次，不知道还有没有这样的机会和条件。

西 去 阳 关

从阳关回来，耳边一直回响着那古琴伴唱下的《阳关三叠》，古琴声古朴悠扬，近似低哦的吟唱深沉浑厚，诗、琴、唱融为一体，绝配一曲。

“渭城朝雨浥轻尘，客舍青青柳色新。劝君更尽一杯酒，西出阳关无故人。”渭城，即今之咸阳。飘雨霏霏，浥尘润润，举杯殷殷，别意浓浓。王维的一首“阳关曲”流传至今，成了离愁别恨的符号。我相信，王维没去过阳关，只是送元二出使安西而诗及“阳关”，安西都护府的治所在今天的新疆吐鲁番，从咸阳往西去安西必过阳关。“故人”王维的“渭城曲”一直流传至今，久吟不衰，成为中国诗歌的经典。

阳关的门前有一尊张骞的塑像，手持节仗，情肃神刚，策马飞驰，很传情，粗狂中的细节刻画很生动。节仗，有点像现在使节的国书，张骞是汉武帝的特使。出使西域大月氏去联合抗击匈奴。去途中两次被匈奴俘虏、扣留、劝降，长达十年之久，意坚不可摧，志固不为动，两次逃脱，终回汉。张骞可以说是中国第一代的外交家。张骞从长安出发，经过阳关去西域。中国第一代“持节”使臣的外交活动实际上是从阳关开始，而去西域的无路之路、对西域的无知之知也是从张骞开始的。另一个晚于张骞出使西域的持节汉使是苏武，被匈奴拘扣了十九年。“苏武留胡节不辱！雪地又冰天，苦忍十九年。”站在张骞的塑像前，想起了幼年时唱的歌。古圣贤的民族气节和坚韧毅力应该是值得今人景仰和效仿的。

荒漠中阳关确实没有什么可看的，一个孤零零的黄土堆矗立在一望无际的沙原上，四围几乎没有一点绿色。阳关的基本色调就是黄，黄也是汉民族的基本色调，是一种巧合，还是必然，都可能。裸着筋骨，裸着精神，阳关被历史的风雨剥蚀得斑斑驳驳，被历史留滞在西北荒原上。如果不是王维留下一首“渭城曲”，如果不是古丝绸之路至重的关隘，肯定没有多少人把游兴落在荒漠中的阳关。阳关尽管没有留下任何有形的脚印，但无数叠加层累的朝拜和景仰铸就了阳关的伟大和不朽。无论是从容地还是匆促地、敬仰地还是轻慢地望着阳关那仅剩的土墩，都不能不为之震撼，不得不为之肃然。在武威、张掖、嘉峪关、玉门关、阳关这一线汉、唐与匈奴、突厥、党项还有楼兰犬牙交错的古战场上，你仿佛听见战马嘶鸣，刀戟碰撞，杀声震天；看见残阳如血般地挂在天幕下，殷红的血流漫渗的沙漠中，刀剑银光闪烁，将士热血抛洒，是怎样的悲壮，是何等的惨烈，古来征战几人回？千年的尸骨已经无存，只留下锈镞残剑。入夜，沙原的风卷起砂砾，呼啸向天，宛如壮士的哽咽和长鸣。

骆驼不紧不慢地驮着游人在漫无边际的沙原上远去，像是通关远去的驼队，除了丝绸，还有茶叶，源源不断地行走在丝绸之路上。阳关是丝绸之路上驼队去西域的关隘，不走阳关，便走玉门关。丝绸之路是一条和平之路，战争是和平的后盾，没有刀剑流血，没有悲壮惨烈，也许就没有和平的丝绸之路。在敦煌、阳关、玉门关，我看见张骞和班超的雕像，看见王维和张芝的雕像，看见霍去病和卫青的雕像，在倒淌河，我看见文成公主的雕像。在先辈的雕像前，我久久地思索文明与野蛮的厮杀、战争与和平的较量、文化与民族的演进。最后，我还是抛开混乱的思索，在阳关柱墩前祈祷中华民族的团结与兴盛。

走过莫高窟

去敦煌，必去莫高窟，莫高窟在中外的名气之大，连我这寡闻少识的人都仰慕了几十年，始终有一个“莫高窟”情结萦怀。尤其在去了洛阳的龙门石窟之后，去莫高窟的欲望就更加迫切，似乎想比较一下两大名窟。实际上，莫高窟和龙门石窟，从材料到风格，几乎就是迥异的洞窟，但都是艺术瑰宝，仿佛一颗是祖母绿，一颗是蓝宝石。

莫高窟在敦煌的东南不足30公里，车行也就半小时吧。无论你是跟着导游，还是自由旅行，在莫高窟的转悠你都花不了多少时间，你能看到的也就是当天开放的那几个洞窟，也就是所有开放洞窟的几分之一吧。即使是开放的洞窟，你也没有可能一次全部看到，纵然你有时间转悠，但你却进不去。就余秋雨这样文化大家，即使“在莫高窟一连待了好几天”，也只能游客散尽的入暮时分，在莫高窟的山脚下徘徊，思索和整理白天的所见，第二天再“投入人流”进洞“探寻莫高窟的底蕴”。没有文化底蕴和知识储备去探寻莫高窟的究竟，那是不可能有结果的。充其量，也只能就着微光，引颈张望，侧耳倾听，视听皆不能暇接，几乎“一事无成”。终了才明白，来莫高窟吧，也就是到此一游。

即便你去莫高窟之前，做足了相关的功课，也不可能看个明白，就连余秋雨这样的大家，写莫高窟也只是虚多于实，也没有说清楚从北魏到元代的莫高窟的特征和相异，只是用“色流”这个莫名的概念词来贯穿感情和表达感悟。

莫高窟太厚重了，厚重得任何文字都承载不起；莫高窟太孤傲了，孤傲到任何理解都是不得要领的；莫高窟太复杂了，复杂到几乎没法理清兴衰演变的历史细节。但是，莫高窟却是独特地诠释着古人对世界的理解，灵魂的皈依，佛教的礼拜，艺术的表达，色彩的感觉，价值的认知。从乐尊到王圆箓，从斯坦因到斯文·赫定，从常书鸿到樊锦诗，莫高窟走过了太多的艰辛而曲折的路，要去捋清这些与莫高窟有着不解之缘的历史和现代人物与莫高窟关系的细节，很难。但是，莫高窟却层累着这些先人的足迹，浸透了他们辛勤的汗水，沉淀了他们复杂的感情。一方面，莫高窟因为艺术的绝世无双而厚重，另一方面，莫高窟在西北的僻远荒原沉寂了上千年。莫高窟经历了将近两千年由盛而衰的过程，终究，没有人能够读懂她的深奥。至今，我们依然读不懂莫高窟内敛的蕴含、智慧的表达，沉默和坚守是莫高窟至高无上的品德。实际上，自宋代以后，鲜有人顾及这个人类创造的最辉煌的艺术殿堂，哪怕他是个艺术家。

宗教，几乎是所有的古代艺术灵感之源，中外似乎都没有例外。用绘画、用雕塑、用音乐去讲故事，释教义，通俗一点说，就是让僧、俗都能懂。宗教艺术要体现“教”的伟大，“法”的无边，无论是东方的释迦牟尼、元始天尊，还是西界的耶和华、耶稣基督，既是艺术表达的内容，又是艺术表达的形式。

莫高窟将近500个洞窟，对外开放的也不过20个，而让你驻足观瞻的每次也不过七八个。洞窟内很暗，如果不借助外光源，几乎不能看到全貌，导游在前面领着，流利地、熟悉地背诵着简略的介绍，手中掌控着游移的光，游客的眼随着游移的灯光游移着，即便你注意听，也听不出多少名堂来，因为你太不熟悉莫高窟了，更何况莫高窟开凿之处，朝更频频，国叠累累，恐怕你连你看的洞窟是哪朝哪代都理不清，更不要说开凿朝代与艺术特色的关系了。连走马看花都谈不上，“到此一游”于你来莫高窟，就是很形象而客观的写照了。当然，你可以很轻松地在网上查到莫高窟比较翔实的资料，但不是你的，看资料和看实地，还是有很大差别的，因此，“到此一游”也是很宝贵的，不负你千里迢迢从青山绿水的江南风尘仆仆地一路来到黄沙砾石的西北，只为一瞥艺术圣堂莫高窟，朝圣般虔诚地来到莫高窟，你会从心底发出一声呐喊：“莫高窟，我来了。”

公元366年，云游僧人乐尊来到三危山，见到佛光，因此，认定此相是神谕，于是在三危山上筑窟造像，使之成为真正的圣地。所谓佛光，也许是晚霞，也许是幻觉，也许是杜撰，但是却给了开凿莫高窟一个理由，乐尊的机缘，云游的巧遇，让乐尊愿意在三危山开洞建窟，塑像礼佛。信仰，是行为的动力，更何况有高僧以身为楷，皇族、官绅乃至于百姓随行和效仿，莫高窟的开凿进程和规模，宛如雪球，越滚越大。不仅是礼佛洞窟的数量，形制也变得越来越复杂，绘画和雕塑也越来越精美，越来越叙事化和故事化，神话和传说交杂在一起，创造和传承连接成一脉，一千多年来对佛的敬畏和虔诚，通过不懈的辛劳，成就了莫高窟的不朽的艺术，写就了莫高窟的绘画和雕塑的艺术史，却没有留下创造这些艺术品的艺术家的姓名，其实他们的伟绩完全可以和拉斐尔、达·芬奇和米开朗琪罗相媲美。

在梵蒂冈，无缘见到西斯廷教堂精美的穹顶壁画，西斯廷教堂是罗马教皇的专用教堂，不对外开放的。但是，在圣彼得大教堂，见到了拉斐尔的壁画、米开朗琪罗的雕塑，见到了巴洛克艺术之父——贝尔尼尼的17世纪创作的传世雕塑和建筑作品，他们的作品如同莫高窟的艺术品一样的精美而不朽于世。乐尊先贤是4世纪开始莫高窟的伟业，285号窟是西魏的，大概是550年前后，已经相当精美，早于意大利文艺复兴艺术的领军人物达·芬奇在世的时代差不多一千年，整整十个世纪。达·芬奇、拉斐尔和米开朗琪罗是在15—16世纪，在中国，是明代的中后叶。其时，莫高窟已经基本休憩了，蛰伏了，对外封闭了。艺术的、历史的莫高窟静静地、高傲地、孤独地背依着三危山，面向着荒漠，任风侵沙蚀，任日曝月寒。

在莫高窟，我仰面穹顶的壁画，一直在问，为什么这样精美绝伦的艺术品也没有留下他们诞产者的姓名，这些未留姓名的艺术家是佛家僧人，还是俗世画家？莫高窟的壁画和塑像都还在，为什么创造惊世作品的艺术家却没有留名传世，像米开朗琪罗、达·芬奇、拉斐尔这样的传世于后？就连守窟道士王圆箓一张照片，也还是斯坦因留下的。

王潮歌，在敦煌，在敦煌的《又见敦煌》的演出地，连垃圾桶上全都是“王潮歌”，艺术化后的敦煌，还是不是敦煌的原味？我在西安骊山看了歌舞《长恨歌》之后，就再没有看过此类的演出。

就像莫高窟，千里迢迢朝圣般地来到莫高窟，你看到了什么？即便你前期的“功课”做得再好，你也不可能真实地看到莫高窟，你想看什么，你看到什么，全不是你的意愿，莫高窟已经不是游客的莫高窟，即使你是一个虔诚的朝拜者，你的“朝拜”和“一游”没有区别，佛似乎真的不识人世间烟火，难啊，保护和欣赏，说得俗一点，就是参观，真是一对无解的矛盾。

从乐尊见佛光、开洞立佛到宋、元开凿的尾声，莫高窟的艺术行为绵延了差不多一千多年吧。这一千多年的原貌，没有人能够从头至尾地看到，遑论是了解。换句话说吧，看一个洞和看十个洞，只是五十步笑一百步的区别，更何况也没几个人能够看到被斯坦因、斯文·赫定一班人掠走的那些经卷和文物啊。

让莫高窟的美好刻在你的心里，让莫高窟的神秘留在你的心里，是最恰当、最完整的莫高窟。任何时候，当别人说起莫高窟，你可以骄傲地说，我去过。

走近罗布泊

到达敦煌的前一天，敦煌遭受一场大风暴的袭击，没赶上这场风暴，是幸还是不幸？没答案。唐代诗人岑参诗云，“轮台九月风夜吼”，去敦煌正是九月，如果遇上风暴，还能不能见到“一川碎石大如斗，随风满地石乱走”？我想，岑参多少有些夸张，诗人嘛。但是，细一想，岑参在轮台所见的“九月风夜吼”，在敦煌应该能见到的。轮台在罗布泊的北面，敦煌在罗布泊东面，从气候角度看地理位置，不远。

到敦煌，风暴已过已歇，可去酒店的一路还是黄沙砾石，就连我们住的大盛假日酒店也依稀可见风扬沙飞的痕迹。居室对着党河的一面是落地窗，视野非常开阔，落地窗下是“榻榻米”，整个的居室将近30平方米，干净、舒适、宽大，在荒原、沙漠、戈壁包围的敦煌，有这样的休憩之地，是未曾想到的。

敦煌以莫高窟闻名于世，去敦煌，不去莫高窟，相当于上九华山而不登天台一样。但莫高窟的票需要预订，现在倒也方便，半月前就已经在网上预订了，是三天之后的事。按行程计划，第二天去敦煌西两百余公里外的雅丹地貌遗址，真正地进入罗布泊。

实际上，到了敦煌，就进入了罗布泊的边界。罗布泊，一个神秘和恐怖的地域，著名的瑞典探险家斯文·赫定说罗布泊是“进得去出不来”的地方，绝不是危言耸听。斯文·赫定在罗布泊就有过九死一生的经历，只身幸免于难使得“进得去出不来”说法更有分量，更增加了罗布泊恐怖色彩。罗布泊被称为“死亡之海”一点也不虚言。

当时我并不知道，从年初，罗布泊的雅丹地貌区就已经不允许任何非景区机动车辆进入了。在进入雅丹风景区的路口换乘景区大巴进入，而且是原车来回，不允许换乘另外一辆游览大巴。在下车游览的时候，是受时间限制的，随车的导游随时阻止任何企图触碰遗迹的举动，唤回走远的游客，总之，游客的行动必须在导游的视线之内。在离开任何一个经典景貌的时候，都会点清人数才离开，游客休想落下。

“雅丹”在维吾尔语中是“具有陡壁的小丘”的意思，依我看，无论怎么看，就像隆出地面、边缘被虫咬鼠啃的千层饼，但是，从形成过程看，正好相反，风蚀是主要原因，层积岩在风蚀作用下，形成垄脊、土墩、沟槽及洼地。风，仿佛一把自然的刻刀，在层积岩上，肆无忌惮地，又是随心所欲地游走，把除“作品”之外的多余沙砾扬弃，而罗布泊就除了沙砾，几乎什么也没有，偶尔可以看见小丛的骆驼刺，连骆驼刺的绿色也是裸露在黄沙上，绿得很黯淡。

踩着脚下松软而温暖的沙砾，你可以体会一把什么叫作“迈不开步”，人人步履沉重，个个步履蹒跚。眼前高低错落、鳞次栉比的土丘和峰峦像大楼、像教堂、像寺庙、像天坛、像布达拉宫、像金字塔、像狮身人面像，甚至像丝路驼队、像开屏孔雀……你都可以看见，如同你在黄山可以看到仙桃石、仙人指路、金鸡叫天都、天狗望月、猴子观太平等。常常用鬼斧神工来形容，因为这些天工造物不着人工雕刻的刻意和修饰。人类对鬼神的崇拜，在未知世界里显得更加的极致，像与不像、是与不是更增加了鬼神与人之间的神秘关系。置身在这些无声的“鬼斧神工”中间，自然是目不暇接了，既然目不暇接，最后也就不接了，我便蹲下来看地上的沙砾。

总喜欢说“沙漠戈壁”，实际上，沙漠和戈壁还是不一样的。我的理解，“戈壁”是“壁”，壁是砾质、石质；而“沙漠”是“沙”，沙是荒原、沙地，而两者都是荒漠、半荒漠的土地。脚下的这片无边无际的荒原是沙、砾俱存，蹲下去看，宛如薄片的沙砾棱角锋利，乌黑发亮，仿佛涂了一层黑漆。我在作家杨镰的作品《黑戈壁》中见过，这里就是所谓“黑戈壁”。在罗布泊的边缘，敦煌的雅丹地貌区，是黑戈壁的起始地方，再往西往北，就是黑戈壁的腹地。如果你置身于一片黑得发亮的砾石之中，周围空旷无人，连一点生命的气息都闻不到，你是怎样一种感觉？黑戈壁的荒凉、神秘，那种恐怖和无助，没人想去体会一次，至少我是。导游催促上车的声音响起来了，我踩着慌张而急促的步子回到大巴上，从窗口回望了一下那些奇形怪状的“雕塑”，脑子里“黑戈壁”的神秘感和恐怖感久久不能散去。

敦煌的“雅丹”被称为“魔鬼城”，我相信，迷失在“雅丹”中的游客、探险者肯定有过同感，而不能生还的人也肯定有过。只要有风，“魔鬼城”会发出哭泣般的呜咽和叹息般的回声，在“高楼低殿”之间穿行和游走。我在雅丹那天，风和日丽，不冷不热，未闻呜咽和回声，阳光下的“雅丹”格外温柔。那种极端还是无须去体验，老去的身和心都经不起折腾。我开始理解景区的苦心，无序的“放羊”很容易让游客迷失在“雅丹”之中。如果在夜晚嘞？不冻死，也许会被吓死，再坚强的人在自然的面前，都是软弱无力的，人啊，太渺小了。

雅丹地貌在别处也有，罗布泊最为典型。除了敦煌雅丹之外，最著名的当数罗布泊腹地的龙城雅丹。上无飞鸟、下无寸草便是龙城雅丹的现状。敦煌的雅丹几乎也是如此，神秘是美的构成要件。从这种意义上讲，敦煌的雅丹值得一去。如果你有足够的胆量，你做好充分的准备，你有生死相依的朋友，驾车去楼兰遗址的雅丹吧，那个“中国最神秘的雅丹”。

说到罗布泊，必然会想起那个在罗布泊失踪的彭加木。彭加木失踪的事由是找水，在20世纪80年代，距离罗布泊断流干涸也就二十余年，彭加木有理由，也有希望找到水，可实际结果没有，谜一般罗布泊，谜一般的彭加木，谜一般的历史，足以让去旅游而又有心的人回味一番了，那会增加你旅游的人文内涵，景物和人文结合在一起的考究和思索，那会是很有味道的。

见过青海湖吗？那罗布泊原本是和青海湖一样的咸水湖，只不过面积稍小一点。罗布泊在塔里木盆地东部，是盆地的最低处，历史上塔里木河、孔雀河、车尔臣河、疏勒河数条河流汇集于罗布泊。流经大盛假日酒店前面的党河就是疏勒河的支流。我们不用引颈远望，只要一回头就可以看见20世纪20年代塔里木河、孔雀河、车尔臣河、疏勒河的下游断流，和罗布泊的干涸。没有了水，楼兰、营盘、尼雅、小河这些罗布泊周边的小城仿佛殉葬式地随着死亡的罗布泊去了，黄沙掩埋了湖和城，这一页的历史翻过去了，荒漠替代了绿洲，死神吞没了生命，罗布依然，泊却从此不再，令人扼腕再三。

罗布泊因地处古丝绸之路关隘而著称，玉门关和阳关是罗布泊的东边起点。从敦煌出西北百公里是玉门关，再往西近百公里就是敦煌雅丹所在，从玉门关往南是阳关。敦煌雅丹占地将近400平方公里，试想一下，你在这么大迷宫里走失，就算雅丹是个正方形，你有能力和体力出得来吗？

人生，就是一场旅行，目的地嘛，大家一样，而不一样的，是沿途的风景和路过风景时的心情和感悟。看惯了江南的翠和绿，看惯了江南的软和嗲，那心是一个小，那情是一个娇。看看大西北，知道什么叫粗犷豪放，什么叫一望无际，什么叫蓝天白云。到了无人区，你会倍感生命的美好和珍贵，到了大戈壁，你才会有“大漠孤烟直，长河落日圆”的赞叹和感悟。

驱车三百公里，转悠了敦煌雅丹、阳关、玉门关，日落返程，回到敦煌，一片灯火辉煌，党河大桥和两岸彩灯通明。看着大盛酒店门口挥笔疾书的张芝塑像，无由想起杜甫的诗句：“一去紫台连朔漠，独留青冢向黄昏。”张芝和王昭君都是汉代人，敦煌，公元前就是汉武帝的河西四郡之一，距今有2000多年了。

克拉玛依的歌

到达克拉玛依已经是将近下午四点了，梦牵魂绕在心中几十年的克拉玛依，终于如愿以偿地见到了。在火车上见到窗外星罗棋布的“磕头机”，就知道，克拉玛依就要到了，那种兴奋和激动无以言表，却又不能手舞足蹈，只能小声地哼着“油井像森林，红旗像鲜花，歌声像海洋”的旋律，这是当年唱遍了神州大地的《克拉玛依之歌》。

放下行李，直奔黑油山。黑油山的维吾尔语就是克拉玛依的意思。黑油山是一处供游人观览的油气原始地，一个地下原油常年外溢、凝结风化的沥青沙丘。黑油山地处清石峡，沙丘约有13米高，面积也就0.2平方公里左右。沿着设置的栈道，可见多处油沼有油泉和油泡不断冒出，油沼色泽黝黑、油质黏稠。《清朝续文献通考》记载：“青石峡之黑油山……现有九泉，以山顶一泉为最大，油旺时每日可取二百数十斤。”直到解放初期，还有一位维吾尔族老人赛里木·巴依住在黑油山附近，专事收集原油，换取生活用品。

流连许久，在花岗岩纪念碑前留影，碑刻“黑油山”三个鲜红大字，永远地与克拉玛依不朽于世。临走，望着赛里木·巴依骑驴的塑像，对游伴说：“照张相吧，不能错过了先知能人。”

夕阳西下，夜幕渐垂，没顾上晚饭，就赶去“大油泡”。克拉玛依大油泡雕塑在一号井石油广场。大油泡雕塑高15米，直径为28米左右，四个弧形门洞和四个支点，门洞高3.5米。设计思路源于黑油山油沼不断溢出的油泡，当地人亲切地称之为“大油泡”。大油泡的周围星罗棋布了200

来个大小不等的小油泡。入夜，光滑如镜的不锈钢的“油泡”表面折射着五光十色的夜景，变幻无穷。将一号井遗址与大油泡巧妙地融合在一起，为之一叹而叫绝。进入其内，如入仙境，如入童话。

克拉玛依一号井见证着克拉玛依半个世纪的沧桑巨变，现在已经成为爱国主义教育基地，同时也是克拉玛依人休闲之地，以及游客慕名而至的旅游胜地。

克拉玛依的夜晚很安静，没有喧嚣，没有嘈杂，一个有夜生活却不沉湎于夜生活的城市，走在街上，牛肉面的飘香不时地向你袭来，很诱人。入夜，虽然酣眠在异乡，却很香甜。

第二天，沿着克拉玛依河，从源头九龙潭往下游走，在世纪公园见到了诗人艾青的雕像，黑色花岗岩的，背依着克拉玛依河。艾青20世纪50年代在新疆石河子生活过，从未来过克拉玛依。与克拉玛依结缘是他的诗《克拉玛依》:“最荒凉的地方，却有最大的能量，最深的地层，喷涌最宝贵的溶液，最沉默的战士，有最坚强的心，克拉玛依，你是沙漠的美人。”这首诗写于20世纪80年代，其时，克拉玛依已经发生了天翻地覆的变化，闻名中外了。

公园深处传来《克拉玛依之歌》的轻唱，在克拉玛依听见《克拉玛依之歌》是再平常不过的事了，我们也就随之动情地哼唱了起来。公园游人不多，到新疆来旅游的人不计其数，可来克拉玛依的人就少之又少了。

我上初中的时候，那是20世纪60年代初，第一次在矿石收音机中听到这首歌，后来听胶木唱片，再后来听CD；听吕文科唱的，听朱崇懋唱的，听李光曦唱的……断断续续听了几十年。一首歌让全国人记住了这座英雄的城市，也记住这首歌的作者吕远。直到1985年，吕远才第一次来到克拉玛依。克拉玛依建市50周年的时候，吕远将珍藏了50年的《克拉玛依之歌》的手稿捐赠给了克拉玛依市。可惜，此行无缘见到这份珍贵的文献。

临离开克拉玛依，邂逅了一个克拉玛依石油人，橘红色的工作服，也就四十来岁。见我们背着行囊，便问，来旅游的。是，来朝圣的。他听了哈哈一笑。不信，我指指同伴说，是专程来看克拉玛依的，打小就仰慕这座英雄城。辛苦吗？我问他。这算什么辛苦，比起父辈，那是……我父亲是搞石油勘探的，从山东到玉门，从玉门到克拉玛依，听说过那首歌吗？没有草没有水，连鸟儿也不飞，连人迹都没有，你说他们辛苦吗？可他们没有“转过脸向别处去”，而是扎下了根，吃尽了苦，一代一代地为祖国的建设事业默默地奉献，把西北杳无人烟的荒漠建成了繁荣美丽的石油城。

挥手道别，忘了问他姓名了，望着走远的采油工程师，我忽然想起《祖国不会忘记》中的歌词：“不需要你认识我，不渴望你知道我，我把青春融进融进祖国的江河。”

克拉玛依，一座由无数英雄铸造的英雄城，一座彪炳新中国历史的英雄城。

烟雨江南，诗画小镇

去水东，正是那湿漉漉的烟雨天，古色古香的小镇淹没在几乎不见雨丝的朦胧之中，远处的青山翠岭也混沌成似雨似雾的飘渺。粉墙润湿，黛瓦沐雨，檐下若断线的水珠落在石板上，断续敲击，叮咚有声。小镇的石板路总是凹凸有洼，虽是洼，也是浅浅的，宛如碟，中间平滑得很，即使你半个脚踩在碟沿，半个脚落在碟底，也无碍你的平衡，不妨你的前行，你甚至无须低眼去看，你的另一只脚已经迈在另一块石板上了。小镇石板路的平坦和坑洼仿佛人生的旅途，不平不过是路上的另一种风景，就算不留神，也能过得去。

秋雨先生说“江南小镇太多了……拆开了看，哪一个都构不成一种独立的历史名胜”，其实不然，我以为，江南林林总总的小镇貌似而品不似、格不同。江南小镇离不开水，承载着小镇历史的小河不是穿镇而过，就是傍村而流。无论是苏杭周边星罗棋布的小镇，像乌镇、西塘、木渎、周庄……还是皖南散若珍珠的古村，像西递、宏村、唐模、婺源……都是如此，离开了水，即便是小镇，也没了活力，她的生命也难以为继，仿佛那水就是小镇的血脉。苏杭小镇多舟船，皖南小村多竹筏，而临水横跨的，在苏杭和皖南基本上都是石桥。苏杭和皖南的桥虽然都是麻石的，你看那宏村、呈坎的石桥和西塘、乌镇的石桥从形到神、从味到韵都不尽相同，譬如那湖南的辣多了些香，而四川的辣多了些麻。

说水墨江南，那是江南色彩中，多了些黑、白，就宛如水墨图画，粉墙黛瓦就是水墨的铺张，而粉黛的沧桑渐变、时光消磨表露在粉黛之间的黑白消溶和相融。千年的老屋，岁月将粉墙描画成写意的山水，或者斑驳成抽象的浮雕，风雨将高墙上的瓦洗去了黛，刷成了灰，那立在高瓴上的飞禽走兽或许断肢折腿，原本的模样和气势都交给了流逝的光阴。但却似乎并不介意后人的挽留啊，惋惜啊，抢救啊，心态特别好，任你趋之若鹜的喧嚣，还是门可罗雀的冷落，依然故我，与时间和历史并行。

皖南像宏村、西递、呈坎、章渡这样的小村、镇特别多，似上苍不经意扯断项链，珍珠随地撒落。起眼的和不起眼的，发现的或未发现的，比比皆是。每个小镇、每个村落都有自己的故事，曾经的辉煌、旧日的显赫都有过，走过唐宋明清，经历风霜雨雪，颜也许尽失，但韵却长留。江南小镇（村）永远都是一幅传世的山水画，只是“品相”优劣有差异而已，保存得好与不好，都是留给后人的遗产。祖宗的精神、财富、智慧、手艺凝聚在小镇和村落的粉墙黛瓦、砖雕木刻、石桥廊亭、祠堂牌坊上，每一处都值得你久久抚摸、端详，细细揣摩、品味。

苏舜钦的“萧萧疏雨更阴晴”，说的是苏州，苏州就是江南风景的典型，可见江南小镇在“萧萧疏雨”中更显妩媚和妖娆。我在乌镇，只一回细雾蒙蒙，轻风扬扬，是那种满身尽湿未见雨的天，石板润湿，空巷无声，不多的几个游人使得乌镇有一种“鸟鸣山更幽”的意境。穿乌镇的河面上雾岚缭绕，影影绰绰的一只船，听得见船桨摇动的“咿呀”，石桥在升腾的、似乎缥缈的雾岚中隐约似天桥，片断若仙境。河道两边的酒肆茶楼、木屋石阶都湿漉漉的、油润润的，正应了韩愈那句“天街小雨润如酥”。我在西递，难得见一回烟雨迷雾，空蒙幽静，远山隐现在缭绕的雨雾之中，偶尔露一点苍碧。祠堂的飞檐下一排欲滴未滴的水珠悬着，半天此处一滴，彼处一滴，在石阶上溅出水花，宛如敲击琴键，叮当有律，仿佛吟哦诗句，平仄有韵。想起邵雍的“优游情思莫如诗”，西递就是一首诗，可要读懂西递这样一首诗，非匆匆“到此一游”可解。在近二十年间，几乎一两年就去皖南一两次，其中包括西递，我也没真正读懂西递，或许应了那句“诗无达诂”的箴言。每个去西递的人，似乎都有一个自己的西递，与接受不接受导游的“故事”无关，那“故事”情节的曲折和情绪的跌宕无非增加西递的“可读性”。西递的魅力也许就在残破的高墙飞檐、横梁立柱、画栋雕窗、宗祠牌坊中，在那警世律己、“读进耕退”、“官达商济”的格言中……

垂暮的翁妪坚守着苍老的宅院，守着烟雨飘洒的凄凉，也守着古村镇最后的家园。江南的古村镇极少见到年轻的本地人，因为外面的世界很精彩。古村镇曾经的辉煌和今天的喧嚣也很“精彩”，而这样的“精彩”只给形形色色的游人，那些浮光掠影的过客仿佛像看“西洋景”那样，在如诗若画的古村镇“走马”了一遍，怎么说呢，有点像是“买椟还珠”，那印象、那记忆浅得就像一碟水，而“到此一游”可能只是留在照片上一点痕迹而已。古村镇太深奥了，太古老了，我们只会用今人的眼光去打量，今天的情绪去体会，惋惜她们的破败，感叹她们的沧桑。谁想过，历尽沧桑而破败的古村镇，未必每个都值得修葺一番，复古原形。上千年的方村和同样上千年的章渡，我以为，章渡比方村的修复更加值得。

雨中的古村镇显得更加苍凉，在古老和残破的黑白之上添上了深浅的灰，深浓侵蚀成浅淡，仿佛遥远就在眼前，明清就在身边。漫步在石板路上，细雨霏霏，街空人稀，你的脚步正踩在几百年甚至上千年先人的脚印上，仿佛时间穿越，街巷的深处传来几声犬吠，伴着中药铜舂的“当当”声，真的不知今夕何夕。“棋罢不知人换世”，“惟有东风旧相识”。我在黄姚（广西）也有这样的感觉，一种恍如隔世的感觉，好像情绪陷在了过去的时光里，有点伤感，有点莫名的悲哀。

皖南的村落和苏南的小镇，若诗如画，半若唐诗浪漫，一似宋诗恬静；宛如国画写意，更似水粉出彩。宋诗云“何当见真象，止可入无言”，事物的真实和道理，看不见，须用心体会，方能领悟。当你置身在西塘、同里，几乎是孪生姐妹的小镇，你只能用近似“挑剔”的眼光才能分辨西塘、同里，它们的内涵绝不相同，就连大人物，譬如柳亚子、陈去病在小镇的避世隐居也是有各种各样的原因，各有各的退路。还是那句，小镇貌似而格不同。

章渡，皖南小镇，山水相拥，青翠环抱，千年古镇一画图，徽风遗存一韵诗，如今，墙倾梁落，千疮百孔；残垣断壁，人荒镇芜。那宛如湖南凤凰的“吊脚楼”在皖南少见，我似乎在歙县的“新安画廊”的某一处见过，具体哪儿，记不得了。这样的“破”需要修葺，这样的“败”需要拯救，我以为是这样。

我最早去皖南，无论是宏村还是西递，都没有现在这样热闹，热闹得像赶集。游客像出巢蜂群一样乱飞，你看什么？你能看什么？你没有和尚入定的本领，是不能究得其中一二的。那你可以选一个细雨飒飒、烟雨蒙蒙的春已末夏尚初或者秋欲尽冬未起日子去，可能更容易回到宋元明清的境况，更容易感受耕读官商的气氛，徽州的西递、宏村才能入了你的脑海，入你的心胸，才不枉去了一次。

洞庭水拂岳阳楼

每次去岳阳，都要到岳阳楼去转转，没有目的，有时候是随处走走，有时候是安静坐坐，或是扶高栏远眺，或是凭矮墙沉思，面对八百里洞庭，无言便是感慨，流连便是赞叹。

我极喜欢一个人徜徉在湖、楼相映的公园，孤独地在阴、晴、雨中望着千姿百态的岳阳楼，近望浪来轻拂岸的湖水，远望水由白云尽的天边。那份闲适，那种自在和那样愉悦只有自己能够感受，“极目楚天舒”，那“湘天”也是一样的舒展，一样的极目，一样的让人忘返。

到了岳阳楼，避不开《岳阳楼记》，避不开范仲淹，也避不开滕子京。没有了范仲淹、滕子京的坎坷，以及这些坎坷衍生出来的文化，岳阳楼还有什么可说？就是一座“空”楼而已，说不定早已成了遗址了。

岳阳楼临湖而峙，离湖近得可以在楼上俯视洞庭湖。楼的南北各有一门坊，门楣上分别镌刻着“北通巫峡”和“南极潇湘”，于此地那是再贴切不过了。进得楼内，迎面便是那被古今文人烂熟于心、诵熟于口的《岳阳楼记》，全文凹雕于12块3米多高的紫檀木上，不知道为何施以绿色，有点轻飘和俗气，倒不如紫檀的原色大方和稳重，那字是清代张照书写的。张照官声甚好，于音乐、于书法都是大家，深得乾隆的宠幸。我每次去，都在中堂前品味半个小时，与古人、今人的《岳阳楼记》的墨迹相比较，倒真是觉得，唯张照这幅字堪作中堂，通篇稳重、规矩，笔画秀丽但不失挺拔，力道刚劲而足呈庄严之相。论稳重和规矩，乾隆的《岳阳楼记》就显得呆板而滞笨，而董其昌的又过于纤细而灵动，真的不如张照的字大气而耐读。陈道复、祝允明的草书倒是有书法气势，如果一开始就选择陈道复或者祝允明，在这样的环境里，在这样的氛围里，说不定也合适。现在张照立身在此，其他人恐怕难以再来插足了。

踱步上楼，凭栏远眺洞庭湖，浩渺的湖面，但无论是“春和景明”还是“秋风萧瑟”，全然没有那种“忧谗畏讥”或者“宠辱皆忘”的感觉，那也许我不是得意或者失宠的仕人吧。但是，“登斯楼”却真是“心旷神怡”，可以把烦心的俗事抛在一边，搁在脑后，哪怕是暂时的。

“春明”凭栏，只见碧波万顷，沙鸥掠过水面，远近交错，鸣叫回响，给寂寥的湖面添了几分动静。在晴好的湖面，阳光烘托的微波细浪，一片片鱼鳞般金光闪烁，该是范仲淹想象中的“浮光跃金”吧，洞庭湖确如孟浩然所说“涵虚混太清”，云空映水，湖天一色。但始终未见到“渔歌互答”，可能太靠近景区，没有置身湖中吧。

“霏雨”中去过一次岳阳楼，登楼环顾，只见湖上雾茫茫一片，雨汽弥腾，是另一番“气吞云梦泽”的景象，水天相连得分不清哪是天，哪是水，眼前的一切“满目萧然”，四周没了景，没了物，不等到有“去国怀乡”的感觉便下得楼来。

置身楼外，那岳阳楼的楼顶酷似古代将军头盔，别是一种风姿，据说岳阳楼的“盔顶”在中国古代的建筑式样上是独一无二的。

吕洞宾旷达而洒脱，与范仲淹的悲壮和拘谨相比较，神仙就自在多了，无拘多了，神仙定是胜凡人一筹的，凡人总是牵挂官场升迁、宦海沉浮、名利显扬、功绩传世……但正是宦海沉浮的坎坷，才生出洋洋洒洒的三百六十九个字的经典，千年以来，文化人的落魄和张扬总能在其中找到落魄的慰藉和张扬的理由。

古今有几人先忧后乐，又有几人在庙堂而念及江湖，江湖之远、之荒原本是不得已。

去洞庭，不能不去君山。在刘禹锡的眼里，君山是“白银盘里一青螺”。君山绿树葱茏，浓荫一片，满眼生机。君山的人文景观太多，只是我以前有耳闻而未能目睹。挡在面前的是一尊石刻，秦始皇帝巡游至君山，恰遇风暴，一摆帝王威风，下令封山，便有了“封山石刻”。娥皇、女英的墓恬静地安坐其侧，估计是对后到而嚣张的秦始皇不屑一顾。杨幺的义军和岳飞的官兵曾在岛、湖对峙，本来对立的酣战在解说员的娓娓道说中，是如此的和谐，历史仿佛成了专为游人设置的故事。岛上寺庙的残垣断壁随处散落，到处可见，昭示当日佛、道的兴盛，香烟渺渺，木鱼声声，虔客如云。吕洞宾在此修道，留下了无数的却未能完全流传的诗作，形迹虽然荒唐，传道当肯渡人，袖里青蛇，胸中剑气，壶内浊酒，草上野鹤，张狂之极。“张三不饮，那见堆金积玉；李四贪杯，常将足食丰衣”，辩证地说了世事无常和颠倒，这仙人的道理却道出凡人世界的真谛。柳毅传书的龙宫入口就是现在的柳毅井，我真想下去一探究竟，可惜我无“书”可传，也只能在井边伸颈探头、作遐想罢了。

在君山，最喜欢的还是君山茶和湘妃竹，几乎可称同类中的极品。和当地的茶农聊了一会，讨得一杯淡茶，那香气，那略苦犹甜的味久久滞留你的唇、舌、齿、腮间，忽然想起夏承焘先生诗句“若能杯水如名淡，应信村茶比酒香”。叫卖的湘妃竹工艺品粗糙而昂贵，不如看看拔地而起又绿鬓婆娑的斑竹，用手抚摩竹的光滑，用心品味斑的深浅。君山，那是一个非亲历而不能体会的世界，一个心灵和历史混合的空间，一个主观和客观交映的时间。

岳阳楼的三楼陈列着一些楹联书画，其中就有毛泽东手书杜甫的《登岳阳楼》。李白一副八个字短联“水天一色，风月无边”也在陈列，难辨真假。

滕子京认为，“楼观非有文字称记者不为久，文字非出于雄才巨卿者不成著”，看来他的目的是达到了。尤其“先天下之忧而忧，后天下之乐而乐”成为天下人广为传诵的千古名言、文人为仕的最高境界。自此《岳阳楼记》名传千古，岳阳楼也是蜚声中外。历朝历代的文人在此留下了大量优美的诗文。杨维桢、李东阳、何景明、袁枚、姚鼐等都曾来把酒临风，登楼吟咏。

不知道这座天下名楼会不会哪天湮没在日益增高的楼宇中，会不会湮没在日益物质化的世界里，会不会湮没在日益变幻的历史长河里。也许有一天，你孙子的孙子拿着一张门票，指着岳阳楼问：这是什么？你的儿子能不能原原本本、滔滔不绝或者磕磕巴巴地说出“她”的来龙去脉、古颜旧貌、传说故事……

每次造访，都是久久地而又默默地望着岳阳楼绮丽的身影，望着洞庭湖无际的浩瀚，咀嚼着千年永恒的“忧、乐”，在不断的回眸中离去。

回　　溯——苍颜白发的乌镇

乌镇很古老，先民的繁衍生息可以追溯到几千年前的新石器时代，如果从唐的“乌镇”算起，乌镇该有1200岁了，如果追溯到春秋，该有2500岁了，说是苍颜白发，那是一点也不过分的。

说到江南小镇，恐怕就是指那种碧水环绕、石桥相连、轻舟摇曳、民居傍河的水乡小镇，有时候，她们相似得你都无法分得清哪是乌镇、哪是周庄、哪是西塘，越是熟悉，越是模糊，越是想记住，越是记不住。哪个小镇不是以水为街、依岸为市呢？我已经记不起是第几次到乌镇，却仿佛是旧友新识，总会有会心的旧貌重温，也会有惊讶的新见可究，乌镇是百看不厌的。

春秋时期，乌镇是吴越边境，吴国在此驻兵以防备越国，“乌戍”就由此而来。《乌青镇志》所说“因吴越钱镠王戍兵于此，称乌戍，今名乌镇”大谬，此吴越与彼吴越相差了千余年。秦时，乌镇属会稽郡，以车溪（即今市河）为界，西为乌墩，东为青墩，分而治之。唐时，乌镇隶属苏州府。咸通十三年（公元872年）在《索靖明王庙碑》首次出现“乌镇”。北宋元丰初年，乌镇分乌墩镇、青墩镇。到了南宋，宋光宗偏偏起了一个生僻的怪名字曰“惇”，“惇”与“墩”谐音，在皇帝的眼皮子底下，自然那读“墩”的字全不能用，无奈去“墩”改称乌镇、青镇。直到1950年，乌、青两镇合并，称乌镇，属桐乡，隶嘉兴。

我闲步在谭家湾，用目光抚摸承载着几千年文明的土地，感叹着乌镇的沧海桑田，我简直不能也不敢相信，乌镇历史的源头会无声无息地从这里出发，是那样的从容、安静和淡泊，波澜不惊地流淌了数千年。我的敬和畏便油然而生，我是否该对乌镇有新的认识？

昭明读书处，也就是一个遗迹了，只有一个花岗石的牌坊，而“昭明书馆”早已坍毁，就剩下一个遗址了。沈约是梁武帝萧衍的太子少傅，萧统就跟在沈约的后面读书，沈约每年去乌镇祭扫先父，守墓数月。武帝两难而取一折中，既不误儿子学业又不阻下属孝行，就让萧统随沈约行止，在乌镇读书。现在这座牌坊是明代湖州同知全廷训在旧馆址建的，乌镇籍进士沈士茂题书“六朝遗胜”和“梁昭明太子同沈尚书读书处”的横匾。萧统太子却并未继“梁”的大统，倒霉就倒霉这“小（萧）”，所以就无“大统”了。沈约、沈士茂、再加上沈雁冰，乌镇何以与沈姓的大文人有如此多的“瓜葛”呢？

乌镇最耐人寻味的地方，我以为，是修真观和古戏台。乌镇人崇道佛，建于宋元明的观、宫、院、祠、庙十数处，而今也就剩下修真观了。而古戏台就在修真观的对面，中间隔着大广场。道士张洞明在此结庐修炼而得道，便建起了修真观，宋之修真观毁于朱元璋与张士诚的战火，而明之观又毁于太平军与清军的鏖战，现在所看到的修真观是民国的“产品”。观门无匾而斜挂着大木算盘，世上山门绝无仅有，两旁楹联“人有千算”“天则一算”，我每次来，都要对着大算盘和两边的楹联发呆，何以和我的“哲学”如此一般。进得门来，大殿对联更显上苍公正，“红日无私，贫富一般照顾”，“青天有眼，善恶两样看待”，愿望而已。道佛本是一家，我说的所谓一家，就是道、佛教义相通，劝善而伐恶，不是嘛。

对面的古戏台正演着戏，听不懂，一打听，说是“桐乡花鼓”，台上的男女在“咿咿呀呀”。翘角又飞檐，庄重却秀逸，柱梁的木雕非常精美。最独到的是戏台两层，下层支撑戏台，边门和后门都临河，上层前部戏台，后面化妆间，整座戏台结构合理，装饰也很精美，就连那化妆间的雕花矮窗也很耐看，虽然并不太细腻。“罚戏”在乌镇算是解决纠纷的一种“善后”措施，是从道义上惩戒违理一方，也从精神上安抚委屈一方，“缺理”就得花钱请戏班子演出，以示息事和宁人。从精神的惩戒到物质安慰，古戏台和修真观倒真是“绝配”。

乌镇，基本上保持晚清和民国时期水乡古镇的风貌和格局。和其他江南小镇的“以河成街，街桥相连，依河筑屋，水镇一体”的风格是一致的。小镇路水相依，亦路亦水，自成“乌镇的格局”，不见为迎合风水而立“斜门左道”，为避气冲而立屏墙、照壁，住宅的式样各自，但“卑尊有序”不变，乌镇的建筑再不讲风水，也不敢改儒家的正统。

乌镇民居最独特的地方就是“水阁”，水阁是民居一部分延伸至河面，用木桩或石柱支撑横梁，在横梁上搁上木板，江南小镇民居唯乌镇“水阁”最为别致和独特，真正是“枕河”而眠，水阁三面有窗，河上风光尽收眼底。现在已经极少见到临窗打水，但橹声欸乃依旧，飘然而过依旧。

历史上乌镇最多有120余座桥，最早建于宋，大多建于明清两代。现存的30余座桥，或拱或平，或雄或巧，唯兴德桥和济远桥因“市河”拓宽，废其单孔石桥“真身”，而塑一钢筋水泥“假身”，固则固矣然不美，便则便也然不厚，为之一叹而无可奈何。说到乌镇的桥，不能不提通济桥和仁济桥，两桥直角相依，无论你站在哪座桥上，都可以看见桥洞里另一座桥的倒影，趣味横生。

乌镇是嘉兴桐乡下属的小镇，自古繁华但由于漕运改道而衰落，这使得乌镇一方面能呈现繁华时的文化风貌，另一方面又因中衰而没有被破坏。这里是标准的江南水乡：小桥流水、石板窄径、灰瓦白墙。江南小巷的灵秀幽静与平和清雅都很令人陶醉其中。而这种如水般的柔美与《似水年华》所要营造的梦幻空间简直是珠联璧合。

乌镇的探班对我真是一次奇异的经历。这个小镇只有两条街道，除了游客，几乎全是老人与孩子。

水韵周庄

我几乎无法区分江南的那么多的水乡小镇，像乌镇、角直、西塘、木渎，还有周庄，就连小一圈的青浦朱家角，也是一样的一汪碧水上漂浮着不知是“清”还是“明”的小镇，重檐之上挂满了沧桑，舟楫之间穿梭着光阴，荡漾的波光粼粼不知是元的朝霞，还是宋的夕阳，舟楫的“咿呀”宛如流淌的时光，在历史长河里缓慢地穿行，船娘的软语恰似吴越的风韵。置身其中，真可谓不知今夕何夕。

江南有许多水乡泽国，小桥人家，人家居泽国中央，小桥跨清流之上，周庄九百年沧桑和积淀成就了“中国第一水乡”，何为“第一”，“第一”乃盖世绝品，周庄称得起吗？名能符其实吗？

算周庄的“年龄”，当从北宋元祐元年（公元1086年）数起，九百多年，就是在漫长的历史中，也不能说是一瞬间，所以说周庄的历史悠久是一点也不为过的。靖康之变以后，宋高宗赵构迁都临安，周庄人烟渐密，商贾渐盛，比起北宋时期初建时，日渐繁华。周庄真正的繁荣和富足和元末明初江南第一富豪沈万三相连，富可敌国的沈万三不仅惠及周庄，就连明初南京城的一半也是沈万三资助建造的，而周庄始终是沈万三的立业之地，《周庄镇志》有详细的记载。富而忘形的沈万三居然打算犒劳朱皇帝的三军，明太祖龙颜大怒，发配云南充军，终老异乡，遗骨葬于周庄银子浜下，谓之“水冢”。

“水冢”在墓冢之中恐怕少见，沈万三的“水冢”的地面建筑是仿古石亭，四角翘檐，无雕饰，无华彩，前柱浅雕楹联“一泓水底现清砥来者上保福寿，两溪浜头藏白银游客更绿康宁”，有点儿俗，有点儿“谄”客的意思，这“绿”即“箓”，帝王受命的符箓。亭前为一独门石牌坊，上写“念我元祖迁贞丰耕农经商，望尔后裔居周庄修宅筑亭”，追先祖创业不易，嘱后人家业慎守，倒也醒世慎思。

沿水冢向西便是双桥，世得桥和永安桥，一桥骑跨在另一桥头，周庄人称“钥匙桥”。双桥成为陈逸飞《故乡的回忆》，而《故乡的回忆》又成为哈默画廊的一幅精美的展品。这双桥并不如油画那样精美，很粗糙的石块，很随意的堆砌，九百多年不改容颜。我甚至不明白，江南人的精致和细腻的唯美为什么全用在木楼的雕梁画栋上，而石桥却透着北方的粗犷和厚实？周庄的十数座桥都是这么“形”得粗犷，“稳”得厚实。从双桥向南还有一双桥，即富安桥和梯云桥，却是西北相交，并无人谓之为双桥，但富安桥楼骑跨在南北市河上，却是国内仅有，别无二处。桥在周庄，也是与水韵律相同的咏物诗句和意绪相通的抒情散文。

天晴好，南北市河上波光随着船的摇晃飘荡着，与深秋浮在水面上的落叶彼此辉映，两边临河的街市仿佛漂在水上，岸边的柳枝拂过船篷半圆的舱口，顺势落下零星的枯枝败叶，而温暖的阳光却驱走了寒风催落叶的萧条。船娘不紧不慢地摇着橹，有一搭无一搭地回应着游客的问题，船舱里看不见船娘的貌和颜，只见船娘的双腿悠闲地、有节奏地前倾后仰。游客们并不安稳，不时地交换着位置，又不时地钻出舱立在船头，船便东倒西歪，游客们也摇晃起来，船娘并不惊慌，随手一拨橹，又“反正”而稳定了。

说周庄四面环水并不确切，泽国犹如列“岛”，岛与岛的相通，就赖这桥和船。依水成街，铺或店就面对着河，而连接横竖排列的街便是桥；依河筑屋，河的两边错落着伸出河沿的石阶，既是泊船的码头，又是浣洗的踏板，舟楫的往来穿梭，连接着街和屋。柔的水和刚的桥以及流的船便织就了周庄的交通网，水和赖水而生的桥和船就是周庄的魂灵。

周庄虽岛罗屿布，却不乏古朴幽静的深宅大院，雕梁画栋的重脊高檐。其中最著名的当为沈厅和张厅，沈厅是沈万三后人建在富安桥东南市街的一座恢宏的住宅，七进五门楼百余间房，为江南民居之最。沈厅最精美的莫过于正厅的砖雕门，景、物、人形神兼备，栩栩如生，足见苏式砖雕的“工”并不亚于徽州砖雕。在南湖东重建的沈万三故居，大则大矣，却显得那样“做作”，按古玩行的话说，是个新东西，是个赝品。张厅最大的特色就是“轿从前门进，船从家中过”，后者怕是绝无仅有。

周庄有一种言不尽道不完的古韵诗意，每一个愿意以回顾和张望去徜徉古镇的人都会发现，古镇深邃的、恍如隔世的昨天就在眼前，流水悠悠、舟楫摇摇，厚重的历史凝固在厚重的石桥上，而石桥的沧桑浸透了历史的沧桑，残破的雕檐饱经了千年的风雨，曲窄的巷陌绵延着久远的魅力。如果不是到处游人如织，如果没有满耳南腔北调，也许静谧的古镇偶尔一声两句吴语侬腔，临河石阶浣洗水喧，橹摇舟行水波涟漪，突然地从临河人家的窗口迸发出叮咚的琵琶挑拨、略带鼻音的柔软的评弹哼唱，会重现昨日的周庄。你临河乘荫，或者闲坐船头，透过河上缥缈的薄烟，两岸的楼阁迎眸而近，缓缓地滑过你的眼前，仿佛唐、宋、元、明、清从你眼前一晃而过，你想驻足于唐宋还是明清，或者，你想停留在可能让你成为“张万山”还是“李万山”的元朝，随你。“摇啊摇，摇到外婆桥”，小镇的生活乃至生命安详而舒适地“摇”着，没有尽头，也无需尽头，永远摇不到外婆桥。水石造就的周庄，只要水不枯、石不烂，周庄就永在，犹如“山中方七日，世上已千年”一样，说得夸张一点，周庄亘古不变，是先祖的遗产、历史的化石、人类的财富。

我很喜欢周庄的“天孝德”，是一座民间收藏馆，在城隍埭，典型的明代中晚期建筑，走进去像进入一座迷宫。我打听了一下，谁有这么大的气魄和财力去收集和维持这样大的馆和藏。馆主王龙官，世居周庄，祖辈几代收藏古物，也许遗传，龙官先生承祖志，三十多年悉心积聚，成就了“天孝德”的收藏，而最为意外的是，龙官先生就常居在收藏馆的楼上，足见对藏馆的钟爱和感情。馆内收藏自石器时代起各代藏品二十余万件，不乏良渚文化的精品，“飞禽纹黑皮陶贯耳壶”历史悠久，啊，悠远的周庄。

古戏台在江南小镇屡见不鲜，譬如乌镇，但是周庄的古戏楼的规模之大、保存之善是犹足称道的。周庄的古戏台是一个完整的院落，而舞台就是一个高出地面2米的台，台为木质，雕梁画栋，富丽堂皇，东阳木雕的精美绝伦，“凤凰藻井”的自然音响，从两个方面体现了中国古代工匠的精湛的建筑工艺和精准的声学技艺，周庄的古戏台算得上稀世瑰宝。台上的武松正在豪饮，准备过景阳冈，我有点儿失落，如果台上是《牡丹亭》的杜丽娘，水袖遮面，碎步轻移，昆腔吴调，那一定好看得多，好听得多。“泽曰南湖誉满摇城二千年，腔称水磨风靡昆山六百春”，事儿说清楚了，“仗”对得倒不工稳，上下联都平声结，令人费解。

我在周庄看到左宗棠手书一副对联“大木百园生古籁，朱丝三叹有遗音”，典出庄子，吟有韵味。

小镇周庄土著恬淡而平稳生活着，若悠悠流水，不紧不慢而又昼夜不舍，喧嚣只属于游客，周庄也很冷峻地睨视着热闹但却浅薄的过客，你能解得周庄？来周庄仅仅是“到此一游”？

昔年曾到枫桥宿——寒山古寺

寒山寺在苏州城外的枫桥小镇，一如江南所有的小镇，枫桥精致艳巧，典雅幽静，青翠透递着生气，古韵掩映着沧桑，寒山寺一围黄墙顶着一层碧瓦，清净、淡素，让你感觉到佛的无欲和永恒，更何况寒山寺的钟声也差不多响了上千年了。

寒山寺的正殿自然就是大雄宝殿，五宽四进的格局显得殿内很开敞，但却不明亮，庭柱上的楹联“千余年佛土庄严，姑苏城外寒山寺；百八杵人心警悟，阎浮夜半海潮音”实在是过于严肃和寒冷，一看是赵居士朴初撰书。释迦牟尼的金身安放在大殿的正面，慈眉善目，神态安详。佛像背后供奉着寒山、拾得的石刻画像，而非观音，这在别的庙宇寺院是没有的，是寒山寺的“独一无二”，寒山寺没有了“寒山”，就称不起寒山寺了。与万千寺庙最为不同的是露台上的那口炉台铜鼎，正面是“一本正经”，背面是“百炼成钢”，据说是佛、道相争，佛徒将《金刚经》放入铜鼎火中，经书安然无损，不知道是否真有耐得住火烧的《金刚经》。

“南朝四百八十寺，多少楼台烟雨中”，寒山寺“有幸”列其一，寒山寺建于梁武帝天监年间（公元503年—公元519年），原本名“妙利普明塔院”，唐贞观年间，名僧寒山子就任住持，后因而易名“寒山寺”。梁武帝萧衍在位48年，大兴佛教，建寺讲学，调和佛儒，汇源佛玄（道），博学多才，可做皇帝，就稍欠功夫，557年梁亡，算来也就55年。

萧衍是与沈约、任昉、谢朓齐名的大学问家。498年，萧衍在“齐”的雍州刺史任上，乘内乱而起事，又因左右的怂恿而成帝业。萧衍“学问”上无所不通，著孔、老的疏、著两百余卷，著佛学、道学数百卷，在佛、儒、玄三界游弋自如，三家合用，各得其所，各为矛盾，按说该把江山治理得国富民强，但梁朝半个世纪的江山却是战火不断，祸乱无息。除寒山寺外，梁武帝还建了同泰寺，并三次“舍身”于同泰寺而又三次“赎身”，对“佛”的痴迷空前绝后。

“月落乌啼霜满天，江枫渔火对愁眠。姑苏城外寒山寺，夜半钟声到客船。”张继的诗直白得一目了然，浅显得无须解释，可世人总要追究一下“弦外之音”。张继为天宝十二载（公元753年）的进士，安史之乱始于天宝十四载（公元755年），张继避乱于江南，心系朝廷、心忧苍生是可以想象的，即便不为朝廷，也为进士而不能进“仕”烦心忧虑，愁绪满怀。因此，《枫桥夜泊》有点弦外之音也能够说得过去，“月落”而喻长安失守，“乌啼”而恨安禄山猖獗，“霜满天”而示战乱时的流离和萧条。我们无从问起张继本意究竟如何，而好事者总不甘心诗人诗的直白和浅显，因为直白和浅显有碍诗人的脸面，有屈诗人的才华，非要弄点是是非非、高高低低和曲曲折折来不可。

寒山寺里“夜半钟声”的“钟”早已不是张继的那口“唐钟”了，也不是明代嘉靖年间补铸的大钟。现存在寒山寺的大钟是清光绪江苏巡抚陈葵龙督造，一人多高，两吨余重，三人合抱方可围。钟虽“物非”，但音仍洪亮，声仍悠扬，声、音不亚于那口张继的“唐钟”。“唐钟”早已不知所去，而“明钟”也不知所终。

来苏州，而不去寒山寺，至少在文人的出游中是很少的。没有张继的《枫桥夜泊》，寒山寺还会这样蜚声中外？张继因寒山寺而名载春秋，而寒山寺因张继誉贯古今，相得益彰，共生共荣。张继在唐的诗人中并不是出类拔萃的，《唐诗三百首》也只选了《枫桥夜泊》，可谓“山不在高，有仙则名”。

寒拾殿位于藏经楼内。楼的屋脊上雕刻的是唐僧师徒西天取经归的故事，不知藏经楼是否有三藏的真经。殿中的寒山执一荷枝，拾得捧一净瓶，披衣袒胸，嬉笑逗乐，民间传说的“和合二仙”即是寒山、拾得。相传寒山、拾得是文殊和普贤两位菩萨转世，二位仙家都喜吟诗唱偈，“家有寒山诗，胜汝看经卷”便是“佛门诗仙”面目的写照。殿内左右壁嵌有张即之所书《金刚般若波罗蜜经》，张即之，南宋大书法家，世人以为张即之书法苍劲古拙、英武刚烈，端详再三，终因才疏学浅，不敢妄说。殿内还有董其昌、林则徐、俞樾等人的题和跋文。

现存的这块《枫桥夜泊》碑是俞樾书写的，俞樾，清末著名学者，距今也有将近几百年了。清末光绪三十二年（公元1906年），重修寒山寺时，古碑不存，俞樾书《枫桥夜泊》刻于石碑。俞樾时年已八十六岁，但章法稳重，笔意圆润，通篇似挥洒自如，一气呵成，写就《枫桥夜泊》数十天后溘然长逝。宋代王硅所书的《枫桥夜泊》第一碑早已杳然无存。明代重修寒山寺，文徵明重写了《枫桥夜泊》，仅存“霜、啼、姑、苏”数字的残碑现嵌于寒山寺碑廊壁间。寒山寺第四块《枫桥夜泊》诗碑，是一位与唐代张继同姓名的书法家在1947年所书，这位张继在《枫桥夜泊》诗后跋云：“余夙慕寒山寺胜迹，频年往来吴门，迄未一游。湖帆先生以余名与唐代题《枫桥夜泊》诗者相同，嘱书此诗镌石。惟余名实取恒久之义，非妄袭诗人也。民国三十六年（公元1947年）十二月沧州张继。”诗碑现存于寒山寺内。

夜宿枫桥，寒山寺的钟声半夜依旧百八杵，在万籁俱静的深夜，那回荡的钟声有点凄凉和孤独，那时光仿佛回到了千余年前，辗转反复，久久不能入眠。“荒凉古寺烟迷芜，张继诗篇今有无？”文徵明的诗说明了明代寒山寺的荒芜和破败，同时代的高启的诗句佐证了文徵明的所见，“渔村寂寂孤烟近，官路萧萧众叶稀。”而寒山寺的香火渐旺也只是近两百来年的事。寒山寺作为一个文化的见证，要比作为佛寺的声誉大得多，当然，张继的“姑苏城外”的“夜半钟声”是功不可没的。

张继，湖北襄阳人，大约715 — 779年在世，天宝进士，然因安史之乱未进仕。宝应元年（公元762年），长安、洛阳收复，张继方被录用。

短命的梁王朝却留下长命的寒山寺，梁武帝的“抱佛脚”原本以为可以长治霸业、国泰民安，却未曾想到战火四起，烽烟不息，国破身亡。寒山寺的“夜半钟声”为梁武帝敲起，善钟乎？丧钟乎？

感谢梁武帝，寒山寺的晚钟感慨的警悟惋尔无奈；感谢唐张继，寒山寺的晚唱惆怅的悠扬因他永恒。

烟花三月下扬州

孟浩然显然选了一个好的季节“下扬州”，三月，莺飞草长，柳翠桃红，烟雨江南，丹青扬州。按说，扬州在江北，与江南的镇江遥遥相对，可三月扬州的风情物候、气象感怀，却不输江南，甚至胜于江南。江南，在地域上已经是一个泛概念了，更何况三月扬州是苍峦湿润青翠、碧水氤氲朦胧，漫步在细雨之中，吟咏在清流之上，三月的扬州是世人该“下”的扬州，况且那是李白说的。“三月下扬州”不仅是孟浩然的期盼，也是李白的神往，李白将神往传给了后人，那三月的扬州定是游人如织，摩肩接踵，熙来攘往。

24岁的李白出川，“酒隐安陆，蹉跎十年”，结识了在襄阳鹿门山隐居的孟浩然，李白对孟浩然的诗名十分称赏和敬仰，“吾爱孟夫子，风流天下闻”。“红颜弃轩冕”，李白说来是真心，而孟浩然听起来可能有点儿酸楚，“粤余任推迁，三十犹未遇”，三十岁仍未得到仕进的机会，在李白看来，却是“弃”，与孟夫子的心境大相径庭，是真正的谬爱。纵情山水，徜徉田园，岁月蹉跎，枉有鸿鹄之志。开元十六年（公元728年），孟浩然求仕无成，从长安失望而归，王维《送孟六归襄阳》有句“劝君归旧庐”，孟浩然很矛盾，回乡隐居还是献赋求官，而王维一句“无劳献《子虚》”，态度非常明确，孟夫子怏怏而归。李白的“迷花不事君”和“徒此揖清芬”不是误解就是溢美。李白的“我辈岂是蓬蒿人”，其“轩冕”之急溢于言表，也不“揖清芬”了。20多岁的李白初出茅庐，也许不谙世事，“吾爱孟夫子”也就不奇怪了。孟浩然求仕心切，也许不太理会或者介意李白的爱还是不爱，《望洞庭湖赠张丞相》中“气蒸云梦泽，波撼岳阳城”实在是无可挑剔的大家之作，笔锋一转“欲济无舟楫”而“徒有羡鱼情”了，张九龄哼哼哈哈，一受了之，并无下文。

从长安失望归来不久，孟浩然辗转于襄阳洛阳，又决意游历吴越，恰逢李白也在武昌，好友出门，总是要送一送的。扬州在唐代为繁华第一，“春风十里扬州路，卷上珠帘总不如”，三月扬州，灿如珠帘，“天下三分明月夜，二分无赖是扬州”，天下月之美好一多半在扬州，“处处青楼夜夜歌”。“腰缠十万贯，骑鹤上扬州”，估计孟浩然腰间无十万，胯下也无鹤，布衣一介，孤帆一片，顺江东流去，惆怅到扬州。

孟浩然与王维交往倒是甚厚，王维宦场几度沉浮，深知宦场艰险，所以“劝君归旧庐”，不用再“献《子虚》”了。王维的宦场沉浮太富戏剧性了，安史之乱，不及出逃，下狱而被迫做了伪官，次年收复两京，王维又下了李姓的大狱，旋即被赦复官。和李白相比，对孟浩然的求仕心态，王维把握得更加准确，读书人求仕，期望在官场一显身手，还是无可厚非的，“隐”也是举不第、仕无望而退的一种状态罢了。

文人切忌自大，孟浩然的一句“不才明主弃”，玄宗还以“卿不求仕，而朕未尝弃卿，奈何诬我?”实不为过，连在场的王维也无能为力，我说有点儿咎由自取，恃才傲物，唐玄宗可不是一般的“物”，更何况李隆基也不昏庸，才也未见得在孟浩然之下。

我特别喜欢孟夫子的“野旷天低树，江清月近人”这两句，而杜甫对孟浩然也很偏爱，赏有“吾怜孟浩然，短褐即长夜。赋诗何必多，往往凌鲍谢”，和“复忆襄阳孟浩然，清诗句句尽堪传”的赞誉。而孟浩然一生怀才不遇，入仕无门，诗中的牢骚不少，田园诗中嵌夹着许多的愤懑。

扬州，去三处即可说得到了，瘦西湖、小秦淮、高旻寺。这“瘦”“小”和“高”可爱至极，“瘦”“小”惹人怜，“高”令人崇。《小秦淮赋》曰：“其水号小秦淮，盖与金陵相较而逊焉者也。”扬州的小秦淮是狭窄而纤巧的，繁华时，也曾有过青楼酒肆、雕楼画厅，风光景色，可与金陵秦淮河媲美。虽然现在风光不再，但是旧颜依稀，犹如南京的秦淮一样，摇桨破碧水，倚栏看清流。沿岸人家，房屋错落，粉墙黛瓦，曲巷折街，春雨断桥，翠柳绿堤，风情万种。小东门桥，是史可法抗清被俘之地，战火的痕迹早已消逝，而“数点梅花亡国泪，二分明月故臣心”的浩然正气和爱国情怀依旧令每一个到此的后人萦怀不已，唏嘘不已。

“借得西湖一角，堪夸其瘦；移来金山半点，何惜乎小。”说的是瘦西湖，瘦西湖的极端，有一疏浚泥堆积的小山，稍加修整就成了“小金山”，登高远望，瘦西湖尽收眼底。湖不瘦难雅于西湖，山不小何别于金山。说瘦西湖的建筑集“南秀北雄”于一体，我以为，秀有余而雄不足，“两岸花柳全依水，一路楼台直到山”，俨然是一幅丹青长卷。一个长四千米、宽不足百米的碧水，宛如一根锦带，碧水逶迤，绿波荡漾，泛舟缓行，两岸亭台楼阁、四围桥塔园寺，目不暇接。美女以其清癯为佳，西湖惟其纤长更雅，那韵味全在一个“瘦”字上。

两次去高旻寺，坐落在古运河边的高旻寺气度确实不凡。隋在扬州的遗迹最多，高旻寺就始建于隋代，清康乾时期最盛。康熙、乾隆南巡，有三次驻跸于高旻寺行宫。康熙南巡，登临寺内中天塔，登极四眺，高若天际，书额赐名“高旻寺”。不过我倒是觉得，于情于理，康、乾最不该来的地方就是扬州，那其中情理是不言而喻的。清中叶乾、道年间，寺塔两次倒塌，虽锐意兴建，却难复旧观。高旻寺至1983年，方得以重归佛家。寺，千篇一律格局，高旻寺并无特殊，唯规模甚大。高旻寺尚有“香禅”一说，坐禅以香计。仰望高九层的中天塔，有一种“佛法无际”的感觉。闲步在高旻寺，我想起了安庆的迎江寺，都是临水而建，也许临水僧家更加聪慧，依山和尚更加仁慈。

去扬州，一定要去听一次扬州评话，否则，你就白来了。你一定知道扬州评话的大家王少堂，我小时候在广播里听过先生说的《武松》。

孟浩然去了扬州，也许怀着一颗失落的心去广陵寻找希望，却还是一生不仕，失落终老。诗再好，也未必能仕，只见官能作得好诗，却未见诗好就做得官，李隆基也是一事清醒，“朕未尝弃卿”；一事糊涂，“洛阳三月飞胡沙”，孟浩然即使是张良，也还要遇上汉高祖啊。

连儿童稚子也会朗朗上口的《春眠》，《千家诗》列为榜首，当与《静夜思》相媲美。春花转瞬凋落，更何况“夜来风雨声”，一种伤感涌上心头，由“草色遥看近却无”的喜悦转而“开到荼蘼花事了”的哀愁，美好不是永远的，“永远”也就是个愿望，“一片花飞减却春，风飘万点正愁人”正是此意。扬州的三月花绽柳放，蜂飞蝶舞，烟迷雨蒙，李白的一句“烟花三月下扬州”，惹得无数人“下”扬州非得三月，三月的江南哪儿不好，还是烟花三月下江南吧。

又是阳春三月，“行人又上广陵船”，就在熙熙攘攘行人中，谁又能识得那些“西辞”黄鹤楼、岳阳楼、滕王阁的“孟浩然”呢？但是，去扬州看看，未必就是孟浩然，未必“人生只合扬州老”。

夜宿西塘枕水眠

如果说杭州是一幅水墨长卷，西塘只能算是一个小品，一个大画家，虽然是随意地涂抹几笔浓淡，信手地勾画方尺疏密，也是精品，西塘就是传世千年的精品。

从杭州乘高铁到嘉善南只用了半小时，而嘉善到西塘的巴士车程也只有20分钟，杭嘉湖地区的交通便捷是超乎我预料的。因为准备夜宿西塘，行色也就从容了许多，更何况客栈离河道上的环秀桥咫尺之遥。

西塘的历史可以追溯到春秋战国时期，伍子胥兴水利、通盐运，开伍子塘而引胥山水至西塘，因此，西塘又名胥塘。村落和市镇的形成当在唐中期，元明清逐渐发展而繁荣。西塘现存的民居主要是明清建筑，“春秋的水，唐宋的镇，明清的居，现代的人”，一脉相沿，一水相载。如果从春秋算起，西塘该是2600年的白发苍颜了。

与周庄、乌镇相比，西塘是一介布衣，没有那么多的名人撑腰，出自西塘知名的近代人也就是孙道临吧。名人承载的历史在西塘也许少了一些，但是，西塘似乎不需要名人的支撑，就好像知道孙道临是西塘人也未见得对西塘有更大的惊喜。西塘犹如小家碧玉，那风姿虽与大家闺秀有别，却是一样的娟秀，一样的文静，一样的出众，一样的“一陂春水绕花身”，一样的“淡妆浓抹总相宜”。

在杭州还是雨雾难分的天，可到了西塘阳光明媚，秋高气爽，真是大煞风景。水墨江南，就是要细雨朦胧，雾气氤氲，水天难辨，像晕染在生宣上的丹青。

晴之西塘明快而清丽，穿镇而过河道的一边，老屋旧舍在碧水中的倒影参差飘荡，另一边，长廊矮棚的木柱高低延伸。民居和廊棚是西塘最“西塘”的地方，民居虽然满脸的“皱纹”，明、清的“颜容”还是清晰可见，而廊棚就太朴素了，没有任何的雕琢和粉饰，白木一根，顶着黛瓦，与颐和园雕梁画栋的廊棚相比，简直就是“素面朝天”。民居的大门对着西街，后门临河，后门的石阶延伸入水，不但取水与浣洗方便，还夏生凉风冬生暖，最独特是后门石阶上还有一道门，如果门关上，即便船泊临阶，也是上不了岸、进不了家的。

河道是水衢，各家后门入水的石阶是泊船的码头，水乡的水路四通八达，估计几十年前，西塘自我交流和外界交往还是靠舟楫的往来吧。现在，往来的舟楫都是游船了，船娘的橹摇得缓缓地，如同她安闲的神态，驾船娴熟，就连修长的船体拐进狭窄的桥洞，也是平稳得无所察觉，你放心地顾盼和张望两边的风景，不用顾及行船碰岸砸沿，一切是那样的妥帖和协调。只有那船娘并不圆润的嗓音一声“拔根芦柴花”听起来有点儿突兀，虽是吴语，却失吴腔，浙南不是苏北，有点儿煞风景。

西塘一如江南遍布的小镇，桥是镇的韵和魂，犹如水的子孙，厮守终生，永不离弃。我没有细数过，据说西塘就有二十七座石桥，我很奇怪，西塘的屋全是木结构的，而桥却全是石结构的。西街的尽头横亘着东街，傍着西街的河道与傍着东街的河道汇合成一“丁”字，横跨或者连接东河道的桥就有十数座，最美的当数胥塘桥，与胥塘桥能够相媲美的是西河道北岸的送子来凤桥，也是一座桥，桥还是石桥，而廊却是砖木结构，红柱黛瓦，明亮宽敞，遮风挡雨，不失为西塘一景。

夕阳从廊桥的廊柱间射进来，明暗散漫，水面上的夕照也在廊桥的顶上波光闪烁，风挟着深秋的寒意袭来，使得原本静谧的西塘更加冷清，喧闹的游客仿佛一瞬间被秋风刮走了一般，“土著”们旁若无人，几乎完全不介意你的存在。饭店的主人倒是很热情，我们也不挑剔地在临河的窗口坐下，张望着窗外的风景，听得见脚下的水流，望得见眼前的流水，对岸的红灯笼亮起来了，间歇地，跳跃地，一转身，两岸的红灯全亮起来了，一串一串的，西塘在寂静的夜色中，西塘也在耀眼的红灯中。我推开窗，侧身望去，一溜的一串红灯笼就在眼前，一直延伸，仿佛没了尽头。环秀桥荡漾在波光潋滟中，在一水飘荡的红灯中，桥孔的灯辉和水下的倒影宛如一轮明月。月真的升起来了，清冷的光洒在屋上，屋轮廓参差，洒在桥上，桥明光暗影，漂在水上，水波光细碎。我想起了“烟笼寒水月笼沙”，水面上一层薄雾，笼着水，薄雾上一片月光，笼着雾，只不过不是“夜泊秦淮”而是“夜泊西塘”，很惬意地坐在“酒家”，吟着杜牧，就着花雕，举头望明月，他乡若故乡。站在环秀桥上，望着“明清食代”的灯火明亮，依稀可辨食客依栏，杯觥交错，酒香飘逸，今夕何夕，西塘之夜，何处相逢，还是西塘之夜。

入夜，却不能入眠，西塘按时作息，并不熬夜相伴，只有临河两岸的红灯醒着，陪伴着我的无眠。枕下的流水，昼夜不舍，缠缠绵绵，虽温柔得随弯就曲，却刚强得荡尘涤埃，春秋去矣，隋唐去矣，宋元去矣，明清也去矣，然西塘的水依然悠悠，始终过着平民的日子。西塘不如南浔那样富足，没有周庄那样豪奢，更不比乌镇那样显赫，却是那样独具魅力。夜的西塘有明月相伴的灯红，没有奢华如梦的酒绿。偶尔的舟楫摇来，从你的窗口飘过，橹拨柔水，轻得不会惊你的梦，渐行渐远。你枕水而眠，睡得是那样安静无忧，甜香无比，因为你在西塘，苏杭之间的小镇，也是人间天堂。

晨晖迟笨懒怠地在西街北侧屋脊上抹上一层暖意，狭街窄巷苏醒得很迟。早晨最热闹的地方是安境桥的南侧，游客们早饭的挑拣和享受几乎都在这，豆花很细腻，调料也多样，热气腾腾，店主说这豆花上过中央电视台，我相信。到西塘，粽子是应该享用的，“嘉兴肉粽”名不虚传，端上来，粽叶香、糯米香、瘦肉香混在一起，很紧很糯很黏，很有嚼劲，就着小馄饨很是可口。我想，谁也不能抵挡“吃”的诱惑，即便你不饿，也应该一饱口福。

西塘的明清旧居是很平民化的，虽然粉墙黛瓦，却没有重檐翘角，纵然深宅大院，却没有雕梁画栋。深藏在狭巷窄弄中种福堂就如此，七进的深宅，亭廊相趣，池石相映，可外表一点也不张扬，有点儿“真人不露相”的气度。隔壁的尊闻堂是西塘最老的民居，元、明风格，恬淡地、含蓄地默然于水乡的一隅，是西塘唯一“雕梁”的民居，那厅堂主梁上一百个“寿”字、九只蝙蝠在古民居的装饰中也是绝无仅有的，精美得令你叹为观止。

西塘有100多条“弄”，江南和皖南古镇不乏深弄曲巷，可是用薄如“皮”的石条铺就长68米而宽不到1米的“弄”恐怕绝无仅有，那“皮”仅3厘米厚，你说这“石皮弄”能不出名吗？置身于夹在东面的种福堂、西面的尊闻堂之间的石皮弄，仿佛两边的百年高墙随时会倒下来，甚至你不敢举头久望，步履匆匆，直至你到巷尾，方舒了一口气，虽然你知道这墙、这弄相安无事地厮守了几百年。

西塘的民居和皖南的很相似，四围的墙壁上没有窗户，屋内终年见不到阳光，天井是唯一可以采光的地方。中国古代建宅的理念是“银不露白，暗可藏财”，以暗为安。至于说，西塘民居“以暗为安”的理念与南宋国都长期“偏安”相关，我觉得，似乎有点儿牵强附会。西塘人很内敛，也很内秀，西塘这样一个方寸之地，就出过19个进士，31个举人。

红绿的旅游团队小旗陆续摇起来了，小镇一天的喧嚣就此开始，我们悄悄地背起行囊，离开了如画的西塘，带走了水墨江南的小品——西塘印象。

一半勾留在此湖——西湖抚忆

有点扫兴，到了杭州便是阴天，虽无雨却欲雨，东坡先生说“水光潋滟晴方好”，那是晴，“山色空蒙雨亦奇”，那是雨，那欲雨而未雨的西湖该是什么样呢？

浙大离西湖咫尺之遥，几乎一转身就到了西湖边。没几步路，就到了杨公堤，沿杨公堤往东北，便是岳王庙，岳王庙的对面就是西湖，盛名的“楼外楼”就临湖而立，那门脸似乎并不张扬。楼外楼的西湖醋鱼久负盛名，可现时醋鱼的贵和味都不可和二十年前同日而语了。

由杨公堤入孤山，一左一右过武松墓和苏小小的墓。武松冢修葺得宛如昨建，却自古以来就是一座空坟，并无武松的遗骸。苏小小墓也在“文革”后迁回，复了“湖山此地曾埋玉”的旧梦，也就是一个黄土馒头。胡乔木有一首《沁春园·杭州感事》，其中就有“土偶欺山，妖骸祸水，西子羞污半面妆”，估计苏小小的墓就是“土偶”中一个，而白素贞就算不是“妖骸”，至少是一个“蛇神”吧。

西湖的山水离开了历史人物曲折的命运，离开传奇人物故事的铺张，也就没有了文化的西湖，而西湖离开了特定文化，那就没什么值得我们流连忘返了，我们看而吸引、听而回味，并不是完全是为自然的山水，而是寓于山水之中的苏轼和苏堤春晓、白居易和白沙堤、林逋和梅鹤、岳飞和御金，除了苏小小，还有苏曼殊，还有张苍水、秋瑾、章太炎……还有传奇式的白蛇、青蛇、许仙和那法海。吴虞先生有这样一句话“英雄若是无儿女，青史河山更寂寥”，西湖的“儿女”便是厚重的历史，以及构成历史的宗教和庙宇、士族和轶事、名妓和风流，甚至张苍水临刑前向西湖大吼一声“如此江山”也是西湖的魅力、西湖的骄傲。西湖的历史负担太重了，有限数的山水楼阁、亭台桥榭承载着无限数的（一点不夸张）的历史重量，而后人也无法衡量孰轻孰重，即便拥挤，也无法割舍去留，这样，也成就了西湖特有的环境和意境，少了哪一个，都是一种缺憾。真是山水也为名位累啊。

沿孤山南麓向东，没几步就是“西泠”。很难想象，孤山没有了西泠桥，西泠桥边没有西泠印社，是个什么样子，林逋也会觉得寂寞的。也许傍晚时分，林逋悠闲地踱步到印社，与吴昌硕、李叔同、丰子恺喝茶、聊天、评字画、赏金石，吟诗作画，笔墨酬唱，操刀游刃，雕阳刻阴，乐而忘返。二十年前的西泠印社前，门可罗雀，而今中国印学博物馆前车水马龙。西湖的喧嚣在西泠印社简洁的大门前戛然而止，拾级而上，过一石廊，豁然开朗，庭院内一湾碧水，随处可见明清古建筑，点缀在幽静的园林之中，摩崖题刻凸显了印社的文化品位，以及独特的山水内涵，可谓“湖山最胜”。庭院中还有一座华严经塔，塔是西泠社友中的一位和尚于1924年筹建的，八角十一级，第一级刻有华严经，二、三级刻有金刚经，上面八级和塔顶部分雕有佛像，底座周围也有刻像。庭院的东面的“汉三老石室”建于1921年，内藏“汉三老讳字忌日碑 ”、三国至明清的各代碑刻、画像石，极具历史、文化和艺术价值，保存完好。两柱的楹联“东汉文章留片石，西泠翰墨著千秋”洗练地概括了石室和印社的关系，耐细读，耐品味。

印社的庭院是休闲小憩的好去处，盘桓在摩崖石刻的深雕浅刻前，揣摩篆楷行草的笔画形势，虽无声之地，然意趣无穷，虽方寸之地，却径曲幽绝，驻足许久，就是不想离去，时间已近四点，方依依不舍而去。

转到孤山的北侧，便是放鹤亭，如今的放鹤亭气势恢宏，已经不能说是“亭”而是“殿”了，翘角飞檐的大殿是建在高高的石台上，从石台的两边可以拾级而上。回廊很宽敞，红漆廊柱立在青灰的石台上，虽雕栏而未见画栋，红檐顶着黛瓦，殿内空空如也，殿正中的后壁上方一匾，“放鹤亭”三字，端庄而稳重。两侧廊柱一联“华表千年遗蜕可闻玄鹤语，孤山一角暗香先返玉梅魂”，淋漓尽致而又恰如其分地道明了林逋梅妻鹤子的境况和境界。我不知道林逋对如此恢宏的“放鹤亭”是否认可，一生清净节欲的林和靖可能不会领情的，也许会隐去他处，空留一无人无鹤无梅之地。

放鹤亭后便是林逋的墓，围坟茔半人高圆形石基，上顶一个“土馒头”，墓的周围是环形石路，长方的墓地囿在粉墙黛瓦的围墙之中，朴素而简洁，毫无雕饰的墓碑上仅“林和靖处士之墓”数个字，无落款，字体瘦削，笔力刚劲，倒也和处士为人处世的风格相宜。逗留于放鹤亭十数分钟，竟无人再至，冷清至极，与游人接踵的苏小小墓，闹、静迥然，也许苏小小生性喜欢热闹吧。想到这里，我也就不便久搅林处士了，能与隐士略处一会儿，也算是幸事了。

香魂一冢在孤山的还有一“小”，离“放鹤亭”不远是冯小青墓，虽然简单得简陋，但是能在孤山有一“冢”之地也属不易了。才女命蹇，红颜薄命，19岁孑然一身而绝命孤山，留下“瘦影自临春水照，卿须怜我我怜卿”的诗句和后世刊刻的《焚余集》。柳亚子、李叔同等在1935年凭吊了冯小青墓，“立石于墓侧”，碑文为柳亚子撰，字却是李叔同的北魏笔法，我在墓前驻足再三，想着西湖无独有偶的冯“小”，这个与苏“小”相隔千余年却命运基本相同的才女。仔细阅读碑文，方知是亚子先生为擅演“冯小青”的名伶冯春航所作，记录冯伶春航随行凭吊的情景。

长庆二年（公元822年），白居易任杭州刺史，疏浚西湖，修筑湖堤，政余公暇，轻裘策马，寻幽访胜，西湖因白诗而生辉，诗人因白堤而垂名。“孤山寺北贾亭西，水面初平云脚低。几处早莺争暖树，谁家新燕啄春泥。乱花渐欲迷人眼，浅草才能没马蹄。最爱湖东行不足，绿杨阴里白沙堤。”白居易常常流连西湖，“湖东”就是现在孤山东，白堤由孤山一直向东，“半醉闲行湖岸东”，“十里沙堤明月中”，还是在白堤一带。“归来未放笙歌散，画戟门开蜡烛红”，深夜半醉而返，衙门洞开待归，“无妨思帝里，不合厌杭州”，诗人对西湖、对杭州爱之深，恋之深，可见一斑。临离杭州，还是恋恋不舍，留下了“未能抛得杭州去，一半勾留是此湖”的无限眷恋。

白堤的尽头就是“断桥残雪”，无雪的断桥也是游人眼中一景，与断桥联系最紧的生命就是白娘子和许仙，向南望就是雷峰塔。白素贞在断桥边细步款款上船，一个“千年等一回”的传奇故事就此开始，在细雨蒙蒙中慢慢地晕化、传播。妖也，人也，仙也，而白素贞只愿做人，仙、妖皆不为。雷峰塔在1924年倒了，不知白娘子可从雷峰塔下脱身。我转身向南望，雷峰塔在欲雨未雨的天空中隐约可见，雷峰塔变成了权势和恶行的象征，成为中国人心中的一个纠结、隐痛的根源。

鹫香庭遗址是乾隆的行宫八景之一，在西湖山水之中并无多少特色可究，唯亭柱一联还值得一读而一提：“山山水水处处明明秀秀，晴晴雨雨时时好好奇奇。”

次日，霏雨蒙蒙，由“曲院风荷”入西湖，经“平湖秋月”，到“三潭印月”，在小瀛洲闲逛了半天，我已经记不住这是第几次到杭州、到西湖，可这是第一次到“三潭印月”、到小瀛洲。面对这湖光山色，无言以对也许是最好的应对，诗词皆虚穷，那就“一檐虚待山光补”。正如一联所劝，“春秋佳日切莫辜负湖山”。雅人、俗人到此皆为一叹，任你文采飞扬，下笔有神，也不能描画西湖之万一。“明月自来去，空潭无古今”，寥寥十个字，写尽了“三潭印月”的风光和内蕴，我以为是西湖上百楹联中最佳之一，意蕴深长，内涵丰富，虚实结合，情景辉映，对仗极其工稳，会此情看此景，最佳就是那“空”字，“空潭”就是那片水，湖上风景为名累，一片碧水古今同，你说这“空”字多好啊，你能换个字吗？

从“花港观鱼”上岸，沿苏堤往北返，“苏堤春晓”就在眼前，杭州人也不会厚此薄彼，苏堤与白堤齐名。苏堤两旁老柳成行，寒风卷着桃柳的枯叶飞旋，细雨霏霏，山色空蒙，深秋的苏堤一片萧索，连游人也似乎匆忙了许多。

细雨已非蒙蒙，飘飘洒洒随秋风跌落在脸上，颇有凉意，我们一行的脚步也加紧了，上杨公堤，回浙大。

印象小镇:黄姚和万安

黄姚(广西昭平)

从南宁去黄姚的路上，雨势一直不减，路在大巴前窗上溅起的雨雾中时隐时现，而司机却不紧不慢，并无停车的意思。车近黄姚，雨反而小了，变得点点滴滴，几乎停了。

黄姚属广西贺州的昭平县，千年古镇，始建于宋，兴于明，鼎盛于清朝乾隆年间。镇上黄、姚两姓居多，故名“黄姚”。

走在青黑色石板路上，仿佛时光倒流，停在数百年前历史的一刻。黄姚的居民有五六百户吧，看古镇清冷的样子，真正在古镇栖居的人已经不多了。几条街的两边都是陈旧而略显残破的砖木明清民居，几乎都是两层。民居木门窗似乎都是暗红色的，旧暗得古貌沧桑，木纹显露似老妪额上的皱纹，暗红近黧如古镇特产的豆豉。青砖叠砌的墙外表些许斑驳甚至风化，浸透了数百年的沧桑。之所以笼统地说“明清民居”，是因为已经没法分清是“明”还是“清”，经过岁月的流逝，经过修缮的融合，再也不能说就是“明”或者就是“清”的了，几近是“你中有我，我中有你”啦。家家的门脸的格式几乎一样，一扇大门上顶二楼，下撑地基，一叶或者两叶硕大的“窗”，左、右独置或者分置。开张的“窗”就是对外的店面，摆放着自诩为特产的“零碎”，问津的游人极少。唯豆豉和酸梅是家家店面上都有的，真正掏钱的却极少，哪儿的超市都有湖南豆豉。没进得人家，从外面看去，幽深如巷，昏暗如渊，采光不太好。

黄姚的房屋为两层的砖瓦结构，虽不恢宏，却很精美，上下两层似乎都比江南徽居要高了许多。砖雕、石雕、木雕几乎在每座建筑中都能看见。在明清遗下的古建筑中，古典的梁柱、斗拱、檩椽、墙面、天花板都可以见到，雕梁画栋，千姿百态，人兽神仙，栩栩如生。倒是新近建筑的民居红砖剥脱，残垣废墙，凋零得很。

小镇四周奇峰耸立，清溪环绕，古树参天，亭台星点。有几处的寺、庙、观、祠也还是值得一看的，譬如文明阁、宝珠观、带龙桥和护龙桥，唯祠堂没去，听说不给钱不让走，顿时扫了兴致，罢了念头。黄姚还有一个古戏台，和江南的古戏台式样不二，唯立柱和台沿雕花更为精美而富丽，值得一看。

径直往南，有竖三横二几口相连的长方形古井，以高低区分为吃、用、浣用水，绝不混淆，和在水东看见的水井很相似的。古井的前面是一条河，而古井水却与河水不相干，井水源自山泉，真正应了那句俗语“井水不犯河水”。

黄姚有八条街，拢共才3公里，如巷的街曲折蜿蜒，很少一路直行，好像非如此，不能曲径通幽。许多名家抗战时期避难于此，留下了不少遗迹。何香凝、千家驹……都有旧时寓所而遗为一景，我在大戏剧家欧阳予倩的旧居前盘桓多时，大门始终紧闭，未能如愿一探，怏怏然而去。

古镇的墙上有几处尽是20世纪三四十年代的广告，一看就知道是赝品，一打听方知道，这儿经常被选为电视剧外景拍摄地。最近一次就是新版的《英雄虎胆》，怪不得墙上“胡乱”贴着“请用国货”的“永川电泡”“黄宝善退热散”的广告，还有飘荡在风雨中的“小镇客栈”招幡。

黄姚盛产豆豉、酸梅和梅酒，作坊随处可见，价格却是不一样的，看上去，外观上还是有些差别的。买了点豆豉，果然很好，尤其是蒸鳊鱼，佐之以火腿，格外鲜美。

入村口的那湾水、那株榕、那座桥都是令人流连忘返的。河水因大雨似黄龙般流淌，一气直下，轰然奔腾；榕树的气根如龙舞爪，如虫蜇起，那悬下的粗枝细茎宛如流苏，在细雨中显得格外青翠，粗壮的榕树主干须五六人合抱方可围；那座桥横越在激流之上，掩映在榕盖之下，宛如弯眉，偶一农人荷锄，犬吠其后，叠在那清晰的近山、模糊的远山的画面上，这一瞬间的人间仙境永远地留在你的记忆中。进村口的青砖青石门楼，古朴而沉稳，门狭几乎仅容一人进出，偌大黄姚古镇有一种藏而不露的隐士风度。

2004年出版的《人一生要去的五十个地方》，黄姚列于其中。黄姚和别的古镇不一样，没有像宏村、西递那样原貌扭曲，商贾云集；没有像万安那样破败不堪，人气凋零。没有像水东那样新旧参差，日渐衰落。黄姚是我去过的、最值得一去的古镇，原始面貌保存最好的古镇，古的韵味十足，镇的古貌无改，古镇的商业说是凋零也可，说是寻常也可，说是延续也可，一如从前，古今继续。我以为，便捷交通、稠密人烟是古的大敌，黄姚依旧幸运地隅在偏远的广西大山中。

万安（安徽休宁）

万安古镇距休宁大约就五华里，悠哉步行去也就半小时吧。令人失落得很，万安古镇的破败、荒凉和史载的繁华、发达相去甚远，仿佛一失宠的妃子韶华已退仪容衰，只留下依稀可辨的旧模样。明清的建筑虽面貌已非却随处可见，徽商的遗址虽仅存断垣却散落可觅。但是，俗话说“破虽破，苏州货”，看一斑可知，“小小休宁城，大大万安街”在万安鼎盛时期，肯定不是夸张。你无论站在街的哪头，那仅存的千米石板路，就像时光隧道，带你回到昨天，回到明清的万安，那熙攘的人群，那繁华的集市，那鳞次栉比的店铺，那百业兴盛的商贾……就在你的周围，也许还会听见商家的吆喝，也许还会看见酒幡的招摇，也许还会闻到毛峰的清香，也许会触摸到歙砚的细腻，也许还会感觉丝绸的柔软……你的脚步敲击着万安街的石板发出空旷的回声，幽静而悠远，如果回到两百年前，万安该是怎样自豪和骄傲呢?

古镇的街虽然还是街，却没了商铺和店面，原先的店和铺早就已经关门歇业，成了百姓家了。略一问，老汉挥动着手中的长烟杆，扭头一指“店铺早就搬到公路两边去了”，老汉坐在矮几上，一边吞云吐雾，“过去卖的那些东西……”老汉一阵咳嗽又继续说，“现在没人要了”，我点点头，“屯溪离这儿就几十里，谁还会在这儿买?”也是。

万安的古，不是一般的古，一个小镇延绵了一千多年的岁月，隋末动乱，歙县人汪华拥兵占歙、宣、杭、睦、婺、饶六州重地，号吴王，将郡治从原来的黟县迁至万安镇的万安山，万安成为统辖六州的一方重地，可见万安当时的辉煌和荣耀。万安真正的辉煌还是在明清时期，从万安下通歙县、杭州，上行黟县、祁门的水陆码头，扼要冲而衢上下，商贾云集中转，商行水舟路车。据记载，清末民初，行业50余种，店铺近150家，经营南北杂货、茶庄、丝绸、文房四宝、布匹、酱园、国药、罗经……万安最著名的特产是“万安罗盘”，现在的万安仍然有制作和经营罗盘的数家作坊（不是厂家），罗盘是风水家必备，虽然更加轻便而易于携带和使用的指北针无可竞争地替代了罗盘，但是，对风水家而言，罗盘还是有市场的。“松萝茶”也是万安特产，很是有名，但以我之见，未见得好，色、相、味绝不比黄山毛峰要好。糕点和生活用铁器等土特产也是徽州远近闻名，糕点尚可尝尝，而铁器嘛，除了铁火钳之类在农村还有点用处之外，其余也没什么可卖的了，偶尔看见镰刀、锄头之类陈放，远近闻名的特产现在实在是凋零得很。

万安山清水秀，横江傍镇而过，清澈见底，对岸群山苍翠，满眼青山横江岸，一湾碧水流轻舟。由码头过水埠亭向上就到街亭，街亭便横置在万安古镇中。

万安最值得一提的是休宁中学，置身风景如画的亥山脚下，掩映在苍碧的葱绿之中。前身是安徽省第五师范学校，绩溪的胡晋接先生所建。这所省重点中学在省内极享盛名，绝不是徒有虚名的，我的大学小班20位同窗，有3个来自休宁中学。说万安人杰地灵是一点不过的。

陆游的沈园

去绍兴，有两个地方不能不去，沈园和兰亭。沈园离鲁迅纪念馆不远，那里游人比起纪念馆前的熙熙攘攘就显得稀少多了，这反而称了我的意，我最烦一大群人扎堆，本来是出来玩的，搞得像赶集，实在是有煞风景。

如果没有陆游，沈园将是默默无闻的，可能谁也不会光顾在万千个江南园林中并不起眼的私家花园；如果没有唐琬，沈园就缺少凄美的爱情故事，就不会让人向往得一定要来，来看一看陆游和唐琬死别的地方，更何况两首《钗头凤》表达的心心相印、情情相依，更让人生出无尽的遐想。那个“春蚕到死丝方尽”的唐琬忧郁去后，放翁的“泪”到了自己“成灰”的一刻方“干”，陆游的伤悲和痛苦贯穿他的一生，留下了许多只属于唐琬的诗篇，成了后辈情人相思的样板，成了近千年来爱情的绝唱，倾倒过无数的才子佳人、文人墨客。沈园也成了千古名园，陆游那“梦断香消四十年”的沈园。

我们不能在“追求”上苛求古人，但是我们有理由在道德上惜顾今人，世上本没有根本合不来的伴侣，只有不想合得来的夫妻。但是有一点我没有全然明白，原本就是包办的一对鸳鸯，为何又离散在包办人的棒下。最重要的理由可能是陆游婚后没有通过礼部的考试，这理由既冠冕堂皇，又无由可拒。唐琬被斥为“放任”夫君，就是对丈夫管教不严而使其“惰于学”。大丈夫没有了功名，何以立身，自然，陆游和唐琬的别离在几百年前的中国就再顺理成章不过了。

沈园的大门口有一块巨石，名“断云”，此石从中间断开，却又未真正断开，依依不愿分离。“断云”之谓“断缘”，后人的美好意图和善良的愿望尽显在这块“断云”上，虽然它是一个人造景观，但还是令人回味无穷，长足徜徉。

陆游和唐琬相遇的地方是葫芦池，一湾池水，跨水一径小桥，树青草碧，亭雅水秀，幽静而不僻，鸟鸣而不闹。27岁的陆游已经与唐琬分开七年了，可能彼此都很诧异，却又是喜出望外，我们现在很难准确地把握陆游和唐琬当时的心情，也许“百感交集”一词是挺合适的，其中的酸甜苦咸恐怕连陆游自己都难以言表。沈园的邂逅，形单影只的陆游除了接受唐琬那一份酒肴，还接受了唐琬的死别。游人的悲伤和惋惜终是隔了一层，虽然唏嘘不已，但绝不撕心裂肺。痛苦，尤其是死别的痛苦是不能替代的，虽然游人有眼泪，但那眼泪只是热的，许是热泪盈眶，但绝不冷，陆游和唐琬的泪才是彻骨而钻心的冷。

“满城春色宫墙柳”的墙早已不在了，据导游的指点，在沈园的深处，全无痕迹，了无踪影。到了指点的地方，也只能凭着各人的想象张望一番，也算是不负放翁夫妇的痴情和那绝命的《钗头凤》。并无特色的此景如果不在沈园，似乎很不值一去。园林风光的价值是和它的文化内涵连在一起的，离开了陆游和唐琬，这颓垣、这土丘、这亭、这阁都是不值一游的，就好像婺源的油菜花一样，油菜花哪儿都有，就是不如婺源的，在游人的眼中，花格外的黄，杆格外的翠，哪儿的油菜花都不如婺源的养眼。

半壁亭戳在那，也未见多少特色，倒是两柱的楹联还很耐看，“莫因半壁忘全壁，最爱诗园是沈园”，对仗工稳，合情合景。有了陆游，沈园就是“诗园”，那是很自然而合理的。

在冠芳楼和问梅槛只略作盘桓，因为没有太多的内容可以留恋，冠芳楼的茶水太贵，少人问津；问梅槛无梅可赏，时令不对，倒是满池荷叶摇动，鲜有莲苞，开花也未到时候。

说是“陆游纪念馆”，里面真的是既无新可纪又无旧可念，陆游的生平和唐琬的故事想必为慕名沈园的游人所熟知，未见得馆内资料更加翔实和具体。倒是那些似有却无的衍生的“事”填补了时间的“空”，使你的闲步和驻足活跃起来，生动起来。

为唐琬“离”事缘由之一是陆游婚后没有通过礼部的考试。事实上，绍兴二十三年（公元1153年）的科举考试中，陆游第一，于秦桧孙之上，次年礼部复试，虽然仍然名列榜首，终为秦桧黜免，至秦桧死，方授福州宁德主簿。错不在唐琬，唐琬冤也，换了“李琬”“张琬”，结局也是如此。

通观陆游的一生，两件事情是难释心怀的，其一便是唐琬，其二便是报国。

《剑南诗稿》中的许多诗词是给唐琬的，譬如，诗人68岁时的《禹迹寺南有沈氏小园四十年前尝题小阕壁间偶复一到而园已易主刻小阕于石读之怅然》：“枫叶初丹槲叶黄，河阳愁鬓怯新霜。林亭感旧空回首，泉路凭谁说断肠。坏壁醉题尘漠漠，断云幽梦事茫茫。年来妄念消除尽，回向禅龛一炷香。”暮年的诗人更加怀念沈园，在他75岁还有一首千古名篇：“城上斜阳画角哀，沈园非复旧池台。伤心桥下春波绿，曾是惊鸿照影来。”83岁尚有“空吊颓垣墨数行”，“墨”就是“红酥手，黄藤酒”的伤心之作。陆游在去世的前一年，就是他84岁的时候仍有诗“沈家园里花如锦，半是当年识放翁。也信美人终作土，不堪幽梦太匆匆”。

陆游幼年过了四年颠沛流离的日子，“儿时万死避胡兵”就是童年生活的真实体会。陆游一生坎坷，但是仍然矢志不忘报国。南宋的腐朽和衰败是中国历史上少有的，就是如此，也还是“直把杭州作汴州”，徽、钦二宗成了“虏”，北方的大片土地沦丧，陆游为一介书生仍念念不忘收复中原，其志可敬，其情可感。因此，“爱国”终了陆游一生，“上马击狂胡，下马草军书”就是陆游一生心迹的写照，“胡未灭，鬓先秋”成了诗人壮心未酬的遗恨。陆游的绝笔之作《示儿》淋漓尽致地表达了诗人强烈的爱国情绪。我在“陆游纪念馆”内看到毛泽东手书的“死去原知万事空，但悲不见九州同。王师北定中原日，家祭无忘告乃翁”时候，真的为诗人的爱国心感动不已，唏嘘再三。

我有一首《钗头凤》哀叹陆唐两分的鸳鸯、悲剧的爱情。虽是东施效颦，但却聊表心思：

> 支分酒，伤心柳，七年离别思无就。情当泊，悲成漠，一朝逢遇，卒然缘却。薄，薄，薄。痕寻旧，楼空有，叹吁人在词痴后。纵桥雀，伊何落，八方吟客，与翁疏勺。酌，酌，酌。

漓　江　上——从桂林到阳朔

漓江自北向南地从桂林奔向阳朔，虽然没有了往日的文静、清碧，可两岸却不改一贯的秀美、苍翠，伴着流淌的潺汩和一江的浊黄，连绵的峰峦显得更加幽静和青黛。行舟一出磨盘山码头，那密得前后重叠、左右相拥的青峰翠岭千姿百态地、争先恐后地挤在你的眼前，令你目不暇接，左顾不及还右盼，前探还恋往后望。

雨昨天就住了，天气乍晴忽阴，空中时而阴云密布，时而金光挥洒，越往下游，水越清朗，山的倒影也似有若无。阳光似乎悄悄地从灰色云团缝隙中挤了出来，忽而似帘，忽而似柱，山水也随之变换着色彩，近山更加明亮起来，远山也更加清晰起来，

阳朔的山水若入画的话，我觉得，更宜水彩，水彩的染晕似乎更合驼峰马鞍般的峰峦。山峰连绵，山顶圆润，山势陡峭，山脚吻接，说那连绵的峰群似海上的前波后浪，不如说峰岭柔韧的起伏宛如一首格律诗，平仄有致，吟哦有韵，偶见一峰藏秀于群峰之中，行过数峰，必有一峰突兀而高于左右，恰似律绝诗中的“拗救”，无怪乎诗文家笔下之阳朔没有多少值得诵读的篇章，没有多少值得吟咏的佳句。两岸点缀着犹如从中间劈开的峭壁青峰，一半或不知去向，或顺势化作浅滩草地。削壁露出嶙峋的灰岩，岩与岩之间的裂纹，岩与岩之间的咬合，岩与岩之间的交错，宛如一幅画，用枯墨随意无章地上下纵横，无论是泼墨写意，还是随手白描，都很是传神，任你想象自然创意的初衷。偶尔在灰白的背景下，山岩露出赭褐，像是经意或者不经意的涂抹，使得原本的单调变得丰富，山岩就更加

的灵动。有时候，行舟直指断面的陡壁，峻峭而粗犷的山岩迎面而来，可一瞬间，陡壁从你的眼前划过，峰回路转，柳暗花明，又是一番山水天地。

江水荡漾，船行山移，碧峰阵列，眼送目接，随处可见山腰的亭台楼榭掩映在树荫中，随处可见的泉水顺势而成瀑布跌入深渊。雨虽然住了，山间的雾岚缭绕依旧，远山时清晰时朦胧，时灰蓝时苍黛。偶尔阳光洒下，可见两岸峰峦的倒影，在“黄罗带”中是模糊一片，不辨层次。船上湿风飘飒，两岸碧翠生凉，我想起杜甫的诗句“五岭皆炎热，宜人独桂林”。

九十公里的水路上，风景为最的当是九马画山一带，附近有杨堤、兴坪、黄布倒影、螺蛳山。不能细数，每一处都有独特的风景，每一处都是值得你流连的，说“甲天下”似乎有点儿一藐众山的味道，但是桂林山水的独特是可以说“甲天下”的。

杨堤是阳朔的水上门户，枯水季，桂林断流，去阳朔须从杨堤假舟。杨堤一段，看不见山体的裸露，只见一片郁郁苍苍。据说，杨堤的漓江烟雨是漓江风景一绝，云绕千峰，瀑悬飞练，船影若幻，雨浪如烟，浓情似梦。可惜，无缘去杨堤，不过领略了桂林雨烟也算不枉来桂林一趟。

过了杨堤，就是九马画山。徐霞客说阳朔“山横列江南岸，江自北来，至是西折，山受啮，半剖为削崖，有纹层络。绿树沿映，石俱黄、红、青、白，杂彩交错成章，上有九头，山之名画，以色非以形也”，此为画山的来历。徐霞客一个“啮”字太生动了，山壁宛如啃状。仔细看画山一群骏马，或立或卧，或奔或鸣，姿态各异。“看马郎，看马郎，问你神马几多双？看出七匹中榜眼，看出九匹状元郎”，我一双拙眼，一脑浆糊，看得一两匹，多得三四匹，已算是得意了，别去做梦什么榜眼、状元的。那和弼马温孙悟空相关的九马的传说姑妄听之，也不失为一种旅游文化。在几百年前明代留在九马画山崖壁上的“画山”两个大字的摩崖石刻足以证明“画山”的历史渊源和文化传承，绝非臆造，绝非传说。至于几马？那就看你是想做百姓，还是想做榜眼、状元了。

转眼便是“黄布倒影”，据说，水清如碧、水平如镜的时候，江底黄沙一片，宛如黄布平铺，青峰数簇，倒映江上，天地水蓝绿黄相间，恰如油画，仿佛舟行青山之间，船移图画之上，那数簇青峰就在20元人民币的背面，名扬中外。船至黄布倒影，蜂拥地挤上甲板，举着“20元”，目光在“峰”和

“币”之间游移，这也算是漓江上的一景吧。过兴坪，就能见到螺蛳山了，我很惊讶，螺蛳山的地貌与周围迥然相异，我这“地学”外行实在看不懂，这青峰翠岭之中，会突兀地耸起一顶秃峰，峰顶褐近微红，几无植被，一圈一圈似螺之肋壳，似乎还可见肋壳旋转向上，活脱脱一只“螺蛳”伏在那儿，千万年不动窝。那形、那样，一点也不牵强附会，没有想象的空间，一改山石形象的意会和诱导。你会惊得无意识地将嘴张成一个“O”，发出无声的叹，或许轻轻地摇摇头，似乎不信这螺蛳山是真的，这螺蛳也是真的。螺蛳山也许只是大自然杰出作品中的一个，而这一个就让你佩服不已、激动不已、感叹不已，无言以对，唯有叹为观止。

漓江上，虽然“青罗带”不再，也许只是暂时的不再，“碧玉簪”却依旧，因为雨而更显青碧和苍翠。对漓江，常说的“诗情画意”已经不足漓江风光的万一，但是，“诗画”二字很合漓江山水的味道，“异音相从谓之和，同声相应谓之韵”（刘勰），山水异音，相从相依，貌异却神合；群峰同音，相宜相应，形同共风韵。若漓江的山水如诗如画，律诗宜，绝句宜，古风也宜；水彩宜，丹青宜，油画也宜。不信，诗，我就不说了，画，可染先生就有一幅《桂林画山侧影》，是送给方纪先生的，还有沈彬如先生的丹青《漓江晨曦》，涂克先生的油画《漓江映日》《漓江新秀》，阳太阳水彩《漓江木排》……甚至有了漓江画派。

顺水过了碧莲峰，就到了阳朔小城。阳朔是个很亲切的小城，即使你初到，也似久别的土著，一切都是“旧”模样。也许就是因为这种亲切感和随意感，在阳朔定居的老外特别多。老外也不把自己当外人，随处可见双人自行车载着双双对对的金发碧眼、灰发蓝眼……悠悠荡荡或者急急匆匆，见你时吐出来的不是“Hello”而是标准的“你好”。信步的老外，神态闲适，见我们问路，殷勤而礼貌，对阳朔是“一本全知”，反倒好像是我们去了外国。

对阳朔，“叙述”的颜色很苍白。别不信，繁琐的或者概念的絮叨也许会弄巧成拙，说不定还会画蛇添足，因为，阳朔的秀美和独特意会最好，当然，亲历更好。

丰子恺先生说，桂林山水天下奇，则庶几近情了，我以为也对，如果真的“甲”了天下，哪天就无山无水，那桂林还去“甲”谁呢？就好像“黄山归来不看岳”一样不近情理了。

雨 桂 林

头天夜里到桂林，见路上湿漉漉的，便知道刚刚下过雨，这个季节来桂林，看的就是雨，看的就是雨桂林。否则，没雨没水，连象鼻山都是干巴巴的“月亮洞”。雨桂林乃天下美景，一到桂林便下雨的埋怨顿时变成了庆幸。

早上起来，雨飘飘洒洒。先在杉湖边转转，日月双塔犹如耸入云端的双剑，湖上飘荡的雾气升腾如云，在双塔的腰间缠绕，塔和雾都似有似无。杉湖在桂林的四湖中最小，一眼望去，和镜湖差不多大小，水碧近黛色，湖的四围苍翠参差，林木交错，湖水的碧以至于黛，全赖着这苍翠的林木，如果没有浓荫厚郁，何来一湾碧水清凉呢。断续飘洒的雨雾笼罩在湖面上，像温柔的纱帘。由柔渐急的雨淅淅沥沥起来，犹如大珠小珠落玉盘样地敲打着湖面，由急渐疏的雨雾轻轻地拂过湖面，笼罩着的杉湖玉润得像一颗珍珠，水光潋滟、千姿百媚。雨住了，雾却未收尽，只是云间一缕金黄，飘散在湖面上，顿时，一顷碧波微浪的湖面生动起来，仿佛那碎金织就的锦带忽忽悠悠飘荡，一瞬间又消失得无影无踪，乌云合蔽，雨又飘洒起来，双塔又掩起了面纱。往西北，过了阳桥，就是榕湖了。杉湖、榕湖、桂湖、木龙湖，首尾相接连成一个半圆，在南北的两端与偎城而过的漓江相通。从榕湖、桂湖和木龙湖入漓江，最好是坐船去。

连绵的雨，漓江一泻浑浊，失去了往日的澄碧、清秀和文静，宛如画山上的九马脱缰嘶鸣，纵蹄奔腾，此刻，已经见不到“青罗带”的碧水一径了，可漓江依然是秀美的，两岸连绵的树和峰不改“碧玉簪”般的苍翠，远山与天穹一抹灰蓝，隐约可辨群峰的次第。与漓江南端沟通而与杉湖相邻的桃花江也是浊如黄龙，桃红江，名字有点儿俗，不可与“漓江”比雅，可转念一想，如果两岸桃花，殷朵碧叶，点缀着一江澄净的“绿如蓝”，岂不也是风景如画，名副其实。

乘着蒙蒙细雨去七星岩，途中四围全是驼峰般的山峦，近峰碧翠，远山苍墨，朦胧的尽头隐约地可见山峰的勾勒，宛如水墨淡淡地晕在宣纸上，迷蒙略显模糊，交混却不相叠。如果说江南的春雨是烟雨，那桂林的就是雨烟，烟雨飘洒，而雨烟缥缈，更加神幻，碧山秀水在缥缈的雨烟中若隐若现，似无又有，你不觉得神幻吗，如若置身仙境之中。说桂林依山傍水，不如说桂林携山带水，对桂林的山水的理解和描画，没有人比得过韩愈，“江作青罗带，山如碧玉簪”，令范成大、黄庭坚这样的诗人都“叹为吟止”，一如李白见了崔颢的《黄鹤楼》。

清人乔莱在《游七星岩记》中说：“出桂林城东门，渡漓水，有山七峰并峙，曰七星岩。”“七星”是七峰的总称，而我去的七星岩是七星公园，就是栖霞洞附近的景区。范成大说过，栖霞洞内岔路很多，洞穴罗布，游人畏迷路而不敢深入。进得栖霞洞，阴冷而潮湿，洞内乳石如佛、仙、莲，似象、虎、驼，珍禽异卉，奇状怪貌，石如斩如削如修，水似泉似瀑似滴，敲击在石上、水上、你的心上，如鼓如缶，如磬如钟。洞内石笋林立，穹下石剑高悬，有凉风飒飒，寒气逼人，有流水潺潺，水冷彻骨，意欲盘桓却不敢久留，匆匆出洞。

七星岩的溶洞是桂林溶洞的代表作，由于地壳运动，普陀山山腰地下河道上升，成了岩洞。在一百多万年的岁月里，千奇百怪“喀斯特”地貌形成了千姿百态的石钟乳、石柱、石笋、石幔。看了七星岩的溶洞，倒是并不觉得有特殊的格调，天下溶洞，我以为，览其一而知百洞。不过大同之外还有小异，察小异而略大同，去栖霞洞的收获也就在此吧。再者，来桂林，不看溶洞似乎说不过去。天下溶洞命名了那么多的栩栩如生的石景，归齐了还是苏东坡的那句话“横看成岭侧成峰”，不过远近高低各不同而已。

很喜欢七星岩溶洞入口旁边的一个洞，宽大似厅，可容千人，侧壁与穹顶上遍布摩崖石刻，楷草隶篆，最出名的当数唐李邕所书的《端州石室记》碑刻。洞内摩崖石刻270余处，上自唐宋，下至明清，多出自名家之手，有“千年诗廊”之称。流连盘桓多时，终因不能立辨其百一而作罢，拍得照片数十张，待有闲暇时慢慢揣摩其精妙。

群猴形态懒散，可见抛食，迅疾汇而抢，或掠人手上零食，或蜂拥追逐游人，见游人双手伸作无物状，猴群便悻悻而散，倒也可爱。抬头一望，见甬道旁的岗坡上，成群的猴“虎视眈眈”盯着同伴手上的爆米花，同伴一把撒到远处，引得猴们疾奔而去，赶紧离开，也算是识得时务吧，猴可不跟你讲道理的。

桂林有两处惟妙惟肖的天成石趣，骆驼峰和象鼻洞。骆驼峰在七星公园里，而象鼻洞在象鼻山公园里。没有任何歧义的天成物象，骆驼双峰，我觉得最像的是骆驼的头，连那张大的鼻孔都可清晰可见。骆驼峰无植被，瘦骨嶙峋，通体褐色，仔细一点还可辨深赭浅褐，突兀立在葱绿的冈峦之上，大自然的鬼斧神工真是令人叹为观止。象鼻山远观宛如用鼻在漓江吸水的大象，山上树木葱茏，浓荫掩映着山间的石道，石道曲折迂回，依山顶石栏远眺，不见漓江首尾。下得象鼻山，立在漓江边，望着江上竹筏横斜，竹筏上的壮族姑娘顶着斗笠，肩着立着鱼鹰的竹竿，斑斓的服装和喜悦的笑脸，映衬在象鼻山前，仿佛一幅油画永远地留在你的脑海里，天下不会有第二幅这样的图画，这样的瞬间，这样的江山，如此江山如画，如此江山多娇。

拔地而起，这是形容桂林山的陈词滥调，我以为我能够用别的词来替代它，到了桂林，你就会觉得，几乎不可能，没有词比“拔地而起”更加形象、更加确切地描写和描画桂林的山。远望峰林青翠欲滴，你感觉到桂林山的温暖润泽，近观，尤其用手抚摸斑驳错落、凸凹连绵的山岩，灰岩的剥削犹如刀劈斧剁，你会领略了桂林山的峥嵘韵律、洗练筋骨。苍翠的温润和灰白的冷峻形成鲜明的对比，温柔和刚劲的和谐又反差，是桂林山峰另一种魅力，她的独特的魅力。

没有别的城市，能够穿插在、蜿蜒在翠峰碧水之中，桂林，不是山水去点缀城市，而是城市迁就着山水，走着走着，你一抬头，一峰横道，路便曲折，一水阻隔，路遇桥生。南溪河的孤峰便是如此横亘在你面前，依山绕行，走近山脚，清凉的泉水几处像瀑布，几处像小溪，又有几处像泪滴，溅起的、撞起的、吹散的水花犹如天雨笼在你的头顶，你分不清哪是细雨哪是水花，任温暖的细雨和清凉的水花扑打、敲打你的脸颊，无比惬意和舒适。山脚下凹进如一厅堂的岩洞，洞口一瀑水帘顺势而下，几位老人旁若无人地在里面棋牌，闲适的神态宛如在自家的客厅里。此刻虽然飘着雨，可雨伞也是不需用的，因为那雨不是下的，似雾的雨是飘洒着，缠绕着，无声无息地润湿了你的衣，抚摸着你的脸，同时撞击着你的心。我站在南溪河边，看着她带着湍流、挟着霏雾汇入漓江，滔滔而去。环顾桂林的山水发现，动画片的山水定是摹自桂林的山形水貌。

用文字塑造桂林是相当困难的，桂林有点儿只能意会、亲临而不能言传的味道，黄庭坚、范成大都去过桂林，却没有像韩愈那样形象地说出桂林，我就更加不能。文字中的桂林，就连那些大文学家笔下，不是流于抽象，就是偏于琐碎，也许韩愈“江作青罗带，山如碧玉簪”是空前绝后的，虽然它只有十个字。

站在绛云楼前

去常熟，不去绛云楼看看是说不过去的，就如同去绍兴而不去沈园看看一样的没道理。但是，真正站在绛云楼前的时候，看到所剩无几的藏书，看到旧貌依稀的藏书楼，感慨万千，为劫后余生的绛云楼，也为一代文宗钱谦益惋惜再三，他本可以流芳百世，可如今虽不说遗臭万年，却让人提起来直摇头、直摆手，长叹一声“可惜啊”。

李国文先生很客气地说钱谦益的变节是“文人的歧路”，老大不小的一个文人，还是个有点名气的文人，在旧明新清之间朝秦暮楚，颠三倒四，一会儿尚书，一会儿侍郎的。南明的弘光二年（公元1646年），洪承畴、多铎兵临建康城下，马士英、阮大铖拥南明王朝逃亡。柳如是劝钱谦益与其一起投水殉国，钱谦益一句“水太冷，不能下”，柳如是却“奋身欲沉池水中”，为钱谦益所救而未死。

读钱谦益的《降清文》，按国文先生的话说是“好比嚼了一个苍蝇的感觉”。“谁非忠臣，谁非孝子，识天命之有归，知大事之已去，投诚归命，保全亿万生灵，乃仁人志士之所为，为大丈夫可以自决矣”。一句话，识时务者为俊杰，挟百姓以图个人苟且，如果真的为“保全亿万生灵”，降便降了，可树大招风，顺治并未放过这个晚明的头号文人，谢陛案、黄毓祺案，不是锒铛入狱，就是羁囚管制，就连钱谦益自己都懊悔不已。

说钱谦益是东林魁首，不是出自他自己的厚颜无耻，就是出自盲目的吹捧。阉党炮制的《东林点将录》上将钱谦益排在天罡三十六员的末位。离东林主将高攀龙、左光斗、李三才、叶向高的距离远着呢。

明末的遗民，倒霉就倒霉在这“明末遗民”上，钱谦益就是横跨两朝、旧死新生的“遗民”。一般的老百姓也就罢了，我耕田吃饭，织布穿衣，与朝不朝的不相干。钱谦益不行，做过崇祯的礼部侍郎，做过南明朱由崧弘光朝的礼部尚书，即便钱谦益以为“蛮夷”而有点看不起的清王朝放过他，任他逍遥江湖，隐居市井，可钱谦益自己不甘心混同于一个老百姓啊，做官有瘾啊，即使是侍郎，也相当于现在副部长一级，那尚书就是部长了，钱谦益恐怕是“曾经沧海难为水”了，在顺治那儿能够混个尚书什么的也是好的啊。

说钱谦益的诗文是大家，那是一点不过分的。就连陈子龙、顾炎武、黄宗羲这样的大家，也对他推崇备至。但是，钱谦益的“脊柱”似乎有点问题，支撑不起过于圆滑和钻营的躯体，原本应该伟岸、丰美、风流，因为脊柱不直而显得矮小、臃肿、猥琐。

崇祯十七年（公元1644年）三月十九，明亡。旋即清兵入关而占北京。同年五月，朱由崧在南京即位，即所谓南明（弘光）。钱谦益巴结上东林的对头、阉党的余孽马士英、阮大铖，马、阮也“不计前嫌”赏了他一个“礼部尚书”的高冠。《明季北略》载，“钱（谦益）声色自娱，末路失节，既投阮大铖，而以其妾柳氏出为奉酒。阮赠以珠冠一顶，价值千金。钱令柳姬谢阮，且命移席近阮。其丑状令人欲呕。”可不几日，钱谦益又剃发腆颜降清。《恸余杂记》记，“豫王（多铎）下江南，下令剃头，众皆汹汹。钱牧斋忽曰，‘头皮痒甚’，遽起，人犹谓其篦头也。须臾，则髡辫而入矣”。而钱谦益好友河南巡抚越其杰、河南参政兵备道袁枢俱誓不仕清相继绝食而亡。相比之下，钱谦益的“软骨病”择时而发，是不会做史可法的，南京不是扬州，钱谦益是“识时务者为俊杰”也。

天启年间，东林党与钱谦益互相地送怀投抱，乃各取所需，而各得其所。一个要“明星”以壮组织声势，一个欲抱“粗腿”以图政治前途，味虽相投，梦却相异，在此后的东林与阉党的恶战中，钱谦益也就是一个逍遥派。阉党治死高攀龙一干东林党人，而钱谦益也就是削籍回乡为民而已，可见阉党也知钱谦益非东林死党一派。

我原先有一本《桃花扇》，不知谁借了没还。写的是南明侯方域和李香君的故事，侯方域也是东林党人，估计地位还不及钱谦益。孔尚任的《桃花扇》中，李香君血溅桃花扇后入山出家，侯朝宗从扬州死里逃生寻找香君，最后也出家入道门。悲欢离合，生离死别，比起钱谦益和柳如是的故事更加感人，更加符合中国人的气节观，更能为中国人接受。而电影《桃花扇》，李香君的血溅，侯方域的降清，也许为了衬托一种气节，却并不合孔尚任的原作本意，是否合历史的真实，倒是另说的。

朱由校驾崩，崇祯即位，东林党死而复活，赋闲的钱谦益“咸鱼翻身”。铁杆的东林人早已给阉党整得死的死，亡的亡，钱谦益就充得“大头鬼”而自命“东林魁首”了。崇祯元年（公元1628年），果然，钱谦益得浩荡皇恩而“重向西风挥老泪，余生何以答殊恩”了。

盘桓在绛云楼前，望着这一楼的藏书，虽经战火，旧貌依稀。也许你站的地方，仿佛还能看见、听见钱谦益和柳如是对酌吟诗。作为诗人、史家、文章家和藏书家的钱谦益，其文采的卓然和人格的卑劣似乎对不上号，柳如是也确乎只是看上钱谦益斐然的一面，却无奈钱谦益卑劣的另一面，我说无奈，是柳如是并不与钱谦益一个德行。柳如是的投水示节虽然未果，却与钱谦益的“水太冷”有天壤之别。殉国，柳如是劝过，也亲为过，只可惜钱谦益不听劝，还是做了大清的礼部侍郎，虽然还兼着《明史》馆副总裁，可所得“荣华富贵”恐怕与钱谦益自己的期望相去甚远，也就心灰意冷、失望至极。而日后牵扯的牢狱之灾那是在所难免的，弟子门生、同僚好友都难保不出事。即便到了乾隆四十四年（公元1779年），钱谦益仍被“鞭尸”，即著述被列为“悖妄著书人诗文”，被删削，被禁读。钱谦益死前的醒悟、懊悔似乎有点儿晚了。

就德行而言，钱谦益还不如毛奇龄。毛奇龄秉承老师陈子龙的精神，加入南明鲁王的抗清斗争，游击于江浙。鲁王完蛋，毛奇龄化名王彦，亡命江湖。而此期间，钱谦益早已“头皮甚痒”剃发降清了。1679年的毛奇龄已经56岁了，功名之心却按捺不住，应考康熙的“博学鸿儒”科，而同辈大文人黄宗羲、顾炎武隐居山林、拒不受招安，毛奇龄就显得有点污损名节了。而钱谦益的名气在毛奇龄之上，其降清之迫切之恳切也在毛奇龄之上，说毛奇龄应考是出于对现实的无奈，而钱谦益的降清却是出于苟且的自觉。

崇祯虽然拿下了阉党，可大明朝已经从根上烂了，崇祯虽有回天之心，却无挽澜之力。更何况其时崇祯腹背受敌，边患已成势而虎视眈眈，流寇已成险而势如破竹，可崇祯还在制造冤狱，袁崇焕的屈死无疑给大明风雨飘摇的江山添了一道催命符。1644年，李自成攻入北京，明亡，嗣后，多铎攻南京，钱谦益率诸南明“大臣”在滂沱大雨中开城迎降，朱明最后的挣扎也已经呈现弩末之势，是实实在在的亡国了。

明亡，不在钱谦益的降还是不降，但是，朝秦暮楚、患得患失、出尔反尔也许是钱谦益的人格使然，而重名逐利、趋官夺位也许不是钱谦益所独有，但是，在改朝换代的关口，历史毫不留情地凸显了钱谦益有点儿滑稽的耻辱，小丑政客的行径使得原本应该是文章大家的钱谦益的文和人都大打折扣。倒是柳如是可敬，该做的、不该做的，从苦口婆心，到以死相劝……都做了，一切枉然，也就注定了柳如是的悲剧下场了。国破山河在，江山虽易主，可中国文人在大节上还是应该坚守的，还是应该爱惜自己的，这个“名”还是应该看重的。

镇江掠影

镇江的三山一渡，都值得去看，都具有很高的文史内涵，各有侧重。金、焦二山，佛教味道重一些，北固山文史价值更高一些，西津渡的古迹价值更高一些。

北固山位于镇江市区东侧江边，不高，还不如赭山，也就五十来米，是京口三山名胜之一。

北峰之巅矗立着甘露寺，甘露寺始建于东吴，相传是刘备招亲处。甘露寺东侧山坡的墙壁上，嵌有一块条石，上镌“天下第一江山”六个大字，相传为梁武帝所书。甘露寺的后面是多景楼，多景楼之东是凌云亭，又称祭江亭，就是现在的北固楼。

甘露寺联姻，美人计一折，周瑜献计，可孙权是“赔了夫人又折兵”。不知是美人真的爱上了英雄，还是嫁鸡随鸡的缘故，孙尚香去了蜀国。东吴千金、刘蜀的国母，名分上不可谓不风光。可吴、蜀联姻而不和，孙、刘戒心而常悖，孙尚香夹在中间，估计是很难受的。刘备视孙公主为卧底的间谍，孙权怨要不回荆州又白赔了妹妹，不合算，诡称吴太后病笃，召回孙尚香，孙尚香丢下一个刘禅而回镇江。后讹闻刘备兵败死于军中，乃在“祭江亭”投江随郎君而去，祭江亭在北固山景区最东边的临江处。

名不见经传的孙尚香，居然成了两出戏的主角，一出喜之《龙凤呈祥》，一出悲之《祭江》，而《祭江》为多个剧种演绎。孙尚香，千种风情的大青衣，浅笑低眉，莲步轻移，水袖轻颤，风韵流转。

北固楼与多景楼比邻而立，唐旧楼而宋新缮。多景楼因米芾题书“天下江山第一楼”匾额而闻名。“百年戎马三分国，千古江山一倚楼”，站在多景楼上，西望金山，东觑焦山，极目之处，千峰万岭，重峦叠翠，一串珍珠连三山。虽晴天，却雾岚锁江，扬州只隐约可见，远望似一幅水墨，混沌与明晰交错，写意与写实交融。

我在小说《匣中剑》中有涉多景楼的叙述，张孝祥应镇江知府方滋邀，欢宴多景楼，遇镇江通判陆游，邂逅落入乐籍的清明。书陆游词《水调歌头·多景楼》，书中写道，张孝祥另换四尺宣，缓缓铺开，一挥而就《题陆务观多景楼长短句》，“甘露多景楼，天下胜处，废以为优婆塞之居，不知几年。桐庐方公尹京口，政成暇日，领客来游，慨然太息。寺僧识公意，阅月楼成，陆务观赋水调歌之，张安国书而刻之崖石”。写小说的时候，我没去过多景楼，仅凭资料和敷衍而就这一段，其时，张孝祥从知建康位上落职赋闲，大概是隆兴二年（公元1164年）的年底。

上北固楼而怀古，感慨最多的是宋代文人，北宋的欧阳修、苏东坡、米芾等，南宋更多，辛弃疾、陈亮、陆游、刘过、张孝祥等，几乎都留下墨宝或词（诗）作，最负盛名的当是辛弃疾。

辛弃疾做镇江知府之时，正值南宋江山风雨飘摇，于是，便有了“凭谁问，廉颇老矣，尚能饭否”（《永遇乐·京口北固亭怀古》）的感叹，更有了“生子当如孙仲谋”（《南乡子·登京口北固楼有怀》）的感慨。站在北固楼上，四下望去，满眼风光。北固楼楼匾是毛主席手书，从《南乡子》手迹中摘出来的，龙飞凤舞，霸气磅礴，很耐读。值得一看的还有铁塔和阿倍仲麻吕（晁衡）的《望月望乡》石碑。

西津渡在云台山的北麓，云台山又称“蒜山”和“算山”。“津渡”就是码头，西津渡，三国时叫“蒜山渡”，唐代称“金陵渡”，宋代以后才称为“西津渡”。一千多年前，西津渡临江断矶绝壁，是自然形成的港湾渡口。现在的长江南岸已经在西津渡北300米之外了，用不着细究就明白，乃是地理变迁的缘故。

西津渡古街也就1000来米，经六朝、唐、宋、元、明清的增制修缮，整条西津渡街到处可见历代数朝的历史遗迹。三国东吴驻兵在蒜山；西晋时期的“永嘉南渡”，北来的流民再次登岸南下。徐敬业、骆宾王等起事兵败之后，渡江“奔润州，潜蒜山下”。宋代的名将韩世忠驻兵蒜山御金南侵。千百年来，发生在这里的重要战事有数百次之多。

熙宁八年（公元1075年），王安石二次拜相，从京口过瓜洲再北上，留下了诵读千年、脍炙人口的《泊船瓜洲》："京口瓜洲一水间，钟山只隔数重山。春风又绿江南岸，明月何时照我还。"李白、孟浩然、张祜、王安石、苏轼、米芾、陆游、马可·波罗候船、登岸于西津渡，西津渡留下了许多古今文人、名人遗踪旧事。

在西津渡街，你可以看到英国领事馆、云台阁、五十三坡。古街上由东向西的四道券门，石额上的题刻是，"同登觉路""共渡慈航""飞阁流丹""层峦耸翠"，宗教的味道和风景的感觉融为一体，尤其是闲心踱步在略显不平的石板路上，听着时髦女郎高跟鞋不紧不慢的节奏，整个街道显得幽静而深远，张顾左右的石门石坊、古屋古舍，仿佛逆溯到宋元明清。在古街上，当你寻究于救生会、举头于昭关石塔、探身于观音洞，你会发出莫名的感慨，有道不清的感觉。

蒜山，算山，诸葛亮和周瑜手心各写一字"火"，定计火攻曹操就在蒜山，蒜山也就成了"算山"。

西津渡的北面有个"鉴园"，有点威尼斯的圣马可广场味道，很西式的。西津渡街的夜景也就是店铺的营业，没太大的特色。

在镇江一家店吃早饭，小笼汤包味极差，而菜包更难吃，黑米粥简直就是一盆稀干饭，上面两颗莲子。

桃花一簇开无主
春光懒困倚微风

颍州，秋天去看欧阳修

我去颍州，是寒露之后，算是深秋了。颍州，就是现在的阜阳，我之所以说颍州而不说阜阳，是因为我去看的那个人是欧阳修。我先前并不知道欧阳先生和颍州是这样的亲密，至今也还是弄不懂欧阳先生为何对颍州如此眷依，甚至最后定居、终老颍州，可谓天下之大，独钟颍州。

颍州有个西湖，可以说是一个能与杭州西湖相媲美的西湖。我眼前仿佛见到一个逾千岁的老人，徜徉在颍州的西湖边，无论是“轻舟短棹”的“绿水逶迤”，还是“群芳过后”的“狼藉残红”，在他看来，都是美好的，欧阳修眼中的西湖是春绿秋黄，笙歌雀鸣，花红天蓝，清闲幽静。如今我去了颍州，却只见到一个还不算破败的“会老堂”，说是欧阳先生会见赵概的地方。

欧阳修祖籍在庐陵，就是今天的江西吉安。实际上，祖籍对欧阳先生来讲，也就是一个符号而已，因此，欧阳先生似乎没有理由和缘故对它一往情深，或者要去叶落归根。欧阳先生出生在四川绵阳，对绵阳，也就是四岁之前的记忆吧，而对吉安，护母丧去过一次，应该也是没有多少记忆的，欧阳先生的文字中也极少提及吉安和绵阳。显然，吉安和绵阳不是他终老的选择，对颍州倒是情有独钟，费解吗，不。

颍州，我以为，这名字比“阜阳”好听。宋初的颍州定是个水木清秀的地方，春明秋爽，风柔雪温，尤其是西湖。不像现在，黄沙漫天，几乎分不清是秋叶的黄，还是尘沙的黄，如果是春天，还可能看见柳绿花红，湖蓝水碧。在这样的深秋、在这样的霜天，去看欧阳修，去看性格和命运都有点儿像秋光、秋色的欧阳修，是个合适的选择，当然，颍州也是个最恰当的地方。秋霜，掩盖了西湖遗址的荒芜和颓废，秋色，折射了欧阳先生晚年的淡泊和隐退。欧阳先生和颍州关系太密切了，去颍州看欧阳先生难道不是最好的选择吗。欧阳先生与颍州，绝不是苏轼与密州、李白与当涂……那样直白和明了。涡阳在争老子，蒙城在争庄子，但阜阳，就是颍州，与欧阳先生的关系是不用去争的，明白无误地摆在那儿。颍州太幸运了，有那么多的诗、文、史可证，而欧阳先生的后人现在还住在旧日的西湖周围，散落在颍州的欧阳氏遗族，甚至对会老堂的破败和沉寂发出感叹和感慨。

欧阳修任颍州知府是皇祐元年，也就是1049年，在扬州任上以“目疾为苦”而请求去颍州“自便”，颍州任上时间不长，16个月，留下了大量唱咏西湖的诗词，其中最著名的是那十首脍炙人口的《采桑子》，“群芳过后西湖好，狼藉残红。飞絮蒙蒙，垂柳阑干尽日风。笙歌散尽游人去，始觉春空。垂下帘栊，双燕归来细雨中”就是其中一首。欧阳先生执意去颍州“自便”是源于那次知滁州途中过颍州，对颍州特别是对西湖的一见钟情，这第一次的“钟情”太重要了，此后，欧阳先生对颍州的情感矢志不渝，绝不“移情别恋”。欧先生一生有多少次去颍州，为母守丧，为王回送葬，知亳州而绕道颍州，知蔡州（河南汝阳）途经颍州，甚至以“足疾”为由，滞颍州一月余，最后一次，就是定居颍州。欧阳先生一生反复要求归隐，目的地也很明确，就是颍州，在《思颍诗后序》（治平四年，公元1067年）中似乎决意已明，“皇祐元年春，予自广陵得请来颍，爱其民淳讼简而物产美，土厚水甘而风气和，于时慨然已有终焉之意也”，《续思颍诗序》又写“皇祐二年，余方留守南都，已约梅圣俞买田于颍上”。终于在神宗熙宁四年（公元1071年），圣上恩准，全家老小一道去了颍州定居。

颍州，离开封不远，离圣上不远，奉诏回京也就是一两天的事，圣上离不开欧阳修，平心说，欧阳修也离不开圣上。“历仕三朝，窃位二府”，我想，欧阳先生在朝的位置，或者说在圣上的心目中，还是有足轻重的。欧先生自已都说“宠荣已至……而筋骸惫矣”，并不是自吹自擂。吴充在《欧阳文忠公行状》中说他“居三朝数十年间，以文章道德为一世学者宗师”不是吹捧，而是实言。

英宗治平二年（公元1065年），身为参政知事的欧阳修，有一首《秋怀》，其中有一句“归去颍东田”。他身居高位，意欲归隐，而归隐的去处就是颍州。英宗是个短命的皇帝，在位五年，倚重韩琦，所以欧阳先生有一种被冷落的感觉，“包羞食万钱”说得比较婉转，按现在话说就是，我拿这么多工资却不干事，惭愧啊。自谦？不，那是讽刺。

阜阳的深秋很冷，更何况是寒风刺骨的早晨，黄河故道上现在的那个西湖，已经不是欧阳修的那个西湖了。欧阳先生的那个西湖早已被泛滥洪水裹挟的泥沙淤塞了，西湖旧址上已经没有了“绿水逶迤，月白风清”，已经没有了“花坞苹汀，十顷波平”，已经没有了“芳草斜晖，水远烟微”。但是，“急管繁弦，玉盏催传”依旧，“满目繁华，醒醉喧哗”依旧，哪朝哪代都不缺。有西湖也好，没西湖也罢，欧阳修的西湖早已杳然，新西湖应运重生。即使欧阳先生也可能还喜欢新西湖，可此西湖已经不是彼西湖了。正如欧阳先生说的“触目皆新，谁识当年旧主人”，沧海桑田，天翻地覆，虽“触目皆新”，然“旧主人”仍在后人的记忆和怀念中，我不就记得吗？

我在会老堂附近徘徊了很久，想寻找点什么，寻找什么呢？连我自己都不知道，千年之后，你还能找到什么？连会老堂本身恐怕都不是原先的那个堂了。堂前的两尊铜像，赵概和欧阳修相对而立，我都分不清哪是赵，哪是欧，那分明应该是欧阳先生的塑身，我怎么看也像是苏轼。而欧阳先生见了赵概说什么呢，说道德文章，还是生活疾病，朝政纲纪，还是避世隐退？估计年逾八十的赵概大老远地来看他，不外乎这些话题吧。

苏洵、苏轼、苏辙、曾巩、王安石皆出其门下。苏洵几乎与欧阳修同龄，很有趣，欧阳修中进士那时，苏洵老先生刚刚发奋读书，得到过欧阳先生的奖掖那是没错的。吴充说欧阳先生是“一世学者宗师”那是一点也不为过的。欧阳先生说“大抵道胜者，文不难而自至也”，这只是一方面，而另一面“古人之学者非一家，其为道虽同，言语文章，未尝相似”，道同而文不同，文不同方显文采的丰富、文势的多样。欧阳先生自己的文章也彰显了他提倡的文风，苏轼说老师“论大道似韩愈，论事似陆贽，记事似司马迁”（《六一居士集叙》）。

欧阳修在《西湖戏作示同游者》中说“菡萏香清画舸浮，使君宁复忆扬州。都将二十四桥月，换得西湖十顷秋”。颍州西湖的美在欧阳先生的眼中是不输于扬州的。扬州、颍州，瘦西湖、西湖，“二十四桥月”“西湖十顷秋”同样都是欧阳先生眼中的最爱。

神宗熙宁四年（公元1071年），欧阳修定居颍州之后，苏轼、苏辙赴杭州途中到颍州看望过欧阳修，其间喝酒、聊天、赋诗、论文，与老师一醉方休，彻夜畅谈。苏轼在《陪欧阳公燕西湖》中写“谓公方壮须似雪，谓公已老光浮颊。朅来湖上饮美酒，醉后剧谈犹激烈”，“插花起舞为公寿，公言百岁如风狂”，世事难料，自言可活百岁的欧阳修却在“公言百岁”的次年驾鹤西去。

会老堂屋子内正中间立有一块石碑，旁边有一个木质灵牌，上书“宋龙图阁学士兵部尚书太子太师楚国公欧阳文忠公之位”。欧阳修像石刻碑是乾隆亲笔，是道光二十九年（公元1849年）从扬州平山堂拓来刻石的，就是这件拓制品也有170多岁了。堂内左右两侧各有一块明清时期碑记，有一米多高，一面为篆书，一面为行草。

晏殊、欧阳修、吕公著、苏轼相继知颍，对西湖大加修葺，颍州西湖名著天下，颍州当然也名扬天下。

亳州有座花戏楼

安徽电视台有一档节目，叫《相约花戏楼》，我常看，并未在意这“花戏楼”是杜撰，还是有典，直到我去了亳州，去了花戏楼，方知道“花戏楼”确有其处，于今有300多年的历史了。

友人说，来亳州玩，我说，还有什么可玩，答，来了便知，于是去了亳州。到了亳州，环顾颇为壮观、恢宏的火车站，一声感慨，今非昔比了。友人等候多时，无多寒暄，驱车上路去吃饭，再安顿于酒店。临别嘱“明早八点来接你，去花戏楼”。

先前，还真不知道亳州有这样的好地方，为了与花戏楼配套，建了一条至少300米的街面，两边的商铺仿明清建筑，两层或者三层，门前高阶，黛瓦黛墙，翘檐凌空，房脊上立着砖雕太高而只见模样而不辨何兽、何禽的脊兽。暗红近黑的镂空门窗，沿街延伸。一路过去，四组铜雕横街间隔，怒发向天的“汤王求雨”，一脸虔诚的“曹操献酒”，正襟危坐的“孔子问礼”，比手画脚的“华佗五禽戏”，一直排到“花戏楼”。唯沿街“电子维修”“明清茶缘”“华祖参茸”……明确无误地传达着仿古氛围中的现代商业气息。

花戏楼始建于顺治十三年（公元1656年），寿逾300岁。我很是不解，原本是“山陕会馆”，何以称为“花戏楼”，而大门檐上却有一阳雕的匾额“大关帝庙”。问导游，言而不得要领。我试着理一头绪，原本，顺治十三年初建的是“山陕会馆”，发起者为山西商人王璧和陕西商人朱孔领，建会馆而利于团聚交流、周济互助在亳州经商的山陕商人。在亳州最大的

"商"业便是延续至今的中药材的买卖。经顺治、康熙、雍正、乾隆四朝百余年的扩建，增舍添楼，扩旧拓新，山陕会馆已经具有相当的规模。旧式的会馆多主奉关帝，在外的商贾讲究的是义气和团结，关老爷自然就是供奉乃至于膜拜的对象。一杆大刀横扫天下邪恶，一对吊睛怒视人间不平，"大关帝庙"就顺理成章地成了会馆的别称。会馆里，商人聚集，迎来别往，接朋待友，自然少不了喝茶、闲聊，而最佳标配就是听戏。听戏在中国古代、近代都是最雅致、最悠闲也是最正经的消遣方式，会馆的戏台便应运而生。高悬凌空的会馆戏台因戏文木雕、彩绘遍布戏台檐、柱、顶，斑斓夺目，花团锦簇，会馆也就称之为"花戏楼"了。

花戏楼正门前是新建的院门，灰砖灰瓦门楼、围墙，楼脊砖雕，翘檐，入得院门，便见大关帝庙的正门。

大关帝庙正门楼三檐高耸，彩绘五色，鲜艳夺目，檐脊上竖起的人、物、鸟、兽可见轮廓，细节不辨。正门楼是仿木结构三层牌坊式水磨砖面建筑，两侧是钟楼和鼓楼。我一直以为皖南的砖雕为最完美，其实不然，花戏楼的砖雕的精美和细腻一点不亚于皖南，山门上方十几出戏文、掌故的砖雕，集深雕、浅雕、镂空雕为一炉，三维立体，简繁在理，人物栩栩如生，景物疏密有致，绝不输于徽雕。砖雕厚不足十厘米，有人物100多个，禽鸟走兽也有100多个。遍布庙宇四壁的故事集儒、释、道于一炉，譬如，达摩渡江，老君炼丹，魁星点元……分寸之地而有大千世界。就连门前的一对石狮，也是前腿直立，引颈昂首，与南方的石狮前伏相比，更加气势轩昂，更加目空一切而赳赳然。

山门前铁旗杆一对，分立于正门和钟鼓楼之间。单根就重12000斤，高五丈，仰望若高耸入云，旗杆五节，每节都铸八卦蟠龙之类，杆顶的原本各立一只仙鹤，如今只剩下一只，另一只杳然而逝，留下那绝不可信却是美好无比的传说。我以为，胜迹无传说，再好的河山形胜也失去了光彩，当有声有色方为最佳。铁杆上悬挂几十只铁风铃，风和日丽，未见风铃作响，试摇之，铁杆如磐石般纹丝不动。铁旗杆经数百年的"风餐露宿"，通体赭红，唯齐人高处一节，被游人抚摸而圆润光滑，几近黑色。

进得大门，便见戏楼。花戏楼大殿是大关帝庙的主体建筑，位于戏楼对面，原供奉的关羽和关羽麾下二将关平、周仓木的雕像毁于日军的战火，现在也就是空殿一座。栏柱撑起半悬的戏台，通体彩绘，通体木雕，无一处露白，无一处雷同。厚重而不累赘，光彩而不繁杂，一比，南方的戏台就简陋得不堪一说了。戏台中一匾“演古风今”，前台两侧廊柱上分别是“一曲阳春唤醒今古梦”和“两般面貌做尽忠奸情”，不但对仗工稳，也道尽古今戏文、人间忠奸。亳州为三国故地，曹操故乡，花戏楼上的故事多为三国战事纷争，英雄豪杰，“三英战吕布”“长坂坡”“舌战群儒”。素来被视为奸雄的曹操在家乡人的眼里，虽然也是一代豪杰，尊崇备至，但是，亳州人并不避讳、违拗世俗眼中的曹操，那木雕上分明还有“击鼓骂曹”。

亳州有俗语：“苏州卖得好头油，亳州看得花戏楼。”在亳州人眼里，亳州不逊于天堂，“花戏楼”与苏州的“头油”比美，只是一种自豪和得意。我看“花戏楼”，简直就是一个巨型的工艺木雕，你见了，除了惊叹于古代建筑的精美和精巧之外，还感叹于山陕商人享受的豪华和奢侈。

老子的故乡是涡阳（涡阳人说的），涡阳隶属于亳州，庄子故乡在蒙城（蒙城人说的），蒙城隶属于亳州。孔子千里迢迢问礼于老子，即发生在亳州。我觉得有件事倒是值得思考，学问家批评孔子的很多，而批评老子的却很少。处处碰壁的孔子问礼于老子，而老子对孔子一味强调仁政不以为然。我以为，老子的“上善若水”中的核心“水善利万物而不争”乃是最好的品德和品格。

亳州有座花戏楼，花戏楼上生旦净末丑、忠奸雄豪逆，演绎了历史，也折射了今世。似锦的花戏楼如今已经“偃琴息鼓”，空留一座戏台供游人流连、感慨、惆怅、想象。如果去花戏楼拍上一场“相约花戏楼”也许是对亳州花戏楼最好的保护，对历史最好的传承。台上的京韵昆腔、黄梅越调……五彩纷呈，百花齐放，方不负花戏楼之盛名，使遐迩古今的花戏楼重放异彩。

青萍三尺为君舞——霸王的别姬

胜者为王败者寇，项羽败了，谁也没有当他为寇，一路英雄唱到今，唱到今的，未必是项羽，离了虞姬，还有垓下之悲愤壮烈的英雄豪迈吗？没有虞姬，还有自刎之生离死别的凄美异常吗？但是项羽确确实实是败了，是彻底地败了，败得一塌糊涂，败得无以复加，败得干干净净。项羽攻入咸阳，一炬毁阿房宫成焦土，“杀秦降王子婴”，仅在新安，“夜击坑秦卒二十余万人”，旷世莽夫，杀伐无度；鸿门宴，原本胜券在握，却刚愎自用，妇人之仁。此等智若稚童，行如屠夫，岂能成国家社稷之大事，退一万步说，即便侥幸得天下，可能还不如秦命之长。

有幸在灵璧拜谒了虞姬墓，我总是不大相信，虞姬身首异地，一个在灵璧，一个在定远，史书却是这样记载的。虞姬即使自刎，也未必有那样大的气力能身首异处啊，如果不能，谁又能够，谁又一定要将这个绝世美人的头带到定远呢……楚汉的最后决战就在灵璧这片古老的土地上，“力拔山兮气盖世”的项羽面对四面楚歌，仰天长吟“虞兮虞兮奈若何”，末路英雄，无论是问“虞姬虞姬我何从”，还是叹“虞姬虞姬你何从”，都是绝世绝唱。

我有种突发奇想，垓下之战，虞姬一曲《劝君王饮酒听虞歌》之后，割断情思，挥臂自刎，诀别项羽，以解霸王后顾之忧。相传，项羽突围是背着虞姬的，你想想，一个人背着一个人逃命，在围追堵截之下能走多远，那我就有理由认为，虞姬的那颗美丽的头颅是项羽自己割下来的，一路向南折北又向南，到了定远，仓皇之中，败局已定，匆匆埋了那头，留一记号，向南厮杀、突围、逃命，因此，定远有了虞姬的墓，虞姬头颅的墓。虞姬身首分处灵璧、定远，永远地留下两处可供凭吊的幽古之地，吊虞姬以叹项羽，怀美人以惜英雄。

项家世世代代为楚将，秦灭楚，秦将王翦杀项羽的祖父项燕，项羽对秦便有了家、国的双重仇恨。项羽进咸阳，纵火焚之，纵兵掠之，街衢私议“楚人沐猴而冠”，项羽发狠“烹说者”。韩信说项羽败在“妇人之仁”可能指的就是“鸿门宴”，如果你以为是怜悯心，那就大错特错了，你不见章邯率秦兵二十余万降，项羽因为怕降兵入关叛变，在新安（河南三门峡）坑杀所有降兵。项羽的“妇人之仁”乃是自以为胜券在握，并非仁慈，项羽此举与范增设计鸿门宴的意图是大相径庭。对鸿门宴的意图，刘邦是心知肚明，侥幸脱逃，如鱼复水。汉王“乃用陈平计间项王”，说起来，这个计策现在看起来实在太“小儿科”了。汉王盛情款待项王使者，听说不是范增派来的，假意惊讶，改以粗茶淡饭待之，使者归以告项王，项羽对亚父“稍夺之权”，范增大怒，欲离，而项王竟允，“行未至彭城”范增“疽发背而死”，就这样轻易地除了项羽唯一的谋士，说唯一的，一点不过分。

“垓下”究竟在何处，一说河南鹿邑，一说安徽灵璧，范文澜先生以为鹿邑比较可靠。都能说得通，如果相信虞姬自刎之后，项羽背着虞姬逃命，不至于还没出灵璧就弃尸，但是，也有这种可能：不堪重负，没几步就心力交瘁，弃虞姬躯于灵璧，而携美姬头颅再辗转突围。在灵璧到和县的广袤原野上艰难厮杀，由灵璧一直南下，至和县，再北上定远，弃美姬头颅，往南逃，至乌江，而“不肯过江东”，自刎。一代豪杰，匹夫之勇，勇有余而智低下，焉有不输之理。

刘邦，一市井无赖，无匹夫之勇，有蛰虫之谋，从鸿门宴的惶惶然到垓下之战的赳赳然，不可谓不天翻地覆，终于成了汉王朝的开国皇帝，成就了汉朝四百余年的霸业。刘邦平定天下，置酒犒官将，说：“列侯诸将无敢隐朕，皆言其情。吾所以有天下者何？项氏之所以失天下何？”跟着，马屁各式各样，刘邦那个受用啊，但是刘邦的“三不如”的“自谦”更加烘托和哄抬自己的伟大：“夫运筹策帷帐之中，决胜于千里之外，吾不如子房。镇国家，抚百姓，给馈饷，不绝粮道，吾不如萧何。连百万之军。战必胜，攻必取，吾不如韩信。此三者，皆人杰也，吾能用之，此吾所以取天下也。”自吹自拍到了这等功夫，真是“高祖”了。刘邦对韩信和张良一杀一放，“小人”得很有功夫。项羽捉住刘邦的老爷子，威胁刘邦说，再不降烹了你的父亲做羹，刘邦答道，好啊，煮熟了分我一杯。小人无赖到如此程度，一般人望尘莫及。

我在灵璧，怎么也想象不出“十面埋伏”的悲壮，“四面楚歌”的凄惶，那虞姬还以为夫君的败只是“自古常言不欺我，成败兴亡一刹那”，只是不走运而已。还心存侥幸地安慰项羽“宽心饮酒宝帐坐，且听军情报如何”，对酒当歌，长袖飞扬，翩跹起舞，“解君忧闷舞婆娑”了。《霸王别姬》是悲剧，并无多少悲剧的气氛和色彩，虞姬顾盼的眼神，婀娜的身段，优美的唱腔，与项羽伟岸形成视觉反差，更加显得虞姬楚楚动人，哀婉可怜。就是因为这种反差，挽留了舞台上的霸王，永恒了心目中的虞姬，没有了虞姬，霸王也许不值一提，可能就是败者的“寇”。

灵璧的虞姬墓有一副楹联，“今尚祀虞，东汉已无高后庙；斯真霸越，西施羞上范家船”，耐人寻味。用西施和虞姬比较，说西施这个色情间谍不及虞姬，虽然也是流芳百世。也许人们欣赏和敬佩西施的是另一种舍身救国的精神。

项羽无颜以见江东父老而绝命乌江，而李清照“至今思项羽”也就是一种气节表达而已。我想起另外两个红颜，一个是杨玉环，一个是李香君。前者身为贵妃，冤死马嵬，殒命荒野；后者身在青楼，血溅桃花扇，反衬了侯方域变节。集美貌、才艺和风情于一身的女性，有情有义，有胆有识，刚与韧结合得非常完美，似一颗颗永不坠落的星辰，挂在遥远千里又近在咫尺的天穹，你一抬头就能看到。

项羽垓下突围，至阴陵而失道，“问一田父，田父绐曰‘左’。左，乃陷大泽中”，天灭乎，人灭乎？项羽自刎，时年三十一岁。

泾川行吟

天宫水西寺，云锦照东郭。清湍鸣回溪，绿水绕飞阁。凉风日潇洒，幽客时憩泊。五月思貂裘，谓言秋霜落。

李白《游水西简郑明府》

汉家旧县，江左名区的泾县，其建置可以追溯到两千一百余年以前。不知道两千一百年的沧海桑田的变迁算不算历史悠久。母亲河青弋江在安徽泾县境内蜿蜒流淌，泾川灵秀，沃田肥土，润泽万物，养育生灵。

经常说皖南，我以为，皖之南当从泾县为始。古志称泾县“当吴越之交会，为歙池之襟喉”。泾县当是皖南的门户，入泾县，方步入皖南。一入泾县，山川清淑。这清淑的味道，不入山不能目染，不亲临不能体会。山之清淑，清新翠碧，雅致无俗，虽层峦叠嶂，但层次分明。近之碧，次之墨，再次苍，最远灰，宛如浓淡铺张的丹青。此山此水，身在其中，处处让你流连忘返，“桃花潭水深千尺，不及汪伦送我情”的李白绝唱，更是回荡千年。泾县的每座山，每块石，也许都不平庸，也许都叠印着先贤、先烈的痕迹。甚至不用穿越时光，就可以感受到先人的气息，听到他们的诉说，平静的，愤怒的，叹息的……而寻访的脚步，探究的问询，蜿蜒的山路，劳作的民坊，幽静的祠堂，肃穆的庙宇，交杂在一起，纷繁复杂。一俟你试图整理你出行的踪迹、思绪、感悟、收获，脑海里凌乱的零散的印象慢慢地清晰起来，聚拢起来，而成为虽片段却并不零散的《泾川行吟》。

桃花潭水

李白乘舟将欲行，忽闻岸上踏歌声。桃花潭水深千尺，不及汪伦送我情。

李白《赠汪伦》

李白的舟“将欲行”“欲”了将近一千三百年，永远地停在了依旧可闻“岸上踏歌声”的桃花潭畔，汪伦的盛情，李白的流连，已经不纠结在是否有“十里桃花，万家酒店”了。踏歌古岸的楼阁遥对着李白系舟的泊岸，李白，也许，一步一回头，踏着平缓得几乎如同平地的石阶，站在停舟前，回身凝视了一下“古阁”，尔后弯腰与汪伦揖别。青碧若黛的潭水轻拍着岸边的石阶、舟舷，仿佛催人归去。突然，“岸上踏歌声”起，只见，涌红簇动翠，山歌合曼舞，汪伦微笑地捋了捋胡子，一伸手请先生上船，李白眼含热泪，唇动无语，抱拳揖拜乡民、汪伦。舟行清流之上，情寓踏歌之中。从此，桃花潭水，无论春夏秋冬，阴晴雨雪，涨落盈枯，永远千尺之深，在晴光下，在雾霭中，在烟雨中，在阴雪中，永恒着一往情深，泛着幽光，荡着清波，翔着白鹭，飘着轻舟……

桃花潭的美在晨，在暮，山色湖光在岚、雾的缭绕和升腾中，感觉着永恒的缥缈和灵动；晨光暮色在明、暗的隐现和出没中，变换着片刻的惊喜和失落。青弋江在桃花潭很是温顺的，上游将军山的大坝节制着青弋江涨落的情绪，江水在桃花潭水面不但开阔，而且特别文静，一平如镜。对岸的亭、阁在晨曦中可望而成一剪影，而暝色中的倒影青黛相连可见而不能细辨，宛如泼墨一画。晨光暝岚之间，两三白鹭轻盈地在水面上掠过，拍翅直上，略一盘旋，又次第坠落般地“跌”入岸边的灌木丛，仿佛消逝得无影无踪，未几，又轻捷地回旋在碧水之上，如果你镜头捕捉得快，那白鹭一瞬间地定格在苍丛之前，几只白鹭错落点缀在绵延的翠、青、苍、黛之中，如画丹青，如诗格律。

皖南，像桃花潭这样山清水秀、诗情画意的地方太多了，桃花潭虽在深山有人识。吴虞先生说“英雄若是无儿女，千古江山漫寂寥”。桃花潭也和其他有“儿女”的江山一样不寂寥。桃花潭有李白，有因为李白而和桃花潭如影随形的汪伦。犹如西湖有林逋、有苏东坡、有白居易，甚至连张苍水临刑前的一声大喝“如此江山”，也会替西湖增色添光。汪伦说“十里桃花，万家酒店”，李白说“桃花潭水深千尺”，都是青山秀水，风光袭人。今日的桃花潭，是无改千年旧貌，还是一改千年旧容，都不重要，重要的是因为诗仙，因为踏歌，因为汪伦，桃花潭才是桃花源般的人间仙境，这仙境是自然的，也是人文的，犹如陶渊明的“东篱南山”，亦如梭罗的“瓦尔登湖”，是人系山水，更是情寄山水。

踏歌岸阁的对面是怀仙阁，不言而喻，怀的那个仙就是李白，阁凌山俯水，倒是登高远望、凭栏极目的好去处。建于20世纪80年代的怀仙阁与始建于明代的踏歌岸阁西、东隔岸相向，若站在怀仙阁上，凭栏遥视，幻影如画，李白步出踏歌阁的拱门，举杯向天，长吟如歌，神采飞扬。东岸的古阁前有李白与汪伦的雕像，像呆板而雕粗糙，李白不该是如此无灵气，不该是这样无光彩。我想起镜湖边半倚斜坐的张孝祥，略带写意的张于湖却给人以无限遐想的空间，而桃花潭边的李白太写实了，缺少的就是“意”，无“意”便无神，只把“实”一览无余地给了你，你除了漫不经心地看上一眼，再没有“深看”一眼、“深究”一点的意思了。倒是那边吴作人先生“桃花潭”三个大字值得去揣摩一番，对那如黛似黑的石头摩挲再三。

桃花潭的老街很短的一条，因为不是节假日，小街很是萧条。买卖古董的铺子开着，门敞着，古董们很干净，真假不难辨。老板们聊天、喝茶，或者无由地挪挪瓷器，掸掸字画，偶尔不经意地瞟瞟空落落的街面，睨视三两过客。街面上的民居、商铺，旧的少，新的多，而新的却是做旧如旧，说那砌墙的砖吧，如同拆下的旧砖，可间杂的砖上分明是主人刻意做上去的手印，新旧虽可辨，匠心却可赏。闲步间，走进一家瓷器店，拿起一件看看，随口问了一句，“你这儿瓷器最早哪个年代的”，“明代”，“嘉庆？弘治？更早？”老板嗫嚅了半天，冒了一句“不清楚”。街至尽，残垣断壁一堆，废墟荒苑一片，老街到了“尾声”。一转弯，就是灯红酒绿的新镇了。

老街“姓”翟，桃花潭的那一边“姓”万，也许汪伦说的“万家酒店”就在那。翟、万两大家族隔潭而居，可翟氏宗祠就在万姓的那一边，正在翻修，无缘一睹“内涵”，那门前匾上四个大字“翟氏宗祠”端庄中蕴着飞扬，彰显着翟姓的显赫和荣耀，祠内的宏大、辉煌和风采是可以想象的。东岸的文昌阁是皖南大村落的比比皆是的“大同小异”，也不过是“文光射斗”之类的炫耀，和“共登云梯”之类的自豪。

东方未白，山水只在朦胧之中，东方微白，山水只在勾勒之中。影影绰绰的一只竹筏，虽然形单影只，却无声地打破声画皆寂的清晨，那清晨顿时生动起来，有一种“鸟鸣山更幽”的意境。对岸黛瓦粉墙，翘檐飞角的民居星点在葱翠之间，半山之中，偶尔可见一两家炊烟，似有似无，很像山间的晨岚。

桃花潭的古岸边，一排浣衣的女人，清一色的女人，手中的槌棒此起彼落，“梆”声回荡在空灵的山间水面，回声错落，煞是一道风景。间或可见一两男人带着孩子陪坐在自家女人的旁边，孩子很乖巧地偎在男人的脚边。洗衣的女人们极少交流，各顾各地搓、捶、浣、抄。岸边的草地很开阔，成群的狗在追逐、撒欢，对陌生的游客毫不理会，似乎司空见惯，绝不“见异而吠”，即便在你的脚下绕动，也犹如孩子在捉迷藏，拿你作挡箭牌而已。

来桃花潭，别匆匆来匆匆去，至少你得住上一夜。如果你运气好，可以看见桃花潭上升腾的晨雾，也许李白就在晨岚之上，犹如驾云，吟哦着“桃花潭水深千尺，不及汪伦送我情”。

章渡老街

蓝山新霁后，飞瀑下如龙。引客一双鹭，扶人百尺松。古怀殊落莫，石屋暂从容。又复萧萧雨，前峰翠益浓。

洪亮吉《雨霁自落星潭上蓝山》

出桃花潭，滑脚就去了章渡，李白誉章渡是“西来第一镇”。别看现在章渡不济，唐代的章渡置州，辖管三县，还是很显赫的。

李白五十五岁之后，一直徜徉在皖南的山水之间，也许就是在桃花潭流连一番之后，转身去了章渡。唐时的章渡，既街市繁华、喧闹，又山水苍碧、幽静。李白笔下诗中的“蓝岑竦天壁，突兀如鲸额”的大蓝山就在章渡的南边，“沙带秋月明，水摇寒山碧。佳境宜缓棹，清辉能留客”，章渡一带的山苍水秀，悦目养心，十分怡人，李白都“所期俱卜筑，结茅炼金液”。也就说说而已，山水再好，也是留不住李白的，李白“游性”甚顽，喜欢流连山水，不到潦倒至极，是不会蜗居简出、做“蓬蒿人”的。

章渡老街建于明代中叶，粗算也有六百来年的历史，估计鼎盛时期还是在清。据说，盛极的章渡，酒楼、旅馆，笔墨、书画，山货、药铺，青楼、戏院鳞次栉比，官、商、文人聚散于此。傍水的便利，造就古徽州茶、竹、木、炭、文房四宝、深岭山珍集散、交易的闹市。盛世乾坤的熙来攘往，繁华人间的摩肩接踵，现在哪儿去了呢？

章渡老街的西侧民居都是傍水而建，水便是青弋江，几乎都是木结构的二层。依坡临水，那凌空一面便以一排原木支撑，那支撑的“脚”立在水边，楼基、斜坡和吊脚的几何形状就是一个直角三角形，数百年而不倒，数百年而不朽，成就了这“吊脚楼”的建筑式样的别具一格。苏南的小镇临水支撑是木、石相错，湘西的小镇临水支撑是原木相间，而章渡的吊脚楼与湘西的更加相似。我沿着青弋江边的“吊脚”漫步，时而驻足端详着矗立的“吊脚”和吊脚支撑的木屋，木屋苍黑甚至黧黑，屋歪脊斜，窗损壁破，河堤上蒿草与破壁上藤蔓上下交杂、纠缠，透着一种岁月侵蚀的凄凉和气势陨跌的落魄。我前后瞻顾了好一阵，很是惋惜。皖南，至少我去过的地方，几乎见不到这种独特的建筑形式，仅章渡独有。如果趁着现在还有可依的原貌、可凭的结构、可寻的回忆，“拯救”不难。不要等到废墟一片，才大梦初醒，可能悔之晚矣。可关键的问题是，悔还是不悔？弃之如弊履，还是贵之如家珍，似乎更加是仁者见仁、智者见智的事。如果和方村、水东、高淳、万安……这样的古镇比较，我以为章渡最值得去花钱，去拯救，去挽救“岌岌乎”于濒死之际，因为章渡小镇作为独特的建筑模式应该保留，或许她的“起死回生”在历史和文化两个方面更加有意义，比保留那些“千篇一律”面孔更加有道理。

临水一面的吊脚楼，间五十米左右有一门洞，顺坡势的石阶延伸至青弋江边，水至清却流涌，傍小镇向北急去，偶可见浣衣、洗菜的妇女。我固执地以为，数百年的吊脚楼，是章渡的先人智慧的结晶，你看啊，皖南盛产木材，木材千年不腐，而又极易构建，章渡的吊脚楼就是纯木屋，无半点砖、石。即使青弋江的因雨泛洪，也可顺畅地穿稀疏的“吊脚”而过，木屋安然无恙。即便冲去一两个“吊脚”，木屋也还是岿然不动，只是待洪水退去，再补上阙如的“吊脚”就是了。先人的智慧是后人不可小视的，后人真的该向先人学习，别厚古薄今，也别厚今薄古。

章渡的老街沿袭徽派风格和式样，譬如，黛瓦粉壁，马头飞墙，砖木混建，木雕石刻。仔细一想，章渡，不就是徽派一脉嘛，她的一切只是徽“基因”的遗传表现罢了。我特别欣赏章渡老街的雕刻，其中尤甚者是“斜撑”，三围立体，鸟兽花木，写实与写意两谐，深镂与浅镌总宜，可惜已经留存不多了。街尾一幢宏伟的二层楼已经半边倒塌，裸露的冬瓜横梁上，浮雕非常精美，梁暗红间微黑，雕已半损却仍留光彩。

章渡老街的民居、商铺几乎不可分，临水西横的门面几近无雕琢，素面朝天，粗枝大叶；而临街东横的民居一派徽式面目，与西横的吊脚楼风格迥然相异。偶尔可见两三徽式院落，气势高下不一，雕刻繁简不等。东、西咫尺之遥，就隔着一条圆方相间、无序相杂的石头铺就的小街，却凸显出迥异民居风格，似乎有意地彰显不同建筑风格，显示了章渡先人的智慧、才能和文化修养。

随友人去看两位传奇老人，一位做豆腐，一位是中药师，说都在八旬之外了。做豆腐的就住在街中吊脚楼，可楼在人却已去，只见一中年男子继续逝者的营生，似乎并不欢迎我们的造访，或许司空见惯，虽每问有答，却是一脸的淡漠，也许还困囿在悲痛之中。转向一条岔街，见中药铺，老药师虽不健却还在，说视力极差，挑拣中药全凭着手感和记忆，腿脚不济，只能坐着在竹扁旁挑挑拣拣。老人八十有四，十四岁做学徒，这七十年就从未离开过这中药铺。中药铺，章渡版的徽式建筑，前后三进，中进有天井采光，看雨剥风蚀的砖瓦，看浅雕深镂的门窗，就知道这铺子至少上百岁了，就连天井投下的光线仿佛也是上百年前的。章渡真的老了，但未必该寿终正寝吧。

脚步徐缓地踩在青石参差、低高不平的老街上，望着空荡荡的街道，不免一阵酸楚。我不喜欢像西递、宏村那种粉饰过的“古典”，又不能容忍像章渡、万安那样破败了的“遗迹”。时光荏苒，岁月淘汰，无论是摧枯拉朽，还是水滴石穿，盛极的章渡和衰极的章渡都是时代的作品。

我们在提倡另一种文明的时候，也许正在无意识地危害、伤害甚至损害我们弃之不舍、情之难割的文明样式，就像我们喜欢新式家居的舒适和方便，又留恋旧式老屋的典雅和亲切。可能正是人类这种过分追求造就了自身不解和失落，也许正是人类的这种瞻前顾后造成自身的苦恼和羁绊。但是，回到过去是不可能的了。

章渡的酱菜很有名的，可章渡的酱菜厂几近倒闭，门市小店除了醋渍生姜之外，别无他样，且又老又辣，作罢。又不甘心，驱车过县城，寻得一家丁溪酱菜，腌制的什锦菜和莴笋，口味真好，挺鲜。就冲着酱菜，章渡虽未败却先衰，照此下去……说句笑话，复兴章渡，先从酱菜做起，注册“章渡酱菜”吧。

黄檗道场

李白题诗水西寺，古木回岩楼阁风。半醒半醉游三日，红白花开山雨中。

杜牧《念昔游三首（其三）》

水西寺位于泾县西郊。黄檗道场就是现在的水西寺。公元九世纪，黄檗希运禅师是泾县水西崇庆寺的住持。黄檗禅师出生在福州，幼年即在家乡黄檗山落发出家。无考“黄檗希运”，只是揣度，黄檗乃禅师出家之地，希运乃禅师俗名，至于姓，已经无见于典籍了。流传至今，黄檗山的希运禅师便无需俗姓了。

佛家何日起皆姓释，史料有无考证我不知道。但佛家从姓释迦牟尼，想是顺理成章的事。至于“希运”前为何不冠于“释”，不得解。

水西寺的青石山门横额阴刻“黄檗道场”，位于寺院右边有黄檗希运的坟冢，坟冢为六面体的麻石塔形，正面横刻“本寺开山”，竖刻“黄檗希运禅师墓”。

说到水西寺的开山祖黄檗希运，不能不说到德宗朝的唐代名相裴休。几乎可以这样说，没有裴休，可能就没有黄檗希运作为开山祖的水西寺。裴休来宣州之前，就是一个佛学家，曾随圭峰宗密禅师学习《华严经》，凡圭峰有所著述，裴休都被邀撰序，如《圆觉经序》《华严经法界序》《禅源诸诠集都序》等。武宗会昌元年（公元841年），宗密禅师圆寂，裴休非常悲痛，之余想起了在洪州（就是现在的福建泉州）开元寺偶遇的黄檗希运禅师。唐宣宗大中二年（公元848年），裴休移任宛陵（即宣城）刺史，便邀黄檗希运就任了水西寺住持，开堂说法。

黄檗希运是中国禅宗史上一个非常重要的人物。而裴休是中国历史上儒佛一体最具代表性的人物。这样的两位文化大家，在水西寺的结合点上，将儒佛糅合，释儒归源，珠联璧合，相得益彰。中国文化上如此典型的范例不多见。

黄檗圆寂后，唐宣宗皇帝赐谥号“断际禅师”。裴休将黄檗临终前对弟子的遗言“前后三际：前际无去，今际无往，后际无来，安然端坐，任运不拘，方名解脱，努力努力”以禅宗语录形式传于后人。

裴休向佛至诚，甚至将自己的儿子裴文德送入佛门，出家为僧。而裴文德就是《白蛇传》中的法海禅师。

水西寺的正殿匾额上书“宝胜禅寺”。宝胜禅寺是明初佛教一代宗师季谭宗泐的道场，是与水西寺关系尤为密切的佛学大家。宗泐，浙江台州人，八岁习佛于杭州井慈寺，十四岁落发，师从笑隐大欣和元叟行端两位大师。宗泐来泾县是元末，主持水西的宝胜禅寺。

无独有偶，与希运大师一样，宗泐禅师与明初的大文人宋濂相处甚笃，交谊甚厚。宋濂，也是浙江人，元末明初文学家、史学家，大儒方孝孺的老师，《元史》就是宋濂所修。太祖朱元璋誉之为“开国文臣之首”。

明太祖朱元璋在家乡龙兴寺做过几天的和尚，自然对僧人格外地敬重。为宋濂所推荐的宗泐禅师在南京的天界寺注释过《金刚经》《楞伽经》《心经》等佛家的经典著作，作为禅门的讲教范本。宗泐大师甚至奉朱元璋之命率团出使西域，长达六年。宗泐从印度带回《庄严宝王经》等佛教经典，并将沿途所见记于笔端，而成《西游集》。洪武二十四年（公元1391年），就是宗泐禅师七十三岁那年，朱元璋恩准宗泐回到了水西寺。

宗泐圆寂于当年，不过不在水西寺，而在江浦石佛寺。宗泐因佛事从宝胜禅寺赶去石佛寺，一病不起而终卒。

希运和宗泐所在的唐、明两朝天子与水西寺的渊源很深，唐德宗、唐宣宗、明太祖都笃佛虔教，对水西寺的扬名和佛法的弘大影响很大。

很仔细地看了大殿左侧的大观塔，所憾内门关闭而未能亲瞻塔内，壁上镶嵌有碑碣。清《泾县志》载曰：“宝胜禅寺前塔为崇宁塔，大观时建，意其肇始于崇宁而成于大观故也。”大观塔就是崇宁塔，建于宋徽宗时。大观塔共七层八面，底层直径11米。每面均有砖圈拱门，短檐，檐下有仿木结构的凸出斗拱。整个塔体显得凝重、庄严。与大观塔遥相对应的小方塔建于南宋绍兴年间，又称绍兴塔，七层四面。工匠巧运匠心，大观塔宏伟壮丽，小方塔小巧玲珑，相辉相映。大观塔和小方塔都是国家重点保护的文物。

寺院香火还算旺盛，香烟缭绕，香客虔诚。唯一身着“蟹壳”的出家人对举着“长枪短炮”的骚扰不胜其烦，不但面有愠色，且“逐”言相加。同行的正衡先生说，出家人当见心明性，怎可为凡行所扰。我以为极是。心形相悖是凡心未了，即便身已出家，心依旧在凡尘，出家人也需问自己尘缘隔断几何。

朱元璋劝宗泐还俗，宗泐拒绝，坚决地回到水西寺修行，也是了断尘缘的决断之举，令僧、俗两门万世礼顶膜拜。

盛唐诗人李白和晚唐诗人杜牧与泾县、水西寺渊源甚深，都留下了不朽诗篇给泾县和水西寺。李白的《别山僧》就是其中一首：“何处名僧到水西，乘舟弄月宿泾溪。平明别我上山去，手携金策踏云梯。腾身转觉三天近，举足回看万岭低。谑浪肯居支遁下，风流还与远公齐。此度别离何日见，相思一夜暝猿啼。”杜牧的《念昔游》更是李白水西流连的佐证，“李白题诗水西寺，古木回岩楼阁风。半醒半醉游三日，红白花开山雨中。”杜牧一路往西，该是“牧童遥指杏花村”了。

我不太相信唐王李忱在水西出家的逸事，因为佐证的资料不足为凭，但作为传说和故事，不妨一听。

曹家纸坊

越枫坑而西去，咸夸小岭之轻明；渡马渎以东来，并说曹溪之工致。

储在文《罗纹纸赋》

枫坑曹氏的远祖可以追溯到汉代的曹参，曹参并不是泾县人，而是江苏沛县人，与屠狗的樊哙同乡。曹参与樊哙都是西汉的开国功臣。曹参于秦二世元年（公元前209年），随刘邦在沛县起兵反秦，身经百战，屡建战功。刘邦称帝后，曹参功居第二，赐爵平阳侯。汉惠帝朝为丞相，“萧规曹随”一直是世人对曹参的赞美。

沛县的曹姓家族何时、何缘由迁到泾县的深山，想曹氏家谱定有记述。我们无缘看到《曹氏宗谱》，自然也就不能了知缘由了。

沿着宽也不过两三米的水泥径，转折曲弯了十里路，到了小岭，枫坑的小岭。曹氏始祖曹大山在小岭奠定了曹家宣纸基业，距今大约一千余年。

山中遍处造纸的作坊，却并不闻机器的嘈杂，近处一看，都是手工操作，与一千余年前的造纸的方法基本上没两样。从原料的采集，到文人案前“轻似蝉翼白如雪”赞叹，有多少工序我没细算过，但单就原料捣浆、竹帘捞纸、揭页烘干这三道而言，没有体力不行，没有技术更不行。造纸人的辛苦非亲眼而不能悉知，非悉知而不知艰难。

宣纸的生产集中到泾县枫坑，是宋代的事。曹氏的宣纸业却不是从宋代开始创业。我这样揣测：唐代曹氏的宣纸闻名皖南，逐渐成了行业的领袖，皖南的宣纸作坊，从宣城、太平、池州转移到了泾县。皖南各地宣纸业转移泾县的另外一个原因，是泾县的原料好，这原料不是青檀皮，而是稻草。泾县优质沙田长秆籼稻草纤维性强、不易腐烂、容易自然漂白，有言道“宁要泾县的草，不要铜陵的皮”，佐证了皖南宣纸业转移泾县，也有原料影响纸质的原因。曹氏宣纸就成了宣纸的代表，非曹氏宣纸而不能称其为“宣纸”。

从枫坑至小岭，路的两边全是青檀树，枝丫丛生，几乎全无主干。小岭的青檀树不待枝丫长粗，就被砍去剥皮造纸。青檀皮是宣纸最重要的原料，青檀皮的含量是衡量宣纸优劣的主要标准。掰一手指粗的青檀枝折断，内芯木质断而皮不断，皮质的韧性极好，如此，宣纸才经得起拉拽，书画纸需要一定的韧性。

宣纸的制作工艺是国家级非物质文化遗产。遗产就是先人留下的宝贝，非但值钱，还很金贵。

据说张大千将“宣纸”的生产工艺、流程甚至原料“搬”到四川的老家，也只得到“南橘北枳”的结果。东洋人也照搬过，结果和张大千照搬的下场差异无几。可能有一样“原料”搬不走，那就是泾县的山、水，穿山夹流的水溪也许就是宣纸独特的原料，所含“物质”成分与四川、东洋甚异，而这“物质”也许就是上苍赐给泾县的“秘方”，得天独厚，而非人力所为。

传说蔡伦死后，弟子孔丹在皖南以造纸为业，偶然见一棵老的青檀树倒在溪边。老青檀终年日晒水洗，树皮腐烂，露出一缕缕绵长而洁净的纤维。孔丹取之造纸，便是后来的宣纸。宣纸中有一种名叫“四尺丹”的，这“丹”字也许就是纪念孔丹的吧。

曹氏宣纸的独门绝技是“世守其秘，不轻授人”，但也许只有曹氏宗人才能清楚辨认，才敢言“如假包换”的去伪存真。造纸的原理现在看起来很简单，但其中的关门过节未见得相同。宣纸的好坏、优劣是否取决于这些不轻授人的“秘”，那是我这外行人说不清道不明的。

小岭宣纸，这泾县深山坳里的绝技的“秘”究竟是什么，可能曹氏后人也各有各的说法和道理。但在宣纸上宣泄感情和释放魅力的书画家一下笔，墨色的洇染和润泽便能说得出曹家纸的深奥和优秀。

很扫兴，“遗址碑”边上的遗址却没开放供乘兴而来的访客一览，从门缝向里看，只是黑黢黢的一片。倒是在附近私家作坊里饱览了捞纸、揭页、烘干、切边等工序的操作，以及劳作的辛苦。手工劳作的辛苦令人望而生畏，这门手艺还有传人吗?

一问，果然堪忧，不敢说后继无人，但说后继乏人是一点不为过的。千余年的书画艺术的载体会在今天“绝种”，“宣纸制作”也是需要拯救的。张大千单幅画值钱千万，张大千值钱，张大千的画值钱，但是，这宣纸应该更加值钱，拿点钱来挽救一下濒危的“大熊猫”吧!

呈坎行纪

在徽州，尤其是歙县，转悠了二十余年，就是没去过呈坎，呈坎就在岩寺的边上，离唐模咫尺之遥，居然不识这样一个好去处。

呈坎很冷清，与西递、宏村的热闹几乎是天壤之别，呈坎很秀美，虽见惯了皖南苍山翠岭，潺流碧水，呈坎的山水似乎是另一种怡人和闲适的自然，与人喧车嘈的西递、宏村绝然两样，我想，文化，以及承载文化的山水是需要静静地默读和欣赏的，呈坎与西递、宏村差异的原因也许就是这样简单。呈坎宛如一本历史书，安下心来才能读，才能读进去，进去才能懂。呈坎的游人如三两星点，见不到“摇旗呐喊”的“团”，也不见摩肩接踵的人，你甚至可以独自一个人出没在深宅大院里，或者独坐在哪座明、清古宅的石门槛上，抬头凝视着雕梁画栋，或者伸手抚摸着木门石鼓……

呈坎，古名龙溪，唐末罗秋隐、罗文昌兄弟举家出江西在此“择地筑室而居”，易龙溪名为呈坎，就是说，呈坎即使唐末初建，距今也已逾千年了。

呈坎的显赫似乎很不为外人知晓，但是，呈坎的繁荣并不悖徽商为本的恒理，离开了徽商，呈坎乃至徽州的繁盛和恢宏便似无源之水，譬如呈坎就有罗润坤这样的大徽商支撑。呈坎的鼎盛以明朝为最，徽商在宋也不过是刚刚出头的萌芽状态，到了明、清，随着徽商的兴起而后发达，罗氏商贾遍及大江南北，使得罗氏文人朝显官宦，野隐耕读，官吏、商贾荣归故里，建舍盖楼，竭尽奢豪；修祠造社，耀祖光宗……“徽骆驼”的勤为俭用，逐渐地累建了一个十分“自我”的徽州文化村落。

漫步在呈坎曲折而狭窄的巷道里，抬头几乎就是一线天，但是并不感觉压抑，暖阳挂在高高的马头墙上，从粉墙顶上四散的光洒在小巷里，虽深秋时分，巷子里凉而不冷。游人“叮当”的脚步敲击石板路，清脆地回荡在安静的高墙、石径、曲巷中，更显得幽远和静谧，仿佛回到数百年前的明清，甚至宋元。

朱熹说“呈坎双贤里，江南第一村”，这“双贤”就是宋代龙图阁大学士、吏部尚书罗汝楫和其子史志学家罗愿（安徽省第一部地方志《新安志》作者）。20世纪70年代轰然倒塌的呈坎最后一座牌坊就是为罗汝楫树立的，现在连遗址也未见着。呈坎在明朝贵为官宦的有110人之多，现存的130多处宋元明清的建筑也彰显了呈坎官宦、商贾曾经的显赫和荣耀。苏东坡在《罗氏族谱》题辞中有“文德武功名留简竹，理学真儒后先继续”的评说。除了罗汝楫、罗愿父子之外，还有元代国子监祭酒罗绮，明代都察院右佥都御史罗应鹤、地理学家罗洪先，清代朝议大夫罗宏化、直奉大夫翰林罗廷梅，扬州八怪的罗聘也祖籍呈坎。孙中山秘书罗会坦、文物鉴赏家罗长铭、物理学家罗辽复都是呈坎人。

登上村后山峦上的望峰亭，俯瞰呈坎，欲究竟呈坎的“八卦”何在，远望近观，而依旧不明何谓呈坎为“八卦村”。殊不知，放眼望去，呈坎四围八峰即八卦，众川河南北“S”形穿村而过割为两仪，而以众川河为起点的八条街道把呈坎分割成八块，形成了两圳三街九十九条巷，一个相当完美的九宫内八卦。《罗氏族谱序》云：“盖地仰露曰呈，洼下曰坎。”而人立天地之间，一个自然八卦和人文八卦结合的古村落，延千年而不衰，居百世而不迁，呈坎可谓是天人合一的风水宝地。

如果说承志堂是宏村的民宅巨制，那罗东舒祠就是呈坎的建筑瑰宝。去呈坎，那罗东舒祠就是最值得一看的了，因为罗东舒祠的精美和恢宏是你难以想象的。罗东舒祠是罗家21世祖罗浩宗于明朝嘉靖年间始建，最后完工在1617年左右，历时逾70年。祠，坐西朝东，四进四院，阶梯式的升高，建筑面积逾三千平方米。中轴对称的建筑格式使得整体布局相当严谨，四平八稳，中规中矩。整个祠堂里对称地、有序地布着照壁、棂星门、前天井、左右两座碑亭、仪门、两庑、拜台、厅堂、后天井、后寝以及南侧的女祠和北侧的厨房、杂院。我最感兴趣的还是那照壁，照壁与棂星门之间是一条路，南北两端各有一拱门，与村的街衢相通，既是东舒祠

的前进，又是整个村落的通道，设计得相当精巧，

东舒先生，宋末元初的著名学者，为呈坎罗姓十三世祖，坚不仕元，笃行耽书，著书立说，赈贫收族，续修宗谱。他的最大贡献就是把罗氏的商周由来之源，宋元徙居之地，始祖文昌公迁到徽州四百年余载罗姓的序列、官职、葬地等家庭历史梳理得清清楚楚，“无不系图载籍，灿如列眉”，不可谓不是家族史、徽文化乃至中国历史的大贡献。徽州人有一联“书可读，田可耕，山中宰相；仰不愧，俯不怍，世上神仙”，东舒先生的一生给“耕读”和“俯仰”做了极好的注脚，陶渊明式的人物自然赢得了后辈的敬重。谁都可以自诩淡泊名利，可像东舒先生真的隐居耕读，终生不官，又有“鲁直之才”和“永叔之贤”的绝才和隐士，世人中怕不多。

罗东舒祠，我看和曲阜的文庙、桐城的文庙，有一种酷似的感觉，尤其是桐城文庙的棂星门、甬道和两庑。罗东舒祠的两庑有很多的匾额，虽色彩斑驳，然气势犹存。我特别注意那两“节烈”匾，一块是旌表故儒罗叔亨之妻郭氏，一块是旌表故民罗亨坚之妻程氏，一儒一黎，倒并无贵贱之分，只要符合“道德标准”皆可旌表的。

东舒祠的石雕、木雕、彩绘精美绝伦，尤其那石雕是我在徽州所见到的最精美的，而没有之一。在中院的石栏板浅浮雕前俯身端详，姿态各异的鸟、兽，雕工极其细腻，写实与抽象表现得恰到好处，深雕与浅刻结合得游刃有余，令人叹为观止。在几十幅浮雕前的驻足和盘桓花了将近两个小时。寝殿中的斗拱、雀替、梁头、叉手的木雕造型匠心独具、雕刻细腻精湛，朵若云浪，典雅秀丽；柱如花瓶，深斫浅雕。宝纶阁梁柱上的彩绘，经数百年沧桑，色泽依旧艳丽，被誉为“国内罕见的民间彩绘珍品”是一点不过的。

在罗润坤的老宅，见到了罗家的后人，一位88岁的老妪，与罗姓的儿子还住在建于明代中期的祖宅中。老人很和蔼、很慈祥，精神矍铄，谈吐自然，与我互相说了些听得懂和听不懂的话。老宅两进两层，小巧而别致，一反江南上低下高的两层格式，而底层低楼层高，底层厅狭小，楼上正厅宽敞，这家主人会客不在楼下而在楼上。楼厅临天井一面是美人靠，几无雕饰，朴素简洁。梁层、梁架的构件雕刻却相当精致，尤其那房间的格子窗的雕刻繁琐至极却精美至极。天井很别致，并不呈“口”字，而呈“日”字，那“口”字中间多了一条条石，将那“口”一分为二。日，有“蒸蒸日上”之意，与那徽州人一门与二门之间的一侧码满了木柴，寓

“开门见财”是一个意思。罗润坤家的大门厚两层，前砖而后木，铆以“枣”样的铁钉，宛如故宫的大门样。罗家的宅子已经为国家收购，修或葺，进和出，已经由不得罗家人做主了。踯躅在罗家大门前，仰高墙望深巷，灰墙斑驳若画，曲巷蜿蜒无极。

去了长春社，宋代建筑，是徽州仅存的古代祭祀土地神的公共建筑，一展宋代建筑的朴素和简洁。大堂前的五凤楼有一匾额，“长春大社”乃东坡遗墨。罗会泰宅是仅存元代建筑，正方形、宛如古堡。呈坎明、清建筑比比皆是，民居、更楼、石桥各不相同，罗会炯宅的石牌楼门罩；罗会炳宅的木牌楼门罩、独柱旋转楼梯；罗长铭宅的天井鱼池；罗季颖宅的雕甍镂栋；罗来龙宅的猪食槽天井；不一而足，令你目不暇接，走马且觉累，看花更惊叹。

去呈坎，别来去匆匆，那是不会悟彻呈坎的深沉和古雅。看浮光掠影，那呈坎与其他徽村并无两样；悉心细究，那呈坎便是呈坎，而不是宏村、西递、唐模。去呈坎，住上一两晚，细细地品味一下呈坎，最好别深秋去，山里的秋晚还是挺凉的。

去呈坎，除了别忘记看看罗东舒祠享殿中四根楠木柱，径逾三尺，高逾三丈，每根价值三亿；看看燕翼堂，扬州八怪罗聘的祖宅，恢宏巨制的大手笔；元代大德年间的通南达北的五孔环秀石桥……还有一样千万别忘了，那就是罗氏的毛豆腐。据说罗氏的毛豆腐全徽州第一，除了香煎的之外，还可以尝尝锅贴毛豆腐，而红烧的、煮汤的和清蒸的毛豆腐都是一吃。

去呈坎，及早，别等到世人趋之若鹜，门前车水马龙，那便晚了，摩肩接踵，“团”旗飘摇，会大煞风景的，混响的讲解搅得你心绪不宁，呈坎的人和事便会接不上茬，对不上榫，那会败兴的。

新 安 江 上

泛游新安江上，深秋并不是一个最佳的季节，更何况早上的天阴沉沉的，欲雨未雨。歙县至深渡的山间公路依山临水，听得见深涧流水的潺潺，看得见峭壁裸石的峥嵘，浓厚的雾岚沉郁在重重的山腰之间，偶尔地散去露出苍黛的山峦。山间的路似九曲回肠，路面却非常平整，迎面“山重水复”，瞬间“柳暗花明”。秋深气凉，山间更凉，仿佛有点初冬的味道，而阴叠加在凉之上，就成了冷。

练江至歙县的浦口汇入新安江，蜿蜒曲折的新安江上，山水如画如诗，意境入梦入幻，秀山峰叠，丽水逶迤。如果你置身在连空气都是碧绿青翠的无尘无烦之地，你不会纠结是“无梦到徽州”还是“寻梦到徽州”，都一样。

在深渡上船，天似乎放晴，一会儿又收了，微微放晴的阳光在江面上飘着碎金，又瞬间消失得无影无踪。春山翠而秋山苍，春水蓝而秋水碧，新安江正是山苍水碧的时候。孟浩然说“湖经洞庭阔，江入新安清”，自深渡往东南入千岛湖，千岛湖的湖水幽深无垠，岛屿星布；往西北入新安江画廊，江水流缓，峰峦叠嶂。原本新安江画廊是从深渡沿江上溯至渔梁附近上岸，可现在游船只“截取”了深渡至樟潭十来公里的往返，来回也就三个小时，游兴方起、玩兴未艾便收场。也好，十里山水，万般遐想，江山无垠，你能看得过来吗?

我经常闲读新安画派的山水，也多次泛舟新安江，从深渡到渔梁我走过一次，从深渡到淳安我也走过，却没有像这次那样用功地细读。我相信，即使是新安画派的大家们，对新安山水的理解和诠释肯定也不一样，他们观察山水的用心是有别的，而各自笔下的山水也是唯一的，纵然新安江山水亿万年来没有太大的变化，可留在宣纸上的黑白丹青却是千形万象的异态、浓深淡浅的别样。因此，新安江山水的魅力不仅是源乎自然的魅力，而且还缘于心境对自然的解读，即使你不是画家，也还是有自己心中的山水，而心中山水的近浓远淡、己悲物喜、游情览兴，由物及心，也是人各一种的。

晨雾缭绕，看山近苍碧，远灰白，而远近的山峰用“层峦叠嶂”来形容真是再恰如不过了。苍碧叠加在青绿上，青绿复加在深灰上，而深灰又朦胧在灰白上，而灰白似有若无缥缈在天幕上。眼前两山山脚相交，似乎“疑无路”，可江水在两山之间迂回，峰回路转地“又一村”了。江两岸的山绝无悬崖峭壁，山势很缓，依山的村舍丛集，十里江堤，千户人家，疏密有致星罗在江的两岸，仿佛挂在山坡上，在船上远看，村落犹如白菊花开放在绿叶丛中，就近一看，尤其在取景框中，宛似是一幅国画，轻描淡写在山色霏蒙之中，或者浓墨重彩在山明水涟之间，新安江就是一条画廊，自然和人工的珠联璧合，壁立在十里潋滟之上，在大写意的苍、碧、翠的背景之上，工笔了连绵的农舍田园、一抹粉墙、一脊黛瓦、一曲古韵、一源“桃花”。

徽州的房舍的外在，最基本的色调是白和黑，粉墙黛瓦，石门砖窗，新安江上的人家自然也不例外，但是在视觉上只觉得黑的瓦、黑的屋脊在白墙的映衬下，黑得有点浅，似乎抹上了一点白，近一看，黑森森的。视觉的“欺骗”成就了黑、白的明暗、浓淡、深浅，乃至于在两色的边缘，似黑似灰，有点像众说纷纭的徽州。游人眼中的徽州不过是浮光掠影一瞥，而研究家们的徽州也是“公、婆”说中的道理，似乎都有理，又似乎都是摸象的盲人。徽州永远是个谜，徽州人也永远让人着迷，徽州的勤恳和能干是国人皆知的，但徽州人诚恳和好客非亲历而不可知的。

在樟潭上岸转了一圈，樟潭因为樟树而得名，村中一樟树说有千年，观其状似不为过，树的伞盖横超过五十米，主干估计至少需六人合围，东边的一枝横伸欲坠，不得不以一水泥柱支撑。樟香逼人，不可久闻，虫蠹避之不及，况人乎。樟潭遍生樟树，农家便“靠山吃山”地出售樟木。好事者说“假”，云“用樟脑水泡过”，听来有点好笑，殊不知樟脑何价樟木何价，农人再有算，也不至于“豆腐盘成肉价钱”还要当成豆腐卖的。

樟潭曾有第四纪冰川擦痕，黄山及其余脉广布第四纪的冰川遗迹，新安江两岸的山为黄山余脉无疑。我按照“指示”寻找擦痕所在，寻觅半天，一无所获。问及导游，说已经毁了，如此重要的自然遗产，怎么就毁了呢？怏怏而不复游逛，闲步顺阶下而上船。

独扶舷栏，望着依坡的石阶，影绰朦胧地看见一顶纸伞下，一稚童背负包袱，在霏霏的细雨之中，躬腰别母，转身逐级而下，挥手登舟，小船缓缓地滑行在明镜似的水面上，一直向东。分不清是明还是清，可辨的就是“十三四岁，往外一丢”的“前世不修”。生在徽州，是幸还是不幸？徽州人支撑了明、清两代的繁盛，也成就了徽州的显赫，那是徽州人的幸。与光宗耀祖、荣誉乡里相比，客死他乡、异地鬼魂也是徽州人“往外一丢”的另一种结局，悲剧的。我想，上船的稚童总是憧憬着树碑立坊的那一刻，憧憬着名成业盛、光宗耀祖、敕立牌坊的喜剧结局。这石阶肯定叠满了先人艰难的、轻快的、沉重的、喜悦的脚印。下来的，满怀忐忑却是满怀憧憬，上去的，无限风光而又无比自豪，曾经“往外一丢”的人何尝不盼有衣锦还乡的今天，可谁又能够逆料能有这一天？谯楼后面的许国坊，棠樾的鲍象贤坊，槐塘的程元凤坊，雄村的“父子尚书”坊，便是例证，昭显着徽州先人从“前世不修”到“熠熠生辉”的艰难和风采，痛苦和显赫。徽州人有何不幸？幸或不幸，除了“徽骆驼”的执着和勤恳，冥冥之中还要等待、寻找，祈求命运的赐福，成功，不惟是自己的努力，还须时和势，时和势是英雄的摇篮。审时度势，把握机会，那是徽州人智慧所在，而天赋谁都有，成功只是不让年华付流水而已。

船在樟潭掉头回返，天开朗了，山色也明快起来，船头上人不多，也许是天太凉，多数的游客在船舱里，在舷窗往外张望，也就是“到此一游”的态度。我顶着寒在船头张顾，快到棉潭的半山腰，一点不夸张的半山腰，几乎是临空“镶”着一座两层的红砖楼，显然那是未竣工的民舍，宛如“悬空寺”一般，若仙境。

几分钟后，随大流地在棉潭登岸。棉潭将军庙的戏台上“咿咿呀呀”地唱着黄梅戏，说字正腔圆有点吹捧，可徽州人对戏很是着迷的。“四大徽班”进京，总是为骄傲的一说。殊不知，这“徽班”不在徽州，而在安庆，可总是沾一个“徽”字啊，这“徽”肯定与徽州相关。都说安徽的傩戏在池州，可在徽州就有傩戏，傩戏古老得就像水杉，珍贵得就像楠木，我在贵池见识过傩戏，我想它是后代和先人之间的纽带，犹如“七七”的鹊桥。徽州，尤其是歙县，不可缺了傩戏。

将军庙里的戏是专门给游人准备的，如同孩子的功课，每天定时的“语文”或者“算术”。“撒网捕鱼”在码头的竹筏上例行地表演着，渔人熟练地将大网在空中撒成一朵花，煞是好看。

漳潭、棉潭和瀹潭为歙县的三潭，都临新安江。三潭产枇杷，而以棉潭的色味最佳。棉潭人家在码头卖枇杷膏、百花蜜，价格倒是不贵，我问生意如何，模棱两可答曰“马马虎虎”，那笑意似乎说明什么。那黑幽幽的膏汁散发着浓烈的果香，那黄生生的蜜汁四溢出甘美的甜味，都值得购之一尝，可惜我太懒，踌躇半天，还是作罢，买卖两方都惜之而无奈。

李白到过新安江，否则他就没有“清溪清我心，水色异诸水”的感觉，也就没有“借问新安江，见底何如此”的设问，更没有“人行明镜中，鸟度屏风里”的意境。李白泛舟在新安江上，人在明镜，鸟度屏风，体验着画意，抒发着诗情，惟去过尤其是立在舟头的人才能领略、感受和品味到的。沈约说“洞彻随深浅，皎镜无冬春”，这无冬春的新安江，先贤的诗意还是你自己实地去感觉和品味吧。

歙县出菊，性温味和，甘苦相宜，和杭菊同样品质，与茶并饮，或独饮皆宜。深秋正是菊花的收获季节，黄白一片，养心悦目地星点散布在两岸的山麓，秋是菊的世界，至少在新安江画廊是这样的。

下午去了渔梁坝，渔梁坝能跻身于全国重点文物保护单位并非徒有虚名。渔梁坝在渔梁街南端，渔梁街临练江。坝与街孰先孰后？我倒以为先有“居”，唐乾元初年，姚姓先人在此定居，筑坝建街。渔梁街虽紧邻徽城，先前却为歙县的一个镇。渔梁街是我见到的歙县古建筑保存最“原始”的聚落，两华里狭长街道两侧的民居、店铺依旧保持明、清的风格，古旧彰显了渔梁街在时光中的深邃和悠远。

渔梁坝，全由麻条石垒砌而成，坝体长46丈、宽9丈，石层的上下是竖石条作插钉，石条的前后左右是石销扣接，尤其那石销很是别致，作双向燕尾状，嵌在两石之间，石条便被牢牢锁住。逾千年的石坝于今体无损、功无废，古人工匠的智慧让后人叹为观止。站在渔梁坝东侧，看西边泄洪口水溅银花，北面碧水如镜，南边浅滩低屿，盘桓再三，回到了明、清的渔梁街，闲步悠悠，流连许久，方离去。

孟浩然在开元年间曾经在新安江上泛舟游历，从诗的内容看，可能是在浙江境内的新安江。“美人常晏起，照影弄流沫。饮水畏惊猿，祭鱼时见獭”，可见唐中期的新安江具有一种原始美貌，“照影弄流沫”与李白的“人行明镜中”对新安江水的清澈的描述真正是“异曲同工”。只是现在再也见不到“猿”和“獭”了，纵有猿、獭，也会“饮、渔畏器人”了。

练江在歙县入新安江，我站在友人的别墅上，凭栏远眺长庆寺塔，凝目练江清澈的流水，潺潺地流向新安江，突然想起故乡的青弋江也是这样，平静地汇入长江，不舍昼夜，一泻千里。

宜城旧事

安庆是一座美丽的小城，说是小城一点不为过，玲珑而秀气，随和而平静。安庆有一种“小家碧玉”的矜持和含蓄，这样的小城是很可爱的。只要是公差闲暇，我总是喜欢逗留在吴樾街一带，小街僻巷，避喧让闹，独自徜徉，东寻西觅，连我自己也不知道能够看到或者找到什么。

安庆又称“宜城”，源于东晋诗人郭璞曾谓“此地宜城”。安庆，宁静而平和，宜城，随意而舒心，都好。

安庆在中国近代史上显赫过于芜湖，也许安庆的历史包袱过重，步履也就蹒跚不前，有点“好汉不提当年勇”的尴尬。从乾隆二十五年（公元1760年）到民国二十六年（公元1937年），安庆一直是安徽省省会和全省政治、经济、文化中心，即便在中国，也是最早接受近代文明的城市之一。曾国藩、李鸿章、徐锡麟、陈独秀、吴樾……一大串的名人与安庆连在一起，安庆也就与中国的政治、经济命运连在一起了。

吴樾街的附近有一家茶楼，是可以边喝茶边听戏的，十来张圆桌，据说每晚总是人满为患。主人每次都是预先订得台前的桌子，摆着三五碟茶点，主客随意，听与吃自然是两不耽误。我呢，意在听，对那瓜子花生之类并不介意，主人呢，一副心不在戏的样子，除了不断地呼着续水，就是招呼客人的“吃”，似乎进茶楼就是“吃、喝”而已。略一思忖，怪不得主人，那主人不说天天陪客，也是隔三差五地进茶楼，那戏文早已烂熟于心、娴熟于口了，说不定连台上的演员也是熟得很了。

台上的“角儿”并不因为你来喝茶在“戏”上就敷衍了事、偷工减料，可以看出很上心。一打听，安庆黄梅戏学校的学生在实习，一举两得，既习戏文，又可挣钱。台上的冯素珍正“谁料黄榜中状元”，双手一背，右脚前迈，帽翅上下颤动，得意的眼神左右瞟睃，那神态和姿势着实让看客们着迷。时起时落的掌声让“小冯素珍”“小七仙女”格外地陶醉，而陶醉于剧情中的演员更腔圆地唱、更工整地做、更清亮地让看客们更加投入，演员与观众的情绪互相感染和攀升无疑是茶楼最好的效果。茶楼里的演出也就是一段段的折子戏，黄梅戏居多，不知是为了调节看客口味，还是学生的即兴反串，间或也有一两味“京剧”，不外“我家的表叔”“穿林海、跨雪原”，实在不如黄梅戏好听、好看。无论是“昨天起晚了”的《打猪草》，还是“长子打把伞”的《夫妻观灯》都演得趣味盎然，唱做俱佳，生动得很。我这外行看来、听来，绝不比马兰、韩再芬差。

总喜欢把“六尺巷”“不越雷池一步”“孔雀东南飞”“桐城派”……都说成是安庆的文化或轶事，因为桐城、望江、潜山隶属安庆，姚鼐生在桐城，程长庚生在潜山，陈独秀生在怀宁，张恨水生在潜山，赵朴初生在太湖……都没安庆什么事，可安庆也还是礼遇有加，本来就是一家人嘛。日下，就连桐城的罗岭也入了安庆的“市籍”，严凤英也就是名副其实的安庆人啦。

当年的“徽班进京”就是从安庆走的，第一次进京是由艺人高朗亭（并非程长庚）率“三庆班”去给乾隆八十寿辰捧场的，而后续进京的“四喜班”“和春班”“春台班”连同“三庆班”，就是所说的“四大徽班进京”，那份荣耀和骄傲是源于安庆的。“树上鸟儿成双对”在中国可是家喻户晓，老少咸宜；“比翼双飞在人间”就连老外也会荒腔走板地叫、有模有样地做。安庆，就只是“唱得比说得好”？未见得，安庆人说话快慢有节，铿锵有声，抑扬顿挫，一句话还夹了些许虚词，使得本来上下颠簸“软语”更加好听，更加亲切，加上手势、眼神、身段，就更加韵味十足，那真是“说得比唱得好”。安庆说、唱俱佳，“文、武”双全。这些都不是初到安庆的游客所能感受和体会的。

去安庆，也喜欢去迎江寺看看，迎江寺在城东，滨江而矗，旧称护国永昌禅寺，又名万佛寺，是一座始建于北宋开宝年间的古刹，古刹的建筑格式与众多的庙宇相比并无多少特殊。唯临江山门上光绪手书的“迎江寺”雄浑稳健，为古刹增色了很多。据说藏经楼珍藏明光宗敕赐描金《妙法莲华经》，甚为珍贵。乾隆、慈禧所御赐的金字匾额“善狮子吼”和“妙明圆镜”也是其他庙宇所不能享的殊荣。迎江寺临大江之阔，背闹市之喧，实在是一种好的风景。

振风塔就在迎江寺内，形八角而高七层，素有“过了安庆不说塔”之说，有点儿像“黄山归来不看山”的味道。也就是当地这么一说，振风塔未必好到“甲天下”的地步。但是，在振风塔前凭眺浩瀚的大江，倒是有“乾坤日夜换，江水古今流”的感慨。在迎江寺，你还可以在宜园、可亭、望塔亭流连一番。

在安庆，你还可以去花亭湖，那儿有李白、杜甫、黄庭坚的流风遗韵。你还可以去号称“中华禅宗第一山”的司空山，李白因为追李璘而站错了队而遭贬，隐居在司空山，那儿有太白书堂的遗迹。

安庆人很聪明，聪明得有点儿狡黠，那聪明就不是小聪明了。那精明若有若无、若隐若现地无处不在、无时不在、无事不在，我总是自愧不如，对比之下，我便傻得貌似精明人。

如果你以为安庆人的精明全在于利己，那就大错了。安庆人不乏热血华夏、全无利己的男儿，除了徐锡麟、陈独秀、邓稼先之外，还有一个不能不提的吴樾。

吴樾，桐城人，保定高等学堂学生。27岁的生命短暂却轰轰烈烈，流芳百世。20世纪初的晚清正在开展一场立宪运动，从皇亲贵胄到大臣督抚，众口一词“立宪”。朝廷决定派人“分赴东西洋各国考求一切政治，以期择善而从”，用现在的话说，就是先考察，然后选择一个适合国情的体制效仿。九月二十日，由载泽、端方、绍英等五大臣率队从正阳门车站登车，吴樾置放的炸弹意外提前爆炸，吴樾当场殒命，绍英伤重，载泽轻伤，其他安然无恙。吴樾的壮举并未对立宪产生多大的影响，而晚清的立宪的流产或者说走样是有其他原因的。吴樾是同盟会暗杀团的成员，以民族解放、光复汉室为己任，“我以我血荐轩辕”实在是一个有理想、有抱负的壮举，全无私利，是为国家而杀身成仁。安庆的“吴樾街”也算是对壮士的一种缅怀和纪念吧。对吴樾的轶事，“考”了五六个同道，不知所事的居多，支吾了事的居少。

我沿街散步，路过安庆市的图书馆，想起这里还有一个叫石楠的女作家，张玉良在她笔下是栩栩如生的人物。这个在芜湖生活多年而日后显赫的女艺术家张玉良没有“活”在芜湖作家的笔下，却被一个无声无息地

"潜伏"在安庆市图书馆的"小人物"石楠在她的小说中描画得有声有色、有模有样，既有性情、格调，又有思想、抱负。我们已经不能把安庆人聪明说成精明，而是应该把安庆人的精明看成能干和实干。

桐 城 琐 忆

我第一次去桐城，大约是二十年前吧。主人没有安排我在闹市的宾馆，而是住在荣军院附近的一家私人旅馆，虽不解，却没有不快。我素性喜静而不喜动，加上旅馆虽私人所开，却并不敷衍，一应如“宾馆”所制，出差不忙，正好顺带休闲。

安顿后，主人说带我去转转，出门三分钟不到，就是“六尺巷”，与脍炙人口的故事相比，这“六尺巷”就太不起眼了，谁会想到宰相府第就在这僻巷之中。“一纸书来只为墙，让他三尺又何妨。长城万里今犹在，不见当年秦始皇。”张英官至宰相，一人之下，万人之上，这点气量倒是应该有的。不过，我倒是有点佩服这吴姓之人，敢与当朝宰相争地，无论是气魄还是胆量，也是值得流芳后世的，可恰恰不是，吴姓倒是沾了张宰相的光，作为张家大度、谦逊、不以势压人，不依官欺民的陪衬而流传后世。十多年后，我再去，两壁新墙相对，中间隔了六尺，看了要多别扭有多别扭，宛如昨日刚建，式样完全一样，恐怕张、吴两家人见了，单看这墙，也难辨孰是自家所建。

说到桐城，必说“桐城派”，说到“桐城派”，必说方苞、刘大櫆和姚鼐。桐城派是清代文坛最大的、影响最广的散文流派。桐城派并不始于方、刘、姚，其始祖可以上溯到明末清初，名气最响莫过于戴名世。戴名世在康熙二十六年（公元1687年）授知县，却愤于“悠悠斯世，无可与语”而辞，在燕、齐、鲁、越之间游历。《南山集》案发于康熙五十年（公元1711年），缘于左都御史赵申乔称《南山集·致余生书》中引述南明抗清事迹，而参戴名世“倒置是非，语多狂悖”，“祈敕部严加议处，以为狂妄不敬之戒”，戴名世下狱。三年后，杀于市。这就是清初出了名的“南山案”，给《南山集》作序的方苞被株连，差一点也被杀了头。

此后数次去桐城，居市内，而每次去，都去看看六尺巷，虽温故却未见新。而桐城闹市区还有一个好去处，那就是文庙。文庙在老城区广场的北端，是桐城文化和建筑完美结合的载体，桐城派的文化遗存仿佛凝固在精美超群的建筑之上，两者交相辉映，相得益彰。桐城的文庙是我见过的最精美、最富丽、最恢宏的文庙之一，如果我们把曲阜的孔庙列为第一的话，那桐城的孔庙可以说是当之无愧地紧随其后，至少我是这样认为的。

桐城文庙始建于元延祐初年，即十四世纪初，而毁于元末兵乱，元桐城文庙也仅仅存世不足三十年。太祖朱元璋建明之后，即拓展重建，就在文庙的今址上。明、清两代修葺了十九次。文庙是桐城元、明、清祭孔尊儒、延绵文脉的礼制性建筑群，是桐城文人儒家的精神寄托。1985年的“整旧如旧”而进行的第二十次修葺，仅仅修缮了破损的门楼，我第一次去文庙，当在1985年以后，因为我已经拜读了修葺的碑铭。

大成殿，按规矩，是文庙的主体建筑，以南北中心线呈镜面对称的建筑群分置两边。从南始，门楼、宫墙、泮池、泮桥（又名状元桥）、大成门、崇圣祠、土神祠、东西长庑等，主次建筑，错落有致，浑然一体。门楼上方鎏金“文庙”，是赵朴初先生墨宝。文庙内遍布精巧、优美、细工的砖刻、木雕、汉白玉雕，以文庙门楼为最。市博物馆也在此借文庙一隅，馆藏甚丰，从新石器到宋瓷，从李公麟的画到方以智的书，从雍正御赐保和殿大学士张廷玉的虎铜印到乾隆御题碧玉铭文，林林总总有千余件，据说（与馆员攀谈）不乏稀世珍宝，只藏而不陈，未能见到。

文庙门楼砖木构架，正楼侧阁，飞檐层叠。几乎所有的部件都装饰以砖雕木刻，还有墨绘，只认得其中有“侍席鲁君”“太白醉酒”“渊明赏菊”“和靖观海”“敦颐爱莲”“太公垂钓”“孟母断杼”“独占鳌头”“天宫赐福”，其余一时间均不能辨识。

文庙中最具特色的是“状元桥”，架于半月形泮池上。砖石拱桥，汉白玉石雕栏杆。据说左光斗、方以智、张英、张廷玉以及桐城派开山祖戴名世、方苞、刘大魁、姚鼐，之后的近千名名臣硕儒，在成名前都从桥上步入大成殿祭孔，这泮桥也就成了“状元桥”，不知桐城或者刻意到桐城的学子是否也过此桥去拜祭孔先生，希图日后一举成名，报效家国呢？同行的几位小青年，来来回回地在“状元桥”上走动，我说“枉跑了几趟，还不去拜孔圣人，还想博士、硕士的，做梦吧”，小青年们“狂奔”入殿。

殿内，拜祭了先师孔圣人，分列两侧的贤哲们的塑像形神兼备，栩栩如生，这“生”倒不在于像不像，而是生动，很是传神。

在左侧的偏殿，有一严凤英展览馆，实物不多，文字倒是尚详实。严凤英是桐城罗岭人，黄梅戏并不始于严凤英，她却是一个使黄梅戏起死回生的人。几出大戏《天仙配》《女驸马》《牛郎织女》……救活了濒死的黄梅戏。严凤英身世坎坷，命运多蹇，死于非命，以38岁英年永远和黄梅戏连在一起，如果从这个角度讲，严凤英该是流芳后世、永垂不朽的，我以为，严凤英称得起。

去了张英、张廷玉墓，尚在修建之中。沿未竣工的石阶上去，四散堆放的水泥、石块，依墙未植的高树、矮灌比比皆是，享堂和墓地都在建或修，看起来规模不小，随行人员告知，一两年当得完工，对外开放。父子宰相墓在龙眠山上，墓依山而建，四围到处苍松翠竹，溪流淙淙，鸟唱虫鸣，山静谷幽。长眠在这样的地方，不是人人都能享受的，张英父子尤其是张廷玉，宠信于康、雍、乾三代，在雍正爷那儿，张廷玉可是真正的一人之下、万人之上的，就是一代文宗方苞也未必能够在当时享此殊荣。

“桐城小花”就出在龙眠山，其品质绝不输于黄山毛峰、太平猴魁、六安瓜片、霍山黄芽，其汤色碧而持久，味微苦而后甘，沸水冲之，一股清香蒸腾，眼、嗅、味都是一种享受。在我尝过的茶之中，“桐城小花”是我最喜欢的茶之一。

在桐城，结识了张复礼先生，清瘦、斯文，一副夫子儒生模样，就连名字也是“复礼”。精于诗词，是《桐城诗词》的编委，无论是理论还是实践，都能滔滔不绝，我简直有点“耳”不暇接。清茶一杯，竹椅一张，宏论一番，于我这后生晚辈，受益匪浅绝不是一句客套的话。临别，送我一本《桐城诗词》，扉页上题字为“雅玩”，大有自谦的意思。在“诗词评论”一栏有张老先生的《选诗杂吟论勉叠韵十二首》，以“难、看、删”做韵脚的七绝一气写了十二首，可见诗词功底非同一般。其中一首我以为最值得玩味，“髫龄学咏苦其难，廷训时承法眼看。今我白头翻箧匮，积年陈草半宜删。”我的诗词，更是大半宜删了。

我中学读过姚鼐先生的《登泰山记》，是选在语文课本中的，我也读过方苞先生的《狱中杂记》。我至今仍然保存了一本《古代游记选注》，然其未将姚鼐的《登泰山记》选入，而选了姚先生的《游灵岩记》，灵岩在泰山的西北麓，刘操南先生说《游灵岩记》“文章刻意写得高深简古，是桐城派古文义法的典型作品”。

我的一个张姓的中学同学，被老师拎起来读课文，就是这篇《登泰山记》，“登泰山记，桃鼎”，同学那个乐啊，老师那个气啊，“桃姚不分，误之有理，乃视力不好之故，鼐鼎不辨，错之无故，该回小学从头再来”，张姓同学有四分之一的桐城血统。十年之后，张生成了一名出色的工艺美术师，几位同学的出国馈赠品，都出自他的手。

米公有祠江之北

黻，这个字可真的不好认，可爱书法的人不认识这个字的不多。宋四家的米芾的黻便是这个字。米芾的字常谐之为“刷字”，意思就是笔像把刷子，字，就是“刷”出来的。“扬州八怪”之一的金农，他的字谓之为漆字，是前无古人的笔为刷而墨似漆的。我想，米芾这“刷字”也是前无古人的，但前无古人，并非无源之水、无根之木。

习米元章的字数年而无就，三分形似，七分神离，方知米元章的字独树一帜，即使仿，也不是容易的事。在绍兴，看“书匠”摹《兰亭序》惟妙惟肖，几可乱真，真未见习《蜀素帖》而得神韵。可谓摹王羲之易，摹米元章难。

去了无为，去了米公祠，去拜谒了久仰而迟瞻的米公祠。米公祠在闹市区深藏不露，像一个中隐于市的士人，有内涵却不张扬，有风景却不招摇，很符合米芾的境遇和性格。古祠的清冷和游人的稀落使得米公祠显得格外的空旷，格外的萧索，更何况在枝疏叶凋、山寒水瘦的深秋。

宋是个十分矛盾的朝代，文化、艺术、科技几乎是中国历朝历代的顶峰，四大发明其中有三在宋。宋，从天子到朝臣，都擅诗文善书画，能琴棋通音律，闲雅得很，也逍遥得很。可宋的北方一围虎狼，契丹部族的辽、随后兴起的女真都是宋的大患。辽，经常南侵，与宋的战争不断，却互有胜负；女真，在徽宗政和五年建金，与宋暂无瓜葛。在书法上独树一帜的徽宗赵佶想在政治上也来个“瘦金体”，意欲收回燕云十六州，依马植计策去联金灭辽。可事与愿违，与辽的作战，宋是每战必败，金是每战必胜。结果是引“金”入室，自己和儿子做了俘虏不算，还丢掉了北方国土。随后，偏隅临安的赵构虽然有岳飞，却有秦桧，与金打打和和，无休无止，成天提心吊胆地过日子。南宋的文化、艺术和科技与北宋不可同日而语，除了诗、词之外，书家也就是张孝祥、张即之、陆游、范成大，与北宋四大家相比，似乎有点儿小巫见大巫了。

书法在西晋是最重要的艺术，西晋的钟（繇）胡（昭）得到行书首创者刘德升真传，也算是行草的祖宗。除了钟、胡，晋还出了“书圣”王羲之，《兰亭序》世称“天下第一行书”，可《兰亭序》的原本并未“流芳百世”，而随唐太宗陪葬昭陵。也许是一种宿命，从书法主流看，唐人并未继承晋人行草的书法传统，反而矩镬森严地将楷书推向极致，似乎在为宋人飘逸灵动的行草奠基。初唐四家，薛稷、褚遂良、欧阳询和虞世南都是楷书的大家，世称楷书四大家有三位是唐人，欧阳询、颜真卿和柳公权。楷书至今仍然是这三家的天下，其中颜、柳是公认的楷体的正源，常有“颜筋柳骨”的说法。

无为有幸，米元章晚年知无为军。徽宗崇宁三年甲申，是年五十四岁的米元章，仲春尚在书学博士任上，旋即去了无为。靖康之变之前，北宋依旧是笙歌唱繁华、诗词诵太平的盛世，在徽宗朝，危机虽潜行，败象却未显。米芾卒于徽宗的大观元年（公元1107年），没“赶”上靖康之变，算是万幸。米芾一生基本上没有卷入政治是非，世道也算是稳定，生活就相对安定，悉心研究，习字不断，成就了北宋的米家。米元章的性格比较怪异，不入俗流，晚年不肯步人后尘，那字自成一家就不是偶然的了。

米公祠似乎没有“祠”的味道，祠总和祭分不开，祭神、祭祖、祭圣贤……米公祠，该是祭米元章的场所。祠内却未见米元章的画像或者塑像，即便有，也不那么醒目。米公祠勉强算博物馆吧，也只是与米元章相关的博物馆，说博物馆也稍嫌过誉，也就是米元章书法纪念馆而已，碑、帖，也就是仿、拓件，几乎无一件真品。说是晋唐之后的石刻150余件嵌于回廊，似乎并未见到，可能隐藏在拓件的背后而不得见其真貌。宝晋斋过于狭窄，展品极度拥挤，纳一二十人都感觉难以从容观赏。米芾建的宝晋斋早已毁于兵火，此后屡毁屡建，现在的宝晋斋可能是光绪年间的知县王峻所建，一应当时的掘池、建亭的制式。米芾摹刻晋人王献之、谢安《王略帖》《八月五日帖》和《十二月帖》的石碑已无存，千年之后，劫后余生地留下一些碑刻也算是万幸了。

无独有偶，张孝祥在芜湖留下“投砚禁蛙噪”的传说，米元章在无为也有“投砚禁蛙噪”的故事，大文人连习性、脾气和行止也是这样相像，天生的谪仙人，连上苍也顺从他们的意志和愿望，所幸或者所不幸的是这样的文人太少了，尤其是像米元章这样的大艺术家。

我在美国的同学几乎每年春节回到芜湖都去一瞻《太平州芜湖县新学记》的碑刻，我也就陪着。碑刻在原来的十二中内收藏，与学宫大成殿相伴，大约去过五次，流连不舍，求拓本而无果，甚至托过一位副市长。《太平州芜湖县新学记》为芜湖县令林修请礼部尚书黄裳撰文，米芾手书的，书文两绝，碑刻也算当今文物之最了。北京师范大学藏有《学记》的拓件，民间、官家的拓件几乎不得其二了，我之所以这样说，是因为在芜湖，这个曾经就是“太平州芜湖县”的地方也未见何处有拓件展品。

在米公祠碑帖展馆流连许久，张望顾盼，终因书、文根基不足而不得要领，看了半天热闹，未看出多少门道，欲拍下几张照片，工作人员连说“不准拍照”，作罢。我在新安碑林是允许拍照，因为原碑刻上已经蒙上一层拓纸，以保护原刻石，宝晋斋的石刻若如此炮制，想必也是可以拍照的。可“客随主便”的道理还是懂的，也就顺从了主人的一脸“严肃”，模棱两可而又真假难辨的“严肃”。

后院的“拜石”据说是米元章揖拜的原石，不知真假，如果是真的，那保管就欠妥，日晒夜露，风吹雨打，似乎应该更加“保护”一点，比如建个亭什么的。如此裸置，我倒怀疑那“拜石”是假的了。

聚山阁下有一杏花泉，泉上一井，至今水源丰沛。阁未开放，只能仰望而行止了。

米芾七八岁就能悬空抵壁书写大字，米母与宣仁皇后为旧识，米芾因此而获得恩荫的机会。崇宁五年（公元1106年），被授书画二学博士，阅尽宫内历代书画，又与王安石、苏轼、蔡京、黄庭坚交谊甚厚，章法上的相互学习、技法上的互相切磋那是肯定的了。

米元章初深功于唐人楷法，沉酣于颜柳欧褚，之后慕魏晋平淡之风，习王献之、谢安，又旁通篆隶，四十岁之前有集成之“讥”。钱勰说米芾的字太刻意，应当以势为主，米芾大悟，脱胎换骨，自成一家，说“既老始自成家，人见之，不知以何为祖也”。宋四家，惟米元章的风格迥异于苏轼、黄庭坚、蔡襄。

米芾传世的作品以《蜀素帖》和《苕溪诗帖》最为著名，前者是绢本，现藏台北故宫博物院，后者是纸本，现藏北京故宫博物院。

有机会再去米公祠看看，而不是像这一次浮光掠影。

六 郎 记 事

2015年的暮春，在瑞士卢塞恩，阿尔卑斯山平缓的北坡山脚铺张着似乎无边的草地，绿茵上星点着农舍，赭红的屋顶仿佛如盛开的鲜花，放眼向北，是蓝宝石般的卢塞恩湖，蓝得醉人。卢塞恩，仙境一样的小城。贪婪在静谧郁葱中的一瞬间，忽然地闪过一丝念头，我的家乡有这样的方吗?

2017年的暮春，我去了六郎镇，江南水乡中的一个普通村落。遍布江南水乡的村落，宛如上苍手中一把珍珠，漫不经心洒落在江南这片土地上。在漫长岁月中，这些江南小镇或熠熠生辉，或默默无闻，或交替明暗，或起伏声色，六郎的命运也就跳不出历史的区囿。六郎有显赫的过去，也有渐起的今天，肯定有辉煌的未来。

《左传》有记：“（襄公）三年（公元前570年）春，楚子重伐吴，为简之师，克鸠兹，至于衡山。”古鸠兹在春秋时期就是吴国的重镇，无论在人文上，还是在地理上，都是楚伐吴至衡山（在今当涂）绕不过去的障碍。历史上的六郎肯定是被楚人占领过，楚人旋风般地来，也旋风般地走，楚人要的不是六郎，而是吴都（苏州）。但是，六郎在楚、吴疯狂无义的刀剑下，生灵涂炭，民不聊生是肯定的，六郎的衰败也许从此开始。六郎的繁华不再，只有碧水依旧，直到吴王阖闾灭了楚，那碧水中才暂时看不见无辜兵、民的鲜血。

六郎在此后的两千多年，是繁华重来，还是凋败依旧，似乎没有史学资料支撑。六郎在历史长河中太微不足道了，如果没有左丘明“楚子重伐吴，克鸠兹”的记叙，也许世人无从知晓六郎，或许只能闻于地方的志书上。历史久远又能如何？往事辉煌又能怎样？久远的辉煌和沉淀的美好只能寄寓在传说中，虽然传说是一杯陈酿，可以时不时地端起来品咂，终究不是曹阿瞒的“杜康”。况且林林总总的传说也是珠不成串地断断续续。许多传说犹如断了线的风筝，杳无踪影，失了传，也就无从说起了。六郎是一颗明珠，是一颗被历史尘埃淹没的珍珠，需要重新发现和审视，需要洗涤和擦拭，需要一个精致的盛器，而这个盛器要得体，要和明珠相契，如此这般地把这颗明珠捧在你的面前，你会惊呼：“这是六郎吗？”对，这就是六郎。

即使从春秋吴楚鸠兹之战算起，六郎也该有两千六百岁的流年了。可眼前的六郎并不是苍颜白发，行履蹒跚，而是充满着活力，处处生机蓬勃，繁茂昌盛。旷野铺翠，百里平川沃土；青江盈碧，万点水波银光。

六郎的过去只是沉寂了，沉寂得有点久，苏醒得有点慢。而“慢”正是六郎的生活乃至生命的节奏，六郎人正在打造“水上慢城”，用逐步完善的“生态六郎”去支撑六郎的“慢生活”，用“生态六郎”吸引天下人来此享受慢生活，在紧张急匆的工作之余二三结伴或三五成群来“水上慢城”懒觉、踱步、闲聊、饕食。不用细想，来六郎度假将是你消磨假日周末时光的一个不坏的选择。

说是“原野森林农家乐”，有原野，不大；有树林，也不多。是农家乐倒是名副其实。厨工们正在准备着中午的食材，并不在意我们这一帮闲人，倒是这一帮闲人处处流连、留影，处处细观、深究。院落中绿树尚未成荫，枝叶远未成盖，但绿色遍布在每个角落，清流潺响，垂枝悬顶，庭院的空气湿润润的，弥漫着草香和花香，主人不断地提醒“留心脚下”，砖铺的曲径湿漉漉，零星的青苔使得路面更滑，湿滑的路面温暖而近人，不似水泥路面那样的冷漠和枯燥。四顾未配套、正在建设中的“农家乐”，恰似一个成长中的少年，成才立业似乎还有一些时日，少年正在努力成长，一面成长，一面酝酿着自己的远景规划，期盼着下次你来就住在“原野森林”里。

中益木榨建在一个旧粮站里，木榨榨的是油，油茶籽、花生、芝麻……都是榨油的原料。木榨坊并不忙碌，只有两台木榨在“接待”参观的一行。石冲猛力撞击机上的木楔，油淅淅沥沥地滴在木榨机下的盛器里，渐渐地汪成一片，亮亮的、润润的。原始的榨油作坊就是这样产油的。中益门市买的菜籽油、芝麻油、花生油……都是这样生产出来的，原始却很生态。可我怎么也弄不懂，木榨机的前身究竟是个什么样子？但有一点我是明白的，就是“榨”，榨，无非挤压，就是将原料中的“液”给挤压出来，人便发明了木榨机。如果认为木榨机里出来的油是最原生态的，那么试着把繁重的、单调的冲撞劳作交给机器来做，岂不两全其美，用最不“原生态”的劳作生产出最“原生态”的产品。而食油的用户和追源的观众绝不会纠结“人力”是不是原生态的，因为人类的智慧是最“原生态”的了。

木榨机，作为中国榨油史上的一个杰出的工具，六郎人意欲将木榨机的实用价值和美学价值发挥到极致。实用价值自不必说，而六郎人目下依然保留着木榨，就是让你带着惊诧的目光，跌宕的情绪去欣赏石冲的每一次撞击。石冲借着每次冲击的反作用力，划着沉重的但却是优美的弧线，悠然地荡到势能的最高点，然后奋力撞向木楔，发出浑厚的“咣咣”声，催生了你兴奋的、感叹的甚至崇敬的情绪。木榨，不仅仅就是出油，过程派生动作和声响，产生了你视觉上的、听觉上的感染力。于是，木榨机完成的就不只是榨油，而是让你怀旧、遐想、期冀、等待……让你愉悦不已，这就是木榨的美学魅力。

中益是个作坊，也是个专题博物馆，中益摆放了不少旧农耕时期的农具和用具，大到水碾，小到箧篮，林林总总的怕有上百件吧。和木榨不一样就是，这些老物件已经完全失去了实用价值，只负责承载和追述历史，对像我这般年纪的人，它的作用就是怀旧，看见这么多曾经熟悉甚至亲手用过的器具，有一种恍如隔世的感觉，如果不是存世量太多的话，那就是个文物。让水碾动起来，让水车转起来，让风车扬起来……唤起休息的生命，让“死”的物件“活”起来，唤起的目的不是“使用”，而是“展示”。我始终认为，什么是历史？就是后人了解前人走过的路。

包括木榨在内的老物件，它们静静地躺在四壁空空的展室内，没有遥远的沧桑，仿佛昨天退休的工人，我们与那物件的距离也就是昨天和今天那样的近，近得仿佛是坐在门口抽烟的祖父、喝茶的祖母，完全没有陌生感。可时代进步得太快了，快得让孙辈们只认得“苹果”，而不识“箧篮”，箧篮是历史？但是不识箧篮，历史依旧是历史。也许再过100年，箧篮就是文物，但是，箧篮毕竟不是埋在厚土中的楚晋竹简。

中益坊中的陈列有些随便，没有物件的说明，有展而无叙。于是，没见过这些老物件的人除了用亲切、温暖的眼光扫视一遍之外，还能有什么值得深究的呢？你希望外来人感兴趣于你的展示，首先你应该发掘你展示的内涵，修饰它的容貌，充实它的内容，去重而补无，寻稀而重独，逐步地让中益坊成为名副其实的农耕器具的展览馆，成为一种真正的旅游资源。

在顶峰美术学校见到一群（两三百人）正在学画画的孩子，很认真，很安静。我之所以把一群学生定义为孩子，就是因为依我看至多不会超过二十岁。广场般的教室横竖地分成八个小区，是按年级还是按水平划分，我没问。孩子们坐在矮凳上，一脸的严肃，对身边驻足的人连回头的兴趣都没有，只是关注眼前没有完成的画作，颜料、画笔甚至饮料瓶也横竖地躺在地上。

小女孩专心地用她那纤纤玉手捏着画笔，勾画静物的轮廓，身边光影的晃动让她转脸侧望。一张稚嫩、腼腆的脸，绝对不会超过二十岁，而她轻轻的、软软的一声招呼更加拉近了我与她的距离，这招呼不是礼貌，而是尊敬；不是敷衍，而是亲切。她想站起来说话，我便示意不必拘礼，于是，便一个侧坐、一个俯身地交谈。哦，也不是交谈，只是问了问有无收获，学费几何。心中暗忖，这孩子的收获与付出之间的结果恐怕现在还看不出来，但肯定不是“水涨船高”的同步结果。艺术，那是需要天分的，勤奋不一定会成才，但不勤奋肯定不会成才。女孩的脸是一张充满希望的脸，我希望她将来会是“陈逸飞”，甚至是“米勒”，是“列宾”。但她手下的画还真看不出来她的未来，也是，她的未来也不是我能预测的。但是，我喜欢这个小女孩，如同我喜欢我的晚辈，文静而知礼，虽然她缺少艺术人的张扬和灵气。

光顾着聊，等到我走进后面的会场，似乎所有的人都已经坐定，我只好非常不情愿地坐在前排，通常那排是领导坐的。

又去了十三官巷，一年之间，没有太大的变化。很喜欢在临湖的那一边驻足和闲步，宽阔的水面，涟漪的微波，湖水灰蓝色，只是不像卢塞恩湖那样宝蓝，那样清澈如镜。

平静的湖水，捣衣的少妇，溜达的黄狗，攀墙的枝叶，洁净的庭院，敦厚的石儿，加上热情的村人，乱转的闲客，几声犬吠，伴着石板路上鞋跟均匀的敲击，回荡在逼仄的巷道上空，空灵而幽婉，安详而寂静，仿佛是官巷永恒的和平电影。

一座院落门口的老夫妻微笑地用一种征询的目光迎接过往的外人，辨别外人对他们而言不困难。官巷的土居本来不多，是熟得不能再熟了，而陌生的面孔一睹便知。

老翁话多点，而老妪只是笑而不言，不外乎说了一些寒暄话。我对他们家的庭院倒是很感兴趣，大却不杂乱，简而很干净，庭院角落的树、花青红繁茂。老夫妻邀我坐，然后又说了一大堆彼此能听得懂的真心话。老实说，我倒是真愿意在这个久违的庭院住上一阵。五十年前，我家就住在老城区的一个老式大院子里，虽然和我眼前的这个院子的格调大相径庭，却并不妨碍我重温“庭院”的旧梦。临别，老翁一句“有空再来”虽然是一句客气话，但是很温暖，很真诚。

六郎，就是芜湖的一个后花园，职假周休，你可以约几个今日文友、昔日同窗去聚聚，或许还能结识一两个志趣相投的新朋友，品茗聊天，对弈手谈，如逢时令节气相宜，还可以摘果收瓜，甚至割麦插秧，只要你有兴趣。你可以带上“笔记本”去延续在城里没有完成的文字，也许换了个环境，会脑洞大开，思如泉涌，好构思、好文章就出来了。当然，你也可以什么也不做，就是来睡觉，也定是酣眠不觉晓，甚至处处可闻的鸟啼也是吵不醒你的。

说文解字释“城”，以盛民也。住在钢筋水泥的“森林”里，栖息在绝尘隔世的“鸟笼”里。现在的城，空气中弥漫着刺鼻的油烟，高低着不绝的叫卖，斑驳着献媚的广告，行色匆匆，步履匆匆，一切都很匆匆，匆匆地让你透不过气来。

城里的闲人和忙人都时不时嚷嚷去“农家乐”，长兴啊，宁国啊，石台啊……其实何必舍近求远，六郎不就有农家乐。几十分钟的车程，几乎就像从你家客厅转身进了屋后的院子，不好吗？

六郎，现在叫做镇了，我记得以前叫做六郎桥。六不读数字的六，当地人读“咯（luo）”，可在当地，数字六也还是读作“咯”的。

我在六郎，追根寻源地问“为什么叫六郎”，似乎没有人能够逻辑地、有据地回答我的执问，支吾在“杨六郎”和“六郎桥”两个传说之间，但持源起英雄杨六郎一说者居多。

《宋史》杨延昭传记，“以崇仪副使出知景州。时江、淮凶歉，命为江、淮南都巡检使。改崇仪使、知定远军，徙保州缘边都巡检使，就加如京使。”因此，从《宋史》来看，杨延昭与江南职事没有任何交接点，所以，“杨六郎”一说似乎说不通。

我倒更信“六郎”与“桥”的传说，报答上苍、还愿造桥是一个天上人间都诚信的美好故事，你保佑我生儿育女，我还愿于修桥铺路，一因结一果，善愿结善果，有了六个儿子，当该修六座桥，在水网遍布的江南，出行的人该有多方便啊。

瑞士的卢塞恩，人口与六郎正相当，不足十万，每年接待游客200万，我不了解六郎每年接待多少游人。六郎的面积有四个卢塞恩那么大，交通便捷，气候温和，农产丰富，有理由成为旅游度假的好去处。但是，与六郎相比，卢塞恩的旅游资源更加丰富，更加多样，更加古典，难怪全世界游人趋之若鹜。至少，目前的六郎还不能与之相比，但是何必要去比，六郎就是六郎，六郎的特色也许就是六郎努力成为生态慢城。

花 桥 汲 古——湾沚掠影

一

去的地方叫花桥镇，在芜湖县东，濒临水阳江。花桥镇东与宣城水阳镇隔河相望，北界水阳江与当涂县黄池镇相邻。源于天目山北麓的水阳江在宁国县与东津河汇合，于芜湖县的清水镇，水阳江的西支与青弋江并流，从东往北穿过芜湖市区而流入长江。

花桥镇在水边，秀美的水阳江傍镇而过，秋水寒而清，而晚秋的农家也很清闲。也许来的人太多了，司空见惯自然就不被格外关注，只有几位白发的老妪驻足或者侧目看着这一群前张后望、左盼右顾的人。

路过一家小店，一边的货架上居然摆着一些出土物件，我之所以不称之为出土文物，是因为这些物件太普通了。一件“谷仓”，陶的“谷仓”显眼地摆在货架的顶层。我估计，这个老物件的寿龄至少五十年。“谷仓”显然是出土的，是先人的陪葬品。物件五十年的寿龄，我是推算出来的，是根据火葬开始施行的年代推算出来的，也许更早。如果有百年的话，大概可以算是出土文物了。

和“谷仓”挤在一起的，还有一些陶罐和残砖破瓦。小店主还是有一点现代头脑的，懂得出土的物件可能是文物，文物非但值钱，还有它可能说不清的价值，先留着再说。这是我揣度，店主一直低头玩着自己的“苹果”，连瞄都不瞄我一眼。

东门渡的古宣州窑址不远就是水阳江，窑址1998年列为省级文物保护单位。渡，就是码头，孟浩然《夜归鹿门山歌》中就有“渔梁渡头争渡喧”，渔梁渡就是渔梁码头。《红楼梦》中薛宝琴有诗《桃叶渡怀古》，桃叶渡，王献之的妾桃叶与之分别的地方，后人把这个渡口叫做桃叶渡。可见“东门渡”，就是城东门的码头。窑建在渡口边上，自然是利于运输的了。

一群人在东门渡古窑址盘桓了许久，寻寻觅觅，期冀能够找到点什么，恐怕连寻觅者的本人也说不清要找什么。寻找是对古遗址遐想，是对古遗痕的抚摸，更是对古遗迹的尊重。每一个来东门渡的人，都会用眼光和思绪将古窑遗址“发掘”一遍。古窑在土丘上，土丘的断面可见层层叠叠的残砖碎瓦，考证说，未见到更晚于南宋的残片。我揣度，东门渡古窑兴盛于唐末，至北宋而逐渐衰亡，宋迁都临安之后，南方的各业兴盛，官窑在浙江更盛，东门渡窑反而趋于衰亡。《瓷史》作者黄裔则认为，“宣州瓷窑，为南唐所烧造，以为供奉之物者。南唐后主尤好珍玩。”李煜珍玩是否是东门渡所出，不得而知。如果是，前提是东门渡窑就是宣州窑。但是，有“宣州窑”款的残罐在宣州也有出土。东门渡古窑就是“宣州窑”推断虽然不那么理直气壮，但是，东门渡古窑瓷也可能是李煜的珍玩。

是也罢，不是也罢，今天有幸见到一千多年的古窑，虽然我们不懂古窑，但还是懂这一千多年岁月的漫长，那一千多年留下的“残”或“痕”都是人类的过去，就是历史的断面。

一提起南唐后主李煜，首先想到的就是他的词。据说，李煜根本不想做国君，也许是他老子李璟的一句“李家的江山你不坐谁来坐”，李煜也就无可奈何地、委屈地做了南唐的国君。其实，李煜的想法很简单，就是做一个文学家。李煜的有些词，我以为，简直就是前无古人后无来者。李煜手上把玩的珍爱，肯定也不俗，李煜珍爱的品位应该配得上他的诗词品位。如此说来，宣州窑瓷的形美质优那是无疑的了，否则，配不上李煜，配不上李煜的诗词。

一大群不懂考古的人，站在古窑遗址的脊背上，几句感慨，几句吟诵，都是对东门渡的赞美，都是对历史永恒的感叹。水阳江水见证了古窑的荣华，流逝了花镇的辉煌。李煜的珍玩也许就是古窑的荣华，那花镇有过辉煌吗？有，去楚王城看看吧。

二

楚王城在城东，是一处遗迹，是古鸠兹城的遗址，作此断定的是侯仁之先生。侯先生是历史地理学的泰斗，曾在1978年来楚王城考察，认为“楚王城是西汉芜湖县城，亦即古鸠兹所在”。1985年的南京博物院考察结论也认为是汉城。

古鸠兹隶属于秦章郡，汉武帝建元二年（公元前139年），撤秦章郡为丹阳郡，芜湖归属丹阳郡。古鸠兹在汉武帝元封二年（公元前109年）易名芜湖，正式建县。

站在楚王城的土丘上，原本城门的地方已经为公路所占，城门早已痕迹杳然。厚实的城墙默默地长蛇般静卧着，没有诉说，没有感叹，更没有骄傲，虽然她值得骄傲。

新石器时代的石斧，商周时期的陶鼎足，战国时期的楚贝，汉代的五铢钱币，在楚王城一带都有考古发现，就是说，楚王城地区在远古时期就有人类的活动。人类的栖居是建城的基础，也是建城的必要和必然。估计水阳江绝不是现在的规模，宣泄的河道傍着荒芜的湿地，一直绵延向西，都是一片沼泽，芜草丛生，鸠鸟栖息。

吴楚的“鸠兹之战”在《左传》上有记载，鲁襄公三年，即公元前570年“三年春，楚子重伐吴，为简之师，克鸠兹，至于衡山。”简者，挑选的精锐也。衡山，在今当涂境内。战争的起因很复杂，也很简单，甚至为了一个女人也能打起来，“春秋无义战”即可一言以蔽之。关键是子重战后回楚，谎报军情说伐吴大胜，庆功酒喝得昏天黑地。吴国伺机攻占楚国的驾邑，驾邑今无为县，《春秋左传词典》：“驾，楚地，今安徽无为县西南境。”楚大败于吴。楚国群臣认为“子重于是役也，所获不如所亡”，就是得不偿失。子重死于抑郁症，精神疾病的一种。

子重，楚庄王的弟弟，在世于公元前570年之前，足以证明，古鸠兹在公元前500年以前就存在。楚王城，如果按侯先生的说法是西汉城，最简单的、最直观的推断自然是西汉的楚王所建。西汉一朝，有几十个藩王，在徐州就封过十二代楚王。谁在芜湖留痕，谁在芜湖建城，当从这些藩王的行止轨迹中去寻找。也许在今后的偶然之中，能够发现楚王的遗痕，希冀在遗址的发掘中得到实物证据。历史的真相也许还静静地、深深地躺在风尘中睡觉，没被唤醒。楚王城谜团的解析对中国的历史的完整也许只是丰腴体肤上的一毛，但对花桥而言，可能的重大发现却是惊天动地的，马王堆、兵马俑原本也不起眼。

我倒是相信，汉光武帝刘秀之子楚王英因遣发丹阳郡，在此筑城，说得有点道理。可刘英的年代是东汉，与侯先生的推断接不上茬。伍子胥在这里掘楚平王墓而鞭其尸说法最谬，因为这一件历史公案似乎早有定论。

站在楚王城头，耳边战旗猎猎，人嘶马鸣，杀声震天；眼前千军混战，横枪竖戟，尘飞土扬。鸠兹就是春秋时期的萨拉热窝，绵延数百年的混战就此开始。说春秋无义战，对，也不对，战争是不需要以“义”为由，尤其是春秋。

公元223年，孙权将芜湖县治由鸠兹西迁到青弋江口不远的一处高地上，就是现在芜湖城东南的鸡毛山一带。我在鸡毛山长大，甚至没有“一带”，出了大门就是鸡毛山，芜湖县署衙离我的旧居咫尺之遥。我可以这样说，以我的旧居为中心，方圆两里，几乎每一寸的土地上都有我的脚印，我是芜湖土著，却不是鸠兹的后裔。

登上楚王城的城垣，不再是寻觅，而是张望，张望逝去的辉煌，花桥的辉煌。我仿佛逆着历史的长河，从鸡毛山的芜湖到花桥的鸠兹。我跋涉两千余年，从今日的繁华回到昔日的繁华。人类一路走来，将过去留在身后，历史成了精彩的碎片，成了散落的珍珠，成了湮没的古迹，成了荒芜的遗址。我不禁要问，享受现代文明的人，为什么要费尽心思去补缺碎片、珍珠，还原古迹、遗址。其实，人也在寻根，但这种寻根，并不仅仅寻找祖先，更不是评说祖先的人事，而只是用后辈虔诚的心，朝拜先人，赏读先事。无论这些人事是好的，还是坏的；是对的，还是错的，我们一概不论。因为评说历史的好坏对错那是历史学家的事。

楚王城只是默默地静卧在花桥，一任站在她脊梁的后人的“头头是道”，或者是“胡说八道”。

三

离开楚王城的遗址，去了九十殿。九十殿建于南唐，旧称“敏灵观”，观，是道家的修炼地。九十殿是一片古建筑群落，有前殿、后殿、偏殿和戏楼，与横岗境内的九女墩墓、梵音庵、楚王城、妙因寺石狮，构成了可供游览的古迹群。

九十殿，说起来是南唐建筑，实际上是清代重建，可资证明的就是殿内殿外的碑刻。道光碑说，九十殿“建自南唐，历千百余年而祀享不忒”。所谓“祀享不忒”就是香火还算旺盛，“敏灵观”至迟在宋景德初建成。民国《芜湖县志》记载，“南唐、宋景德二年（公元1005年）以神（张渤）载在祀典，诏本军崇饰其祠。”

九十殿现存清代碑刻十一块，民国碑刻仅一块。历数了碑刻之后发现，最有价值的大概就是乾隆二十五年（公元1760年）的《重装圣像修理戏楼碑记》，嘉庆十年（公元1805年）的《复修九十殿敏灵观碑记》和道光二十六年（公元1846年）的《敏灵观复捐检修碑记》。从史料角度而言，无疑是记述重修事功、追记历史沿革的价值最高。因此，《敏灵观复捐检修碑记》的史学价值最高。

从外貌上看，九十殿已经是典型的清代殿宇，建筑上的大部分戏文人物、花鸟草虫的木雕已经残缺不全，或者荡然无存。

九十殿内供奉着祠山大帝张渤，一个传说中的治水英雄。殿内除了供奉着祠山大帝之外，还有天君玉皇大帝、南无阿弥陀佛、土地神位、武当山真武大帝圣位等，从元始天尊到太上老君，从十八罗汉到祠山娘娘，一起享受着人间的千年香火。

九十殿缘何而名，说法很多。我宁可相信地理说，就是离芜湖、宣城的距离都是九十里。毫无感情色彩的距离说，符合道家的本意，平和而安宁。

去了万福寺，寺很小，几乎没见到香客。万福寺，也称“万佛寺”，寺院原本供佛万余尊。现在已经杳无踪迹，甚至连一点痕迹也寻觅不到了。

花桥的旱船表演很好看，船装饰奇美，划起伏波动，舞灵动活泼，歌圆滑流畅。领唱的那位大妈声音高亢，眼神顾盼，身段扭动，有点花枝招展，一看就知道“从艺”有些年头了。下场一问，才知道大妈六十有余，从艺四五十年了，表演的场次已经多得记不清了，堪称民间艺人，譬如我在延安看见的朱贺平。

花桥，谜一样的村镇，真的有必要撰一本史考，哪怕是资料的罗列也好。给后人，给游人，给对花桥有兴趣的人，给对花桥有研究的人。将花桥由零散聚为集中，将印象凝为具体，将物质化为精神。

花桥，也许会成为“春秋遗址”，而扬名天下，那时候，你会站在楚王城的脊背上理直气壮地说：“这里是春秋吴国（楚国）的古城遗址。”

江南荷盛最陶辛

陶辛，在安徽芜湖市的湾沚区，在风景秀丽、水天一脉的江南，在花开四季、莺歌燕舞的江南。

陶辛之辛，在荷花；陶辛之幸，也在荷花。荷是陶辛人用辛勤劳动走向幸福生活的桥梁。荷莲用意不辞辛，料得夏景最胜处，华朱水清。陶辛就是江南夏景最胜处，万亩荷莲，朱花粉朵，各异芳华；如云美女，人花相映，尽显妖娆。但今日陶辛之美，并不全在繁盛的荷莲，我一直认为，一处的魅力在风物和景致，而风物和景致的留存在于她独特的人文和历史，陶辛也是如此，如果陶辛仅仅有荷花，那她的魅力是浅薄的，也是短暂的。陶辛风物喧嚣和景致招摇肯定是荷花，而留存陶辛魅力却是她的历史渊源和人文底蕴。

一

陶辛的历史至少追溯到北宋末，徽宗大观二年（公元1108年），陶渊明的后裔，一个陶姓的“活鲁班”从江西九江迁至现在的陶辛，围水筑圩，匠心独具地将圩田“井”字形地分割、开沟，既便于耕作，又利于排水。千年的沧桑巨变，沟成了湖，田成了岛，也就有了今日的陶辛万亩荷塘。我没有打听，今日的陶辛人还记得这位先祖吗？

陶“鲁班”的远去，留给后人的不仅是良田万顷的物质财富，还将创造性的聪慧传给了后人，1909年胡姓的陶辛人以宗祠为校舍开办芜湖县农村第一所新式西化学校便是例证之一。

开办胡氏的西化学校几乎在中国的西式教育刚刚开始的时候，胡氏人先将一只脚跨进现代文明的大门。中国教育普遍还在“之乎者也”的私塾时代，胡湾已经“语文、算数、历史、地理、英语”地培养着现代的学生，这些学生后来成了胡湾的骄傲，不是成了国家功业的栋梁，就是成了教育家。胡湾的宗祠，胡湾的西式学校值得骄傲，因为在两百多年中，培养了百名有成就的教授、学者，从胡氏宗祠走出去的学子遍布海内外，也因为他们对世界和中国的贡献而享誉中外。

胡湾的胡氏原居于徽州祁门，明代迁居于此，胡姓将徽州的建筑文化移植在陶辛的沃土上，按徽派的建筑模式和格局建造了胡氏祠堂。宗祠建于明代的万历年间，我推算，享年愈400岁。志载，胡氏宗祠在太平天国时期遭严重破坏，估计是太平军西征安庆而在江南鏖战所毁，旋即得以重新修复，距今也有一个半世纪了。

胡氏宗祠正在维修，沿回廊转了一圈，祠堂规制宏大，与徽州所见祠堂并无两样，精美的雕梁基本完好，退色的画栋尚需添颜加色，学堂早已不在，一所现代化的学校已经新建在祠堂的隔壁，但是，祠堂承载的胡氏教学育人的史诗依然熠熠生辉，垂名青史。

“自祁衍派世居芜家起琅山以北，为国上章名著史忠扶宋室而南”，古之芜祁之地以珩琅山为界，南为祁，北为芜，青弋江流域，胡家湾就坐落在这块河湖交错的冲积平原上。胡氏来源于祁门的珩琅山。而“为国上章”指的是胡家远祖胡铨。胡铨是南宋名臣，和秦桧作过殊死的较量，以命相搏，《四朝见闻录》中记载，胡忠简公铨以枢掾上书“请诛秦桧以谢天下，请竿王伦之首以谢桧，斩臣以谢陛下”。下联之上章指胡铨的《戊午上高宗封事》，尽忠事国，这国就是南宋。我在《匣中剑》一书中对张孝祥和胡铨的交往有过一段铺叙，都爱国，都是南宋的中兴名臣。

史载，胡铨是吉州庐陵人（现今江西吉安人），与欧阳修同乡，何以为胡家远祖，想必是胡铨后裔迁居祁门，其原因，不外乎动乱、避祸、阋墙……“元乱”之说有点勉强。何以为考，不得其由，历史，永远是有空白需要填充的。

胡姓的子弟和后裔现在仍然遍布世界，或栋梁，或英才，或普通人，或高贵者，成千上万，认识与陌路无碍，序长与年幼有别，像水珠，汇成涓涓长河，润土沃田；像种子，落地成荫大树，叶丰果硕。胡家宗祠是长河的源，是大树的根。

胡家祠堂的二门有一对联，上联“荷芰飐风香雾若来兮水面”，我没追问联撰何人？但可以看出来，荷在胡湾、在陶辛，遍植广种已久，夏来“飐风香”的荷花极目皆朱粉，莲朵满眼尽红黄。

二

1071年，五十五岁的周敦颐在江西星子抱病上任南康知军，知军就是掌管一方的军事长官。周敦颐上任之后，在军衙的院子里挖了一口塘，种莲植荷，茶余饭后，独身闲步流连怡情；政隙工暇，或邀三五好友，或偕一二幕僚，品茗酌酒，盛莲看花，枯荷听雨，相伴三年。神宗熙宁六年（公元1073年），周敦颐溘然长逝，永远地与荷莲神魂相守，爱莲之人芸芸者众，但出其右者无，谁能写下传世千年、长诵不衰的《爱莲说》？唯周敦颐。有说，《爱莲说》是周敦颐嘉祐八年（公元1063年）五月写于今赣州道判署内，但我更加相信，星子军衙的荷花塘是《爱莲说》的最佳的孕产地。

“水陆草木之花，可爱者甚蕃。晋陶渊明独爱菊。自李唐来，世人甚爱牡丹。予独爱莲之出淤泥而不染，濯清涟而不妖，中通外直，不蔓不枝，香远益清，亭亭净植，可远观而不可亵玩焉。予谓菊，花之隐逸者也；牡丹，花之富贵者也；莲，花之君子者也。噫！菊之爱，陶后鲜有闻。莲之爱，同予者何人？牡丹之爱，宜乎众矣！”

褒一物而贬一物，喜一物而厌一物，总是与爱好和习性相关，而爱好和习性常常是一个人感情的流露、品格的彰显。水陆草木之花甚众，而莲与之突出的品格就是“出淤泥而不染，濯清涟而不妖”，君子逸格，高洁出世，就是周敦颐力行和提倡的“中通外直，不蔓不枝”的立身和处事原则。托物明志，就是一种追求，所谓追求，就是欲达而未达的理想境界。

周敦颐是程朱理学的创始人程颢和程颐的老师，自然也就存“穷则独善其身，达则兼济天下”的君子处世原则，孤傲而遗世，所谓中通外直、不蔓不枝就是周敦颐处事、处世的原则。

荷和莲，遍及除了西藏和青海之外的每处角落，浅水、湖沼、泽地、池塘，只要有水的地方，你总能寻觅到荷莲的踪迹。荷莲并不像周敦颐那样孤傲和遗世，很大众的一种花卉，很近人的一种随和。夏日炎炎，荷花摇曳在水面，怒放着悦目的浓朱淡粉；荷叶铺盖在湖上，张扬着清凉的绿杆碧叶，荷莲美丽着平凡世界，美好着百姓生活。

你看拱桥上那一溜着旗袍的女子，映衬在万朵荷花、千顷莲叶之间，那不是妖？妖娆不是一种美丽？殊不知还真应了那句“看红装素裹，分外妖娆”，妖娆就是美丽和迷人，美丽和迷人不仅是荷莲，还有陶辛的乡村和乡村生活。

三

爱莲之说实际上是爱荷之说，中通外直、不蔓不枝那是托举荷花的梗，荷莲一家，不分彼此？实际上，荷、莲还是有区别的，有藕为荷，无藕为莲。荷花本属睡莲科，但荷好像并不满意自己的归属，似乎想与睡莲分道扬镳而走自己的路，虽依旧出污泥，濯清涟，却高仰朱颜，勤结莲子，深藏藕实，从春末忙到初秋，无怨无悔，无求无索，以花为人赏目，以叶送人清凉，以实济人口腹。

末夏初秋也许是陶辛人最忙的季节，莲蓬的收采已经到了尾声，而莲藕的收挖才刚刚开始。水面上焦杆枯荷，残相败貌，结束了陶辛夏的热闹和喧嚣，那种“接天莲叶无穷碧，映日荷花别样红”的风光今年谢幕了，而“小荷才露尖尖角，早有蜻蜓立上头”的景致要等到明年才能见到了。万亩水面顿时安静下来了，安静得有点可怕，农人趁时在修葺着圩田堤埂，割弃着焦杆枯叶，只有藕到了收获的季节，而挖藕却是一项非常艰苦而枯燥的劳动，何时能够用机械收获藕实，也许聪慧的陶辛人，包括他们生活在陶辛之外的能人，在哪一天就实现了。

陶辛的水面除了几个月繁盛、拥挤和热闹之后，剩下的时间里还有人来吗？荷是季节性的，而单纯地以荷为观赏的旅游也便以荷花的凋零而逐渐远去，要等到明年了，明年还要看游客的兴致，如果年复一年地没有新意，那结果会怎样？

胭脂渡，一个很香艳的名字；听雨轩，一个很优雅的名字；香湖岛，一个很江湖的名字。陶辛人大可以在这些香艳、优雅和江湖的名字上寻找一些引人入胜的故事、诗词、传说，绘声绘色地演绎，再建造一些临水居屋旅舍，可以休憩，可以度假，可作写作基地，春看桃樱夏赏荷，秋听风雨冬眺雪。

苏轼说，淡红褪白胭脂涴，淡红色的花脱掉而成白色的花，像被胭脂水粉浸染似的，用来形容粉色的荷花，那是再恰当不过了；李商隐说，留得枯荷听雨声，那么你湖上的亭阁起个“听雨轩”的名字不是很雅致嘛；韦庄说，画船听雨眠，你的旅舍起个“听雨眠”的名字不是也很别致嘛。

不妨留一池残荷，疏密有致，在池边建一避雨廊，茶桌茶椅品茶艺，听风听雨滴荷声，也是一种乐趣，也是一种休闲，也是陶辛水韵的另一番景致，有别于盛荷、残荷的韵味，我想肯定有人会驻足于此。你可邀两三诗朋文友一道，惜残荷，听雨声。秋高晴天，池面上白云爽洁，金风阵阵，煮一瓯茶，对盏品茗；冬阴气冷，枯荷上薄雪浅盖，寒风冽冽，温一壶酒，小酌暖心。如此，文思泉涌，诗兴悠出，陶辛的水韵春夏秋冬就会延绵不断，何拘于一夏荷花，一瞬喧嚣，要让荷花莲朵在陶辛的旅行游程中为根成树，久而久之，那树上定会是肥果硕实，那陶辛的荷莲会花更盛，色更妍，景更致，会有更多的人趋之若鹜，各取己趣。

七八年前去陶辛，水面上小船悠哉，双桨吱呀，舟楫摇动，船娘并不纯正的小曲民谣给旅程增加了无限的乐趣，“一叶颠簸器远客，双桨扶摇任船娘。”就是当时我一时兴起随吟的诗句。机船固然好，但缺少点韵味，能不能增加一点人工的渡船，甚至是游船，任游客择价选乘。

“乱入池中看不见，闻歌始觉有人来”，如果在林立的荷杆绿叶之间随心地穿行，会觉无比清凉。杨万里诗云“荷花入暮犹愁热，低面深藏碧伞中”，乘一扁舟，体验一把深藏在碧伞之下的阴凉，有兴致，歌一曲，无论是嘹亮的，还是婉约的，轻声哼唱，高亢放喉，都相宜，都快乐，都入胜，都迷人，释放游兴，感觉自我，方是旅游的快乐，方是荷莲的外音。

不妨将“美好乡村”上水村、七房艺术村和陶辛荷韵串联起来，从圩堤大道上的樱花怒放，到河塘湿地里的荷花芳姿，到上水村的沟渠之上的宽叶缀实，满眼翠碧，凉意顿生的优美环境，再到挂满爬墙虎的农家小院、充满了艺术气息的农家旧屋、残垣断壁的七房艺术村。看农人弈棋，看儿童诵读，看老妪摘菜浣衣，看老翁闲坐吐雾。如果你的年纪足够大，还可以比较一番，农家几十年的天翻地覆，你真的再也寻不到旧时农村的面貌，新型农村、美好乡村就在陶辛，就在你的眼前。

荷花几处在陶辛，
淡粉浓朱濯水颦。
碧叶摇风溶热夏，
红妆舞扇秀佳人。
红船桨济胭脂渡，
香岛踪来听雨宾。
满苑流连难记返，
斗芳天地似仙尘。

山光秀色 诗意马仁

早上的天，有点儿雾蒙蒙的，看马仁山在淡灰色的天幕下，宛如一幅泼墨丹青，远处的山黛得逼苍，近处的叶碧得逾翠。山间未散的雾气氤氲或淡若无地缭绕，山脚下弥漫着湿润的空气，花的郁香、草的清香、树的木香混合着，一齐向你涌来，你会不自觉地多吸几口，你会神清气爽，仿佛行囊也轻了许多，脚步也顿时快了起来。

山寺相依是天下第一绝配，山沉稳，寺安宁，山有了寺，生命不会孤寂，寺因为山，佛意更加灵佑，马仁寺依偎在马仁山脚，与山朝夕相处，对山晨钟暮鼓，寺僧们早课晚诵，木鱼钟磬，香客们朝跪夕拜，焚香作揖，希图佛的宽容和山的仁厚保佑和赐福人间的善行，宽恕和劝诫人间的邪念。望着杏黄衫裤的寺僧一脸的虔诚，一身的齐整，原先轻快的步履也会放稳了许多，似乎太随意的闲散会轻慢了我佛。缓步拾级山门前的台阶，抬头便是赵居士朴初此生最后题写的匾额“马仁寺”，寺的意境也随之重深起来。

天公作美，那原本欲雨未雨的天逐渐地明朗起来，从厚云薄霭缝隙中投射下来的阳光时有时无，时强时弱。马仁石壁看上去更像是剪影，峰峦因为背光而弱化了层次，反而不如先前黛苍分明，但是更加峻骨嶙峋，深邃莫测。

千佛铁塔掩映在修篁翠竹之中，万缕春风飘洒在桃红柳绿之间，白居易说“山寺桃花”到四月才“盛开”，可马仁寺前的凝脂粉朵正在怒放，二月花繁，春意盎然。初春的月亮湖，碧得近似墨色，微微泛起的涟漪透着寒气，湖上缥缈的轻雾在阳光下散尽了最后的一丝，远山清晰起来，近水依旧静谧，临湖而立，湖光山色，尽收眼底。不知先贤们是否未进山就被这山色青翠、湖光潋滟吸引而流连。至少我认为，马仁寺周边的景致最美、最宜人，最令人流连忘返。

沿着北坡上山，蜿蜒的石阶回旋向上，南酸枣的粗壮的树干仿佛像石阶的扶手一样依山势错落横生，蛇一样的根盘在石阶缝隙里延伸生长。成片的杂木林交相混杂，遮天蔽日，间或看见一两棵楠木和楮木。石阶随山势折弯，曲径攀高，一路过思禅壁、揽月台、太阳洞、石屋、熊石和飞来石。“熊”貌憨实而体肥硕，惟妙惟肖，石飞来推之欲倒，势危卵却姿翛然。至晨钟处，钟敲击清亮，群峰回响，唯置钟之亭略显简陋。

过了南天门，俯视山下，壑深林秀，黄墙黛瓦的马仁寺遥遥可见，淹没在一片翠绿和黛碧之中。回览北望，晨钟亭夹在巨石之间，在灰蓝色的天幕下随着云似乎在浮动，如果有淡淡的雾气，若隐若现的晨钟飘动，若轻若重的钟声飘渺，你仿佛身处仙境。沿南坡下，势平缓，望得见大片的山苍子林，宛若林海，“山路元无雨，空翠湿人衣”，刚刚在山巅还是骄阳下的汗流浃背，入山苍子林间，阵阵凉意袭来。望山苍子荫蔽若篷，如在此间搭上一两间茅舍，邀得三四个好友，枕夏风对月色，拂冬雪看石壁，踏遍春嵯秋峨，阅尽湖光山色，虽不及文人吟诗作画、参禅讲学的行止高雅，却也是俗人的惬意和快乐。

春来少雨，月亮泉干涸，却仍然可以感觉到清流直下、冷泉潺潺的意境。偶尔听得一两声暮鼓的敲击，声如击瓮，余音在楠木林中回旋，却不如晨钟那样摄人心魂和令人振奋。我很惊讶老天如此垂青马仁山，峡谷中楠木成海。楠木本生在热带，而在江南见楠木成片极为罕见，据说有150亩，而树龄都在100岁以上，可见马仁的自然生态条件极其优越。置身在楠木林中，林外骄阳中天，林内也只见阳光星星点点、时隐时现，凉爽如深秋。浓荫乍凉，寒噤不住，若避暑于此，可谓不知人间还有夏天。连理树并不罕见，而马仁的恋石树却很是奇特，青褐色巨石的棱深深嵌进了楮树的干里，巨石上的苔与楮树的皮交织连绵，几乎分不出彼此。我倒是以为，恋石树谓之为“恋树石”更为贴切，滚落石头遇树而止，恋树而嵌，当为恋树石。可无论是石恋树，还是树恋石，此生大概是不会分离的了。恐怕曹雪芹诩为“木石恋”的宝黛见了如此相依相伴、永不离弃的木石也会潸然泪下，自叹暗嗟，感慨不已。恋石树的周围是一大片楮树林，也称槠海。我惊叹自然的天工造化，楠木林、槠树林、山苍子林，各自成片，互不相侵，即便有一两棵渗透“植入”，也是极偶然的。大自然太神奇了，人是读不懂自然的密码，解不开自然的奥妙的。

在槠树林，见路边一掬潭水，清澈见潭底，一帘瀑布悬挂，寒气逼人。泻下的潭水沿沟直下，在平缓处又集成一潭，走二十余步，渐成涓流。我想，如在夏季多雨，小潭次第延伸，瀑布高低错落，肯定是山上一处好的逗留之地。潭水，山溪也，唯太小，而谓之一掬。

在马仁亭边，见千年银杏，树可千年而不寿，人活百岁而为罕，敬畏自然之意油然而生，人啊，决不可妄言“人定胜天”。唯马仁亭一联之上联“山溪涤手垢”过于实，与下联空灵的佛教意境不甚相称，似乎“山溪涤世浊”对“风雨洗心尘”更好。

马仁山一带，是欧亚人祖先生息之地。对此神圣之地顶礼膜拜的不光是考古学家，就连这我芸芸众生中的一尘埃也虔诚地作上一揖，以示对祖先的祭拜和敬重。回身望着高耸矗立的鼎，近前抚摸着鼎脚，仰望鼎身，凝视那鼎身上999个“福”字，回望刚刚盘桓驻足的千佛塔和马仁寺，心想，这福、佛应该相通，千“福”即千“佛”，与佛结缘，与福相依。

鼎，礼器也，祈福之重器，我总觉得把鼎说成“天下第一香炉”有点儿“不尊”，我喜欢说她是鼎，遂杜撰一名为“马仁丁亥鼎”。“马仁丁亥鼎”与著名的“司母戊鼎”外形上几乎一模一样，长方两耳四足。说成鼎，是因为“马仁丁亥鼎”形具礼器之庄重，神备祈福之严肃。千年之后，也许就是国之重器，届时，鼎可能非马仁所独享，而为天下所崇尊了。

常说“人杰地灵”，而具灵秀之地必有人杰，马仁也不例外，譬如，“马仁”之名便出自桓温之口，而隐士王翀霄、陈商和李晕总是为后人津津乐道而引为马仁的骄傲。都说陈商是假隐，我看倒是未必，古人游学为常事，而似隐非隐，更何况陈商本是帝王之后，在马仁修身一时再出山以济天下，是说得过去的。昔日，连李晕的先祖李白在长安附近的终南山隐居，也是时隐时现，伺机求仕的。“天下有道则见，无道则隐”，而有道或无道，各人理解是不一样的。连李晕也认为“避人何用住山深”，如果有机会和时运，李晕也会出山“达则兼济天下”的。

在马仁的名人之中，我最有兴趣的是陈翥。陈翥发愤读书，却屡试不中，40岁之后，绝了求仕之念，潜心植桐，成《桐谱》一书，造福桑梓。

我以为，不宜官而为术，为术而致精，不愧上上之人，陈翥就是我敬重和敬佩的马仁人杰。与杭州林逋不同，林逋40岁之后，也就与梅鹤厮守，消磨残年而已，不及陈翥之万一。

午饭后，在马仁山庄休息，见大家名人在挥毫泼墨，字流畅而画栩生，瞬间跃然纸上。忽睡意袭来，朦胧之中听有人问“今日尽兴否”，抬头一看，见一黑髯玄袍中年人，惊问“尔何人”，“在下王翀霄也”，我起而躬身作揖“给先辈请安”。一阵寒暄之后，再问“今日尽兴否”，我略一思忖道“马仁奇峰，石壁、佛寺、林海如珍珠般洒落，今日仅阅得其中一二，还未必识得真貌，何能说尽兴?”王翀霄微微颔首道“马仁其景无穷，其意也就无穷，春秋有别，四时无常，先生若有意，可在此小住数年，马仁之神韵可知矣”，“马仁与张家界、黄山相比如何?”“先生差也，马仁就是马仁，休与他山他水相比，他好，你便流连，你流连，他便是好。”一揖以辞别，转身曰“我在洗砚池静候先生”，遂消失于哗哗的雨中。一睁眼，见续开水声哗哗然，一梦而已。

我忽然想起庄子在《则阳》中的一段话：“是自埋于民，自藏于畔。其声销，其志无穷；其口虽言，其心未尝言。方且与世违而心不屑与之俱，是陆沉者也。”陆沉者，隐士也。似我这不能达济天下、只能修身养性之人，在这绝世隔尘之地做得一陆沉者，岂不是一个极佳的归宿。一想，不妥不妥，我这贫学陋识的凡夫俗子，“陆沉”岂不污了隐士的名声。不过，在马仁山下做一回耕夫，种得春茶秋果，历遍夏暑冬寒，踏月径雪路，享冷泉凉风，更好。也许像唐朝文人那样，一面“陆沉”在终南山间，一面惦念凡尘俗事，终成不了隐士，又不甘“桃花源”里农耕，凡心未了，俗缘未尽，只是马仁山一过客而已。

下次再来，住在马仁山庄，遥望奇峰石壁，面对苍山林海，凝视远处的鲁迅峰，会文思若涌，笔走如神，也许，王翀霄会来，也许会邀陈商和李翚一道来。陈翥不会来，我该去拜访他。

秋到镜湖

从观岚亭临湖望去，远苍近碧，那苍的是赭山，那碧的是镜湖，一转身，“赭塔晴岚”四字映入眼帘。一山秋色岚万种，一湖秋水柳千条，秋到镜湖，那是有别于春的一番风韵。

“岚”者，山间雾气也，晴天岚从何来？拣一秋高气爽的好天，望那赭山，苍翠之中，岚光缭绕，方明白，岚乃是日光下山间雾气的光彩，而细雨中赭山只是朦胧一片，连塔也看不见了。

镜湖的秋天来得晚，犹如她的名字“留春园”，初秋的镜湖，温暖如春，仿佛就是春天。

秋叶不知从何时开始凋落，梧桐耐不住寒，未秋而叶落，未冬而秃枝。几片赭黄的枫叶，轻盈得像只燕子，盘旋在寂静的湖上，悄悄地落在湖面，却还是不肯安静下来，荡漾着，颤抖着，不甘地仰望那红里透紫伙伴仍然灿烂如霞。焦黄的柳叶也飞絮般驾着西风飘落在湖面、岸边，几片绿叶嬉闹地也随之落下，却望着地上成片的枯叶又嫌只单影孤。几株银杏的叶儿绿的、黄的喧嚣在枝上，羡慕地望着飘飘悠悠落下、恰似无指手套般的同伴。四围的垂柳虽已失之翠，却未褪之绿，但在末节处倦容焦颜，枯槁残败，秋也渐渐深了。

沿着观岚亭的长廊，步月桥就在你的眼前，那桥孔下的湖水幽暗而生凉，那桥身耸隆而悦目，在秋阳下，静谧的湖水中那倒映的拱桥似乎在云中摇曳，几只游荡的水鸟（是否是凫）急匆匆地划过，一孔月桥渐渐碎去，碎片荡漾着，抖动着，水鸟渐渐远去，“半月”渐渐重圆。

清晨的微霜在秋阳下湿润着仍然绿多黄少的草坪，而步月桥上早已不见晨霜的影子。清晨的秋风夹着寒意，凉风飒爽，湖水清澄，站在步月桥上惬意而舒适。步月桥将一湖两分，让你不能一览无余，让你不能觉得她小，虽镜湖“浩渺”有垠，然秋水晶莹澄澈，悠然闲步在桥边的曲径，指山点湖，依栏扶轩，留亭滞阁，秋阳在湖上洒下微微的金光，飘飘洒洒，随着浮云的游走而时有时无。那清扫落叶的小船缓缓地荡向湖心，摊破了半池清冷的波纹，那船和人在秋阳的斜照中，像一幅剪影，水鸟无人似的追随着小船，寂静的湖面生动起来，似有似无的几声天鸟的鸣叫惹得水鸟引颈，瞬忽又潜入水中。

最喜欢看那秋天的垂柳，春天的柳蓬勃，摇曳起来，青枝绿叶，少了些轻柔，多了妖娆；秋天的柳慵懒，飘动起来，疲枝倦叶，多了些可怜，少了些造作。镜湖的秋柳耐得住寒冷，也耐得住风雨，那围岸的粗、细、老、幼的柳树叶落却不尽，枝舞且有韵，那煞是秋天镜湖的最亮的风景，“岸边杨柳最怜伊。忆得船儿曾系”，可能镜湖柳的先主人张孝祥的性格，就是“朝来多爽气”而“夜永足清游”。

中国人把乘兴秋游谓之为“赏秋”，“赏”就是欣赏，全然没有居高临下的感觉，而是“俯就”的心态，对自然的仰视，“寻”便是恰到好处的一种心诚意禅的赞叹。看镜湖的秋，你就要有一种“寻”的意和“就”的心，那秋就是美的，就不是黯然的、凋零的，而是盎然的、生气的，这取决于你对镜湖是否有善意和爱心。

刘海粟的“留春园”肥硕而不失之秀，而照壁却粗糙而流之简，两相映对，实在有屈于海粟先生的人和字。清晨的琴余别馆显得特别幽静，几个“比比划划”的习拳之人目不旁视，专心于斯，看那年纪，也是“入秋”之人。琴余别馆为乾隆年间芜湖知县陈圣修疏浚镜湖后兴筑，那正门两侧廊柱的对联是“别馆琴幽数点青峰春若画”，“题襟人生一泓烟水月如环”，现在该是“两肩苍峰秋若画”，“一湖寒水柳如烟”（我杜撰的）。对联是方竑先生撰的，先生与我是熟识的，挺厚道的一个“入秋”至贤，想来不会为我的唐突而介意，因为那是我秋天入别馆的感受，说不定与之还可相映成趣。

别馆的后面是归去来堂，不知几时重修的堂显得很笨拙，也很厚实，那二楼柱上的对联是篆，不太好认，书法家和陈设者恐怕不太想让所有到此的人包括文人识此对联，了此诗境。才疏学浅，上联不敢妄猜，下联可能是“中州歌赋一代词宗柳于湖”，将张孝祥誉为“一代词宗”多少有一点感情色彩，但也体现了斯地斯人对于湖先生的挚爱和偏爱。

在堂后侧是留春亭，那横不平、竖不直的圆润有余、棱角尚欠的字一眼瞄去就知道是费新我的“费体”，倒是那希右亭三个字中规中矩，很耐看。从留春亭看镜湖，一派秋色，有点“秋水共长天一色”的味道。那槐、杉、楝、柳，银杏、红枫、梧桐、芭蕉，那些我叫不出名的花、草、树、木，也未尽卸绿装，俏然而立，倦容中透着倔强，寒风中抖着精神，秋是这样的顽强，绝不轻言退让，虽然冬的来临是或早或晚的事。隔壁的烟雨墩掩映在绿丛中，虽然那绿有一点憔悴，还夹杂着片片焦黄，却是何惧秋风秋雨，哪来雨愁烟恨。墩是图书馆所在，对读书人来说，墩永远是硕儒卷长青，秋熟绿常在，去了总是有所收获。不远处的书画院仿佛漂在水上，在朝晖下明暗有致，棱角分明，宛如一幅水墨，那黑、白色的瓦、墙泛着清冷的光，与秋意倒也相衬。

细雨中去过一次镜湖，那四围的柳树模糊在蒙蒙的烟雨中，“其色惨淡，烟霏云敛”，湖上扬扬霏霏一笼雨雾，对岸隐约可辨两肩山影，一无天高日晶之清亮，一无碧云秋水之灿烂，萧条而肃杀，哀飒且哀怆，不堪寒，不忍看而归。

晴日的下午，镜湖边到处散落着人群，尤以“老”为甚。在琴余别馆旁，在希右亭下，在长廊里，在步月桥边，成堆成群的“入秋”之人，或棋，或牌，或弹，或唱，或拳，或舞，潇洒自得，全然不知“冬”之近也。“夕阳无限好”，更惜此黄昏，这般“入秋”之景，这般“入秋”之人，真是羡慕不已，知秋而不伤秋，平淡得“逝者如斯夫”。

欧阳修说“物过盛而当杀”，未免凶而言极，但道理是对的。涨、跌，死、生乃天下亘古不变的道理，乐观之人看生，悲观之人哀死，原本就是“一岁一枯荣”。秋之美，不似冬之凋零，不似夏之疯狂，萧索中蕴生机，衰枯中潜盈藏。秋之万紫千红，秋之千姿百态，虽绿肥红瘦却瓜香果熟，虽秋蝉声苦却月桂香清，难道秋不美吗?

秋阳的熏染下，镜湖的颜容不再娇嫩，但“老”有老的风韵，晚暮之中透着“青春”时的风采，那风采即使在秋风和冬雪中依然故我，镜湖依然“留春”。

“只因买断山中景，破费神龙百斛珠”，怕这镜湖的秋景也值“百斛珠”吧。

"'西'风吹我过湖船，杨柳丝丝拂面。"镜湖之秋，也许只能"悠然心会，妙处难与君说"。择一天爽日晶之时，趁一雨迷雾蒙之际，你去看一看那秋日的镜湖。

陶塘的日子

一弯孔桥将湖水分成两半，宛如城市的两只明眸。

到现在，老一辈的人依然把镜湖称作“陶塘”，我介乎老一辈和新一辈之间，偶尔也把镜湖作“陶塘”称，那就要看说话的对象。我的祖辈，就是我父亲的父母，没有“镜湖”这一说，那一块地方，那一片水，就叫“陶塘”，与“陶塘”相依相伴的是“大花园”，在我的印象中，有点像北京的天桥。

在写《匣中剑》的时候，拼命地想象“陶塘”南宋时的模样，就是张孝祥家捐荒田以成泽地，由泽地汇成湖塘，没有延续的记载，也没有明确的记录，也就无从详细地知道陶塘的生和长，仿佛一瞬间，“陶塘”走到了“镜湖”。

《匣中剑》轻描淡写地对张孝祥捐田百亩而成陶塘的事一笔带过，没有渲染，没有重彩，没有撮捧。先祖留下的遗产，后人应该珍惜，珍惜就是不毁不弃，常护常修，无论如何，最后都是“特修斯之船”，世代更迭，人事变迁，都不会影响先祖遗产的属性，那是生长在斯、老死在斯的后人的“特修斯之船”，活着的后人有责任去置换腐烂的“船板”，去更换朽断的“缆绳”，补葺扯破的“风帆”……但是没有权力去毁弃，另起炉灶另开张，另立门户另换面。

城市的魅力在风物和景致，而风物和景致的留存在于其独特的人文和历史。譬如，芜湖的镜湖吧，如果没有陶塘的前世，没有张孝祥捐田百亩的轶事，那镜湖和一口普通的农家藕塘相差无几，只不过修葺得更悦目一些，说实话，镜湖上那些水亭榭阁，拱桥扶栏，在哪片浩瀚或者逼仄的水面上都会有，只要你去建造，你去堆砌，唯独不会有“陶塘”和“张孝祥”，这便是镜湖的魅力所在，不要说它还有将近千年的历史传承，传承就是可以说得清的家世，件件有根，桩桩有据。芜湖有根有据、有传有承的风景不少，都是芜湖的骄傲。但，前世陶塘、今时镜湖是芜湖景致中的景致，卓尔不群。

世事沧桑巨变，只有镜湖依然故我，围岸春风张家柳，千年碧浪宋时柔。镜湖是芜湖的大美，是芜湖的魅力所在。

每一个芜湖人都会有自己对镜湖的记忆，也许这个记忆是瞬间的，也许还是独特的，但是，每一个人都是自己历史的“司马迁”，当你对镜湖的个体记忆得到认同、共鸣，甚至呼应，那你的镜湖就是公众的镜湖，宛如一幅获奖的照片，永远地挂在那儿，留存着镜湖的一瞬间，或者一时段，得到集体记忆认可，那你的记忆有资格成为镜湖历史片段的面貌留下来，成为传承。

镜湖的面貌是多重的，也是多彩的。无论从哪个风景角度看镜湖，无论从哪个人文视角看镜湖，都不一样，面貌丰富，感受各异，这就是镜湖之美。也许张孝祥站在归去来堂上捻着颌下的须髯望着你，听着你对镜湖的宏论，点点头，或者摇摇头，长吁一声，我已经是历史了，随你们怎么说吧。

镜湖乃一方闲适之地，绕碧水漫步，乘柳烟凭栏，登“观澜”远眺，凝“于湖”遐想，都是很愉心悦神的消磨，都是很远嚣离喧的出世，安静乃人生不易得的境界，如果到了眼前无尘、心中无烦的境界，那便是修炼到家了，却是常人做不到的。常在镜湖边上闲逛，又不喜欢扎堆，所以，很喜欢独坐一隅，看远山近水，苍绿参差，偶尔地捧一本书，随便翻几页，读几句，虽然心不在焉，也还是有收获的。

镜湖，与名人张孝祥有不解之缘，斜躺在镜湖东北角的于湖先生，写意多于写实，两目凝视西北，颌下长髯，面上清癯。我常常踱步在先生的周围，我就不明白，先生何以三十八岁的盛年而辞世，不能不说“壮志未酬”身先死。

镜湖，旧称陶塘，说陶塘之所以取名“陶塘”，意自“东篱”“南山”的陶渊明那儿肯定是有道理的。而镜湖的另一别称“留春园”也是有来历的。隆兴二年（公元1164年），张孝祥“时以言者由中书舍人改除敷文阁待制”，有点儿归隐之心，便有了这首《蝶恋花·怀于湖》，“恰到杏花红一树，撚指来时，结子青无数。漠漠春阴缠柳絮，一天风雨将春去。春到家山须小住，芍药樱桃，更是寻芳处。绕院碧莲三百亩，留春伴我春应许”。春到家山，赭麓苍翠；柳拂留春，院绕碧莲，陶塘自然也就得名“留春园”了。

绍兴十一年（公元1141年），张孝祥的父亲张祁偕伯兄张郧避金兵而渡江，听了芜湖令宋好古的建议，“寓居芜湖升仙桥西，久之。宅后有池，公遍莳荷芰，旁植花柳，结茅觞咏其间，初不计其为流寓所也”。也许这就是陶塘的雏形，该是张祁所置，即便是公拨私产，也是芜湖令首肯或者划拨。按现在的话说，升仙桥西的荷塘柳岸是在张祁的名下，那时张孝祥十岁左右吧，在芜湖读书修业。

《宋直秘阁淮南转运判官张公传》上有这样一段话，“时绍兴庚辰（公元1160年，作者注）……归芜湖，始筑第宅，扁其堂曰归去来堂，有诗以记之”。《宣城张氏信谱传》记载“转运公尝面池筑室为读书处，池中多蛙，公以砚掷之，声遂永息，人咸异之”。“禁蛙池”典出于此。转运公当指张祁，而“公以砚掷之”的“公”指张孝祥，因为《信谱传》始云“公讳孝祥”。而张祁任过“淮南转运判官”，所以“转运公”是指张祁也无误的。这面池的“读书所”便是归去来堂。早在张孝祥十岁的时候，“归去来堂”已经是张祁结庐闲居芜湖的宅邸了。

张孝祥捐田百亩而为陶塘，似乎无人怀疑，因为有《县志》为证。我对“张孝祥捐田”的说法总觉得可信度不大。张家置田或者划地是张祁执掌家族事务时候的事，张孝祥当时也就十岁吧。种荷菱必是水面，莳花柳该是堤岸，那是陶塘就不是田，充其量就是一片沼泽。“捐田百亩”至少有一部分就是这一片沼泽湿地。

捐，就是无偿地让出，捐，是所有人的权利。张氏在芜湖的田地是张祁置业的，所以捐，只能是张祁，而不是张孝祥。张祁死于乾道六年（公元1170年），就是张孝祥死后的第二年，因此，就不存在由张孝祥处置遗留的祖产，即便是捐田，也是张祁的事。

绍兴二十九年（公元1159年），殿中侍御史汪澈上章弹劾张孝祥，其中就有这样的话“孝祥继母才以父官封孺人，孝祥辄乞用己官职躐封恭人，父亡即随子官，着令也，孝祥盖有无父之心焉”。若孝祥僭越父张祁而捐家产，必得以父亲名义捐官，而不会以自己的名义捐赠。孝祥继母受封，虽然孝祥当时的官职比张祁大，要求“用己官躐封”是有道理的，仍然受汪澈的弹劾“盖有无父之心”，更何况捐田这一“扬名”的义举，更不该再有“无父之心”。张孝祥捐田百亩，也许是史家曲笔或者溢美。

张孝祥说，赭山是“家山”，可见对芜湖之热爱，孝祥进仕之前，基本上是在芜湖读书，许多时光是在归去来堂度过的，就是说，张孝祥在有能力建归去来堂之前，归去来堂已经傍岸临湖多年了。

每在镜湖边散步，每在归去来堂后闲坐，那首《蝶恋花·怀于湖》总是涌上心头，尤其那句“留春伴我春应许”。百亩陶塘，文化的镜湖；千年于湖，历史的永恒。

神　山——鸠兹遗韵

芜湖，有一座山就叫神山。神，礼而膜拜尊为仙，敬而畏避誉之精，无论是仙，还是精，神山都是一脉玄山，一座灵山。玄，奥妙；灵，机敏，神山，充满了秀奇，蕴含着聪慧。

神山寓芜湖市的东北，离城之中心也就七八里路吧。如果你从镜湖或者赭山步行去神山，优哉游哉地走去，也就个把小时。《芜湖县志》记载，神山“山势逶迤，蟠结幽邃，远眺丹阳，诸峦绵亘相接，赭塔、荆壁东西夹辅”，读这一段文字，虽未谋面神山，却已经神会了她的诸峦连绵，蜿蜒曲折，幽静深邃。如果你还有一种近之阅览、入之探究的欲望，先读一读县志的记载，不失为你举足步往做的一个铺垫。

半城山半城水，城中央的赭山和镜湖，当仁不让地成为芜湖山水的领衔。但是，神山的自然风光和历史内涵绝不输于赭山，只不过赭山和镜湖与百姓的生活更近，举足便是，或晨练，或休憩，或闲步，或徜徉，都充满生活气息，闲放生活情趣。

神山并不独神山一峰，是与神山、赤铸山、大小火炉山和马鞍山五座峰岭蟠结逶迤而成，而神山又不是五峰中最高峰，五峰中赤铸山最高，神山为何不享名“赤铸山”，我揣度，“神山”一名寓意最吉，蕴意最深，但我无从考证原因究竟何在。

神山，挑赭塔晴岚和荆山寒壁于东西，亘白马洞天和天门烟浪于南北，钟灵毓秀，不逊于赭山，旷远幽静，又别样于赭山，神山，无一处不草茵青碧，无一处不木荫森郁，避喧让闹，怡情养安，晨练闻气爽，休憩张望远，闲步吟诗句，徜徉穷湛心，况且春花间红白，夏蝉鸣高低，秋月云出没，冬雪眠厚薄，这是神山。

神山拥地近5000亩，也就是3.5平方公里左右，差不多是赭山公园面积的十倍。从园地的形状看，几乎是个正方形，从西往东，可以粗略地切分成几乎是三个等分的长方形，中间是神山公园，其西是烈士陵园，其东是雕塑公园。

旷敞的神山于市区来讲，虽然僻，却未见得冷。凡一地，总是要有个八景十景的，俗是俗了点，但于民看景、纳凉、赏月、观雪都有个好去处。或即景生情，或寄古怀今，或因感托志，是因人而异，因时而异，不一而足。"赤铸青峰"虽名列芜湖十景之一，却未见得比"神山时雨"更有古韵和内涵，祈雨而求神，求神而灵验，实之仰仗老天吃饭的百姓之万幸，也造就了县令沈端节的声名。

南宋孝宗淳熙十三年（公元1186年），芜湖大旱，时任芜湖县令的沈端节到神山李卫公祠遗址祈雨，两天以后，降大雨，落甘霖，解旱危，"神山时雨"的故事流传至今，沈端节在祈雨处建了"志喜亭"以兹纪念。宋时所建"志喜亭"在清嘉庆年间被毁而又重建，最近一次重建是20世纪80年代中期，仍名"志喜亭"。"志喜亭"与"赤铸青峰"近在咫尺，交相生辉，互为衬映，是一处人文和自然完美结合的景观。"志喜亭"循苏轼"喜雨亭记"的主旨，"亭以雨名，志喜也。古者有喜，则以名物，志不忘也"，今人未忘，后世也不会忘。

"神山时雨"是芜湖古八景之一，是十四世纪初出任芜湖县令的欧阳玄归列的，距沈端节祈雨和"志喜亭"建造已经差不多150年了。欧阳玄在芜湖任县令6年之久，除暴安良，治绩卓然，从精心择选芜湖八景来看，欧阳县令是一个政绩与文修都很出彩的好官。欧阳玄所列八景，并无"赤铸青峰"，而"赤铸青峰"也在神山，两景处一山而又同列景致，似不太合理。所以，神山的这一景，定是"神山时雨"无疑了。

神山的中央有一湖，不大，可一眼望去，静水澄碧，寒潭清澈，四季皆然。有次与友人信步在湖边，问"此湖何名"，我便信口答道"未名湖"。后来才知道，这水面一景已经命名为"芙蓉湖"。湖面并无水芙蓉，湖岸也未种木芙蓉，这"芙蓉"二字从何说起，我自以为，得"芙蓉湖"名，想必只是唯美而已，其实大谬。

汤显祖的《赤铸山》中写道，干将昔此铸芙蓉，风雨千秋石上松。芙蓉何指？袁康《越绝书·外传·记宝剑》记载，越王勾践有宝剑名“纯钧”，相剑者薛烛以“手振拂扬，其华捽如芙蓉始出”。芙蓉，利剑也。赤铸山下湖名“芙蓉”再恰当不过了。

芙蓉湖，我推测，原本是一片凹凸的山间洼地，逐渐滞雨成湖，后经人工疏浚，成了一潭活水，成了一方秀湖。湖东岸杉木高耸，林荫成片，盛时，有遮天蔽日之感，林间至寒，即便是盛夏，也是寒气逼人。落叶厚如毡毯，尤以湖边为甚，许是年复一年、日积月累所致。盘桓在湖边的人很少，有一次，在湖边偶遇一个泳后休息的中年人，我问“凉不凉”，他悠然地点了烟，吞吐一口后说“有点凉”。盛夏之日的“有点凉”，可见林间湖边阴冷。怎么在这么偏僻的地方游泳？见我诧异之言，嘿嘿一笑，这里安静自在。突然像缓过神来，你说这里…… 嘿，神山这地方，哪块地方没埋过死人？片刻，复又下水，向湖心游去。

往西，便是烈士陵园和烈士纪念塔，祭扫啊，爬山啊，去过多次。烈士的英灵与青山作伴，烈士的忠魂有碑塔作证，供后辈瞻仰、祭拜，也算是青山有幸、英灵有幸了。也许，神山的每一寸土地上都安放过先祖或者先人的遗骸，魂魄却也不曾离开过生养他们的故土，默佑着后代子孙的平安、幸福。

芜湖的先人，无论是土著还是客居，至少可以追溯到春秋时期，《左传·襄公三年》记，鲁襄公三年（公元前570年）楚子重伐吴，克鸠兹。鸠兹，即现在的芜湖。现存神山的古代遗迹，最出名的莫过于干将和莫邪铸剑遗址、淬剑池、铁门槛。我几次驻足这几处遗址，似乎保存和维护得并不多好，与东边的雕塑公园相比，有一种厚今薄古的感觉，如果把铸剑遗址、淬剑池和铁门槛稍加修葺，辅以文彰，充附实物，辟一主题的园中之园，或者园中之馆，让游人了解干将莫邪铸剑的历史过程、文化内涵和技术节点的来龙去脉，岂不是更加能提高芜湖的历史价值和文化品位。

《越绝书》记载，欧冶子曾应楚王之邀与干将一起“凿茨山，泄其溪，取铁英，作为铁剑三枚：一曰龙渊、二曰泰阿、三曰工布”。干将与欧冶子师出同门，共同锻炼了五把匕首，即湛卢、纯钧、胜邪、鱼肠和巨阙。可见，干将在春秋楚王时代也是和欧冶子齐名的铸剑大师。

剑，历来为冷兵器之君子，长为剑，短为匕，“鱼肠”是欧冶子与干将共同锻铸的五把匕首之一。“鱼肠”之所闻名于后，是因为匕首鱼肠为阖闾的死士专诸作凶器杀了吴王僚。专诸将“鱼肠”藏在烤鱼的肚子里，献给吴王僚，吴王僚爱烤鱼而死于烤鱼，也许宿命如此。僚还是阖闾的堂兄，手足相残是为了王位。

善于相剑的薛烛视“鱼肠”为“逆理不顺，不可服也，臣以杀君，子以杀父”。如果薛烛相的剑是“龙渊”该怎样说呢？龙渊是干将锻造，鸠兹会不会此后声名大噪？可惜，龙渊是剑而不是匕，专诸无法匿长剑于鱼腹。也许，干将更擅长于铸剑，而不是匕。

“干将莫邪”其人其事最早记载在汉代刘向《列士传》和《孝子传》中，此后衍生过很多版本的故事。干将和他的妻子莫邪后来在鸠兹的赤铸山制剑，是为吴王还是楚王铸剑而被杀，莫衷一是。在鲁迅的笔下，其子眉间尺杀的是楚王，而不是吴王。神话一般传说的结局落在芜湖神山，《芜湖县志》记载，干将墓在赤铸山，大小火炉山之间的铁门槛，相传为干将铸剑时设炉处。北宋《太平寰宇记》也云，楚干将坟，在（芜湖）县东北九里。似乎干将墓在芜湖神山是铁定的了。后来的多种文献记载了干将与神山交联，都是以干将在赤铸山锻剑为支点的。但是，最原始的文献《列士传》却指向不明，在春秋群雄争霸的纷乱中，干将和莫邪只是小说或者故事中“弑君”和“复仇”大时代背景中虚饰演化的悲剧人物。

有载，北大教授侯仁之先生曾亲临神山一带考察、考证，最终认定，神山及其周围的三座小山，就是干将莫邪当年为吴王阖闾铸剑之地。我虽然看过侯先生的很多著作，但此说我不太信，“认定”从何让你“认”起，那本就是个神话故事。

我在《我家住在江之尾》一文说，春秋剑，乃青铜剑，是铜锡或者铜铅的合金所制，而不是铁。其实不然，春秋时期，是铜、铁冶炼的承前启后的时代，文献记载，冶铸生铁技术的发明至少在春秋中期，按此推算，干将和莫邪有可能是冶铁铸剑。

安徽南陵出土了春秋时期吴王阖闾制作的青铜剑。剑上有铭文“攻敌王光自作用剑以赏勇人”，光，吴王诸樊的儿子，就是阖闾。我在博物馆看到了这把剑，虽然，剑上的铭文至少不止一种解读，但我也认为，这种解读甚为合理。传说春秋吴剑“肉试则断牛马，金试则截盘匜”，金盘匜，铜脸盆也。可见，青铜剑的锐利程度不亚于钢铁剑。

干将和莫邪是神山、古鸠兹、今芜湖的儿女，恰如西湖边上的苏小小、苏轼、林逋。神山除了干将莫邪遗迹之外，还有罗汉寺和李卫公祠，罗汉寺始建于汉末唐初，尚存至今，大概是一千五百多余年。卫公祠已经荡然无存，北宋初年始建的李卫公祠屡废屡建，现在只剩下遗址了。罗汉寺在赤铸山，大小火炉山、神山、马鞍山环四围，置其中。

公元618年，长安承隋恭帝禅位于李渊，终隋而建唐。但天下觊觎皇位的人太多，李渊便派兵“平叛”，所谓平叛，就是消灭割据而争夺皇位的人马。李靖奉命东进平叛，武德七年（公元624年），战事推进到了芜湖一带，驻扎在赤铸山上。李卫公祠在全国多的是，难计其数，有点像岳王庙，就是供奉除暴安良的忠烈、护国为民的贤能。始建卫公祠在南宋初年，此后才有了沈端节神山祈雨的轶事，沈县令祈雨灵验，自然感谢李卫公神佑和佐助。从罗汉寺和卫公祠的始建时间看，罗汉寺应该是最早供奉李靖的地方。寺、祠，也许就是一个场所而不是两处。

宋代大文人黄庭坚曾任职宣州，因为编修《神宗实录》时直笔不掩而遭弹劾停职，便有“山谷初寓太平州之芜湖”的记载。黄庭坚携全家寓居赤铸山，闲居读书，诗云，“读书在赤铸，风雪弥青萝，汲绠愁冰断，村醅怯路蹉。玉峰凝万象，绿萼绕群螺。古剑摩空宇，寒光启太阿”。除了赤铸山之外，赭山广济寺滴翠轩和鹤儿山下净土院也是黄庭坚在芜湖读书的地方。可惜，我还真不知道，鹤儿山在何处。

神山的东部已经辟为雕塑公园，世界级的雕塑公园，定期举办“刘开渠奖”国际雕塑大展。去过几次，也很喜欢，倒不是因为雕塑，因为我对美术，进而对雕塑，和“不懂”的常人一样，就是直观上和主观上的眼缘，不做深究。我喜欢，是喜欢这里的环境，绿草如茵，旷野阔地，静坐在草地上，望着嬉戏的稚童，仰面高飞的风筝，张顾恬静的雕塑，有一种难以名状的惬意和舒适。园内的雕塑，我也不知是不是尽看了，估计没有，但我是个马虎中夹带点认真的人，不看则已，看，就必究，就判解，到底是个什么意思啊。园内的雕塑，写实的少，写意的多，即便写实，也是夸张的，艺术嘛，总是这样。

每次去，看雕塑的游人不多，停下来细究的人更少，可见，雕塑是阳春白雪，是小众的，不过，偌大的雕塑公园，让闲人有个舒心的徜徉之地，释放心情，忘却烦恼，也是公园的功德。

我很喜欢花岗岩作品《会唱歌的石头》和铸铜作品《望天门》，也许是因为我喜欢音乐和诗词。前者，石头和钢琴融为一体；后者，一大一小的李白相对而坐，很有韵味，你会浮想联翩。兴之所至，你可能会去看看其他的雕塑作品，你不喜欢的，或者还没有来得及喜欢的。雕塑，和一切艺术一样，是感受和实物的交融，喜欢的程度，就是你的内心能够接受的程度。

我踱步在碧茵如毯的草地上，我想起瑞士皮拉图斯山下的草地，散发出柔软的草香，在登山的缆车上想，我的家乡有这样的地方吗？有，就在雕塑公园，就在神山。

小品四题

翠湖春晓

从高处俯瞰镜湖，宛如精致的盆景，拱桥、曲栏、廊亭、长堤漂浮在清涟之上，掩映在翠绿之间。

镜湖碧水荡漾，四围葱茏。初春的绿是一种嫩绿，依稀带着浅浅的黄，是翠，明亮而润泽，真应了那句“青翠欲滴”。柳苞浅放，桃未夭夭，冬青油润的新叶招展在苍碧的老叶之上，春茶花深红的抢眼、殷红的悦目，岸边岩隙中迎春无忌地歪斜，淡黄的粉朵荣衰交错……

一抹朝阳散去了湖面上昨夜的氤氲，都市的灯红酒绿也许刚刚睡去，喧嚣和嘈杂还未开始，镜湖犹如慵懒的、未及梳妆的深闺美人，虽然素面朝天，却是万种风情，那未施粉黛的美丽也许就是魅力所在。一个人坐在凉风飒飒的柳树下，望着涟漪荡漾的湖水，朝阳斜照在湖面上，闪烁着变幻无穷的碎金。随意地将目光游移向那似远非远的赭山，晨岚犹在，山色苍翠，明暗韵动，次第无分，宛如浓淡相宜的水墨画。

我经常喜欢独坐在湖东岸的木椅上，望“赭塔晴岚”耸立在假山之上，翘角飞檐凌空在舞蹈般摇曳的柳枝中，煞是好看。从远处看“琴余别馆”的水榭，仿佛飘荡在湖面上。春来的江水绿如蓝，而春来的湖水是碧似翠的，尤其晨曦轻抚的湖面。

于湖先生斜倚着，望着八百年后的陶塘，长叹一声，“亲老难为住，恩深许放归”。乾道二年（公元1166年）的罢归，穿湘过洞庭，祭屈原；越鄂游赤壁，念东坡，九月下旬归故里和州省亲。这百亩田园，秋寒水瘦，芦花飞扬，野凫跳鱼，细柳商风，若待春风拂煦，泛舟垂钓，唱词和诗，笙歌红袖，笔走素纸，一湖春水盎然生机，若能终老于此，也不负这百亩田园，桑梓深情。天从人愿，乾道六年（公元1170年）七月，于湖先生猝然终于芜湖，永远地背依赭山，浊酒一壶，留下“念腰间箭，匣中剑，空埃蠹，竟何成”的遗憾，大宋少了一位忠臣，芜湖，却“青山有幸埋忠骨”，永远地吟咏着家乡的春绿秋红，夏雨冬雪。先生是大宋的，是芜湖的，更是镜湖的。

镜湖春天的脚步徐缓而不匆忙，留恋却不滞步，那照壁上“留春园”是镜湖春天永恒的愿望。镜湖的春，一如既往来去，不分夏秋冬的彼此厚薄，可我就是喜欢镜湖春晓的那一刻，或者那一瞬。当春没有了春寒料峭，没有了柳苞未匀，没有了茶花的绽放，到了春气张扬、暖风拂煦的时候，便失去了春晓的味道；当镜湖人潮如织、沸沸攘攘或者霓虹张狂、珠光宝气的时候，便没有了春晓的品格。翠湖的春晓，是春早，是晨早，你环湖散步也好，闲坐一隅也好，看静谧的澄碧，看连绵的烟柳，看雾霭的远山，看湿润的拱桥……入眼的一切，那样的安详，那样的和悦，就是那种什么也别想、什么都能想的境界，仿佛天地就你一人，目光对自然的抚摸，就是一种无忧无虑的享受，这个早春的清晨就是你的。

有时候，我会围着于湖先生的塑像走走停停，端详着先生，三十八岁的生命是如此的轰轰烈烈，却脆弱得戛然而止，给后人留下无数惋惜的、赞赏的、羡慕的、敬仰的长吁短叹。一个人短暂的生命可以如此的奇伟，却又是如此的浪漫。我想，于湖先生更喜欢镜湖的春天，喜欢这翠湖春晓，家乡的春天多好啊。

和袁宏道的“西湖最盛，为春为月”似又不似，我以为，镜湖最盛，为春为晓，为静谧，为独闲。

蝉鸣夏树

夏日听蝉鸣，去九莲塘。九莲塘的蝉鸣成片，彼伏此起，犹如指挥棒下的男声合唱队，你仔细听，还能分出声部。

蝉鸣在你午睡的时候显得格外响亮和绵长，在午间一片昏昏欲睡的安静之中，蝉鸣应该是最烦人的，其实不然，蝉鸣也许是最好的催眠剂，可能蝉鸣的那一短暂的停息，你反而醒了。

九莲塘的树，唯柳与杉最多最美，柳婀娜摇曳，杉挺直高挑，几乎就是九莲塘“女貌男才”的一对绝配。雄蝉栖息在高杉低柳上独唱，雌蝉不搭腔，任凭雄蝉许诺的“耕田”，总不见雌蝉接茬的“织布”，夏日炎炎，可蝉还是不管不顾地一个劲地唱，虽不婉转，却很响亮。夏树，是蝉最佳的舞台，而九莲塘也许是听蝉鸣的绝佳胜地，那柳荫下长椅，别正午，九点钟阳骄而不烈，风轻且不热。

古人喜欢寒蝉，陆机说“寒蝉鸣高柳”，柳永说“寒蝉凄切”。寒蝉太悲凉，不是声噤，就是凄惶。秋不属于蝉，秋是属于蛩的，在深秋的夜晚，蛩鸣惊梦三更。九莲塘入夜的蛩鸣也很好听。但是，暮秋加上蛩鸣，总有一些英雄末路的感觉，就像岳飞“知音少，弦断有谁听”那样的无奈，甚至绝望。一句“噤如寒蝉”何等的战战兢兢，即便有声也不敢高歌。可夏蝉不，不但声高，而且不绝，感情炽热，勤勉尽职，听起来热闹而忘忧，还有一种理直气壮的气势。

小时候，拿了根长竿，一头粘上面团，弓着腰，仰着脸，在树下寻蝉，仿佛鬼子进村似的模样，现在想来可笑，蝉听不见。没瞄准，蝉一个飞跃，迅速地趴到隔壁的树上，要么，逮了个哑蝉，不会“知了”。谁逮了只鸣蝉，便蜂拥围上，没逮着的想看个究竟，逮着的想做个比较。看硕大的蝉鼓腹振翅，鸣声震耳，主人的表情回想起来有点像《小兵张嘎》中的嘎子，晃动着缴获的手枪，“看看吧，撸子，真正的撸子”，得意和炫耀是挂在脸上的。而我小时候，家就在九莲塘的北岸，有一群无忧无虑的孩子，我从来不缺嬉戏的伙伴。

偶尔还看见有孩子来粘蝉，和滚铁环、切（芜湖人说吃为切）子、跳房子等儿时的“玩意”一样，现在是可以申请“文化遗产”了，所谓“遗”，就是前人留下的，照此，我也成了前人了。

物候四季，各喜其节，虫鸣四季，各抒其怀，本无所厚非，是一物而非一物、喜一物而厌一物都是极其正常的，但不可矫情，矫情就是刻意的做作，喜一物而空万物就是矫情。蝉，自然一物，天下一过客而已，我自己也是人间一匆匆过客，蝉鸣叫在高杉低柳上，我独坐在柳荫木椅上，过客对过客。夏蝉有知，也许也有“蝉生苦短”的感叹，如同“人生苦短”的感叹一样。但是，我相信鸣蝉是很快乐的，而我听蝉鸣也是很快乐的。

银杏秋色

九华山路的银杏是秋的幡旗，一入深秋，便黄灿灿的一路，黄透近赭的叶在一阵阵的商风中辞树飘落，缓缓地、飞旋地落了下来。邵雍说“叶坠未霜前”那是北方，江南的轻霜微寒仿佛是描画的笔，将深浅浓淡的橘红、淡黄、浅赭甚至苍白涂抹在片片银杏叶上，那落地的树叶连成一片，仿佛如织锦，铺在九华山路的两侧。软软的银杏叶铺在地上，那坚硬的地踩上去也柔和了许多。秋阳下红叶三三两两地飘落，也许在你的头上飞旋，也许落在你的肩上。你或许会捡起一片，那红叶宛如一柄小扇，那被深浅浓淡的黄晕成的图画犹如画家笔下的油画，没有一扇是相同的，从形到色，从味到韵，秋风和秋雨就是妙笔挥洒的画家。

秋雨蒙蒙，像雾一般，九华山路湿漉漉的，红叶坠落，宛如折翅的小鸟，积叶散布的路面很滑，行人格外地小心择路，那形神仿佛是珍惜那落叶，不忍踩在那不慎掉落在路上的折扇。也许，清洁工就在你的身后，将那枯叶和残枝划拉在一起，铲进那“绿色的茔冢”，那红叶依旧前赴后继地坠落，虽然依旧被划拉进“茔冢”。如果不是雨天，那洒落的红叶飘荡、飞旋、铺就的过程，仿佛如同老天在织地毯。温暖的红叶点缀着、串联着蓝天、艳阳、红篷、闲步的人和疾驰的车，从南向北看，宛如一幅色彩斑斓、生动无比的油画，还有比九华山的秋色更美的吗？不像垄坊路上肥厚得像熊掌似的梧桐叶，拖泥带水，未秋而先寒，未冬而先冷，一点温暖的意思也没有。无论是在秋风里，还是在秋雨中，九华山路的银杏许是最好的秋色。

喜欢在“陆和村”喝茶，茶定是春茶最好，可我就不爱什么雨前茶，味太淡，淡得让人觉得他的价太“浓”，喝不起。坐在靠窗的木椅上，看着九华山路银杏叶一地，三两好友，品茗闲聊，望着玻璃杯上升腾的热气，那一股夹带清香的翠绿的氤氲，和聊天一样的惬意，如同在秋日温暖的阳光下，悦目得如同秋风中纷飞的银杏秋叶。蕴在黄叶中秋的艳丽，藏在绿茶中春的甘香，同样是生活的色彩和味道，同样的甘冽如泉，同样的雅韵如诗。

秋风将深红给了枫叶，将枯黄给了柳枝，将褐黄给了衰草……唯独将次第黄赭、浓淡浅红给了银杏，银杏是幸运的，而九华山路上的银杏更加幸运，入眼眸，入图画，入照片，入银屏……甚至入心情，入思考，也就入了生活。

塔川的银杏秋天也是这般颜色，而颜色也是这般丰富，却是孤傲和孤寂的，她等待着游人的朝拜。九华山路上银杏与路人朝夕相处，风雨相共，“思与兄弟，同兹休戚”。当城市被粉饰得灯红酒绿、日狂夜躁的时候，看看朴实简素却又是风情万种的银杏，黄灿灿的一路伞盖，相戏秋风，相亲秋雨，凋落依旧从容，飘零却似蹈舞，漫街满树的黄叶是九华山路秋的诗意表达，漫天飞舞的“黄扇”是九华山路秋的生命张放。

秋风秋雨秋银杏，一树一篷一风情。

无雪冬韵

冬无雪是大煞风景的，今冬的雪也就是应个景，连一点认真的意思也没有，要么，如雾雨似的飘落一阵，要么，如鸭绒似的飘洒一阵，全没了落雪的气势。轻描淡写地、似连非连地勾画了屋檐的轮廓，还没等到太阳出来，消失得只能看见瓦楞中残留的雪迹和湿润一片，没了雪，这还是冬吗?

喜欢在漫天飘洒的大雪中闲步，雪干得你一拍就震落了一地，你肩上还是干散散的，一点湿润的痕迹也没有。雪天不冷，就连那雪握在手都是温暖的。蓬松的雪晶莹剔透，团紧的雪温润如玉，雪地厚厚的，软软的，踩上去滞步而有坠落的感觉。赭山被厚雪笼罩着，白茫茫的一片，原先凹凸分明、错落有致的亭阁楼台，峰峦树木界限变得模糊却柔和了。有雪的冬天，有雪的赭山是素净的、纯洁的、无声的，闲步在这样安详的山麓，偶尔地，枝叶不能承重的雪跌落下来，砸得你满头满身的雪花，抖落拍去散乱的雪花，你也会觉得是冬雪天的享受。

冬无雪，赭山依旧花红树绿，宛如春天。山茶殷红，梅花淡红，矮小的灌木碧绿，高大乔木苍翠。

冬日柔和地却有点懒洋洋地照在赭麓密集的枝叶上，山腰间盘旋的小路上却很阴冷，快走和慢跑仍旧不御无雪的寒冷。无雪的冷是一种寒，寒气彻骨，寒气藏在林间，飘散在似雾非雾的岚气里，弥漫在你的周围，你无处可逃，无处可避。一会儿，你的发、眉，乃至衣服上，会覆上一层薄得不能察觉的冰。无雪的冬韵，是雾岚入夜凝结成薄脆的冰，透着彻骨的寒冷；是艳阳升起，温暖而柔和，即便风也带着一丝暖意，仿佛如初春。冬，应该是苏东坡关西大汉般的“大江东去”，浑厚铿锵，雪大如席，偶尔来一点“小轩窗，正梳妆”。而不该像李清照，出手总是“轻解罗裳，独上兰舟”的婉约柔声，偶尔才来一点“九万里风鹏正举”。上苍也有犯糊涂的时候，诗也“出律”，该平却仄，该仄却平，说不定来年春天清醒过来，来一个“拗救”，倒春寒地补一个冬天，雪，倒飘起来了。纵然如此，无雪的冬也是冬啊。

阳光变得暖和起来了，驱赶了山腰小道上积留在身上的寒冷，闲坐在塘边，看手舞足蹈，听咿哼啊唱。广场的薄冰化成淡湿的水渍，晨练人不再小心翼翼，不再顾忌脚下意外。“徐娘”们舞动的步伐格外地欢快起来，一招一式到位了许多。

西边广场长廊被灿烂的阳光晒得暖洋洋的，不知疲倦的口琴声悠扬得如诉如泣，口琴总是那样的忧伤，即使欢快的曲调到了口琴的“嘴”里，也透着苍凉和悠远，犹如今冬虽然有阳光灿灿，暖意融融，但毕竟是冬，寒冷是免不了的，无雪的冬天也冷，也许比大雪纷飞的冬天更冷。但是，我还是有点儿瞧不起今冬，无雪算什么冬天啊。

人生到处知何似
应似飞鸿踏雪泥

卢塞恩掠影

我经常听古典歌剧的序曲，《威廉・退尔》便是其中的一个。我之所以只听序曲，是因为没有耐心听完整部的歌剧。与其说没有耐心，不如说我没有那种修养。人对文化，其中包括古典歌剧的喜爱、感情乃至热爱，是对文化修炼的结果，我的文化修炼不到家，至少是对古典歌剧。

《威廉・退尔》是一个瑞士英雄的故事，是瑞士人反抗外族暴政的故事，这个英雄就是威廉・退尔。一个由德国的席勒和意大利的罗西尼共同演绎的英雄故事，作为作家的席勒是伟大的，作为歌剧艺术家的罗西尼同样是伟大的，两个伟大的珠联璧合使得歌剧《威廉・退尔》一上演便经久不衰。故事我早已熟悉，但我更喜欢该序曲那雄壮的旋律和高昂的节奏。事实上《威廉・退尔》的序曲比歌剧本身更负盛名。所以，此行去瑞士就是想看看，威廉・退尔的家乡究竟是个什么样子。但是，瑞士不仅有威廉・退尔，还有终年积雪的阿尔卑斯山，还有蓝得没有一点杂色的卢塞恩湖……

卢塞恩是瑞士卢塞恩州的首府，一个名副其实的湖光山色相辉映的城市。说是城市，也就八万人居住，面积吧，相当于芜湖市的二百五十分之一。一点不夸张地说，卢塞恩是全世界的避暑胜地，趋之若鹜的游客每年超过三百万。巴洛克时代建筑、重叠的碟形喷水池、卵石铺就的广场和巷道，让你一览文艺复兴时代的建筑风貌，人字形的小屋涂上鲜亮的色彩，更是一种童话般的梦幻。

说卢塞恩是瑞士最美丽、最有魅力的旅游胜地是一点不为过的。卢塞恩不仅是瑞士人理想的度假地，也是全世界游人趋之若鹜的休闲之地。欧洲中部的旅游，卢塞恩是必去的。如果去瑞士，视而不见卢塞恩，那简直就是“旅盲”，你将懊悔一辈子。

卢塞恩，瑞士最具有魅力的城市。马克·吐温、列夫·托尔斯泰、雨果、大仲马、瓦格纳，甚至英国女王伊丽莎白一世这些世界名人都曾经在这里流连过。奥黛丽·赫本选择卢塞恩作为结婚之地。贝多芬的奏鸣曲《月光曲》，钢琴下流淌的是卢塞恩湖上的月光，月下的卢塞恩湖，小船懒散随意，指下恬静心声。瓦格纳都说，卢塞恩湖的美景，让我忘记了音乐。

卢塞恩最负盛名的卡佩尔廊桥，是卢塞恩的名片之一。卡佩尔廊桥虽然始建于1333年，却在1993年8月17日的一场大火中毁坏，虽然经修葺，但新旧痕迹仍可清晰辨认。卡佩尔廊桥是横跨在罗伊斯河上的“特修斯之船”。我在廊桥上走走停停，浏览廊间横眉上那些画，特别留意了有关当年“黑死病”流行景象的图画，因为“黑死病”的肆虐几乎毁灭了欧洲。

廊桥差不多200米，廊桥的终端是圣彼得教堂。桥中段有一个置身河中的水塔，八角形，游人进不去，曾经有一段时间用作监狱及行刑室。我总觉得水塔有点突兀，也许当时作为防御用的廊桥需要这样一个水塔吧。

狮子纪念碑是卢塞恩的游览景观之一，是为了纪念1792年的法国大革命时期保卫路易十六和玛丽皇后的战斗中牺牲的英雄。一支箭镞深深地插进了濒临死亡的雄狮背上，雄狮庞大的身躯俯伏在石壁内穴，眉头紧锁大口微张，充满着痛苦、无奈与绝望。

虽然现在的瑞士是一个中立国，但在历史上，瑞士是一个贫穷落后的国家，男子迫于生计，纷纷到欧洲各国去当雇佣兵。瑞士雇佣兵忠于雇主，英勇善战，1792年之后，瑞士停止出口雇佣兵，仅留下在梵蒂冈为天主教廷服务的近卫军，我在梵蒂冈见过在门口执勤的瑞士卫队。

在湖边，可以远眺韦吉斯，卢塞恩湖深处一座童话般的小镇，马克·吐温生前就居住在韦吉斯，很多名人都造访过韦吉斯，譬如歌德……俄国作曲家拉赫玛尼诺夫在韦吉斯居住十年之久，最终长眠在此。

卢塞恩湖非常宁静，游船靠岸笛鸣让你有种“鸟鸣山更幽”的感觉。湖水深蓝，蓝得像宝石，远山黛色，衬映在蓝天白云下。卢塞恩最让人流连忘返的就是卢塞恩湖湛蓝的湖光和青翠的山色，湖光山色映衬在淡蓝的天幕下，偶尔地飘过几朵絮状的白云。坐在卢塞恩湖边的长椅上，远眺雪峰山色、起伏冈峦，近看清粼湖光、一顷碧波。湖面上游荡着成群的天鹅，旁若无人地游弋，偶有一两只引颈向天鸣叫，打破了湖面上的寂静。

湖边凉风习习，两只黑天鹅仰面高歌，可能期冀有什么“赏赐”，可惜我们两手空空，连面包也没带，无所可赏，抱歉得很。两只与我们邂逅的天鹅也不介意，在岸边寻觅了一阵，双双离去，游向湖心。也许是我们手中樱桃色冰激凌，其色香引来了不期而至的两位“朋友”，对不起啦，即便你们能吃，我也不敢将冰激凌抛入湖中，那罚款我们承受不起的，少则两百欧元。

差不多在湖边待了一个多小时，起身过马路回下榻的酒店，左右望望，止住了脚步，左手边并肩过来两辆自行车，似乎是一对父女，背后是斜射的夕照，缓行的人车宛如一幅剪影。我忽然想起法国电影《老枪》里，菲利普·努瓦雷和罗密·施耐德带着女儿悠闲地骑着自行车郊游的画面，一幅和平景象。

卢塞恩天的完全黑下来，大概是九点半之后吧。时间还早，又在附近转悠了个把小时，拖着略显疲惫的步履回酒店。

晚餐是冷水就面包，欧洲的酒店没有开水，也不准烧开水，更别说方便面，违者罚款，罚款多少没在意，估计不会少于两百欧元吧。

漫步在香榭丽舍大街上

出了奥斯曼大街，路过歌剧院、协和广场，悠闲地往香榭丽舍大街那边走去，我准备把一个下午消磨在香榭丽舍大街，一个从我知道“香榭丽舍”这个名字就一直萦怀无释的地方，“香榭丽舍”的魅力究竟在哪里?

巴黎高雅及繁华的美丽、浪漫与流行的魅力，我以为，至少有一半归功于这条大街。三百年的香榭丽舍大道，法国人誉为“世界上最美丽的散步大道”，那肯定是巴黎人乃至法国人的骄傲。

香榭丽舍大街，其名源于自希腊神话“神话中的仙景”之意，而“香榭丽舍”则是徐悲鸿先生所赐，匠心独具，声、形、神三者相得益彰，兼备古今汉语的内涵和诗意。悲鸿先生的“香榭丽舍”译得神工、大气和唯美。

从协和广场到戴高乐广场，全长1800米的大道就是“香榭丽舍”，大道横贯巴黎的东西，两道8线行车，你可以想象到“香榭丽舍”的宽广和开阔，几乎就是一个广场。事实上，香榭丽舍大道犹如北京的天安门广场，法国国庆日的典礼总在这儿举行。

从协和广场至戴高乐广场，可以人为地，却也是客观地将香榭丽舍分成东西两段，东段的两侧是平坦的草坪，恬静安宁；西段的两边是高级商业区，如果你有兴趣，可以看看橱窗，既饱了你的眼福，又掩饰了你的囊中羞涩。

六月初的天气非常好，阳光明媚而温暖，高天爽洁而云蓝，我们在西段逗留的时间比较长，沿途的零食摊贩几乎“摩肩接踵”，没有吆喝声，卖家和买家之间的问答声也是声微语轻的。欧洲的甜樱桃（车厘子）很诱人，红得发紫，鲜得透亮，硕大而饱满，五欧元一公斤，太便宜了。卖家见我们驻足，抓了一把，足有六七颗让我们尝尝，傻眼了，在国内，最贵的时候，车厘子（真假难辨）一市斤大概五十块钱吧，尝一颗恐怕会遭十个白眼。

我们毫不犹豫地给了五欧元，接过沉甸甸的纸袋和一声“谢谢”，卖家是个中年男人，不太流利的英语，但是至少可以简单地交流，男人的微笑一点不比女人差，也很有魅力的。在互相的“拜拜”之后，各行其是，他做他的买卖，我逛我的大街。

法国的波尔多葡萄酒也许是全世界最好的之一，而干酪的香味飘溢、缭绕、充斥在你的身前身后，让你流连，让你垂涎，恨不能掰一点尝尝。可一块干“芝士”少说也有四五斤，太重，没法带。可回到家就懊悔了，怎么着也该买两瓶“波尔多”，哪怕一瓶也好。

静静地坐在大街北侧的公园的长木椅上，慢慢地嚼着车厘子，甜中微酸，软而不绵。不远的另一张木椅上，也坐着两个老外夫妻（我想应该是），偶尔地与我们的目光相对，彼此一笑。公园的树木成荫，掩映着厚重的矮墅，这儿没有草地，地面是细沙石的，令我大惑不解。公园外的香榭丽舍大街也不是水泥地的，更不是柏油地的，大街的两侧是小块的浅灰色间有小蓝点的花岗石铺设，宁静而沉稳，灵动却厚重。协和广场到凯旋门的大街都是小的长方形的石块铺成，十七世纪中叶建成，就没有改变过，看上去，每一小石块表面几乎已经没有棱角了，光滑而明亮。

沿着高大的梧桐下的林荫道，有一种闲散的惬意，成排的梧桐不似伞盖，朝着大街一面的枝叶被修剪得平整如墙，宛如是被树干托起的翠壁，高耸在蓝天之下。我说高耸，确实不是夸张，枝叶下的树干足有两人高，你可以自由地在树干间穿来去往。

穿过“香榭丽舍”，在大街的南侧，烤肉的香味扑鼻而来。因为昨晚已经尝过希腊烤肉，今天便选择了土耳其烤肉。希腊和土耳其隔海（爱琴海）相望，领土相连，似乎烤肉味道也相差无几，就连价格也差不多。不懂土耳其卖家说的话，就连比画带英语地要了一份。你一定在电视片上看过希腊或者土耳其烤肉，圆柱式地立着，锋利的长刀围绕着热气腾腾的烤肉削着，薄薄的肉片迅速被叠包在薄饼里。包着肉的纸卷递到你的手上，趁着热，裹着香，夹着焦，鲜嫩的肉翻滚在你的口中，那是一种享受，吃，反倒是其次的了。

至味的冰激凌是不能少的，我喜欢草莓味的，粉红的，非但温馨而且可口。

尽顾着闲逛了，还好，还不算晚。加紧脚步折返回奥斯曼大街，除了我们几个人之外，都在那儿狂购呐。

莫扎特的萨尔茨堡

似乎整个的奥地利都是莫扎特的，无论是萨尔茨堡，还是维也纳；无论是巧克力，还是音乐会；无论是粮食胡同九号，还是金色大厅……

莫扎特不仅是音乐的，而且是巧克力的。第一次见到莫扎特牌的巧克力是在萨尔茨堡，琳琅满目的“莫扎特”巧克力，包装形态虽然各异，但无一例外的就是都有莫扎特的头像，而头像呐，几乎千篇一律，那种金色向外翻卷金发的古典头像，“莫扎特”没有微笑，一本正经地微微侧着脸。

“莫扎特”巧克力在国内肯定有卖的，但是，在我生活的小城市，我还真没见过，也许有。肖复兴说在国内买“价格不菲”，但在奥地利的任何一个商场或者超市，价格似乎还是能接受的。即使我这个没有大手大脚买东西习惯的人，也还是没有“咯噔”地付钱去买。

整个欧洲的巧克力都相当好，当然包括奥地利出的“莫扎特”巧克力，而这种“好”，至少我是分辨不出来是哪国生产的。但是，你可以拿国内卖的那种“德芙”巧克力去比较一下他的好，孰优孰劣就连我这个“舌尖”的外行也是一尝而了然的。

1900年，萨尔茨堡的“莎兹”点心铺首创了莫扎特牌巧克力，是由点心大师福尔斯取名的。和中国的情况差不多，从此，“老王麻子”“老老王麻子”“真正的王麻子”之争风云迭起，商战不断，无论是哪个“王麻子”富起来，都是生前穷困潦倒的莫扎特所始料不及的，“莫扎特”倒使得后人富了起来。

去年在奥地利的因斯布鲁克，只注意各色各味的冰激凌，倒还真没注意“莫扎特”巧克力，几乎每次要的双球冰激凌中总要一只加上一点白灰的榛子色，双色而不单调，独享而不独味。

奥地利出了太多音乐家，除了莫扎特之外，还有施特劳斯家族的父子三位、海顿、舒伯特。而贝多芬呐，虽然出生在德国，却长期生活在奥地利，是维也纳乐派的代表人物。还有就是享誉全世界的指挥家卡拉扬，卡拉扬就出生在萨尔茨堡，和莫扎特算是真正的同乡。

莫扎特留给后人的音乐作品有600多首，单是交响乐就有63首，还有27首钢琴协奏曲，15部歌剧，13首小夜曲……我们可以从列举的简单的数字看出莫扎特的伟大和天才，唯“伟大”和“天才”方能褒誉莫扎特。我经常一边家务，一边听他的《G大调弦乐小夜曲》，而他的《土耳其进行曲》也是百听不厌的。

莫扎特故居在萨尔茨堡市粮食大街9号，这是莫扎特出生的地方，但直到20世纪初，才辟为莫扎特故居博物馆。粮食大街，说是大街，很狭窄，加上慕名而来、蜂拥而至的游客，显得非常拥挤。故居是座6层楼的建筑，我去那日，恰逢闭馆，未能一览馆内陈列的莫扎特遗物。故居前面是莫扎特广场，广场中央竖立着莫扎特全身塑像，蓝天白云映衬下的“莫扎特”高高地立在方形的白石底座上，底座的正面是插着羽翅天使的浮雕。如织的游人争先恐后地与“莫扎特”合影，“莫扎特”并不计较孰先孰后，我好歹也瞅一个空，与大师留了个影。

自从我“认识”莫扎特之后，萨尔茨堡一直是我向往之地。萨尔茨堡小城很美，清澈的萨尔茨河将萨尔茨堡分割成新旧两个城区，诠释爱情的连心锁桥和宏伟的莫扎特桥就横跨在萨尔茨河上。萨尔茨河缓缓穿过古城向南流淌，两岸的哥特式建筑的尖顶高耸巍峨，和周围的山脉次第交错，浑然一体。米拉贝尔花园恬静而秀美，四季花团锦簇，你可以在小径边的长椅上休憩片刻，安静地用目光抚摸着绚烂的花草、悠闲的游人、百态的石雕……对面蒙彻斯山顶是白色赫恩萨尔茨堡天主教堂，你似乎觉得，彼此相对的教堂和花园就像一个和蔼的长者俯身与一个美丽的少女在对话，娓娓地、绵绵地延续了几个世纪。米拉贝尔花园和赫恩萨尔茨堡天主教堂这两座典型的巴洛克式建筑都散发出中世纪悠远而独特的魅力。

萨尔茨堡几乎遍布高耸的尖塔教堂、恬静幽静的修道院，绿树成荫的园林和千姿百态的喷泉，整个的萨尔茨堡小城就是一个花园。

米拉贝尔花园门前有一个金色“莫扎特”，那是民间艺人装扮的，凝重而安静，仿佛雕塑。游人远远地看着，“长枪短炮”瞄着，没有喧嚣，安静而凝重的“莫扎特”感染了四围的游人。突然，一个长发的游客疾步走到“莫扎特”的面前，开启了“中世纪”和“现代”的对话，听不清他们在说什么，从他们愉悦的微笑看，数百年的遥远没有妨碍他们之间的沟通。

莫扎特是属于全人类的，任时光荏苒，任信仰天地，任肤色差异，莫扎特乘着音乐翅膀，从萨尔茨堡出发，自由地飞遍了世界的每个角落。

慕尼黑，今时和往事

第一次去欧洲，是从上海直飞荷兰的阿姆斯特丹，去风车村转了一趟，转道法兰克福去了慕尼黑。第二次去欧洲，是从上海直飞法兰克福，没有停留，立刻去了慕尼黑。

说慕尼黑，似乎没有说宝马、奔驰和西门子那样为人所熟知，这三家公司的总部就在慕尼黑。“丰田”夸口说“有路就有丰田车”，可你在我住的小区看看，有多少辆宝马在奔驰，有多少辆奔驰做宝马。而西门子更是家喻户晓，西门子冰箱、西门子洗衣机、西门子洗碗机。就连我家的电器插座也是西门子的。

读大学的时候，屡次听到“慕尼黑”这个遥远而陌生的地名，之后，再没去问津。再过十余年，就是我的同窗前往慕尼黑大学医学院读博士；再过十余年，源起我那在慕尼黑攻读的同学，认识了慕尼黑广播电台的音乐编辑英格丽特女士，英格丽特的丈夫是我这位同窗在慕尼黑的同事。英格丽特在芜湖住了两天，其间，陪她在芜湖转了转。我不懂德语，只好用中间语言来交流，好在英格丽特的悟性很高，对我中式英语的理解没有半分的差误。临别，邀我去她家做客，若去慕尼黑的话，我答应之爽，似乎我一定会去的。而今，我那在慕尼黑读书的同窗已经作古，我不敢肯定，英格丽特知不知道这件事。而我，两次去了慕尼黑，她也不会知道的。

去慕尼黑，玛利恩广场是必去的地方，广场位于慕尼黑的市中心。走马看花的一游，那就去三处建筑看看：新市政厅、老市政厅和玛丽恩之柱。好在这三处地方在一起，都在玛丽恩广场上，而广场又不大，几乎转身就行。广场正中有一根圣母柱，通常称之为玛利亚柱，柱的顶端是金色圣母玛利亚雕像，左手持权杖，右手抱圣婴，圣洁端庄。广场北边是慕尼黑新市政厅，是一座气势宏伟的哥特式建筑，横向的地脚大概有两百来米，通体灰黑色，仿佛火后余生似的。我第一次去玛丽恩广场，以为新市政厅是一座教堂，非常漂亮，是我见过的欧洲国家市政厅中最独特、最恢宏、最让人留恋不舍的地方。

慕尼黑的新市政厅外观独特华美、古典深邃，吸引着全世界趋之若鹜的游客，尖塔上的钟琴闻名世界。钟琴并不仅仅是钟琴，在旋转的“舞台”上，32个玩偶重现了威廉五世公爵与洛林公主勒娜特结婚时的欢庆场景。玩偶真人大小，仰面而视的玩偶不会比你手上拿的布娃娃大多少。自建成的百余年来，钟琴每天两次准时地回响在玛丽恩广场的上空。

我第一次去广场错过了时间，第二次掐准时间去了，上午十一点不到，嗬，广场上挤满的人群，齐刷刷地翘首仰望钟楼，说万人瞩目绝不为过，静等那清脆悠扬的钟声。钟声弥散在广场的上空，与空气共鸣的钟声悠远而动听。每次钟声15分钟，是长还是短并不重要，我觉得，目的是让期盼的人群享受钟声带来的愉悦和快乐，你在临街上听见那启鸣的钟声，仿佛向你呼唤，你快步走去，绝不耽误你的聆听和欣赏。

说市政广场的钟声再现另外一件遥远的事件，1517年，当横扫欧洲的大瘟疫结束后，制桶工人们在慕尼黑街头欢快的舞蹈。我觉得有点牵强，横竖是两件完全不搭界的事搅在一起，德国人想象力还是很丰富的，德国人不但严谨，而且浪漫，严谨得刻板，可却浪漫得随意，都可爱。

玛利亚广场上的青铜雕像喷泉是鱼泉许愿池，正对着新市政厅的入口。鱼泉许愿池在欧洲几乎每一个广场都是可以见到的，大到巴黎的协和广场，小到德国的维尔茨堡。人总是向往如愿的，而如愿绝不是许愿的结果，偶然和必然都有。广场西北面引人注目的洋葱头圆顶建筑是圣母教堂，洋葱头教堂按道理是东正教的礼拜堂，在俄罗斯几乎随处可见。东北边的尖顶建筑则是慕尼黑旧市政厅，现在已经为市议会使用。老市政厅建于14世纪初，至今已经有700余年了，而且还在使用，里面设有一座玩具博物馆，收藏都是独一无二的玩具，有来自欧洲的，还有来自美国的，也有玩具历史的叙述和展示。

皇家啤酒屋是一座很具人文内涵的建筑，创建人就是玛丽恩广场上伴着欢乐钟声和舞蹈玩偶庆祝婚礼的主角威廉五世，巴伐利亚公爵。建于

1589年的皇家啤酒屋，可以同时容纳3500人入座，可能世界上没有比她最大的啤酒屋了。而且，供应的都是“HB”啤酒，一杯就是一公升，是德国最名贵的啤酒。爵威廉五世为了让王室喝上鲜酿的啤酒，就在皇宫附近修建了自己的皇家宫廷啤酒屋。

每一个来到慕尼黑的游客都一定会到这家啤酒屋，当然，我也不例外。很好找，硕大的“HB”悬着，你会找不到？我没有喝酒，即便喝酒也喝不下一公升一杯啤酒。厅堂并不豪华，但很整齐，木质的桌椅很厚实，很古朴。屋顶是多个弧形木拱互相连接，涂满了壁画，没有一处空白，弧形屋顶连接处的下方是支撑的柱子。你可以在啤酒屋里随处转转，绝无干涉，身着白衬衫、黑背心、黑长裤的“酒保”目无旁骛，认真得有点严肃。我觉得，和德国人的精神很协调，很匹配。几乎你的存在和不存在，与他没关系。没有人见你进门就拿着菜单追着你点菜买酒，只有你招手呼唤，“酒保”才会殷勤、周到地服务于你，依我看来，绝不是热情、取悦，没有一种用表情或肢体语言胁迫你去消费的意思。

院子里还有偌大的露天酒吧，几十张木桌，树荫蔽日，有点凉，空无一人。十点钟左右的啤酒屋没多少人，啤酒屋的高潮可能是傍晚直至午夜或者更晚。我在院子的桌前小坐了一会，主要是感受当年歌德、茜茜公主、列宁和莫扎特这些历史名人在此流连的感觉，年逾400岁的旧屋虽然主人、酒保、食客，还有游人，不知道换了多少代、多少人，但酒屋的容颜没有太大的变化。

有生之年，会不会再去慕尼黑，估计不太可能了。欧洲，在我去过的地方中，还是很怀念慕尼黑的，原因说不清，但慕尼黑有我那“死党同窗”的重重的脚印，值得去寻觅、去怀念肯定是原因之一。还有就是那位一闪而过的朋友，英格丽特，就生活在慕尼黑。英格丽特，你还好吗？

去皮拉图斯山巅

到卢塞恩已经是下午3点钟了，艳阳高照，暖意融然。在卡佩尔廊桥边一抬头，阿尔卑斯山的支脉皮拉图斯仿佛就在眼前，未融的雪峰在阳光下闪烁着熠熠的银光。

皮拉图斯峰海拔两千多米，有很多登山爱好者徒步登峰。可我不行，即便有体力，时间也不够，虽然五月份是徒步登山的好季节，也只能作罢。

因为没有预订到登山列车的票，只能乘缆车上山。缆车的起点在克林斯，离卢塞恩小城15公里，往返皮拉图斯山顶的缆车的花费也就15欧元。上山的索道缆车分两段，先是小缆车，后转大缆车，无论是大缆车还是小缆车，都是极平稳，丝毫没有咯噔和颠簸的感觉。

缆车缓缓上行，从山脚绵延到山顶的观景平台，除了裸露的断岩之外，几乎看不见黄土，植被仿佛像绿毯覆盖在山麓的每一寸土地。俯视之下，橙红屋顶的木屋，就像镶嵌在山间蜿蜒曲径上的玛瑙，绿茵草地上散落着牛群，房前屋后悠闲着农人，入眼此景唤醒了记忆中童年几乎所有的童话的梦想。

高大的、密集的冷杉缓缓地掠过缆车的舷窗，冷杉林原始般寂静，没有任何砍伐的痕迹，宛如是另外一个世界。阳光懒懒地斜射过来，在绿茵上留下斑驳的阴影，地面像一幅油画，瑞士本来就是一个油画般的国度。

在山顶的观景台，一边是马特洪峰领衔的连绵的阿尔卑斯山脉，另一边是阳光下熠熠生辉的卢塞恩城，一边是被自然的雄伟所震慑，一边是对人工的聪慧而诗化，而皮拉图斯山神一手牵着雄伟，一手牵着聪慧，把所有的美好都给了卢塞恩城，梦幻般的卢塞恩城。皮拉图斯山峰的雪并不是终年不融，因此，相间的皑皑白雪、灰白山岩更增加了山峰的立体感。似融未融的冰雪的漫浸裸露的灰岩为人不察地润湿开来，诗情画意任你想象驰骋。

走出山顶观景平台，继续向山巅行进。扶手是木质的，很简陋，简陋得难以想象，用手推了推，很结实，结实得异常无比。这种在粗糙中体现实用，在实用体现简洁也许就是欧洲人的一贯风格。细看下扶栏的粗糙，与皮拉图斯的粗犷真是绝配，吻合得天衣无缝。

仰面环顾天淡蓝，极目望去山灰白，忽然想起吴均的句子，“风烟俱净，天山共色”。风凉但不冷，四周静悄悄的，连游客的喧嚣都淹没在群山沟壑之中。伏在栏上，一面仿佛是仙境的阿尔卑斯山峰起伏，一面是童话般王国的卢塞恩城，久久不肯离去。

身后传来低沉悠扬号角声，我便转身下山。宽阔的观景平台上，两个穿着白衬衫蓝背心的中年男人双手握着号嘴的下端，专注地而不失闲适地吹奏着号角。长号的触嘴也就两厘米直径，而搁地的一端向上弯曲成一个喇叭口，往大里说也就四十厘米吧。长号细长，三米有余，搁地的一端有一个八字形的小木架。长号起源于南亚，现在却变为具有瑞士灵魂的民间乐器。在任何地方只要一听到阿尔卑斯号角低沉悠扬的声音，瑞士人的自豪感和认同感便油然而生。正如瑞士家喻户晓的号角制造商日拉尔 · 波特先生说的，“瑞士人的血管里流淌着阿尔卑斯号角的音符。”

长号的吹奏难度极大，没有任何调节音符的装置，全凭吹奏者的气息控制。一曲终了，两位演奏家相视一笑，从背心的口袋中拿出一张纸片，咕噜了一阵，低沉悠扬的号角声又起。掌声和喧哗的平台重新归于寂静，只听见节奏缓慢的旋律回荡在山间，音乐也能醉人的，旋律的感人是不必用语言来传达的。

卢塞恩地区讲德语，瑞士长号叫做Alphorn。本想与号手交谈几句，一想还是作罢。因为我不想让也许不懂英语的演奏家和不会德语的我都感到尴尬，只能用热烈的掌声表达我的欣赏和敬意。

在山上盘桓了将近三个小时，原路下山，直奔卢塞恩的卡佩尔廊桥。夕阳仍然高挂在西边的天幕上，卢塞恩的日落大概要到九点半之后。

卢塞恩是瑞士卢塞恩州的首府，人口八万，却每年接待的游客两百万，皮拉图斯山功不可没。

“裸体的卡夫卡”

从布拉格旧城区的黄金街走过，差点错过了22号，真的一点也不起眼，22号几乎完全淹没在左邻右舍的小铺之中。22号，是捷克作家卡夫卡的故居，绕过故居的小街，是一个小广场。广场上有一座卡夫卡的铜像，方形的底座差不多和我一般高，卡夫卡以形似稍息的姿态立在上面，微微地抬着头注视着左前方，我站在铜像下面，仰面看着卡夫卡几乎没有表情的脸，冷眼深邃地看着世界。

卡夫卡铜像是裸体的，裸得很彻底。看模样，卡夫卡也就二十岁的光景，修长的身材，那种很多人羡慕的身材。

九十多年前，卡夫卡在维也纳辞世，“回”到了布拉格。故乡的风景是需要名人装点的，卡夫卡的回归几乎再造了布拉格，卡夫卡与布拉格一样熠熠生辉而享誉世界，就像歌德于魏玛，莫扎特于奥地利……

卡夫卡有一句名言“我写作，所以我活着”，他是现代世界唯一的“精神裸体者”。也许只有故乡最了解卡夫卡，所以让卡夫卡表里如一地展现在世人的面前。

卡夫卡生前几乎默默无闻，他的作品极少数在生前发表。他的第一部小说集《观察》第一版共印了800册，5年之后，一大半还积压在仓库里。卡夫卡自己说，在布拉格一家著名的书店里，几年来共售出了11册书，其中10册是他自己买的，另外的一册是谁买的，是卡夫卡本人一直想知道的。卡夫卡生前只发表了自己著作的六分之一，临终前，将所有的遗稿交给挚友勃洛德，嘱咐全数销毁。勃洛德“违背”了卡夫卡的遗愿，出版了他所有的遗著，卡夫卡从此名噪西方。

有人说："就作家与其所处的时代的关系而论，卡夫卡完全可与但丁、莎士比亚和歌德相提并论。"因此，如果不阅读卡夫卡，我们就简直无法了解和认识20世纪的西方文学。卡夫卡四十一年的生命留下了死后被认为是最辉煌的文学遗产，长篇小说《城堡》《审判》《美国》，以及数卷的中短篇小说集，当然，最为不朽当属他的《变形记》。

卡夫卡是生于捷克的犹太人，就国籍而言，他应该是奥匈帝国人，一直用德语写作。1924年，卡夫卡因肺疾医治无效，病逝于维也纳郊区的基尔灵疗养院。

布拉格是个非常美丽而古老的城市，布拉格又是一个智慧而深奥的国度，既张放又内敛，既古老又现代，布拉格给卡夫卡一个完全赤裸的形象，是不是也寓意着他的作品对人性赤裸地揭露，我想，应该是吧。

也许卡夫卡说，你瞧，我把我毫无掩饰地展现在你们的面前，如同我脱去你们灵魂上每一丝布缕，都是一丝不挂，坦诚相对，无所隐瞒，不好吗？

卡夫卡是布拉格乃至捷克的符号。布拉格还有两座卡夫卡青铜雕像，一座是卡夫卡穿戴整齐西装和礼帽骑坐在一具同样穿了衣服却没有脑袋和躯干的空壳之上，是雕塑家罗纳的作品，另一个卡夫卡头像，是雕塑家塞尔尼的作品。这两件雕塑我都没有见到，我没去找，也没时间去找，不但花时间，还要冒着迷路的风险。

去布拉格，一定要去看看"裸体的卡夫卡"，如果你有时间，去找一找另外两个卡夫卡，那个"穿戴整齐西装和礼帽"的雕像已经成为"卡夫卡文学奖"的奖杯，2014年，中国作家阎连科获得此项荣誉。

卡夫卡文学奖是由捷克弗兰兹·卡夫卡协会2001年创设，要求也不高，只要作家有一部作品被译成捷克文，就可成为提名对象。奖金为1万美元。看起来不高，但"一部作品"只是个门槛，被授予"卡夫卡文学奖"的作家都有实力接受"诺贝尔文学奖"，事实上，卡夫卡文学奖和诺贝尔文学奖就有授予同一个作家的。

我喜欢卡夫卡，喜欢卡夫卡的作品。但我只站在卡夫卡的旁边，不会沾光，更不可能成为卡夫卡。因为，天才是不可模仿的，天才不容赝品。

在奈良寻找大唐

去日本，可去的地方很多，但非去不可的地方，于我而言，就是奈良。

住在大阪，去奈良极其方便，乘近畿铁道的地铁去奈良，也就四五十分钟，我便早出晚归，往返于大阪和奈良之间，悠闲得很，有时间品味奈良。

公元710年至784年，奈良曾是日本的首都所在地。日本建都奈良正值中国的盛唐时期，奈良仿效中国唐代的长安城而创建了规模宏大的“平城京”，作为世界文化遗产，奈良很有资格傲立于世界文化的名城之中，至少我这样认为。

次天，又去了奈良西部的寺群，看了唐招提寺、药师寺和玄奘三藏院三处古迹。

久慕唐招提寺，匆匆于药师寺之后，便流连于招提寺。招提寺是日本佛教南山律宗的总本山。而“日本律宗开山始祖”鉴真大师的遗骨亦埋葬于此。鉴真生于公元688年，圆寂于763年，江苏扬州人。

唐招提寺正门顶上长方形的门额横置，其上四字二行“唐招提寺”是当时的孝谦女皇仿王羲之的字体所书，神形略备。寺名的“招提”二字取自梵语的“拓斗提奢”，粗心的抄经和尚将“拓”误为“招”，也便以误为正而名“招提”。

招提寺中清一色的唐式建筑以及随处可见的华夏文明标志，让你顿时有一种亲切感。“金堂”是日本的国宝，在金堂，供奉着药师如来、卢舍那佛、千手观音，一路是讲堂、鼓楼和藏经阁。东山魁夷的画作《云山》，也不知是真迹还是复制品。然后去“开山堂”瞻仰了鉴真大师的塑像。

鉴真大师的陵墓就在招提寺的后院，陵墓高耸巍峨，肃穆庄严。据说，鉴真不但给日本带来珍贵的佛像、千卷佛经，还带来汉医书籍、王羲之真迹书法，和包括画家、雕刻家和建筑家在内的一大批工匠。我甚感兴趣，这王羲之的真迹还在不在？不过即使在，也未见得能示凡人俗眼。但是，我在玄奘三藏院看到了唐代褚遂良书写的《圣教序》的石刻碑。

奈良，很安静平和，没有喧哗与嘈杂，听不见大呼小叫，奈良公园的四周遍处小吃店，但绝无吆喝抢卖。年轻的黄包车夫很殷勤地揽客，但绝无强拉硬拽，仿佛不在做生意，而是设置的街景。

公元716年，就是唐玄宗开元四年，十九岁的奈良青年阿倍仲麻吕来到了大唐的长安，进入国子监学习中国的文化礼仪，学成之后的这位日本学子居然高中进士。仲麻吕的中国名字叫晁衡，与李白、王维、储光羲交往甚密。仲麻吕在长安居住了差不多四十年，

仲麻吕甚至被唐玄宗任命为大唐使节而回故乡，大唐朝廷对仲麻吕的器重和信任可见一斑。仲麻吕回国，长安倾城相送，仲麻吕的诗作《衔命还国作》便是他当时还乡激动和离别留恋的心情写照，“衔命将辞国，非才忝侍臣。天中恋明主，海外忆慈亲。伏奏违金阙，骓骖去玉津”我试图在博物馆去寻觅仲麻吕的踪迹，可奈良博物馆因为迁新馆而停展。

奈良，一个中日友好的纽带城市，一个中日友谊的桥梁城市。如果我再去日本，一定再去奈良。

从招提寺回返的路上，看见路边的一块石碑，上书“历史之道，唐招提寺，药师寺”。我正走在大唐长安通往奈良的大道上。

不薄今人爱古人
清词丽句必为邻

光荣的土地——孙村记事

一

如果给孙村写史，那史的跨度就有270万年，谁有这如椽大笔，去书写这270万年的春秋？孙村的人字洞是欧亚大陆目前发现的最早的古人类活动聚集点。孙村人的始祖当是人字洞走出来的，在这片土地上繁衍生息，世代相承。在没有文字记载的岁月里，历史无声无息地掩埋在这片土地里，岁月不居，光阴荏苒，唯有祖先的遗骸默默地展示着悠远的过去，多远？远得你不可想象。

繁衍的责任是传种，传种的人群日益增长，人字洞已经容不下繁衍增长的人，人便走了出去，走向四面八方，如种子撒向大地，在人字洞之外的土地上落地生根，繁衍生息。当今的一些人喜欢仰攀名人，自诩名人的多少代后人，殊不知，你妄称也罢，你有据也好，你逃不脱是“人字洞”人的后代，至于多少代，你不可能算得清，也无须算。

给我们做讲解的是一位年长的儒者，也许他本来与考古无关，也许只是村里的一个教员、一个会计。在人字洞发掘年代，与发掘考古的学者们朱赤之近，耳濡目染，长久之后，学得一鳞半爪，便将人字洞的来龙去脉了然于胸，讲解于展厅，传事于观众，日复一日，年复一年，老先生叙述一丝不苟，非热爱而不能如此敬业，其精神让我肃然起敬。

人字洞也有不尽如人意的地方，其展厅简陋，展品过少，让参观的人有余兴未尽的感觉。发掘现场的保护也是需要更加完善的，人字洞的历史、文物价值，与维护设施、措施之间的悬差太大了。沿着几乎坍塌的石阶，上了发掘现场的平台，繁昌的同道用脚点了点脚下的这块土地说，这就是发掘化石的地点。我有点愕然，这块圣地应该“圈禁”，是不允许我们这些“尘脚”涉足的。而前坡地上遮篷太矮，你什么也看不见。

这处旧石器遗址是在1998年5月发现的，距今也不过二十来年，7000多件更新世早期的哺乳动物化石标本，300多件石骨器制品，这样多的出土文物，无论从哪个角度讲，都是惊天动地的。它的全部和深远的价值也许还没有完全被发现和认识，因此，没有理由不好生保护，不认真清理，不继续研究，因为这些瑰宝不仅是孙村人的，更是中国的，更是全人类的。

专家继续他们的发掘，学者们继续他们的研究，儒者继续他的播讲，观众继续他们的络绎不绝，行家的他们和懵知的我们，都会在已经发现的、正在发现的以至于将来发现的古化石古文物中得到不同程度的启示，更深地认识我们自己的古往今来，更好地继往开来。

临别人字洞，对讲解的老者挥挥手，我和他对碳14判断化石的年代的交流没有继续下去，也许我和他对考古都是外行，即使对考古有一知半解，也是没法在更加专业的领域中深入下去，我觉得很好，我在人字洞的面前保持着孩童般无知，那才是真实的我，面对270万年前的祖先，只能是虔诚地一拜，说上一句，祖先，我来了。

二

按时光流逝顺序，我来到“栖凤阁”，这是一个展示古代服装的地方。而服装业正是孙村延续十多年的特色产业，从单纯的加工到外贸订货，产品已经遍布世界各地，孙村已经成为安徽省乡镇一级最大的外贸服装生产加工基地。

我们可以用以下的一些数据看出孙村服装工业的规模和声势。孙村的服装工业园规划建设用地3000亩，进园企业21家，计划总投资逾1亿元，提供超过2000个就业岗位。孙村不仅有服装企业，还有建材、采掘、铸造、石雕、猪毛加工等优势行业，全镇企业逾200家。孙村虽然只是全国林林总总乡镇中的一个，但他的佼佼业绩却是中国改革开放四十年巨大成果的缩影。

汉服唐装，犹如唐诗宋词一样地蔚然成风，自然成格，栖凤阁里“楚风汉韵”，梦栖诗画岁月去，乐享山水韵味来，汉服的韵味在于古典再现，美奂重来，但传统也是与时俱进的。服装是实用器，但实用器也有审美情趣在其中，一件好的服装必然是既实用又美观，实用是服装亘古不变的元素，而美观却是变化的。每个时代都有它特殊的审美观，变化的审美观就会影响到服装的制式和外形。楚人讲究峨冠博带，宽袍大袖，所谓的楚风汉韵，我想，大概就是此意吧。

栖凤阁展示的服装并不单纯是展品，也是可出售的产品，花样繁多，色彩繁茂，穿起来一如招展的蝴蝶，美得很。几位女作家忍不住披挂起来，走起步来，倒真的有点楚风汉韵，或者说，那就是楚风汉韵，因为，我们不能回到汉代，去看那真实的汉服汉韵。

两千年前的汉是中国历史上最值得骄傲的朝代之一，唐和宋也都是光彩无比的朝代，我想，唐和宋代的服装还是继承了汉服实用性，翻新了汉服的式样，虽然是大差不差的，但绝不是原先的汉服。汉服与时俱进了，唐、宋的汉服不再是汉代服装的一成不变，而是唐代的汉服，宋代的汉服了。

让我们的服装再回到汉，不可能也没有必要。在快节奏的现代，满眼的宽袍大袖，大街仿佛是T台，是倒退还是前进？偶尔有几个人穿着汉服，穿梭在人流中，也是一种风景。汉服也不是人人穿着都体现美，譬如我吧，穿着宽袍大袖的汉服，宛如一个滚动的西瓜，若在汉代，那是没办法，即在今天，就没必要套着宽松的汉服，过市招摇。

让汉服回到喜欢她的人群中去吧，去体现汉服的美丽，去诉说汉服悠久历史和人文情怀。不仅在T台上，而且在生活中，生活需要多彩的服装，生活更需要蕴含在汉服中骄傲的情绪。

汉服，不是汉族人的服装，而是汉代人的服装，如果你以为，汉服可以成为汉族人的常服，对现代人而言，是不是太单调了，任汉服色彩繁多，那宽袍大袖的样式也是很单调的。况且，现代人不喜欢，宁可穿那种乞丐衫、情侣装什么的。

孙村服装业的窗口，也许是孙村服装产品最美的一页，但不是最重彩的一页，重彩在那众多的创汇企业，才是孙村繁荣昌盛的支柱。

三

中分村，是一个有着几百年历史的古村落，徐姓村民世居这里，徐姓的祭祖习俗被列为省级非物质文化遗产，这不是中分村唯一的光荣，中分村作为新四军三支队司令部所在地，在中国的抗战史上，留下浓墨重彩的一笔，是中分村另一份殊荣。

在抗日战争年代，新四军谭震林副司令率部开赴繁昌抗日前线，在此指挥了著名的繁昌保卫战，取得了五战五捷的胜利。中分村至今仍然保存着三支队司令部旧址、烈士墓、君吟处、连理树等众多红色遗迹，让村民引以为豪。

三支队司令部旧址建起的纪念馆，现在是爱国主义教育基地，还被列为省级文物保护单位，是安徽省的红色旅游线路，每年接待省内外游客数万人。

“中国好人”、中分村人徐孝旺，十年如一日担任纪念馆的义务讲解员，退休之后的徐老师，不论刮风下雨，还是严寒酷暑，不管是有组织的集体活动，还是三三两两的单个游客，徐孝旺都会穿上当年新四军的军服，充满激情地详细讲解新四军鏖战繁昌、杀寇抗敌的英勇事迹。徐老师讲了十年，讲了5000多场，让中分村的红色故事传遍全国。因此，徐孝旺当选为“安徽好人”“中国好人”。我为徐老师讲解时动情动意的执着、认真不苟的精神深深感染，徐老师的“中国好人”之誉实至名归。徐老师感动于新四军的英勇事迹，而徐老师把他的感动传给了所有听他讲解的人，我既感动于新四军的英勇抗敌，又感动于徐老师把那份对新四军真诚的热爱传递给了我。

又去了梅冲，一个山水村庄，十里画廊的旅游休闲、生态宜居的小村。和中分村一样，有着600年的悠长村史，有着新四军“塘口坝血战”歼灭日寇百余人的光荣战史。梅冲村以深厚的历史积淀、英勇的抗敌御寇和美好的旅游生态而为孙村的业绩增光添彩。

四

一连两天，我都来到孙村的中分村，头天来，只是在村里走了走，没有走远，因为知道第二天还要来。

现在的城里人，我姑且把我们这些还住在市里的人叫做“城里人”，一有闲暇的时光，就去乡下走走。抱怨没有乡下的亲戚、挚友，没有机会去乡下小住几天，去躲避尘霾的空气，穿行的车流，喧嚣的人群，还有说不出的无名烦躁。

中分村在一个叫“大桦树”的地方，空气真好，和友人闲步在水泥小径上，小径蜿蜒弯曲，两边野草葱茏，繁花盛开，满眼皆是绿色。村里静悄悄的，小院里的狗见路人不识，吠得格外清亮，很是恪尽职守的。

偶尔地，有几个村人与友人打招呼，几乎没见到年轻人，连孩子也很少见到。年轻人都到城里去打工，去讨生活，去挣钱，连他们的孩子也到城里上学了，村里空落落的。

中饭之后，村里的干部小憩，我便与在村部上班的两个青年聊了起来。二十来岁的男孩不善言谈，交谈中没多少话，高中毕业留在村里工作，另一个也是二十来岁的女孩中专毕业，回到家乡工作，原本学会计的，服从需要改了行当。我觉得，很好，很有眼光。

现在说农村大有可为绝不是一句虚话。就拿中分村来说吧，以红色文化、民俗文化为创意的红色文化街区和民俗风情街区就很有拓展的前途。中分村和皖南的大部分村落一样，到处是古屋、古桥、古树、古井、古巷、古街，错落有致地铺张成古村落，古村落彰显着历史文化，蕴含着乡土民情，内敛着社会情怀，太有文章可做了。中分村还有新四军三支队司令部旧址纪念馆，有连理村、君吟处和十亩溪、青山溪、大净塘等自然景观，可以去发展种植、采摘、垂钓、野炊、摄影等体验项目。这么多的资源是可以利用的，利用就是创业，创业就需要人，这是有眼光、有才华的年轻人施展拳脚的天地。

有眼光的外出务工、挣钱生活的年轻人，家乡到处都有喷涌而不间断清泉，等待你们去发现和挖掘，孙村的更加辉煌是要靠你们艰苦劳动来建造的。

孙村，这一片光荣的土地，古老而厚重，年轻而蓬勃，光荣的土地有光荣的过去，肯定也会有光荣的未来。

远去的弓声

我在东郊路住的时候，老王就在那条杂乱却很热闹的街面上开着一家弹棉花的铺面。老王的眼睛很是“尖”，这次一见面就说“你家在我这翻过棉被”，老王不说“你”而说“你家”，是因为我常常陪着我家老郑在这条街上东走西串，时常是全神贯注地看着甚至琢磨着这些手艺，全然没有顾及那操手艺的人，老王便是其中的一个。老王早我几年搬到大砻坊，依然操持着旧营生，只不过已经是“良弓”藏了。如今，老王弹棉花的“弓”憋屈地挂在墙上，落满了灰尘，弓已无弦，光剩下一直弓背高挂，仿佛一个老人驼着背立在远离人群的犄角旮旯。

老王，并不名副其实的老，六十多，高出我半个头，微胖却不臃肿。一条带前胸的围腰、一直托在下巴下的口罩、一顶带舌的白色旅游帽算是老王全副的工作“行头”。老王的生意不错，并不宽敞的铺面堆满了待翻或者待弹的旧被新棉，而老王并不显得特别忙，无论是神态，还是动作都不慌，也不急，可老王并不高兴，脸上写着惆怅，虽然淡淡的，却是显而易见的。

老王的铺面很奇特，别人做生意的铺面开放着脸，而老王的店前两边用塑料布与邻居们隔开，一直延伸到人行道的边缘，飞花扬絮断然是左邻右舍所不喜欢的，甚至是厌恶的。老王铺子里的飞花扬絮妨碍着与别人的交流，铺子里弥漫着、飘浮着像雪片一样的飞花，想说话的人也张不开嘴，加上弹花机轰鸣，须咬着耳朵说话方能听清，也就无人去和老王聊天了。铺子里经常是老王一个人在干活，连老伴也坐得远远的，然眼光不离老王，生怕老王有什么事招呼听不见，耽误了老王的活计。

老王自诩十六岁就操弓弹棉了，说“背井离乡”似乎有点凄凉，但确实是离家五十年。从西凉山到芜湖也就一江之隔，老王并不经常回老家，并没有太多的和县情结了。问老王芜湖怎样，“手艺人到哪不一样？有活做就好”，对芜湖也并没有多少溢美之词。很实在的，哪儿不一样，做活、赚钱、吃饭、养家，大凡手艺人的生活轨迹也就如此简单，如此朴素。

来人拎了一捆旧絮，说等着弹，老王并不应允，“下午来吧”，来人继续说“我等”，老王还是那句话“下午来吧”，来人无奈，“下午几点？”老王接过旧絮，和颜悦色地说“三点”。转身继续和我聊着，并不在乎耽误了手上的活计，慢条斯理地归置着刚刚接过的旧絮。我问老王为什么不急，老王回答“做不完的活，急什么呐”，说话还是慢条斯理，不急也不愠。

老王抽烟，和其他手艺人一样，老王只能用抽烟来调剂做活的节奏，累了或者不累，都可以闲坐一会儿抽支烟。老王常常坐在铺子的外面吞云吐雾，眉眼间带着笑容，嘴角上挂着笑意，似看非望地对着街上来往的认识的和不认识的路人。偶尔地，我从铺子前过，也只是用眼神招而不呼，连手都不摇一下，连我的点头也不见有特别的应答。

老王作坊面对着汤家北巷，对面已经被拆得七零八落一堆、残垣断壁一片，老王的眉宇间愁绪可见。如今可租的房子好找，可作为铺面的房子不见得好找，更何况是“飞花扬絮”的作坊呐。老王要的是“穷”街，不能是背巷。“穷”街多是旧房陋屋，好租，而背巷却是顾客难找，活少，手艺再好“酒香也怕巷子深”啊。手艺人离了活计，还能干什么，人总是要吃饭吧，老王的忧虑不是没有道理的。

发现我对挂在墙角的“弓”很感兴趣，老王一边拍拍打打蓬松的棉絮，一边用眼角的余光瞟了一眼墙上的弓。“几年没用这‘弓’啦？”“少说有六年吧。”老王停下了手中的事，准备取弓，一看铺板上的棉絮正待压实压平，放弃了取弓的念头，继续和蓬松的棉絮“较劲”。老伴进来帮着老王拉下卷闸门似的纱网，铺在四方成形的棉絮上。“现在先进啦，不要什么手艺啦”，老王的口气似乎有点惋惜自己几十年的手艺。这道工序的手艺过去是需要两个人配合的，这边用一根带钩的长棍拉对面轱辘上卷着的棉线，那轱辘是悬吊在顶棚上，拉着的棉线在两边来回往复，逐渐在弹好的棉絮上织就一张网，使得弹好的棉絮束缚纱网中。在纱网下边，经常用成穗的红棉线盘成一个双“囍”或者一朵花、吉祥的图案什么的。白棉絮一经点缀，就顿时生气了许多，手艺人的独具匠心也是招揽顾客的“广告”。老王说这“花色”过去做过很多，那说“多着呐”的口气和神态都透着自豪，“现在没有了，谁还会费这神做它”，虽然淡淡的，却流露出一种留念。手艺的价值在独特，常说“独门绝技”，我理解，就是老王说的“现在这弹棉花，谁还不会，有机器了呗”。

老王用一个大木圆盘在棉絮上游走，说是“走”有点儿不确切，是用力地滑动，好把机器“扯”松的棉絮压实。左右前后的用力滑动很见效，原本尺把厚的棉被逐渐矮了下去，可那矮得不均匀，中间高处许多，宛如一个雪堆。老王想添置一个升降的压板，那样可以压平这个“雪堆”，“现在哪顾得上，这房子眼见就要拆，还不知能不能找到合适的铺面呢?”老王停下圆盘的滑动，折起弹好的棉被，捆好撂在一边。

睡觉的被子，我始终认为，棉花的最好，暖和不说，盖在身上有分量，有分量的东西你才能感觉到。我一直对七孔被之类很不屑的，甚至羽绒被。我家经常去翻新棉被，所谓翻新就是重新弹一遍，蓬松的棉被在冬日下晒一天，晚上盖上还能闻见太阳光的香味，身体舒服极了，心里温暖极了。从东郊路到大垄坊，我家一直是老王手艺的惠及者。

挂在那儿闲置了六年的弓，老王没舍得扔，几十年“吃饭”的家伙，不舍得扔那是感情难以割舍，仿佛已经是老王身体的一部分。老王的人生，至少人生的一大半时间是与“弓”相伴的。老王取下弓，无弦的弓已经发不出声响。老王找了一根旧电线，外面包着塑料皮的那种，权当代弦，还原了那张弹棉花的弓。老王系上腰带，把背后腰带上挑起的竹片顶端悬下绳索吊在弓背上，右手拿着“手榴弹”似的木槌，“敲击”着弓弦，没有声响，只有图画，我仿佛看见老王手下弓弦的起伏，发出“嘭嘭、嘭嘭”的乐声，响着舞步一样的节奏，撕扯着棉花，一点点地扯松，松软的棉絮就是这样“弹”出来了。老王比画着，沉醉着，弓声渐渐远去了，看老王沉湎在旧日往事的情绪里，我也沉默着。

老王从铺板的下面拿出一节弓弦，牛筋的，已经干巴得一折即断，“牛筋的不如羊肠弹起来好听，牛筋的声音呐，闷（读第一声，芜湖话是沉闷，不响亮），不如羊肠做的弦声音脆，好听。”

我问老王，弹弓和机器哪个弹得好些，老王的回答没有丝毫的迟疑：“那当然是机器了”。老王转身走到外面的待弹的棉花堆前面，翻翻捏捏，迅速地扒开一床旧絮，从里面扯起一团絮，“这是弓弹的，没弹得透”，仿佛自言自语“手艺不照，糊弄人”。我听那“弦”外之意，就弹花这道工序而言，已经没有手艺了。

说着聊着，看着对面已经空无一人、门窗全拆的小楼，宛如碉堡，仿佛有黑洞洞的枪口对着老王的铺面。老王在四处找房子，我问有着落了吗，说没有。

清明，路过老王的铺子门口，大门紧闭，搬走了？我家老郑说可能清明回老家了，就是啊，这才几天的事，说搬就搬了？果不其然，两天后铺面开了，老王依旧是浅浅的笑意挂在眉眼和嘴角上，“回老家扫墓了”，拎着一床旧絮进去了。

说不定哪天，老王就杳如黄鹤了，回老家还是寻新铺，都是可能的。我家得赶快把那床旧絮给弹了，虽然张家山那儿还有一家，可那儿也在拆，不定哪天全都找不到了。

最后的白铁匠

周围的人习惯叫他李师傅，当然，也有叫他老李的。其实，所谓“老李”，看上去也就五十岁出头吧。老李个很高，立在一群人中，有点鹤立鸡群的架势，干瘦的身，清癯的脸，手脚非常利索。那活计呢，不忙，可也不闲，经常在小门脸的前面摊着一张白铁皮。人呐，蹲在白铁皮边，手执一剪，沿着白铁皮上几乎不辨的细线一点一点地向前，剪下的白铁向上翻卷，自然地、逐渐地形成一个圆。对咯，老李是个白铁匠，我说他是最后的白铁匠，你在芜湖市的大街小巷去寻一遍，像老李这样的白铁匠绝无仅有不敢说，至少在我生活的范围内，没见到第二个了。

在我印象中，对白铁匠最不能忘怀了，过去，家里的煤球炉子上，特别是在冬天，总是放着一只白铁“炊子”，芜湖人把这种白铁壶叫做“炊子”。那长长的壶嘴时时喷着热气，壶里的水几乎总是开的，随时可以冲茶续水。这种炉子的烟道也是白铁的，一个L形的圆管通过窗子上的一个空伸向室外，除了排烟排气之外，烟、气的热量通过导热良好的白铁管弥散在空间。实在是“煤”时代上乘取暖设备，现在几乎绝迹。而这种壶、这种烟道，都是白铁匠的手艺精良、完美的体现。好的白铁壶在匠那里是不用“焊”的，全凭那敲敲打打的功夫。我有时呆呆地看老李的“功夫”，老李的活计不用铁锤，经常是用一柄木槌作为敲打白铁成型的工具。那木槌特别之处就是，用作敲打的槌身是方的，利于捶，而手握的柄尾是圆的，利于持。那工作台是结结实实的角铁的，稳定得即使在上面狠命地敲打也不挪半分。老李从未用过“焊”，似乎他的工具里面不曾见“锡焊”

的材料和工具。

老李做起活来，总是漫不经心的，似乎那心思没有全在那活计上。老李的周围总是不乏聊天的闲人，几乎散了架的小竹椅，摇摇晃晃的小木凳，甚至“稳如磐石”的工作台上，都不会空着，甚至还有人捧着个茶杯站在那。那聊天的内容几乎与老李的手艺活丝毫没有关系，全是“国家大事”。老李抽烟，接旁人的烟，也散自己的烟，常常停下手里的活吞云吐雾，时不时还来一口茶。“梆梆”捶几下，或者“咔咔”剪几下停下来，挥动着木槌，或者舞动着铁剪，发表自己的见解，老李一个最大的优点就是“不争”，面红耳赤在老李绝对没有，最多沉默以示意见相左。

老李认真到沉默的时候是“制图”，所谓制图就是在白铁上画部件的样子，工具除了直尺之外，就是做笔用的铁圆规的一只脚，那脚非常尖锐，老李并不用力划，而划过的地方也只是一道浅痕，也许只有老李才能辨认。谁的话茬也不答，一个部件画完，稍停而不息，站起来，端详一番，画下一个部件，力图以最省料的布局排满所有的“零碎”。老李绝无画错的“疏忽”，也就绝无返工的“弯路”。

老李的活，小到载人摩托车上装钱罐，大到饭店灶上如反扣漏斗的烟道。画样的时候，那整张白铁皮占了一半路，路人也不计较，好在老李这个时候的手脚格外麻利，一会儿，路便让出来了。

在“白铁壶”之前是“锡壶”，那锡壶的工艺技术比起白铁壶一点也不简单。锡匠有一个绝活，那就是制锡片，相当于白铁皮。两块板（似乎是木板）的内面贴上草纸，将锡熔化之后，缓慢地、均匀地注入两板之间的空隙，待冷，揭开上板，下板上留下一个并不规整的圆锡片。好的锡匠，那浇出的锡片厚薄非但恰当，且无厚薄相差。白铁匠和锡匠的铁圆规几乎一样，那两只脚非但尖而且硬。还有就是那把别样的剪刀。虽然和裁缝的剪刀在结构上毫无两样，也就是剪口和握柄，可裁缝的剪刀剪口长，而握柄的是两个圈，而下圈的底部是平的，以便前行的稳定；而白铁匠们的剪刀剪口短，握柄的下端是呈浅弧形开放，并不封闭成半圆，为的是用柄的“尾巴”作为剪刀用力的支点，白铁太硬了。

老李“门脸”的前后左右散落着宛如疥疮般的废墟，残砖破瓦正在逼近老李，拆迁那是早晚的事。老李周围聚散聊客们话题的重心也渐渐地由时政转向了拆迁，而拆迁也算是时政，谁能不关心切身而迫切的事呢。什么“补偿”啊，“拆一还一”啊，“过渡”啊……聊客们有的骂骂咧咧，有的长吁短叹，老李依旧有一句没一句地答话，“梆梆”或者“当当”地敲打，停下来抽烟喝茶，接活计，算工钱，一副“风雨无畏”的架势，也许老李盼望着拆迁，或许正在图上挑房，也许还买了新房楼下的一个门脸，继续他的营生。但是，我在许多新建的小区，譬如，南瑞、百蕊、融汇……未见过白铁铺，毕竟白铁的用具已经日益减少，老李的活也在减少，虽然，看起来他还在忙忙碌碌。

我亲眼看见，老李把一堆鸡零狗碎的白铁片敲敲打打地拼成一个装钱的盒子，上面还安了一个可以翻动的盖，前后也就个把小时吧。完工之后，连看也没一眼便搁置在一边，等着顾客来取货付钱。也许老李觉得这种小玩意简直埋没了自己的手艺，以前做的喷壶、水炊、水桶、水盆，一丁点的焊锡也不用，决不漏水，那才叫手艺。老李的“大敌”是塑料、不锈钢甚至是铝，塑料除了不能烧之外，可以替代一切白铁器具。谁家还用白铁壶烧水，不锈钢水壶多好啊。有谁还会为了照顾老李的生意，或者老李的面子，来做一只白铁壶烧水。白铁不如塑料美观，不如不锈钢现代，不如铝卫生，也许也并不便宜，没人做这种傻事了。

老李偶尔也给人拼接烧漏了的“铝炊子”，那拼接好的“炊子”俨然长高了许多，未取走的“炊子”挂在门口做招牌，显示着老李精湛的手艺，那新、旧的衔接处，虽是捶出来的，却严丝合缝，丁点水不漏。老李铺子里许多完成的物件，我不知道是用在何处，琳琅满目地挂着、摆着，与废铁片、工具拉拉杂杂地搁在一起，犹如学问家的书桌，虽乱却不无序，也许只有老李知道这“秩序”，就是顺手。

细雨蒙蒙，老李一个人在狭小的铺子里捶捶打打，街上人很少，也不见老李身边常围的聊客，敲打的“梆梆”格外的单调，响亮地回响在空旷的街面上，偶尔一阵电锯切割金属的凄厉声盖过了“梆梆”，仿佛嘲笑老李工具的原始和生意的冷落。老李似乎有感觉，而停下手中活，一只脚踏在门槛上，边抽烟边沉思。

门外落叶在老李的眼前忽忽悠悠飘荡，又一个冬天来了。老李不喜欢冬天，干活不利索不说，还少了不少闲聊的朋友，吹牛调剂老李生活的情趣，调节老李“生产”的节奏，没有了聊友，“梆梆”会更加单调，更加寂寞，更加无味，更加……还是早早关门回家吧。

也许，半年或者一年之后，有人来寻找老李，在一片拆而未建的工地上打听老李搬哪去了，手里拿着一个破炊子，或者锈坏的铁桶，或者……

四顾茫然，连问的地方、问的人也没有，一气之下或者无奈之下，扔了那破炊子、破铁桶，临走，又不舍地望着那躺在废墟上的炊子或者铁桶，捡起来，砻坊路还有一家收破烂的，还能卖个五毛一块的。

老李说不定在哪个旧城区租了一小间门面，继续“梆梆”，仍然有新友闲聊，依旧烟雾缭绕，只是生意少了许多，或许真的要“两天打鱼，三天晒网”了。

“顺义”的钟表王

一只表在抽屉里“躺”了十四年，不走了，我便带给王师傅去看看。王师傅打开后盖，一句“没电了”释了我的先前的猜度。“好表，瑞士的”，我有点意外，韩国汉阳大学的闵先生给我的送别礼物，一天也没带，冷落了十几年。这不，现在又时兴戴表了，拿出来看看。“换个电池吧，日本的比瑞士的便宜一半，就日本的吧，也很好”，王师傅很为我着想，一句话，省了我十五块钱。

老北门的“顺义”，就是王师傅的修钟表的门脸，不很起眼，但也不难找。门面狭长，一进门，右手就是王师傅的工作台，工作台向后延伸着玻璃柜台，里面的表一溜排开，从“面孔”端庄的，到“颜容”花哨的，大小不等，形状不一，令你眼花缭乱。柜台整齐、干净、明亮。两边墙上摆的是钟，现在极少有机械钟了，几乎都是电子钟。进门左侧的两张旧照片是老王师傅时代的，老王师傅不仅是王师傅的父亲，而且还是王师傅的师父。旧照片些许发黄，黑白的，一张是老王师傅待客，人呐，胖胖的，一脸笑意中透着慈祥，另一张是“顺义”店在老北门的门脸。

老王师傅的胖，与坐在眼前王师傅的瘦迥然相异。王师傅瘦削、清癯，眼窝微凹，眼瞳如漆，目光炯然，偶然露出笑容使得眉眼也跟着生动起来，与埋头摆弄那些小物件的不苟和认真判若两人。在聚精会神埋头“侍候”那些如果掉在地下无处寻的小零件的时候，是容不得丝毫的分心、片刻的失神，此刻你的话他似乎是充耳不闻的，而他一停下手，拿下眼镜，会接着你的话茬说下去。王师傅既不分心失神手中的活计，也不漏掉你的说话。

王师傅的工作台就在临门的右手，“凌乱”地摆着修表的工具，其实外人看来“凌乱”，在王师傅就是顺手。修表的工具都是很独特的，最大的特点就是小，譬如那拣起表中“零碎”的镊子的前端细如针尖，唯此方能拣起那些只能在“眼镜”下辨识的零件，而后才能准确地在表上“对榫合卯”，王师傅说有些“小件”比芝麻还要小，修表可是个细活。这“细”，不仅需要精湛的技术，还需要耐心，用王师傅的话说，就是“坐得住”，不错，王师傅一坐就是三十年，三十年下来，“坐得住”就成了王师傅的品行了。

王师傅四十来岁，可“工龄”少说也有三十年了。老王师傅一出技校的门，就干起了修理钟表的行当，终生以此为业。王师傅从小耳濡目熏，“近朱者赤”地爱上了这一行，十四岁便从父学艺。别看表的大小也不过枣、栗，但是，表壳不算，内心就由少至几十个、多至几百个零件有序地搭配起来。表，最忌磕碰、摔跌，内心的相咬、互动的齿轮一旦错了位、散了架，那表便走不准，或者不走。王师傅的“活计”就是纠正，把不走变走，还要它按时按点地走，走得准。

表，在20世纪五六十年代的中国，是一件稀罕物，几乎就是一件奢侈品，结婚要“三转一响”，其中有一转就是手表。一只手表在腕上，当没表的问你“几点啦”，你抬腕看表的那种自豪和快意分明就写在脸上的。除了外国的表不算，譬如我就戴过一只瑞士的半自动“浪琴”，“上海”“钟山”“宝石花”是当时的国产“名”表，表盘硕大，素面朝天，很朴实的。即使是国产表，有钱也未必买到，还要“票”，这“票”就是分配给你买的凭证，弄一张“表票”很不易的，找关系，托人情，还不一定弄到。虽然侨汇商店有啊，可你有侨汇券吗。

女儿陪着老太太来买表，说老太太早上去公园“伸手划脚”忘了时间，想买只表。在琳琅满目、眼花缭乱的各式坤表前，不知如何定夺。老太太迟疑不决，女儿又犹豫难择，便把“难题”推给了王师傅，王师傅似乎很习惯顾客的挑拣和难断，说了句“没事，慢慢看”，并不急于给老太太去做主，只是一面让老太太挑拣，一面招呼光顾的生客熟友，都没有丝毫的怠慢。老太太的挑拣久未“尘埃落定”，一脸期盼地望着王师傅，王师傅似乎很随意地拿了一只表放在柜台上，说“老太太眼神不好，不能太小，就上个公园掌握个时间，也不需要太好，就这只，大小价格都合适”，王师傅把表递到女儿手上："就这只，怎么样？"老太太凑上去看看，一句"挺好"了事，"走不准，来找我"，母女千恩万谢地走了。我一句"王师傅，你脾气真好"，"干这一行，遇的人五行杂色，就落个脾气好，技术好不错，做生意，更是和气生财"。王师傅工作台前又站了一位半老太太，急匆匆的，王师傅移步过去，"你看看，表不走"，王师傅随着一句"好"，接过小青枣大小的坤表，拧开后盖，夹起眼镜，端详一番，用小镊子在表芯里"拨弄"几下，又拿起气囊对着挤了几下"这表有年头了"，不知是对自己说，还是对半老太太说。随即拧上后盖，递过去一句"好了"，半老太太很是狐疑地"好了？""戴几天试试，不走，再来"，"多少钱？""这点小事，哪能要你钱"。

我很喜欢往日老北门的气氛，不像现在这样的车水马龙，人车熙攘，有时候，堵得你好像喘不过气来。灰砖粉墙、石门庭院时代的北门，略显荒凉，却异常安静和闲适。说是北门，现在是繁华城区的东边，只有花街一带是城中的话，那北门才是名副其实的北门。我就在这一带长大的，老"顺义"我一定是见过的，也许我还在"顺义"的门前探头伸脑，总想弄明白钟表的究竟，可往事已经十分模糊了。

我每次路过王师傅的"顺义"，即便不进去，也会瞟一眼，而每次看见王师傅都不闲着，埋头的时候多，偶尔站在柜台前任顾客问三说四，或者挑三拣四，和颜悦色地做生意，诚心实意地生财气。碰巧，一扭脸看见我，略一点头，算作招呼。

戴表的人渐渐多起来了，按王师傅话说，现在"穷戴金，富戴表"，我在中二街光顾的一家表店，瑞士的一款旧表，开价三万余，十万、百万手表也不是罕见的。"芜湖的表顶级的也就是十余万吧"，王师傅口气轻淡，那是，在表的世界里，王师傅是见过大世面的。戴表不仅是一种怀旧，更多的是一种时尚，"逆动"就是时尚。

很少问及王师傅生意的好坏，而王师傅回答很简单，"就那样"，分明并不是太好，毕竟戴表的人少了。电子表泛滥到了"一次性"的时候，机械表几乎有点"好汉不提当年勇"的英雄末路，那修表的行当自然就冷落了许多。而那上万、十万、百万的手表似乎也就是借表炫富而已，没听说王师傅店里修过这样的表。

王师傅的手艺后继乏人，手艺讲究的是言传身教，而传给谁、教给谁呐？可不是王师傅不愿带徒弟，而是无人愿学，王师傅说："现在的人恨不得早上出去，晚上就要挣钱回家，哪个还会去学徒呢?”我问钟表行学徒几年，“四年，差不多就行了”，我一声长叹，四年，一个本科，还有“硬邦邦”的国家文凭，王师傅这儿四年“毕业”，没文凭，没工作，王师傅也不会在盛年就把“顺义”交给徒弟吧。王师傅的一个乡下亲戚，一听“四年”，走了，再没有学徒的意思了。

芜湖像王师傅这样的手艺、这样的厚德的人不多了，按王师傅话说“学个一年也行，也就换个电池、换个表带什么的，能顶什么用?”真让王师傅说对了，我在东郊路的路边店就连换个电池还不合槽，没几天，表不走了。

无论生意好坏，王师傅都不抱怨，没见他闲着，总是在埋头摆弄，时而摘下眼镜，那种夹在眼眶内的放大镜，用镊子挑拣着小零件，摆放到机芯的哪个位置，再夹上眼镜，调整着部件，平衡着齿轮，或者将镊子上物件放在平皿的洗涤油中轻轻地涮几下，再放进机芯。王师傅的工作状态不是忙碌，而是认真。最复杂的表芯有三百多个大小不等的齿轮，上下有序地重叠，齿槽有序地咬合，我相信，单去认清三百个“面孔”确定它们的上下左右也是够难的，更何况还要让它们和谐地、连动地转起来。十四岁的王师傅埋头了三十年，大概可以用“了如指掌”来形容对表的了解，钟表行学徒不易啊。在快节奏的物欲横流的现代社会，没有多少人会像钟表那样不慌不忙、不紧不慢地认真得一丝不苟，王师傅就是这“没有多少人”当中的一个。

老“顺义”的门脸是王师傅自家的，我想，王师傅肯定想过，这手艺传给谁？如果没人传，这“门庭”会“改换”吗？我希望，我们的儿子、孙子还会看见“顺义”的霓虹灯朝启晚息，开着门脸，青年或者中年王师傅、李师傅……埋头在工作台后，而此时的王师傅已经是老王师傅，也许捧着个茶壶看着门外的熙攘和拥堵，轻轻地摇摇头。

最后的大砻坊

清晨，老张靠在矮竹椅上，旁边方木凳上杂而不乱地放着醋渍嫩生姜，淋上麻油的“臭豆干”，摊散的一撮花生米，那剩下的些许空间放着一包“盛唐”和一杯酽茶，矮凳的旁边一只水瓶。老张此刻正在优哉游哉地吞云吐雾。斜对面生煤球炉正烟雾滚滚，朝老张袭来，老张连咳了几声，没有丝毫的愠恼，一阵“大烟雾”过去，老张依旧“小烟雾”不断。咫尺之遥的火车“咣当咣当”地掠桥而过，早点铺“生煎”平锅下木柴“噼啪噼啪”地火舌伸张，老张对周围的嘈杂和喧闹并不介意，似乎习以为惯，独自清净，犹如晨课的佛僧。

老张家就住在砻坊路的旱桥下面，两层危楼，依稀徽式建筑，破旧的“门脸”支撑着几乎散架的木棂玻璃窗，雕窗刻檐早已不知去向，完全没了昔日的辉煌。那老屋犹如落毛的凤凰，又犹如折翅的鹰隼，甚至不如一只乌鸦。

砻坊路与青弋江从东向西并行，至金马门而止，孔庙的大成殿、花街、城隍庙、点将台就散落在附近，是一个人文和历史荟萃之地，当是一个典型的旧城。将近一个世纪中，大砻坊随着米市、砻坊、工厂的兴盛而繁荣和繁华，足足辉煌了半个世纪。20世纪80年代以后，米市、砻坊、工厂陆续地“隐退”或“消失”，大砻坊失去了往日的“人气”，破败和衰落必是无疑的了。

既是“旧城”，首先是“城”，次之是“旧”。数年来“旧城改造”一词不绝于耳，如果你对“城”的“旧”没有直观的印象，那么，你来砻坊路看看。两边房、屋的“展示”，俨然就是一个“百年建筑博物馆”，青瓦、红砖，高屋、矮楼，东倒西歪、残缺破危，石灰粉墙剥落露出青砖、水泥抹壁雨蚀“暴”出“浮梗”，灰粉山墙剥脱得像一副“水墨丹青”。路两边的曾经随着米市、砻坊、码头而兴起的商铺和民居，模样依稀还是徽式建筑，可昔日美人韶华已尽，蓬头垢面而皱脸褶额，衣衫褴褛而漏肘露膝，前拥后挤混杂地参差比邻。驻足青弋江防洪墙上，两岸春笋般勃起高楼大厦，而猥琐和蜷伏在“暴发户”脚下的旧城，仿佛就是沿街乞讨的丐，连“昔日辉煌”的念头也不会有了。遮天蔽日的法国梧桐使得冬天更加阴冷和潮湿，就连春天也不明媚和开朗，梧桐那没完没了的飞絮更加恼人和烦心。更何况早晨公共厕所前熙熙攘攘的场景，你会有一种彻骨的痛楚，泛起由衷的感叹和同情。

说到旧城改造，首先的问题是“改造”的必要和可能，说到“必要”，虽然可能是众口一词的“必要”，惟其“必要”的“所以然”可能就是众说纷纭了，更不能言中矢的。你沿砻坊路溜上一遭，恐怕已经是无“葺”可修，就是说，没有什么可以值得去“修”了。“旧城改造”沸沸然多少年了，犹如花街的改造现在仍然难见一撇一样，大砻坊的“改造”那描得煞是好看的图纸会不会是一纸空文呢？

旧城改造，修旧如旧，自然是件好事。如旧到何时？新中国成立初，还有民国时，清末大砻坊没有“茅盾”、没有“林家铺子”，没有“蓝印花布”……它的“旧”就没有人文和历史价值，最多也就重造一个“高仿”的徽派“老街”，不用说和屯溪“老街”比，恐怕就连将来可能的“徽式花街”也不能比，与花街不同的是，大砻坊似乎没有多少“老物件”是可以留恋的，何必要重建徽派矮楼，上居下店？

芜湖的商楼民居是否需要“拷贝”“徽居”，小九华市场的“徽味”还有多少味道？如果只取“徽”精神，那么它的精神又是什么呢？我们在“走样”地保留“躯壳”的时候是否想过，我们是在保留历史的原貌吗？是在延续历史的生命吗？

大砻坊的“土著”理应有宽敞的住房，临通衢道，面百花园，安居乐然。

愿老张不再街边早茶，而在临江的阳台上、绿荫的花圃里、自家的天井中，一口香茗，一片醋姜，再没有“烟雾滚滚”，也许老张依然“吞云吐雾”，一旁的老太太“别抽了，多活几年吧”地数落着。

开花的土地

被市文联、作协选派为优秀扶贫工作队长撰写其人其事，是一件很荣幸也很光荣的事情。我虽冠名作家，长期生活在城市，生活上远离农村，情感上不熟悉农民，能写出贴近农民、农村的好文章？我自己都怀疑。我准备最后一个交卷，也准备失败而易人重写。

我的写作对象是一个原本也不谙农村生活的学者型的领导干部，在经济领域工作了40年却有着35年党龄，不可谓资历不深、学问不深的“老”干部。年龄嘛，离退休还差着好几年了，精力旺盛，思维清晰，体魄健康，吹牛了不是？不，我没夸张。

他要开车来接我，我说不用接我，我自己坐客车去，他不肯，执意要来，我也就不好拂之诚意。简单的寒暄之后，算是认识了，个不高，些微白发，架一副眼镜，语速略快却很清楚，语调略高但有顿挫。一路上，一边开车一边聊起三年助农事，滔滔不绝差不多两小时一直到村部，我中间也就插话一二。还没进村，我便基本上了解了他所在村的基本情况。开车一路，说了很多作家感兴趣的扶贫村的人、事，繁简剪裁得听起来犹如一本书的前言，让我有接下去深究的欲望。

我问，你总是自己开车来回？方便，单位要派车接送，那不行，琐事太多，哪能让车给框死了，自己开车，是人随事，主动。他放低了声音，偶尔吧，骑自行车来回。我暗自吃惊，市区到村里来回就是170公里。后来，我在他村里的住处见到那辆山地车。他精力旺盛，思维清晰，体魄健康，一样也没夸张，一样也没虚妄。

在接到写作任务之后，就一直想，近十年的“非虚构”和“报告文学”不一样吗？我以为，无论非虚构，还是报告文学，都是要倚重于“文学”，我和我的写作对象一接触，就开宗明义地说，我不是写报告，而是写报告文学。我很注重“文学”二字。有作家说：“‘转换笔调’好像没有什么铁门坎。我骨子里对小说创作充满感情，而报告文学是我目击、感悟、眺望社会的一扇窗口，它为我的小说创作接了地气。报告文学容不得半点虚构，但在众所周知的特殊条件下，适当地发挥智慧让‘小说的语调’嵌入其中也是必要的，它有利于把无奈化为有形，把被动转为迂回，把反思、判断、唤醒的空间留给读者。”我没有及早读到这段话，如果，能够把偏重“报告”扭向“报告”和“文学”并重，我就会对我写作时使用“小说的语调”的惶惑、纠结变得坚定、无疑，因为，我有根据了。也许那样，文章会变得更好看，其中枯燥的数字变得更有味道，更加生动。

我原本以为的一次“遵命文学”任务，却得到了一次刻骨铭心的教育，接近农村，贴近农民，不仅是写作态度，而且是作品的源头。

因此，我的写作对象起早摸黑，走家串户，在田间地头倾心交谈、伴之着意观察，淌水涉泥，进而释难解忧。三年下来，没有人不与他相熟如故友，亲热如家人。锁内的曲折凹凸弄清楚了，钥匙也就配好了，这“调查研究”四字真经就是配钥匙的“弄清楚”。

带着真实情感写真实故事是报告文学的品格，真实情感意味着不是虚情假意，真实故事表明不是虚构情节，作者写作倾注的情感会或多或少地影响报告文学质量，包括它的真实度、可读性、感染力，而与写作技巧不一定成正向关系。

在领受任务之前，我就有同样的念头，我相熟于另一个工作队长，我收集和索要了她在安庆某地的资料，准备以此为背景，写《第一书记》，因为市作协的任务而暂时搁置。实际上，这次的“遵命文学”成了小说写作的预演和铺垫。从这个角度讲，要感谢文联和作协给了一次在我有生之年极其难得的写作机会。

无论是“非虚构”，还是“报告文学”，写作要有“在场感”，要“有我”，这话是王磊光先生说的，我只是认同，而且在这次报告文学的写作中，不自觉中略带自觉地按照这个方向走。我不喜欢写作文字的“一本正经”，语言的“囿陈套俗”。

我写的那个队长，常常如数家珍地历陈村里的人、事，有开心的，也有挠头的，有顺风行船的，也有一波三折的，他说都正常。我看出了这个人做事吃苦耐劳，毅力坚韧不拔，好品德是事业成功的基石。

鸟在人的世界里——我读《故乡失落的鸟》

在峨山割稻，在山明水清的峨山挥汗如雨也还算是一件享受的事。在那个年代，劳动总是和灵魂捆在一起，很自觉的，也就那个把礼拜的事。

田埂的一边是荷塘，水不深，荷伞摇曳，绿碧参差，不远的水面上凫着一只水牛，黑褐色牛背仿佛一小岛，一只短颈长腿的小鸟孑立在牛背上。孤寂的牛背鹭很安静，除了左右扭动着雍在羽毛中的颈子，偶尔地叫一声，仅仅是偶尔的。一只喜鹊喳喳声起，扑棱着翅膀掠过牛背鹭的上空，鹭惊得一跳，扭头望着转了一圈又回到树上的喜鹊，依旧安静地立在牛背上，恢复那固有的孤寂。

在城市长大，鸟呐，几乎都是在动物园见过。能够这样系统地、详实地认鸟，也只是第一回，在谈正衡先生的《故乡消失的鸟》中，看到鸟们是那样的快乐和自豪，那样自在得肆无忌惮，那样逍遥得无忧无虑，那样凶猛得无所畏惧，那样得意忘形……

清晨，临黄山中路九莲塘的湖边甬道树上，挂满了鸟笼，只是鸟太单一，几乎全是画眉，叽叽喳喳地在笼中蹦蹦跳跳，没个闲。要不就是翠鸟，少得很，因此主人很自豪，常常在甬道的尽头，并不与那一排画眉争锋逗趣。翠鸟通身翠绿，身材修长，看起来玲珑可爱。那画眉黑黢黢的，如果不是鸣叫得婉转，蹦跳得欢实，实在没有一点值得观赏的。

谈先生笔下的鸟生动无比，可爱至极，诡秘得机灵是灰喜鹊，聪明得可爱是八哥，欢快得轻捷是云雀，敏捷得好斗是老鸹……即便在动物园，恐怕都难以看见和了解这样多的鸟。那些曾经在故乡的蓝天下飞翔，在众人的目光中遨游的鸟，如今这些可爱的、嚣张、逍遥、忘形的鸟们都到哪儿去了？

我就是有点不解，如今这城市里的高楼不少，但树木也不少，可这鸟就是少。我家北窗前面至少两里之外才是“东方龙城”的“森林”，一片低屋矮舍躺在开阔的蓝天下，偶尔看见一群（至少一二十只）的鸟掠过，由西向东，匆匆忙忙，我不知道这些鸟儿为何行色匆忙，不肯停歇，哪儿才是他们的故乡？莫非故乡的鸟都成了“惊弓之鸟”，那些肯在你手心里啄食的鸟怕只有动物园的鸽子了。是人的悲哀，还是鸟的凄惶，也许两者都有。

说鸠占鹊巢，实在有点冤枉老实的斑鸠，可说人占了鸟的“巢”，那是言之确切，无可抵赖的。人砍了树，伐了林，填了池塘，垦了湿地……鸟们无处可逃，无处可遁，鸟们赖以生存的家园被人占了，那水泥的森林，鸟们避犹不及，何谈栖存。虽然这些鸡、鸭……也是生物链的一环，但它们的命运绝不能惟一地由人来主宰。当人面临灭顶之灾而那样绝望和无助的时候，你就会想到，生命是这样脆弱而显得弥足珍贵，善待每一种生命，才是自然的法则和天道的本意。

《故乡失落的鸟》融趣味和知识于一体，一本书的可读，光有趣味便是肤浅，光有知识那便枯燥，惟趣味和知识相容相融，方可谓是一本好书。相容，兼而有之；相融，无分彼此。谈先生亲历的鸟，记述的生动如你亲历，描画的形象若你亲见。独立成章的鸟，可以让你时不时地翻一章，看一页，每到精彩，细读再三，鸟便扑着翅，响着鸣，蹦蹦跳跳地在书叶上与你对话，说不定还翩翩起舞，啾啾嘹歌。

歙县的同学送我一袋野茶，甘香清冽，就着茶读书，闲着心遐想，《故乡失落的鸟》是最为相宜。天空的记忆也许会永久消失，但人的记忆是不会消失的，因为，谈先生绘神绘形的记述会记载在永久的文字中，如果哪天鸟儿们不知从哪儿回来，或掠空而过，或树上栖息，或阳台觅食，你就会一一相认，绝不陌生，因为你读过《故乡失落的鸟》。

同类事物的叙述的入口和出口如果一律，再生动也显得单调。谈先生的三十六只鸟的记述极少有相同的入口和出口。譬如，“老鹰，蓝天的抒情诗”，从老鹰名字的“究竟”作为铺张的入口，以老鹰盘旋的英姿点题为结束。而“野鸭子扛枪”以野鸭子的湿地生活环境入笔，而结尾也是西塞山下沉郁空蒙江面上“一排排一队队从上游水天之际飞来”，“仿佛从时间的深渊里飞来，又往时间的深渊里飞去，无穷无尽……那些有形无形的羽翼，填满了整个寥廓的黄昏”，不但首尾呼应，而且意味隽永，诗一般的语言，很耐读，也很美。

谈先生要问宋徽宗，白头翁何以就成了山禽了，圩区也常见啊。为宋徽宗一辩，汴梁无圩，徽宗也许未见过圩中白头翁，也就以为山禽是也。也许徽宗见谈先生的书，一句“问得有理，至于诗嘛，就算了”。《故乡失落的鸟》如此之“引”不止一处，在“东飞伯劳破夹子”中的“东飞伯劳西飞燕”就是一例。古诗的点缀增加了文字的韵律、节奏和情绪，增加了文字叙述的内涵和雅致。

“人们更愿意相信，野鸡就是一些不肯吃安乐茶饭的异乡飘泊者”，这种富有哲理的造句全书很多，也许读者不太注意的，但是你仔细读，会发现很多不经意的造句会产生耐嚼的文学效果。

我南边的阳台上总是有几只乃至一群麻雀觅食，那目标是盆里马齿苋的花籽。盆沿上的麻雀不是低探着脑袋，而是前倾着整个身体，小巧的喙迅速地、果断地拨拉着土，总是有收获的，挑出的土撒得满地。一般情况下，我们不干预，基本上听之任之。在单调和平静的生活中，有几只麻雀打扰一下，也很好。

书画之中的琴弦

与韦斯琴先生不认识，所谓不认识，是其人。但韦先生的书画在芜湖小有名气，尤其在芜湖的文艺界。韦先生的书画，我尤喜其书，小楷更甚。若字如其人是至理，那韦先生的端庄、斯文、雅静和温婉应当如其小楷。

忝在芜湖作家之列，自然少不了读点书画，似懂非懂地看点书画展，逢书画展，以为一览是快乐之事。一般而言，我决不在书画展的开幕初时而往，等潮平浪静、人芜言默之时，悄然而至而又悄然而走，不用听行家们的高谈阔论，也听不懂，不用怕熟人的惊诧愕然，那意思分明是你也懂书画，我怕我承受不了，说到底，我这假文人有时候还是要充大头鬼的。

韦先生有一个书画展，地点就在雨耕山的远方美术馆。我的一个同学去了，便推荐我去，说有赠书。因为琐事缠身，没去，同学便电话不断，还说要带一本《匣中剑》去，说韦先生希望得到这本书。直到展览快要结束，同学又来电话，说今天韦先生在，希望你能来，不要忘记带书。

韦先生一袭红袍（我喜欢把长过膝的羽绒服称之为袍），笑意盈然相迎，果然与其小楷字之内涵无异，端庄、雅静，寒暄中透着温婉，语调中显着斯文。坐下来与韦先生交流了一些张孝祥生平、轶事，以及他的书画。张孝祥是南宋大书法家，宋高宗对张孝祥的评价是“词翰俱美”，虽然，赵构做皇帝可能不会比他的老子赵佶、大哥赵桓高明多少，但对书画优劣辨别的眼光不会太次于其父兄的。

韦先生在做一件大事，意欲邀请百名书法家成就张孝祥百首词的书法作品，为家乡的文化做点事。于是，我便向韦先生推荐了几本书，其一是《于湖文集》，其二是宛敏灏的《张孝祥词笺校》。韦先生问起“于湖”的来历，我便简要地叙述史上的这段弄假成真的公案，顺带说了“捐田百亩”的始末和存疑，等等。韦先生是个在学问上很认真的人，不过是书一幅（或者几幅）张孝祥的词，似乎竟要将所能想到的疑问搞个明白，我的敬意油然而生，也许这正是大成就之人的成功之因吧。

韦先生赠我她的近著《心有琴弦》散文集，文集的后半部是她小女弦弦的文作，韦先生没有大女，我之所以说成小女，完全是一种修辞。而我说文作，而不说大作，是孩子需要鼓励，而不是撮捧，虽然与同龄孩子相比，其文作是好很多。没看完韦先生的作品，反倒看完了她小女的文作，因为孩子简单的叙述和真诚的表达更加贴近你的心灵，你会觉得文字更加温暖。

《心有琴弦》中的文、书、画俱佳，我说的俱佳的“佳”，不是好的意思，而是养眼、养心、养神。韦先生书画的好与不好，我是不配说的，譬如让一个农村大爷去评价吴昌硕的字画。韦先生在《完美结构》一文中说“一直觉得，把字写正确了，那叫书写。把字写得结构合理，笔法到位，那叫法书，把字写到正确、合理、到位、有韵、有境、有情，那才叫书法。”也许这就是常人的写字和大家的书法之间的差别。字写到有韵、有境、有情，按韦先生说法，那才是书法。但是，我以为，书法家的正确、合理和到位，都是自有说法的，譬如那草书，宛如天马行空，书家是自有说法的，若云里雾里，便嗤之我等就五个字“外行了不是”。但书法的有韵、有境、有情肯定不是我这外行人看得出来的。说书法是小众也罢，大众也罢，只是侧面观而已。不过，当今浩浩荡荡的书法之众，一部分人是自娱自乐，权当写字是气功了；一部分人是附作风雅，要把写字当“腰牌”了，只有极少部分，像韦先生，是真把书法作书法了。

韦先生的《书同文》说：“尽管中书协一直提倡自作诗文，但在评审中却细寻不着。偶有三五件自作诗文，却又经不住审读，有些文意不通甚至语法错误，也有些繁简字混用自成硬伤，凸显了字外功的欠缺。”诗词乃书家童子功，古今没有不通诗词的大书家，文意不通尚可理解，而自成硬伤便无异于自戕，你说你好好在家练练“气功”就行了，何必递上假“腰牌”来觐见邀赏，自找无趣。

若韦先生一干书画家，真的成就了百幅张孝祥词书法作品，会捐赠给家乡的张孝祥研究会吗？我揣度了一下，即便韦先生愿意，未必每位书画家都愿意，那张孝祥研究会对百幅书作有这个购藏能力吗？全部无偿赠送那是不可能的，那收藏韦先生一个人捐赠的作品对张孝祥纪念馆而言也许就太单调了，牡丹当然好，可芜湖毕竟不是洛阳，更何况洛阳也不止牡丹一种花。

受赠于韦先生的《心有琴弦》，说了些题外的话，算作感谢。没有留影，有书即可，何必有“影”，也许就是我这无趣之人无趣之为吧。

感谢韦斯琴先生的赠书。

黄晓林的江南山水，外行人的眼光

和一禾坐在繁昌左岸咖啡厅啜着毛峰，聊着陈年往事，聊着黄晓林。人世沧桑，斗转星移，与黄晓林一别就是二十余年。二十余年，几乎就是人生的一小半。约好的下午两点半，凭栏见晓林一袭风衣，长巾一围，褐绒礼帽，步履闲适地来了。艺术家，尤其是画家，多见是长发披肩，或是须髯飘逸，未老而故作老态，常人而扮作异状，谓之为艺术家的风格，而晓林与二十年前几无变化，今颜如昨，虽“家”未见长发，虽“老”也未见飘髯，只是多了些沉稳和成熟，添了点超然和脱俗。见面，自然感叹一番，唏嘘一阵，之后，便递上一本《黄晓林山水画选》，题是“先生大雅”。半年已逝，未能写得半点文字，若真的“泥牛入海”，那有点对不起晓林了。

写点文字不算太难，难就难在不懂画，无论是理论还是技法。但是，即使说些无关痛痒、似是而非的外行话，也是不负赠书的好意，“差事”也是要应付的。

中国画，山水多写意，但是，作为画还是要有形，就是写实。形、意要结合到恰到好处，无形便无画，无意便无神。我觉得，晓林的水墨山水的形、意表达和蕴含很丰富的，形里蕴意，意中韵神。山水意、境的解读，对一个画家而言，便是墨和彩的浓淡枯湿，厚薄重轻，远近参差，也许一个山水在一千个画家眼中和笔下，有千种姿态和神韵，而赏画的呐，仁者见仁、智者见智也是有的。我手头有许多山水画册，我认同晓林的山水，我喜欢晓林的山水写实多于写意的解读，那山入目巍峨，入心青碧，那水入目潺湲，入心清澈。

我特别喜欢那幅《山中一夜雨》，画面右侧的山多写实，而左侧的山多写意，近处的山间瓦舍和苍树翠叶勾画得也是实多于意，交代得浓淡相宜，黑白分明。而“一夜雨”点画在三个层次上，垂悬直泻的瀑泉，山间缭绕的氤氲，涵洞奔流的小溪。整个的画面轻重得当，虚实相宜。尤其是农舍，虽如一字排开，却丛集于画面的中左，无镜面对称之嫌，有高矮疏密之朗。全卷黑白相间，间或绿染，唯左上题款处一殷红印章。《山间一夜雨》大气而不失灵动，浑厚却饱含细腻，这“一夜雨”当细品方知味，用心方能赏。

晓林一直居繁昌，繁昌在江南，风景如画，丽山秀水，不说物华天宝，也是人杰地灵的。地灵造人杰，人杰润地灵，繁昌山水造就了晓林，而晓林的画美化了、神化了繁昌的山水，江南的山水，究其因，乃是晓林对家乡、对江南的热爱和眷恋。用一禾的话说晓林“思想的底片在这里显影定格”，也就是说，晓林的画就是繁昌乃至于江南山水的思和解，一览无余却又是曲径通幽地展现在你的面前，羁绊你的脚步，使你欲罢不能，欲离还留。也许晓林山水画的艺术魅力也就在此吧。

《雨后溪水喧》与《山中一夜雨》异曲同工，泉水的次第，山峦的远近，瓦舍的简约，仿佛听见溪水潺潺，有一种闻溪山更幽、听泉心愈静的感觉，也许就是晓林简淡静泊的人生写照。瀑、泉、溪在晓林的墨下姿态万千，却又个性十足，《溪云初起》和《徽山深处人家》中千尺直下，《雨后溪水喧》和《黄山颂》中蜿蜒跌宕，《云山深处有天都》和《山气日夕佳》中一泻千里，《松谷泉声》和《山中一夜雨》中势若腾龙……晓林的山水，或形或意，或繁或简，或浓或淡，或张扬或含蓄，似随心所欲，实匠心安排。《溪云初起》浓墨淡彩，山色山势都很张扬，溪云初起欲雨，山间气蒸腾云，我妄度“溪云初起”缘于“溪云初起日沉阁，山雨欲来风满楼”的诗句，山雨欲来也非画外之意。而《春山新绿》用墨相对浅淡，仅在几处墨色润化，遍山新绿，一派春光，基调淡淡的冷色，恰到好处地表达了早春的感觉。

画，讲究传承，说晓林“成功地继承了传统的新安画派之风”，我不懂“新安画派”，但晓林是皖籍画家当无疑，至于“善用笔墨，貌写家山，借景抒情，风格趋于枯淡幽冷”，就是新安画派的画家以自家山水为表达“自己心灵的逸气”的对象，而晓林恰恰是以江南山水为主要题材。而

“枯淡幽冷”在新安画派的早期可能比较偏重，我看黄宾虹的《叠嶂亭林》浓墨重彩，全无所谓的“枯淡幽冷”，而《山川卧游图》的款识说“韵在墨彩”，“层层点染，常集数十百遍而成”，只见满目青山，满眼碧水，全无幽冷。晓林的画若论“枯淡幽冷”，似乎全无，你看《山崦谁家绿树中》浅红淡绿，繁树茂枝，生机盎然，全无“冷幽”。说到“冷幽”，《城南旧梦》倒是有一点，与“旧梦”内涵很合。从风格上讲，说《城南旧梦》是一幅水粉，也不为过。而《二月细雨》更像一幅水粉，而黄色块写意的油菜花使得画面生动、明快，而且悦目。我以为，类似的还有《绿满春江》和《绿杨荫里》，都宛如一幅水粉，也许晓林尝试用不同风格和技法描画江南山水吧。

《黄山颂》很是大气磅礴的，笔法也很细腻，山峦层次分明，虚实参差有序。《山居图》山重翠叠，居舍其间，宛若仙境，题款曰“家在皖南山水间，不亦乐在其中”。而同样的题材《皖南人家》从布局到层次，从用墨到设色，全然不同，前者细腻，后者粗犷，更加雄浑大气，似乎有黄宾虹的笔意乃至风格。《徽山深处人家》也是如此，笔端恣意纵横，墨色挥洒浅深。而《秋雨齐云》和《深谷风声响翠涛》更彰显新安画家的遗风，却不失博采众长特点，就是黄晓林水墨江南的个性所在。

与晓林的聊，基本不说画，以我一外行与他一内行论画似乎言不及要义，更何况别后的朋友、旧人、故交往事今况的互通、回忆，那已经是说不完的话题了。20世纪70年代初的落脚繁昌，与晓林同栖身在一个新居旧屋交杂的大院里，闲来无事，三言两句有，神侃一番有，说些什么，也记不得了。我记得看过晓林的“板书、板画”，那时候黑板报的宣传是很行的。

我很仔细地看过一禾给黄晓林的画评《静听溪声，饱看山色》，我不能有一禾那样独到的见解，但是，我非常赞同一禾的“不但继承新安画派的传统，又富有现代绘画语言风格”，对于继承，大凡有成就的画家都是有继承的，水总是有源而后长流，如果“笔墨当随年代”是画家的生命，而不是画匠的手艺，晓林在这一点上，我以为是相当出色的，我在《锦绣黄山》看到古风的遗痕，更多的是看见现代黄山绚丽的风貌，青山碧壑，云蒸霞蔚，松矗岭峨，虽深浅红绿多彩，却勾勒稳重恬淡。而《金色的希望》更是当代山乡的多姿多彩的写照，在画册中几乎是独一无二的，完全没有新安画派的所谓“枯淡冷幽”，层次分而画意连，蓬勃发而生机出，暖意浓浓，秋色融融，山乡仙境，人间天堂，跃然纸上。

晓林做过芜湖市美术家协会副主席，但我更看重他“中国实力派美术家”的头衔，从艺术而成家，非所有从艺之人所能，出类拔萃是也。

一禾其文

说给一禾的散文写点评述随笔什么的，可在“一禾其文”的题目下，居然犹豫和踌躇了几天，而没有敲出一个字。感性和理性真正是两码事，一种朦胧甚至清晰的感觉是无法替代断面或者纵向的理解，而我对一禾散文的认识和理解也许感觉是清晰的，而分析却是浅显的，也许是人人见而未述的罢了。作家的表达，也许永远无法准确和完整地解读，但是只要作家认可解读的精神，就是对解读者的认可，当然，我希望一禾认可我的解读。如果“文如其人”成立，那么，读文就是读人，可事情正好相反，我认识一禾早于认识一禾的散文，这种“糟糕”的事实模糊了“结果”，可能被误解为“以人释文”，我尽量避免这种混淆。

一禾的散文（我读过的），我可以给出几个关键词，“善良”，说主题；“忧伤”，说的是格调；“从容”，说的是文笔。虽然一禾散文的主题、格调和文笔并不能完全集合在这三个关键词之下，譬如还有幽默，可就是幽默，也是一种善良的幽默，但是，我以为三个足矣，太多了，便无风格可言，无风格，就没有一禾了。作家是需要和具备风格的，譬如，孙犁就不是赵树理。

我特别喜欢《失眠》，几乎完整地反映了三个关键词，含蓄却是淋漓地表达了人性的善良，字里行间浸透了淡淡的忧伤，叙事的节奏和语言都很“平淡”，从容不迫。江南的表弟两三年一探江北的表姐，“吃一两顿饭，说说家乡事，然后打道回府”，然而，表弟就是一辈子失眠，无药可医。直到龙钟的表弟告诉“豁牙”的表姐，一辈子的失眠都是思念她，表姐愕然。作者用表弟妻子“美貌如花，樱桃小口，一肚子的墨水”来反衬表弟的情结和操守，婚姻和爱情各自坚守的原则。“一个人为另一个人失眠一辈子，怎么听都像天方夜谭。而事实却发生在一个并不招人喜欢的老太太身上。上苍真是一个慈祥又公正的外婆，冥冥中不亏待她任何一个孩子”，天理的公正总是赋予人性以善良，而善良是来完成天理所赋予的职责的。《失眠》揭示了爱情的真谛，爱就是“失眠”，是无理性可究的，但是，我还是感觉到坚守爱情和坚守婚姻同样是美好的，都是人之固有的善良。

人性的美好与善良在《坐在我楼下的小雪》中同样地娓娓道来，小雪，一村姑，修鞋挣钱吃饭的手艺人。钱“多给她都不要”，这便是小雪的本分，人做到本分，流露出来的就是为人善良。此后，在善与恶的较量中，善并不总能占上风的，小雪“一车鞋”被偷了，而她明明知道谁的所为，也不去计较（不是不计较），一赔了事。恶的“不声不响，走人了”，而善的“照旧修她的鞋”，表达了邪不压正的美好结果。也许这种结果是作者的一厢情愿，一种意愿，现实中结果可能相反，一禾的“善”意在结尾更加明白无误，说“我觉得小雪修鞋，更像修行”，宽恕是善的根。文字依旧从容，叙述依旧淡定，没有责难的议论，没有愤怒的感慨，只是对人性恶有一份惆怅的谴责。

《月亮的故事》表现了对逝去岁月的留念，对美好过去的怀旧，浅淡的忧伤溶在一种无可奈何的言辞中，那种无可名状的忧伤在《失眠》中流露出同样的情愫，这句“女人一生幸还是不幸，究竟要活到怎样的岁数，才算尘埃落定?”算是一禾的经典，一声长叹，人生无常，忧伤依旧。

《烟火之外》《寻找我的父亲》《地下有裁缝》《回望冬瓜梁》是一禾散文中怀念父亲母亲的，我最初读的是《寻找我的父亲》，对父亲“爱恨交织”，一个不到两岁的孩子对“父亲”的记忆是一个个的片段，一只白色的羊皮箱，一个硬得像化石的黑馒头，一本字迹清秀整洁的日记本等，以致后来“你父亲二胡拉得好”“你父亲最爱干净了”之类零散的“接受”，一个想象中的父亲，而这个遥远而模糊的父亲所带来的屈辱乃至于灾难是不堪回首的。作者通过对父亲的“寻找”，把一个个片段串联起来，深切地表达了对父亲的爱恋和怀念。在从容的叙述中，体会到感情的跌宕，从忧伤的流淌中，倾诉了爱“恨”的交织，《寻找我的父亲》也许最能折射一禾的风格，貌似平淡，暗流涌动，文字内向，即使情绪张放的时候，也在注意收敛，绝不肯"痛快"一回，忧伤由此而来。

《地下有裁缝》叙述了一个整洁、干净，虽然必须"省吃"才能"决不省穿"的母亲，"衣衫要穿得'格锃锃的'的"，所谓格锃锃的，就是不管新旧，都要力求干净、整洁，起起翘翘。在《回望冬瓜梁》和《烟火之外》中那个用报纸糊墙壁、顶棚和冬瓜梁，还是那个整洁、干净得非常认真甚至固执的母亲，"就连那些凹凸不平的墙疙旯，妈妈也会处理的恰到好处"，做衣服都很挑剔，"别的裁缝也不给我妈妈做，说难剃头"，必是查裁缝方能趁她心愿。虽然，母亲在世的时候，"不喜欢她，我说话总挤兑她"，但是，大年三十"逃脱"年饭，"不放炮仗，不烧高香，明知道大年三十的鸡应该是整的，不能剁块，我偏剁了"，提一篮鲜花，我要去看妈妈。悖理，是对母亲"挤兑"无言追悔的心理状态，是对母亲习惯有意遵从的行为状态。"我拿着这摞'布'，妈妈，你找你的查师傅去吧。"平淡的语气宛如对着活着的母亲，越发显得感情真挚和真实。

一禾的散文中游记比较完整的是《船过九马画山》，不乏精彩的片段，比如，黑衣女人那一段就很是传神，"女人清瘦高挑，头戴斗笠，肩上挑了根细竹竿，竹竿上站了几只鱼鹰。女人和鱼鹰，还有脚下的小木船在烟雨蒙蒙中纹丝不动，好似一幅水墨"，当地土著渔人的形象跃然笔下。"旅游真的就是从自己待腻的地方去到别人待腻的地方吗？要是去过的地方完全糊成了一锅粥，岂不冤死"，感受很真切，我去过的很多地方至今已经是"糊成一锅粥"，去的地方少，那是饭，还是一粒粒的，去的地方多了，那便是粥，不过各人稀、稠不同而已。我还是比较喜欢《一座山的片段》，真正的片段，叙述得波澜不惊，转接得自然无痕，语言很生动。"一去再去，再去，再去，从春花花看到雪花花，如看一个旧人，日久生情读你千遍不厌倦"，从作者的感受中感觉到了马仁的魅力。"油菜花像洪水一样涌到脚下"，这"涌"非常生动和形象。而由小屋的翠竹转接到马仁的历史，由王羲之的曲觞而过渡到现代文人的"洗砚池"的会聚。用"跌跌撞撞"来形容"文字"很独到，也切题，"片段"而已。我以为，《一座山的片段》是游记中的小品，很具匠心，铺张有序，条理也清楚。

另一篇绝妙的文章《清水白菜汤》，语言的运用体现了一禾文体的另一个特点，就是轻度的幽默，特别地显示了一禾那种善良的幽默，"臭鸡蛋一个一个朝你砸，到头来，即使是一颗朱砂痣，也弄成了一摊蚊子血"，这幽默不是黑色的，而是柔色的，柔，软也。

也许过于从容，文章多了一份随意，而随意的结果就是谋篇布局不够理想。譬如《巢湖船上》比较零散，而《家乡好，小镇傍江流》更像是完成一项写作任务。

一禾散文也不乏女性文字的抒情，那种有点为抒情的抒情，譬如《一颗樱桃樊素口》，一种随心所欲的联想，一种左牵右挂的铺张，读起来，让人浮想联翩，也是一种享受。

提点儿意见，写作语言的本土化自然代表着一个作家的地域风格，但是“太土”影响“流通”，因为，文是芜湖人写的，却是中国的，甚至是世界的。

后　　记

在近十年积累的100万字的作品中，选取30多万字的篇章辑集，其取舍是很困难的。这些文章当时都是随手随意成就的，写之前，并无辑集出版的计划。虽然其中部分文章已经见于报刊，但至少有一半的文字从未见天日，也就是一成之后便束之高阁。

集中所收内容看起来繁杂，却不外乎，读书札记和游踪漫议，都是“读万卷书，行万里路”的“路上风景”。读，是用脑思考；而行，是用脚“思考”。读和行，是生命中最重要的路，所见所闻及之后的思考，便是这路上遇见的风景。

我比较喜欢散文，也常常将各种见闻及其感触、感想付诸笔端。本书中选取的文章是近十年写就的，整理之中，仍然不甚满意，无论是行文的风采还是思考的深度，都是如此。

我的“路上风景”也许不是独特的，也不是最美的，但是，我的“路上风景”增添了世间风景的另一种视角，另一种审美，另一种情趣。

感谢谈正衡先生，给我推荐了安徽师范大学出版社。感谢出版社，能够接受一个业余作家的散文集，并将其付梓。

2024年4月于闲文斋